第一章
天边的月亮

七月初的傍晚，一抹横天的紫霭半掩住垂垂下坠的落日。老旧的教室里，“吱呀”旋转的铁皮风扇勉强吹散了些无孔不入的盛夏暑气。

此时离期末全县联考已经过了三天，清水县一中高一火箭班的学生们，心早就飞进了暑假。奈何讲台上老师正虎视眈眈地盯着，他们只好心不在焉地抬头看着讲台上的直播屏幕。

屏幕上是一千多公里以外的另一个教室，文华市一中高一（1）班的数学老师正在激情高昂地讲数学题。黑板上已经写满密密麻麻的公式，老师讲得很快，整个过程中没有任何学生提出疑问，好像这些题目再简单不过。

但这些题目是文华一中的天才们提升自我用的，对清水一中的学生而言属于S级副本难题，所以他们听得都不太认真，因为根本就听不懂。

只有一个男学生从头到尾都聚精会神地听着，笔记本上整齐地记着黑板上的解题过程。他随意用手背抹去额头上的汗水，以免滴落到笔记本上，瘦削肩上的白T恤已经被汗水浸湿了一大块。

“我听说明天期末考试排名就出来了。”刘瑞看了眼讲台上低头改作业的老师，悄悄对一旁奋笔疾书的同桌陶溪报告小道消息。

陶溪抄完最后一行，正好屏幕上的老师也下课了。他放下中性笔，合上笔记本，也不看刘瑞，平淡地哦了一声。

刘瑞见陶溪低着头又拿起中性笔不断地拧开笔盖又合上，便知道这人在这儿装淡定呢，心里没准儿紧张得要脚趾抠地，便说：“溪哥，就凭你这

么聪明，还有这不要命的学法，我敢打赌你肯定是县里的第一名。”

全班都知道陶溪有多么想拿到期末联考的全县第一名，这一年来陶溪像是疯了一样没日没夜地学习，成绩跟火箭似的蹿到前三名。

或许是因为这次的全县第一会被送到文华一中“留学”一年。

从去年开始，位于西南山区的清水县与全国名校文华一中合作“远程直播课堂”。在政府和企业的资助下，清水一中的所有教室都安装了直播设备，学生们同步与文华一中的学生上课，县长做梦都想通过这个合作洗刷县里高考“零一本”的耻辱。

但两个学校的学生成绩差距太大，平行班里的学生根本跟不上文华一中的学习进度，有很多学生在强烈对比下深受打击，干脆破罐子破摔，成绩反而下滑严重。

磨合半年后，清水一中决定只让成绩靠前的学生继续跟着文华一中平行班直播学习，其他学生依旧让本校的老师教。而成绩前五十名的学生则跟着文华一中最好的一班学习，是整个县里最有希望考上好大学的火箭班。

陶溪便是这个火箭班的学生，他最后一次将中性笔盖合上，深吸了一口气，没有说话。

只有他自己知道，他这几天紧张得快要窒息了。

下一节课是英语课，随着上课铃声响起，懒洋洋的学生们突然提起了精神。

陶溪也竖起了脊背，睁大眼睛望着屏幕。

屏幕上出现一个年轻漂亮的女老师，台下的学生们开始窃窃私语。女生艳羡地讨论女老师好看的新连衣裙，男生们笑着互相递眼色。

本校的英语老师用力咳嗽一声，说：“好好听课！”学生们才安静下来。

火箭班的学生在这一年的远程学习中，就像是文华一班的隐形同学，知道一班老师和很多学生的名字，比如屏幕上正在讲课的美女老师名叫毕傲雪，他们甚至还知道她的外号叫毕姑奶奶。但他们也知道，文华一中的老师和学生根本不认识他们。他们看着屏幕，就像在看着另一个世界。

陶溪也盯着屏幕，他并不是在看英语老师，而是似乎在等着什么人出现。

“林钦禾，您迟到上瘾了是吧？”屏幕里的毕傲雪突然转头望着门口说道，语气说不上严厉责怪，反而有些无奈的揶揄。

陶溪睫毛颤了下，捏紧手中的笔，一动不动地看着屏幕。

“老规矩，把这一段散文朗读了再下去。”毕傲雪拿出一本书，随意翻了一页，递给走上讲台的高个子少年。

清水一中火箭班的教室顿时骚动起来，女生们按捺不住惊喜地小声讨论着林钦禾这个名字。

穿着文华一中白衬衣校服的俊朗少年，神色淡漠地接过英语老师手中的书，毫无感情地念着上面的英文段落。

清水县的女生们根本听不懂他念的是什么，也不知道这人的英语口语有多么地道，她们只是看着这个男生的脸。

因为实在是太好看了。

陶溪目不转睛地盯着屏幕，手上的笔很快地在草稿纸上速记屏幕里男生念的英文，碰到不知道的陌生单词，就简单地写上大致的音标。

他记忆力很好，即使台上的少年念的语速很快，他也能凭借记忆记下个大概。

屏幕里的少年很快就念完了，在毕傲雪点头后走下了讲台，消失在屏幕里。

“溪哥，这个你也记下来，没必要吧，这就是毕姑奶奶惩罚学生迟到用的。”刘瑞喜欢喊毕傲雪的外号，这样好像他也坐在屏幕的教室里。

陶溪将视线从屏幕上收回，看着草稿纸上简略的笔记，瞎扯道：“我锻炼下听力。”

“您厉害！”刘瑞竖起大拇指说。

最后一节课很快上完，为了节省排队打饭的时间，在铃声响起的那一瞬间学生们火速奔向食堂。陶溪刚要和刘瑞一起迈脚起飞，就被陡然出现在门口的班主任冯远半道截获。

刘瑞很没义气地溜之大吉，陶溪腹诽着心疼自己宝贵的时间，面上乖巧笑着问道：“冯老师，找我有什么事吗？”

冯远是火箭班的班主任，也是清水一中资历最深的数学老师，性格古板严厉，学生们宁愿得罪校长都不敢得罪这个班主任。这会儿他穿着被汗浸湿大半的旧蓝衬衣，明明板着脸，眉眼间却有些藏不住的喜色，轻咳一声说：“跟我来一趟。”

酡红落日被山峦霞霭遮拥而去，暗紫色的天光里，操场因为纷飞的脚步和篮球而尘土飞扬。

陶溪绕着操场漫无目的地疾步走着，胸腔里剧烈跳动的心脏没有一丝

平静下来的意思，肚子因饥饿发出声音也浑然不觉，直到一个篮球猛然砸到他身上，他才后知后觉地停下脚步。

“哟，同学你没事吧？”一个打篮球的高二男生喊了一声，跑过来捡起篮球，一看面前杵着的这家伙不是高一火箭班的陶溪嘛，那个长得瘦弱漂亮，一看就是花架子，却成绩变态，打架打篮球也变态的瘟神。

他们班体育委员的弟弟和陶溪的妹妹陶乐一个初中，上个月因为欺负了陶乐，被陶溪一顿收拾几天不敢去学校，偏偏初中老师还都护着已经毕业的陶溪。

高二男生不敢招惹这个有全校老师做靠山的瘟神，连声说了几句对不起，却看到陶溪面色平静，黑沉沉的眼睛里没有一丝情绪，嘴角却有一丝奇怪的笑意。

“这是被砸傻了？”高二男生嘀咕了一句，赶紧拿着篮球跑了。

陶溪看了眼手腕上的电子表，已经快到晚自习的时间了，便转身疾步走向教室，也来不及去买个面包垫下肚子。

一进到教室，同学们就欢呼着拥上来，大声起哄道：“苟富贵，勿相忘。”

“我没说错吧，溪哥肯定是第一名！”刘瑞一把揽住陶溪，高兴得仿佛是自己考了第一。

“陶溪，你去文华一中可别忘了我们啊！”

“就去一年嘛，高三还是要回来的。”

“太羡慕了，我还没出过县里呢。”

“不过，去了压力也很大吧，文华一中那群天才根本不是人！”

“唉，我们学校唯一的帅哥也贡献给文华一中了。”

同学们闹哄哄到晚自习铃响了才结束，陶溪根本没有办法静下心来自习。他翻开一本棕色封皮的笔记本，第一页上是自己用唯一的钢笔写上去的英文：

“I won't try to pick the moon. I want the moon to come to me.”

（我不会试图摘月亮，我要月亮奔我而来。）

他永远记得自己第一次在屏幕上看到林钦禾的那天，是在去年夏天的尾巴里，暮色将近之时。

当时他因为家里的事浑浑噩噩地度日，对所谓的远程直播班毫无兴趣，高一开学后总是躲在教室后面睡觉。

班主任冯远本来把陶溪当重点学生培养，因为这学生初中成绩很突出，却没想到开学后是这副魂不守舍的鬼样子，怎么骂都油盐不进。

开学后几天，校长从文华市风尘仆仆地赶回来，在烈日下扯着嗓子对全校学生讲远程直播课堂将改变他们的命运。

“你们将拥有和全国最好的高中一样的教育资源，拥有全国最好的老师和同学！只要你们努力跟着文华一中的老师学习，你们一样能考上大学，考上一本，考上清华北大！”

校长的慷慨陈词感动激励了很多学生，甚至有学生当场落下热泪。

当时的陶溪站在尘土飞扬的操场上，无聊地仰头望着学校对面那座山峰，他的家就在那座山峰背后，一个叫桃溪湾的村子里。

这个大山里的县城穷到鸟都不愿飞进来，教育落后到这么多年没有一个考上一本的学生。

所有人都对远程直播班充满希望，好像闭塞多年的深井里终于落下一根绳子，而他们只要抓着绳子往上爬就能到天上。

可陶溪刚感受过被玩弄的命运，他望着那山，觉得自己永远也出不去了。

上课铃响了，陶溪依旧埋在木桌上睡觉，英语老师生疏又小心地调试好屏幕设备，抬头一巡视，猛地喊了一声陶溪。

他不情不愿地坐直了身体，向后靠在课桌上，百无聊赖地半闭着眼睛看讲台上那个与破旧教室格格不入的崭新屏幕。

进入屏幕的是一个年轻漂亮的女人，顿时就吸引了所有学生的注意力。她穿着裁剪精致的连衣裙，说着他们没听过的流利地道的英语，像是听力磁带里的人走了出来，连坐在讲台上负责课堂纪律的本校英语老师都全神贯注地看着屏幕。

那是师生们都从未接触过的教学方式，毕傲雪没有照本宣科地讲课本上的内容，而是与学生们做着全英文交谈，文华的学生踊跃回答问题，气氛轻松活跃得像是国外大学的沙龙。

清水一中的学生们渐渐变得鸦雀无声，他们发现自己根本听不懂他们在讲什么。那些陌生的词汇和句子对文华一中的师生来说非常熟练，对他们却仿佛天方夜谭。

沉默在清水一中的课堂里蔓延，直到毕傲雪在课上到一半的时候，突然笑着说道：“那么现在就请昨天旷了我英语课的林钦禾同学上台，向我们

远端清水一中的同学们做一个即兴英文演讲。”

清水的学生顿时躁动起来，他们第一次惊喜地感受到原来屏幕里的老师和同学都知道他们的存在。而在看到走上台的少年时，这份躁动变得更为强烈。

陶溪从来不喜欢英语，本来点着头就要无聊地睡死过去，被教室里一吵陡然惊醒了。他懒洋洋地打了个哈欠，伸手抹了抹眼睛，再次看向屏幕。

他看到一个穿着白衬衣的高个子男生站到讲台上，比一旁本就高挑的毕傲雪还高出一大截。他没什么表情，没有被突然点名的不耐烦，也没有演讲前的紧张，清俊的五官在明亮灯光下如日光下的雪峰。

“远端的同学们可都等着呢，林同学开始吧，随便讲什么都可以。”毕傲雪在一旁笑着说。

被叫林钦禾的男生闻言看向教室最后的摄像头，清晰的屏幕上甚至能看到他抬眼间长睫毛下变化的阴影。

教室里的女生默契地齐齐深吸一口气，陶溪看着那双隔着屏幕突然正视自己的眼睛，心中莫名有一刹那的触动。

林钦禾开始做英文演讲，常规的开头即使是清水的学生也能听懂。他们听得很认真，但越听越心惊，因为他们发现自己还是听不懂，而且这个叫林钦禾的男生，口语竟完全不逊色于毕傲雪，仿佛就是以英语为母语的人。

这就是文华一中的学生，他们彻底感受到了两者之间的差距有多大。

他们那时还不知道，林钦禾并不是文华一中的普通学生。

陶溪难得认真地看着直播屏幕，他其实也听不大懂里面很多句子，能勉强听懂林钦禾讲到梦想与未来。

有一个最简单的句子，他莫名记住了，记了很久。

“I won't try to pick the moon. I want the moon to come to me.”

从那时起，一直苦恼着要怎么对付陶溪的冯远，突然发现这个学生好像一夜之间吃了灵丹妙药，从此不再上课打盹拖交作业，认真得仿佛要把直播屏幕盯出两个洞。

期末考试后又连续上了十天课，学校才终于放了假。因为桃溪湾离县一中很远，陶溪平常都是住读，一个月回一次家。

他将学习资料和衣服收进一个大蛇皮口袋里，坐一天两趟的县城大巴回了桃溪湾。

桃溪湾是清水县最偏远的一个村子，景美但地穷。到了春雨油酥之时，山坳里的清水河畔上百株桃花盛开，一片迷霞错锦，溪上落花迤逦。

但本地的村民大多没什么赏景品花的闲心思，近些年来倒因为网络吸引了一些过来写生、摄影的闲人。几家富裕的农户开起了农家乐，随着县里道路的修通完善，慕名而来的客人越来越多。

陶溪家就在清水河旁的半山腰上，一间白墙灰顶的矮砖房，他母亲郭萍和父亲陶坚都是桃溪湾土生土长的村民。陶坚常年在外地打工，郭萍农闲时偶尔会去村里的农家乐和茶厂打零工，妹妹陶乐今年十三岁，现在正是她初一暑假。

陶乐耳朵尖，在堂屋里听到动静就飞快地跑出去迎陶溪，激动得差点儿被地上的化肥袋绊倒。

陶溪一看到陶乐出来，就抓着她的胳膊急匆匆地往房里带。

“别出来，今天太阳太毒了。”他放下行李，关上木门，转身低头仔细看着陶乐的脸。

小姑娘有些微胖，身上穿得严严实实的，长袖长裤，顶着一头油亮的天然卷妹妹头，一双杏仁大眼灵动活泼，但脸上有一大块状若蝴蝶的红斑，从鼻梁蔓延到左脸。

陶乐患有红斑狼疮，一直吃着药。

“哥，我听我同学说了，你这次是全县第一名！开学就要去文华市读书了！”陶乐放假早，在家里帮郭萍干点儿农活，每天就盼着陶溪回来。

消息传得挺快的，估计郭萍也知道了，倒省了跟她说的工夫。

陶溪点了点头，脸上却没有刚知道时的兴奋。如果不是陶乐，他根本就不想回到这个家里。

兄妹两人在日落后将道场上晒着的茶叶收进口袋里，更晚些时候郭萍从茶厂里忙完回来，陶溪正在厨房里烧饭。

她拿起案板上的搪瓷杯喝了几口凉茶水，走到厨房。年轻时郭萍在桃溪湾是出了名的性格泼辣，在一二十年的岁月蹉跎和常年劳作下，她的皮肤黑黄枯皱，曾经好看的杏眼已经被下垂的眼皮遮去了光彩，性格也变得沉默寡言。

郭萍看着眼前这个儿子，他天生皮肤白，这么多年在农村里长大，也干了不少农活，却依旧白皙干净得像那些从城里来桃溪湾写生的美术生。

“听张姐儿子说，你下年要去文华市读书了？”郭萍坐到灶旁的凳子

上，语气生疏得不像陶溪的母亲。

陶溪握着锅铲没看郭萍，他不喜欢郭萍看他的眼神，这总会让他想起这个眼神背后他可笑的命运。

“生活费文华一中会资助我，每个月1500元，我会留下800元给乐乐看病买药用。”陶溪垂着眼睛说道，语气没有一丝起伏。

郭萍沉默了，用火钳夹了一块木头到灶里。

陶溪心里的烦躁顿时像被添了柴的灶火翻涌起来，他最恨的就是郭萍这样看似宽容忍让的沉默，让他总忍不住要说些不好听的话。

“你放心，我不会去找你儿子，破坏他的生活。文华市那么大，我就算想找他又去哪儿找？”

“我不是这个意思。”郭萍说。

你就是这个意思。陶溪无声地冷笑着，却终究没有再说话。

只有三十天的暑假里陶溪没有闲着，除了一些农活之外，他每天都抽出固定的时间复习之前文华一中老师讲的内容，还要帮陶乐补习功课。小姑娘在学校有些受排挤，学不进去。

有机会他会去当美术生的人体模特，每次收费100元，因为嘴巴甜长得好看，美术生有时会给他一些额外的小费。

他也会给一些摄影师当模特，不过收费会高很多。因为这些摄影师喜欢刨根问底地打听他的家庭情况，美其名曰记录不同的人生。陶溪知道他们什么心理，投其所好地编造一些惨绝人寰的故事，不是爹死了，就是妈没了。

偶尔他也会和美术生一起画画，他们很慷慨地借出自己的画笔和颜料。

“哇，小弟弟你真的没学过画画吗？画得怎么比我们学过的还好？”几个美院的女生本来各自画着风景，这下都凑到陶溪身旁看他的画。

陶溪手中的画笔顿住了，不是很想让她们看到，因为他画的是林钦禾。

画中穿着白衬衣的少年侧身低头看书，窗外桃花满枝，掩映着一轮皎皎明月。

他已经不知道这是自己画的第几张林钦禾，他有一个速写本，里面每一张都是林钦禾。或坐或立，或看书或写字，其实他能看到的真实的林钦禾非常有限，这些画都是他想象中的那轮月亮。

“好帅啊，这人是谁？”女生们惊叹着追问道。

陶溪笑着敷衍了几句，画完画后向她们道了谢，拿着画赶紧跑了。

其实他从小就喜欢画画，天生就比别人画得好。但有一次郭萍看到他的画后，疯了一样把所有画都塞进灶中焚烧殆尽，他那次被吓着了，之后只敢悄悄地画。

后来，他终于懂了郭萍为什么会那样失态。

暑假很快过去，陶溪将赚的2000多元留下大半给陶乐买药，只剩下500元作为去文华一中的额外花销。

在八月底的时候，陶溪收拾好行李准备出发。陶乐坚持要送他出去，他胡噜了一把妹妹的天然卷，断然拒绝了。

陶溪没有和郭萍说一声，直接拿着行李上了大巴到县一中，学校的几个领导和很多老师都来送他。

老师们像老母亲一样围着陶溪勉励叮嘱，仿佛在送孩子上战场，让他去了不要压力太大，跟不上很正常，要调节好心态，和老师同学相处好。

语文老师是个老头儿，一直很喜欢陶溪。老人家塞了一包家里做的麻糖到陶溪怀里，鼓励道："孩子，你很优秀，不比文华一中的学生差，要不卑不亢，自信一点儿！"

陶溪抱着糖点头说了声谢谢，他一直很喜欢吃糖，但家里即使有也给了陶乐。他知道老人家说的不卑不亢，其实是让他不要自卑。

其实，他长这么大还从没体会过自卑。即使是看到林钦禾，也是疯狂地想接近他，站到他身边，成为和他一样优秀的人，而不是自惭形秽。

一直没说话的冯远突然说道："和同学有矛盾别打架，那里就不一定有人护着你了。"

陶溪顿时睁大眼睛看向冯远。

要知道他在清水一中可没打过架，一直是乖乖的好学生，起码在老师面前是。

冯远咳了一声，低声说："不用担心你妹妹，她马上就会转到丁老师班上，以后没人敢欺负她。"他的妻子丁芳是县初中的语文老师，也是班主任。

陶溪望着冯远沉默了会儿，突然非常郑重地向在场的所有老师鞠了个躬，说了声谢谢。

"我一定会成为清水县第一个考上重本的学生。"

这一次他并不是敷衍。

老师们把陶溪送到校门口，冯远带着陶溪，两人提着大包小包的行李，坐半天的大巴到最近的地级市。他们在火车站随便吃了两桶泡面，等到

半夜才坐上火车，一夜之后，终于在第二天中午到达文华市。

陶溪从来没出过这样的远门，冯远也鲜少出去，两人在火车站晕头转向了一会儿，也搞不太懂公交车和地铁路线，最后还是冯远咬牙打了的士到文华一中。陶溪要给的士费，冯远板着脸没让。

下车看到文华一中大门的那一刻，陶溪都觉得自己是在做梦，脚有些发软。

一大一小两人提着大包小包地杵在校门口有些格格不入，冯远怔了好一会儿才拿出手机拨了个电话，陶溪在一旁仰头贪婪地看着文华一中的校门。

线条简单的高大建筑，"文华市第一中学"七个大字镌刻在白色大理石上，过了自动金属门便是一条宽阔的柏油路，两旁绿叶连天，蝉声起伏，掩映着尽头的深红色建筑。

陶溪心里啧了一声，这可比清水一中那个摇摇欲坠的锈铁门气派多了。

很快，那条道路上快步走来一个矮胖的中年男老师，是一班的班主任兼数学老师周强。陶溪在屏幕上看了这个老师将近一年，他亲眼看着这人头顶的发际线步步后退。

屏幕上的人突然出现在眼前的感觉还挺奇妙的，陶溪眯了眯眼睛，在周强来到跟前时扬起嘴角，露出一个腼腆乖巧的笑容。

"报！清水县第一名来我们班了！距离教室还有五百米！"

开学第一天的清晨，一个男生从走廊杀进文华一中教学楼第三层最末端的教室，满教室低头赶作业的学生瞬间抬头。

"小飞子，男的女的？"

"男的！"报消息的男生叫毕成飞，他说完以后转瞬飞奔回课桌上继续抄写英语作业。

男生们顿时发出失望的声音，他们班本就阳盛阴衰，本来还幻想着能来一个美丽单纯的农家姑娘。

"帅吗？"正在催交英语作业的英语课代表金晶一边问，一边铁面无私地从奋笔疾书的毕成飞笔下抽出英语作业本。

"等等！还差最后一个空！"毕成飞追着写了一个选项，终于松了口气说道，"没看清，好像挺瘦挺白的。"

金晶看了眼毕成飞后面空着的座位，叹了口气。

毕成飞知道她在想谁，语气泛酸道："就算帅又怎样？还能比林学神帅吗？"

金晶白了他一眼，说："比你帅就行。"

被想象成农家姑娘的陶溪，穿着一身昨晚洗了幸亏早上干了的新校服，正跟着周强往教室走。

昨天冯远把他送到寝室安顿好后，马不停蹄地赶了回去。

因为还没开学，所以室友都没来，陶溪一个人在四人间里睡了一夜，一大早就被周强殷勤备至地带到食堂吃了一顿免费的丰盛早餐。

这一路周强都在不厌其烦地介绍学校和班级情况，时不时地夹杂着"不要紧张""放轻松""你可以"的鼓励。

陶溪向来是见人说人话见鬼说鬼话的，一开始还非常配合地捧哏应答，后面也快支撑不住了。

他很不习惯别人对他太过殷勤，也终于明白为什么周强的外号叫"周大娘"了。

在路过教学楼一楼大厅时，周大娘，哦不，周强还拉着陶溪站在高大的玻璃幕墙前欣赏了一番荣耀榜。

"你看，这里有很多我们一班的学生，以后他们都会成为你的同学。"周强颇为得意地上下扫视着自己班上学生的照片和名字，每一张照片下面还附有一句类似"学而不思则罔，思而不学则殆"的格言警句。

陶溪一眼就看到了林钦禾的照片，一是他出现频率最高，二是他长得最好看。但他的照片下面只有名字，什么句子都没有。

周强见陶溪盯着照片发呆，暗叫不好，以为这山里来的学生看到优秀同学心生自卑，一边一个急转弯忙带着人往楼上走，一边慈祥地说道："一班学生个顶个地活泼热情，谦虚开朗，你肯定能很好地融入进去！"

这已经是陶溪第三次听周强讲活泼热情了。

陶溪弯起嘴角笑了笑，第三次说道："我会和同学好好相处的。"

得，他本来还有点儿紧张，被周强这么一搞，现在什么情绪都没了，甚至在走到教室门口时还有一种解脱的感觉。

一班教室里传来早自习的英语朗读声，在周强和陶溪走进去的那一刻，卡带似的咔一下没音儿了。

陶溪瞬间感受到齐刷刷的目光向他射来，他没心思去揣摩这些目光的含义，硬着头皮在密集的视线下向台下快速地扫了眼。

没有那个人。

陶溪压下心里泛起的疑惑和失望，在周强激情高昂的开场白后，被要求向全班同学做自我介绍。

“大家好，我叫陶溪！来自清水县一中，很高兴能来到文华一中学习。”

其实他在路上翻来覆去地构思了无数遍自我介绍，但现在他忽然就没了说的心情。

周强愣了愣，这就完事儿了？

罢了，现在的小孩都爱装酷，或许是太紧张了，周强非常体贴地给陶溪找好了理由，伸手指了指教室最后一排，和蔼道：“第五列最后一个座位是你的，昨天已经都收拾好了。”

全班同学不约而同地转身瞄向最后一排，那里有两个空座位挨在一起，其中一个是昨天才添进去的，而另一个……

陶溪点点头，刚准备走下讲台，教室门口突然走进一个高大的人影。

他下意识转头看过去，顿时愣在了原地。

“林钦禾，怎么开学第一天就迟到？”周强对门口走进来的男生说道，仿佛在看自己误入歧途的不孝逆子。

“逆子”身后背着一个黑色书包，一只手随意地钩着书包带，另一只手里拿着一瓶冰矿泉水，冷峻的面容上没什么表情，语气淡漠道：“路上遇到车祸了。”

陶溪心里一哂，不露声色地打量着林钦禾。

直播屏幕再清晰也难免失真，看了真人后陶溪才发现自己的画还是有很多瑕疵，根本没画出林钦禾本人一半的好看。

周强却神色一凛，显然信了鬼话，上下左右扫描了一遍林钦禾，确认人没事后又露出一个讨好的笑容，拉着陶溪用超市售货员推销新品的语气对林钦禾说：“没事就好！不过你刚好错过了新同学的自我介绍，来，我给你介绍下，这个同学叫陶溪，是清水县的第一名！你看以后他做你的同桌行不行？”

周强嘴上征求着意见，但其实已经把课桌放到林钦禾旁边了。他自信林钦禾不会拒绝这种小事。

“不行。”林钦禾瞥了眼陶溪，声音毫无感情地说。

全班陡然寂静下来。

陶溪嘴角的笑容也僵住了。

周强没想到林钦禾会拒绝得这么干脆，一时非常尴尬，扭头一看，被当场拒绝的陶溪垂下目光，一副被打击得失魂落魄的模样。

他见不得乖孩子受委屈，心一横，对林钦禾板着脸道："有什么不行的？教室就这么大！"

其实教室里还有一个空位，是给一个因病请假的学生留的。

乖孩子陶溪暗自腹诽，要是放在清水一中，他早就甩脸子走人了，爱坐不坐，不坐滚蛋。

但对方是林钦禾，那就不一样了。

他微微垂下头，目光却望向林钦禾，抿着嘴唇，睫毛不经意间轻颤。

这是他最擅长的，闯了大祸后向老师求情和讨饶时的表情。给那些摄影师编故事时偶尔也会用到，拿到的酬劳会多一些。

一旁的周强又开始好声好气地怀柔道："先试一个星期嘛，反正我们后面还要换座位的。如果合不来再换，行不行？"他一边说着，一边对林钦禾挤眉弄眼地递眼色。

林钦禾拧着眉，视线从周强十分辣眼睛的脸上快速移开，看了眼旁边的陶溪，沉默了一会儿后直接转身朝最后一排走去。

周强大松一口气，他觉得这是默许了，赶紧推了推陶溪，小声道："快去准备上课吧。"

陶溪看着林钦禾的背影，嘴角泛起笑意，在同学们各种各样的目光中走到林钦禾旁边的那个空位上。

林钦禾已经拿出无线耳机塞到耳朵里，他从抽屉里翻出一本书看，看着像是数学题，从头到尾没给陶溪任何眼神，矿泉水被他随意地立在课桌一角，冰凉的水汽凝结成珠子滚落到桌面上。

陶溪将书包塞进抽屉，坐下来。

周强一走出教室，教室里又开始躁动起来。先前的英语朗读声仿佛就是一场戏，有不少人悄悄往最后一排望，或打量或讨论。

陶溪前面的一个男生直接陀螺一样滴溜转过来，一笑露出两排大白牙道："陶同学，我叫毕成飞，是一班的体育委员，你可以叫我大飞哥。"

一旁坐着的女生笑骂了句"不要脸"，毕成飞也没任何不好意思，继续笑容友好地看着这个新同学，目光里满是好奇。

陶溪怔了下，弯起眼睛说："我知道你。"

这下毕成飞愣住了，他发现这个新同学笑起来更好看了，颇有些不好意思地挠了挠头说：“难道我在你们清水一中这么有名？那怎么没人给我写信呢？”他瞅了眼一旁的林钦禾，小声道：“林学神就收到了好多你们学校女生的信。”

因为远程直播课堂，文华一中几个长得好看和成绩好的学生在清水一中也很出名，很多清水一中的女生悄悄写信给崇拜的文华一中学生，最主要的对象就是林钦禾。

陶溪面色有一瞬间的不自然，因为他就是给林钦禾写信的“女生”之一，还写了好多封。

在信中他只是对自己单方面神交的远方朋友报告自己的一切，就像林钦禾是一个遥远的知心信箱。

为了掩盖自己一看就是男生的字迹，他还专门买了粉色信纸和银白色中性笔，一笔一画写得跟花儿似的，用小女生的语气说自己在英语课上看到他念英文非常钦佩，自己这次月考又进步了多少名，想要努力和他考一个大学，想知道他要考清华，还是北大……

最后落款一个“桃”字，还画上了一朵小桃花。

不过清水一中的女生们，包括他，从来都没有收到过回信，渐渐地大家就不写了，只有陶溪还在坚持。高一下学期期中考试后，他得知期末全县联考第一可以去文华一中读一年，他就收了心专门备考不再写信。

陶溪用余光看了眼林钦禾，他依旧在看书，或许因为戴着耳机，根本就没听到他们的对话。

他莫名松了口气，对毕成飞笑着说道：“我知道你是因为你经常上黑板做题目。”

一直暗暗伸着耳朵听最后一排动静的学生们，顿时笑趴了。

谁都知道毕成飞经常因为上课讲小话被罚到台上做题，有时课上到一半，老师会大吼“毕成飞”三个字，整个清水火箭班都对这个名字耳熟能详。

毕成飞也跟着发出鹅叫一样的傻笑，没半点儿羞恼。

或许是气氛被带得热烈，也或许是觉得新同学性格挺好的，几个“活泼热情”的学生也忍不住凑到陶溪旁边，七嘴八舌地问他认不认识自己。

没想到陶溪竟能把他们认个大半。

班长李小源，语文课代表张梦桐，英语课代表金晶，文艺委员江馨云……

“我现在才有了清水一中跟我们一起上课的真实感，早知道我就注意点儿形象了。”毕成飞感叹完，从口袋里掏出一个手机，飞快地解锁了屏幕，亲热地改了称呼道，“小溪同学，加个微信和QQ吧，我作为我们班群和男生群的群主，诚挚邀请你加入我们成为尊贵的群成员。”

一旁其他同学也拿出手机作势要加。

陶溪被“小溪”激出一身鸡皮疙瘩，摇头说：“抱歉，我没有手机。”

附近的人闻言都静了几秒，毕成飞也呆了。他没想过现在这个时代会有人没手机，但又立马想到陶溪来自农村，便觉得自己说错了话，小心翼翼地看了眼陶溪的神情。却发现他很坦然，没一丁点儿难堪，手里还娴熟地转着笔，就好像说我没吃早饭一样。

毕成飞微松口气，赶紧打圆场道：“没事儿，有什么通知我直接告诉你！”

陶溪收了笔，笑着说了声“谢谢”。

毕成飞还想说什么，看了眼蹙着眉明显嫌吵满脸不爽的林钦禾，把嘴又闭上了。

这时，林钦禾放在桌上的手机突然开始振动，他看了眼手机屏幕，紧蹙的眉头微微舒展，拿起手机起身从后门走了出去，一刻也不想在这里待似的。

毕成飞如蒙大赦，趴在陶溪桌子上掩着嘴小声说：“小溪，你别介意刚才林学神不让你坐旁边的事儿，因为他关系最好的哥们儿上学期期末好不容易考进前五十名，终于能转来我们班了，他念叨了一年要坐学神旁边的。”

周强跟陶溪说过，文华一中每两个月走一次班，按照期中和期末排名重新划分班级。不过一班的学生大多比较稳定，这次只换了几个学生。

一旁来回巡逻负责纪律实则自己也讲小话的班长李小源，扶了扶黑色圆框眼镜小声说道：“是啊，‘养乐多’和林同学关系最好了，努力很久才从二班考进来，今天因为生病请假才没有过来。”

这个“养乐多”听着像是一个人的外号，还和一班人挺熟。

啧，原来是因为自己拆散了人家好不容易团聚的兄弟，难怪林钦禾那么抗拒。

陶溪“嗯”了一声，露出一点儿愧疚的神色说：“要知道是这样的话，我应该和周老师说不坐这儿的。”

但他心里没有丝毫愧疚，他经历三百多个起早贪黑的日夜，付出努力

从清水一中来到这里，怎么会轻易放过和林钦禾坐一起的机会？而且，是林钦禾让他在那个闭塞无望的山村，感受到了一丝光亮。

毕成飞见状忙安慰道："没事的，大家都是一个班的同学。林学神本来就一直单独坐，就算是我们被调到他旁边，他也不乐意。"

意思是林钦禾并不是针对陶溪。

陶溪点了点头，没再说话，因为林钦禾拿着手机从后门回来了。

紧接着上课铃一响，教室里乱窜的学生顿时如走兽般各自奔回座位，纷纷从抽屉里掏出语文课本。

第一节课是语文，陶溪朝旁边望了眼，看到林钦禾也拿出了语文课本。但他没有打开，只搁在一旁意思意思，另外翻着一本数学竞赛书在看。

好嚣张。

陶溪自然没资本嚣张，赶紧拿出了语文课本，他的学习进度一直和一班的一致。当然，学习成果还没能一致。

语文老师叫何文姣，是一个三十出头的年轻女老师。她身材娇小，一张圆脸和善可亲，看着只有二十多岁，学生私下都称呼她姣姐。

何文姣走到讲台上，声音轻柔地说："过了一个暑假有没有想老师？"

底下的学生赶紧拖长声音说："想——"

"不错，士别三日，大家说假话的功力真是越来越炉火纯青了。"何文姣嘴角的酒窝更深了些，将目光投向最后一排。

"首先，我要欢迎来到我们班的新同学，陶溪同学，欢迎你！"何文姣看着那张教室里唯一陌生的脸说道，眼中笑意真切。

陶溪一个激灵，赶紧从座位上站了起来，向何文姣乖巧地喊了声："老师好。"

何文姣点点头让他坐下，突然丢下一个平地惊雷道："大家应该还记得高一上学期期末考试后，我给大家发的一篇清水一中的满分作文吧。当时不是很多人看哭了吗？题目是《追月亮的人》，就是陶溪同学写的。"

文华一中每次大考后，语文组都会挑一些优秀作文复印了发给全年级学生，清水一中的期末考试用的是文华一中的卷子，何文姣也参与了清水一中的改卷。她看到陶溪的作文很受触动，便复印分发下去了。

陶溪又感受到了一次猛烈密集的视线射击，震惊的、同情的、不可思议的、悲天悯人的……只有一旁的林钦禾什么反应都没有。

前面的毕成飞还专门转过来伸手拍了拍他的肩膀，目光十分沉痛。

陶溪瞬间尴尬得脚趾要抠出一块篮球场了！因为那篇第一人称记叙文完全是他瞎编乱造的，里面的主人公“我”五岁丧母，十岁丧父，却依旧人穷志坚，努力追逐梦想……

陶溪很想大喊一声：“那是假的啊！”

像是听到他内心的呼唤，何文姣继续说道：“不过，我专门去找清水一中的老师了解了下，知道这篇作文是虚构的。”

陶溪松了口气，同学们也松了口气，收回了乱七八糟的目光。

这要是真的，他们还真不知道以后该怎么面对这棵命运如此悲惨的“小白菜”。

“你们班很多人只会写议论文，一旦写记叙文就毫无感情，根本没法打动人，编故事也编得稀碎，甚至前后矛盾。”何文姣缓缓道。

底下一些学生可能是想起自己编的作文，或挠头或转笔，浑身不自在。

“有的人议论文写得相当精彩，旁征博引，逻辑严密，但让他写一篇抒情记叙文，就变成一块没了七情六欲的木头。比如在最后一排看数学竞赛书的林钦禾同学。”

不少同学悄悄地将目光投向最后一排的“木头”，却没一个人敢笑。

陶溪也看向身旁，看到林钦禾正要翻页的手一顿，微不可察地蹙了下眉，然后将竞赛书塞进了抽屉里。

陶溪实在没忍住笑了一声，他保证声音比蚊子叫声还小。

但林钦禾显然听到了，微侧过脸，面无表情地朝他看了一眼。因为身高更高，看他时长睫低垂着，半掩住漆黑双眸里的寒漠冷光，就像桌上那瓶冰水般沁凉。

若是换作别人这么冷漠地瞥向他，陶溪保准儿要瞪回去，心情不爽时还要骂几句。

但陶溪只是无辜地回望过去，双眼里写满了我没有笑你。

林钦禾收回目光，随便翻开了语文书的某一页。

何文姣显然没打算轻易放过他，继续笑着说道：“陶溪同学的作文胜在感情真挚，语言朴实细腻。林钦禾，正好陶溪坐在你旁边，以后你可以多向他学习下怎么写好抒情叙事文。”

这话一出，很多学生都惊得忍不住捂嘴。

这可是林钦禾，成绩从来稳坐全年级第一，还能甩开第二名一二十分，数学、英语和理综都将近满分，语文也是绝对的高分。

毕竟大多数作文题又不限体裁，议论文写得好照样拿高分。

而陶溪只是一个从贫困县来的“留学生”，即使是清水县的第一名，他们心里也清楚地知道陶溪目前和他们的差距。

陶溪没想到何文姣一来就给他戴了这么大一顶高帽子，还是踩着林钦禾戴的。

都是年少轻狂的年纪，他心里当然升起了几分得意。写作和绘画一样，是他与生俱来的天赋，每次语文考试他的作文从未失手。但一想到林钦禾那仿佛不是人的总分，他刚要摇起来的尾巴又垂了下去。

“何文姣老师简直是在给我拉仇恨。”陶溪不由得暗想。

一旁的林钦禾没什么表示，估计根本没在意何文姣的话。

而陶溪发现自己很快就笑不出来了，因为何文姣开始讲的这本古代诗歌选修，竟然要求一班的学生在暑假自学背诵了大部分，而他暑假根本没学。

陶溪突然有一股强烈的不祥预感，如坐针毡地上完一堂课后，毕成飞果然贴心地告诉了他一个大好消息：“我们暑假通过网课把数学和理综几门课自学完了，英语本来就按姑奶奶兴致来的，语文也差不多快学完了。”

“……”陶溪一阵窒息，他连网都没有，去哪儿上网课?

毕成飞顿了顿，残忍地丢下了另一个消息：“这周末我们就要开学考试了，就考暑假自学的这些内容。”

“……”毕成飞怜悯地看着面色煞白的陶溪，安抚道：“没事的，就算你没考好，老师和我们都会理解你的！”

陶溪麻木地道：“我现在换个脑袋还来得及吗？”

他瞅了眼一旁垂着头看手机的林钦禾，觉得这脑袋不错。

毕成飞以为陶溪看林钦禾，是想求林钦禾帮他补习。他想，陶溪虽然看着弱不禁风的，却是个胆肥的。于是他赶紧毛遂自荐道：“我可以帮你！只要你不嫌弃我在我们班的成绩甩尾。”

他可不想陶溪再被林钦禾拒绝一次，那就尴尬乘以二了。

陶溪确实是个胆子肥的，但还没敢打林钦禾的主意。他咬着牙挤出一个笑容说：“没事儿，我来帮你甩尾了。”

果不其然，之后的几门课，老师的讲课速度快得像被狗追一样，部分课程干脆一句“你们暑假都学了，我就不多讲了”带了过去。

陶溪全程保持着满脑袋问号。

而且他发现文华一中完全不禁电子设备，很多学生上课时极其自然地拿出手机或平板拍黑板上的内容，或者直接用平板做笔记。

而陶溪虽然在一年的直播学习中练就了非常厉害的记笔记能力，现在却因为没跟上进度而完全处于宕机状态。

听都听不懂还记个啥?

更令他惊讶的是，林钦禾居然也在做笔记!

他没有用手机或平板，只是拿着一支钢笔在黑色笔记本上不徐不疾地写着，甚至都没怎么抬头看黑板，随心所欲得仿佛是在做摘抄。

但陶溪还是用 5.0 的视力往旁边瞄了无数次，大致瞄到了笔记本上的内容，确实是课上讲的，条理清晰得像教辅资料，还是买不到的那种。

他还以为林钦禾是那种上课睡觉考试满分的非人类生物呢。

看来天才也是要努力的，陶溪心理平衡了点儿。

化学课下课的时候，陶溪还出神地用余光瞄着林钦禾那个黑色笔记本，就像快要饿死的人盯着丰盛大餐，只差口水滴答了。

但笔记本的主人随着下课铃一响，就利落地盖上钢笔盖，合上笔记本，然后拿出手机打游戏，居然是在玩无聊的“消消乐”。

陶溪不甘心地收回目光，纠结半天还是没说“能不能借我一下笔记本”。

他是个要面子的人，也有尴尬恐惧症。再被林钦禾说一次“不行”，他怕是真的要不行了。

好在毕成飞是个热心同志，非常体贴地把暑假用的资料借给了陶溪。

这一天的课陶溪都是熬过去的，身旁还有个天然“冰箱”免费散发冷气，他晚上出教学楼的时候都有一种从阴间重返阳间的错觉。

一班大多数人都是走读，陶溪独自回到宿舍楼，打开寝室门进去的时候，看到一个小胖子正抓着一把薯片往嘴里塞。见到他来了，小胖子腾地从椅子上站起来，对他含混不清道：“泥猴啊！”

陶溪礼貌性地笑了笑，将手上一堆资料放在桌上，简单介绍了下自己。

小胖子显然早已将新室友的情报打听清楚，并没有表现出多少好奇。他艰难地将薯片吞咽下去，然后将薯片袋子递到陶溪面前，乐呵道：“我叫潘彦，新室友你可算来了，只有我和老徐两个人太寂寞了！”

陶溪看了眼潘彦沾着颜料的手指，顿了下还是从袋子里捏出一片薯片，看着不远处的画板问道：“你是美术生？”

画板上是一幅未完成的水粉画，画的是美术生普遍练习的瓜果静物，一旁的桌子上摆着几个蔫了的道具水果。

潘彦长叹一口气，拿起调色板和画笔坐到画板前，开始倒起逢人就吐的苦水："小友你不知道啊，我爷爷是个画家，逼我当美术生，让我考清华美院，可我根本不是这块料！"

他的梦想就是开个炸鸡店，却每天在这里又赶作业又画画。

陶溪走到潘彦身旁，看他调了一会儿颜色，深觉此人并非谦虚，没忍住说道："柠檬黄加多了。"

潘彦一愣，狐疑地看向陶溪问："你会画画？那要不你帮我把这个颜色调一下？"

陶溪没客气，拿过调色盘和画笔，非常娴熟地调好了颜色。

潘彦这下不敢轻视，恭敬地让出自己的座位，满面笑容地讨好道："室友大人，您能不能顺便帮我把这个水果的颜色也上了？"

陶溪扬了扬眉，说："就一个，我还要赶作业。"

"当然当然，劳驾您。"潘彦从桌子底下拖出一箱私藏的"肥宅快乐水"，十分殷勤地放了一瓶到陶溪桌上。

陶溪对着这幅画却有些头疼，潘彦确实不是画画的料，底稿的构图都有问题，大背景的颜色简直是灾难。水果颜色再好，也不过是老木板刷新漆罢了。

他强忍着嫌弃给一个水果上了色，深浅阴影都恰到好处，让死气沉沉的画瞬间鲜活起来。

潘彦张大了嘴，刚要感谢吹嘘一番，寝室门突然被打开，另一个室友走了进来。

"老徐！你看，这是我们的新室友，叫陶溪，画画超厉害！"

陶溪将画笔还给潘彦，起身看过去。进来这人高且瘦，皮肤微黑，戴着一副黑框眼镜，看了眼他，语气不冷不热道："我叫徐子淇。"

陶溪嘴角挂着笑，却眯了眯眼睛，敏锐地发现这人对自己有敌意。

潘彦在一旁对陶溪叹气道："你要是早一年来就好了，那时老徐还在一班，你们还可以做同班同学。不像我，美术班那么远，想找你们玩儿都得跑死一匹马。"

徐子淇面色瞬间阴沉下去，说了句"我先去洗澡了"，就转身去了卫生间。

“老徐好像心情不太好哟，你别介意，他平时不这样的。”潘彦善解人意地对陶溪说道。

陶溪看着面前这红口白牙的小胖子，扯开嘴角笑了下。

啧，这寝室绝非良穴。

陶溪一点儿也没放心上，干脆利落地拒绝了潘彦要他继续画画的央求，洗了澡后就拿出资料开始学习。

他要在一周之内把一班学生自学了一个月的内容补上来。

“对了小溪哥，我忘了跟你说，所有宿舍都会在十一点准时熄灯哟。”潘彦趴在床上于十点五十九分的时候说道。

话音一落，陶溪眼前就黑了，简直像算好的。

“……”

没事，他专门带了手电筒。

之前在清水一中住读的时候，住的是十人间，他晚上都是拿着手电筒搬着凳子到阳台上学习。虽然蚊子咬冷风吹，但也基本没人管。

他拿了手电筒，刚搬起凳子准备去阳台，又听潘彦说道：“宿舍管得超严的，里外都有宿管巡逻，要是看到有光透出来，就要扣宿舍的纪律分。分扣多了，就要罚打扫宿舍走廊和阳台，我去年就扫了一学期！”

陶溪无语了一会儿，问道：“那你们平时怎么赶作业？”

一直没怎么说话的徐子淇冷不丁道：“一班人的作业都能在睡觉前做完。”语气十分欠打。

潘彦却悠悠道：“那是一班的学生啊，你不也躲在被子里打手电筒赶作业吗？”

“我哪有？”徐子淇一下子从床上坐了起来。

“啊？没有吗？我上学期半夜做了个噩梦，醒来看到你被子里有光，难道是梦中梦？”潘彦语气无辜地说。

啧，陶溪算是看明白了。

徐子淇是刚从一班刷下去的，所以看空降一班的他不爽。而潘彦纯粹是看徐子淇不爽，他是被殃及的池鱼。不过，躲在被子里打手电筒倒是个好办法。

陶溪没理会剑拔弩张的两个室友，拿了手电筒和资料窝进被子里开始学习。好在空调冷气还行，不然他在憋死之前就先被热死了。

学到一点他才睡下，早上六点他不需要闹钟就准时起床了。这个生物

钟是在清水一年里练出来的。不过冤家路窄，他正要去卫生间却和徐子淇撞个正着。潘彦还在床上呼呼大睡，显然是打铃了才会醒的主。

两人僵持在阳台上，谁也不让谁。

“我今天因为憋尿才提前醒了。”徐子淇瞪着陶溪说道，欲盖弥彰。

关我屁事。

陶溪一哂问：“所以？要我给你把尿？”

“……”徐子淇哽了下，瞪着陶溪的目光难堪又恼怒，转身进了卫生间。

洗漱好后，陶溪在阳台上就着外面的天光背古诗文，没戳穿爬到床上装作补觉，实则做英语听力的徐子淇。

到教室早自习的时候，陶溪发现自己居然还不是第一个，有一个女生孤零零地坐着默背英语。她没有同桌，一张脸白得像纸，看到他进来头都没抬一下。

这女生陶溪知道，叫黄晴，是一班的学习委员，年级第二。

他自然也没主动打招呼的闲情逸致，回到自己座位上，一边啃馒头喝牛奶，一边继续看资料。

教室陆陆续续来了人，只有毕成飞动静最大，蛾子似的扑棱到陶溪面前道：“早上好！我听说你室友有徐子淇？”

消息还挺灵通，陶溪点了下头，继续看资料。

毕成飞等了一会儿没等到自己想听的话，忍不住问道：“你觉得他这人怎么样？”

这语气，仿佛在和好哥们儿八卦班里的臭男生。

陶溪拿起牛奶喝了一口放下，扔下三个字：“挺装的。”

“啪！”毕成飞猛地一拍桌子，牛奶都差点儿被拍翻，兴高采烈道：“是吧？我也觉得！”

他作为班级里吊车尾的存在，高一经常被徐子淇暗讽，老早就看不惯这厮了。这下徐子淇掉到二班，他都恨不得买鞭炮庆贺一番。

陶溪看毕成飞一边拍桌子，一边义愤填膺地控诉徐子淇，默默把牛奶往旁边挪了挪，转移话题道：“听说你们一班人的作业都能在十一点前写完？”

“谁搁这儿造谣？”毕成飞怒不可遏，转瞬忘了徐子淇，噼里啪啦道，“怎么可能？我每天都写到一两点好吧？除了一个变态，我们班其他人绝对不会在十二点前睡觉！”

话音刚落，变态就从后门进来了。

毕成飞气焰瞬间熄灭，嘻嘻笑道："学神，你今天怎么来这么早？"

林钦禾没理会毕成飞，也没坐下，隔着半米蹙眉盯着自己课桌上的一个东西。

陶溪顺着目光一看，原来是自己喝了一半的牛奶越界了。啧，真讲究。

他迅速将牛奶挪回自己的桌子，抬头看着林钦禾带着歉意说："对不起，要不我给你把桌子擦一下？"

这话说来其实贱兮兮的，但陶溪抬眼看人时目光里装着点儿愧疚和小心，反倒容易让被看的人觉得是自己不近人情。

林钦禾看了他一眼，平淡地说了声"不用"，拉开椅子坐下。

毕成飞的目光在两人间来回几下，说道："同桌，就是同一张桌，互相放东西多正常，我同桌那儿还堆着我的卷子呢。"

刚说完，他旁边叫胡桐的女生砰的一声将一沓卷子拍在他桌上，骂道："再放过来砍了你的手！"

毕成飞赶紧回过身哄同桌去了。

陶溪乐了，但没笑出声，他迅速地将牛奶吸完，一个投篮将奶盒准确地投进了角落的垃圾桶。

他往旁边瞄了一眼，发现林钦禾又戴上了耳机，拿着一本物理竞赛书在看，课桌上摆着那本让他垂涎欲滴的黑色笔记本。

这人居然搞不止一门竞赛？

陶溪了解过，五大学科竞赛中搞双科竞赛的人少之又少。即使两科都很突出，最多拿两个省一，所以学校只会鼓励学生挑最擅长的一科专攻。

而且数学和物理是含金量最高也是最难的两科。

毕成飞说得对，林钦禾确实是个变态。

但这样的变态居然也会在上课时老老实实地做基础笔记，陶溪又有点儿搞不懂了。

新一天的课很快接踵而来，陶溪没心思再去揣摩身旁这个变态"冰雕"，一心扑到课堂上。但差距摆在这里，就算他是天才，也没办法一夜修炼成功。

到第三节物理课下课的时候，陶溪彻底撑不住了。他既没有手机可以拍黑板和屏幕，又跟不上老师的进度写笔记，简直一个头两个大。

陶溪无数次将幽幽的目光投向林钦禾的黑色笔记本，林钦禾刚合上，此时又拿着手机玩“消消乐”。

学业和面子孰轻孰重，陶溪觉得自己掂量清楚了。

他趴在课桌上，尖尖的下巴垫着整齐叠放的双手，歪头看向一旁的男生，撂起又卷又长的睫毛，用轻而软的语气问：“林同学，我能不能借你的笔记本抄一下？”

当初他找小气鬼同桌刘瑞借钱买教辅书时，都没这么面目纯良。

前排的毕成飞状若无意地向后靠了靠。

林钦禾在手机屏幕上滑动了一下拇指，顺利通过“消消乐”最新出的一关，屏幕上闪出一个硕大的宝箱和“Congratulation”。

不错。林钦禾过关了，心情好没准儿就会借给他，陶溪嘴角泛起一丝笑容。

“不能。”林钦禾冷酷地丢下两个字，看都没看他。

“……”陶溪的笑容僵在嘴角。

前排的毕成飞不忍再听，默默地将上半身朝前倾去。

陶溪竟觉得还好，小场面而已，他甚至还有心思自嘲地想，林钦禾总共就对自己说了三个词：“不行”“不用”“不能”。这人怎么不改名叫林三不呢？

陶溪觉得自己的尴尬癌快被治好了，这远没有开学第一天被林钦禾当着全班面拒绝做同桌那样尴尬。

他刚准备说点什么给自己一个台阶下，门口突然传来嘈杂的声音。

“养乐多，你终于来啦，我可想你想得紧！”第一排的某个男生笑着喊道。

“喊，你就是想喝我的养乐多吧！”一个顶着一头自来卷短发的男生抱着一堆养乐多走进来，一双黑漆漆的杏眼滴溜转着，随手分发了几瓶养乐多给前排喊他的同学。

“养乐多，恭喜你终于进了我们一班！”班长李小源嘴上客气，手上却毫不客气地从自来卷怀里拿了一整排养乐多。

“哎呀，别给我拿完了，自己买去。”自来卷紧紧抱着怀里的饮料，飞快地朝最后一排跑来。

“钦禾哥！”他献宝似的将一整排饮料放在林钦禾面前，又将自己的书

包随意地放在林钦禾的课桌上，笑着说，“早上起不来，干脆等到物理课下了才过来。”

林钦禾“嗯”了一声，往日淡漠的神情明显少了几分疏离，他将桌上那本黑色笔记本自然地递给自来卷。

“啊，谢谢！不过以后不用给我记啦，反正我也看不太懂，回去还要找你问。”自来卷不以为意地翻了下笔记本，皱了皱鼻子。

“哎，这位新同学我怎么不认识？”他眼珠子一转，像是终于发现了林钦禾旁边坐着的同桌。

李小源正好拿着一张表格跟了过来，主动介绍道：“这是我们班新转来的同学，是清水县的第一名呢！”

自来卷“哦”了一声，点点头，对陶溪笑着说道：“你好，我叫杨多乐！你可以和他们一样叫我养乐多。”

说完，他俯身将一瓶养乐多放在陶溪桌子上，伸出的右手腕上系着一条编着平安结、串着金珠的红绳，而红绳下是一块非常显眼的红色圆形胎记。

陶溪盯着那块红色胎记，又盯着那个男生的脸……好像过了很久，又好像没多久，他好像听到一个人说：“我叫陶溪。”

他不知道自己的脸色有多难看，难看到旁边几乎所有人都发现了他情绪不对。

杨多乐觉得这个新同学似乎有些怪，疑惑地眨了眨眼。但这时上课铃响了，学生们飞快地坐回去，杨多乐也只好提着书包回了自己的座位。

班长李小源在赶回去前将手里的表格放在陶溪桌上，叮嘱道：“昨天忘记给你了，这是我们班所有同学的信息表，你填好给我就行。”说完他也飞快地跑了。

陶溪木然地看着那张表，目光很快在表单上锁定了一个名字。

杨多乐，十六岁，生日 12 月 25 日，母亲方穗（已故），父亲杨争鸣……

“你没事吧？”毕成飞转头担忧地看着陶溪。这人一动不动地坐着，脸色煞白，那双他觉得最漂亮的眼睛，此刻也空洞无神。

毕成飞觉得，只有自己知道陶溪为何会如此失魂落魄，一定是因为林钦禾又拒绝他了。

毕成飞叹了口气，瞄向罪魁祸首，却发现林钦禾微侧过头，正看着低垂着头的陶溪。很快林钦禾就收回了目光，从抽屉里拿了英语书出来，脸上

依旧面无表情。

唉，林学神什么都好，就是太高冷了，这不又伤了清水县小白菜的心？

“毕成飞，你脑袋是天生朝后长的吗？上次我让你去你爸那儿挂个号，毕医生怎么说？”

讲台上陡然传来一道清冷女声，正操心着后座一对同桌的毕成飞吓了一大跳，飞快地转了回去。

全班同学都在笑，谁不知道毕成飞的老爸，也是毕傲雪的大哥，是文华市汉南医院脑外科的主任。而毕姑奶奶的外号，也来源于她是毕成飞的小姑姑。

“哦，毕医生说我这脑袋没救了，家族遗传的。”毕成飞摸了摸脑袋淡定道。

大家又笑得前俯后仰，这对姑侄互呛的戏码他们百看不厌。

毕傲雪冷笑一声，伸出手指隔空点了点毕成飞，意思是“你给我等着”。

她将目光向最后一排投去，先看了眼新来的陶溪，见这小孩儿低着头在发呆。她皱了皱眉想，或许是他还没适应新环境。

然后她又朝一旁的林钦禾看去。

太阳打西边出来了，这位祖宗不仅没迟到，也没看别的书，而是看着桌上的英语课本。

毕傲雪又将视线向教室其他地方扫去，这一扫，果然又逮着一个偷偷低头吸饮料的。

“杨多乐，怎么，刚来一班又想回去啊？”

被点名的男生一个激灵差点儿呛着，赶紧把养乐多塞进抽屉，摇着头卖乖道：“我错了，我不想回去。”

陶溪猛然回过神，杨多乐这三个字瞬间将他从记忆里撕裂出来。

他抬起眼，黑沉沉的双眼里涌起没人能看见的讥讽恶意，向左前方那个顶着一头自来卷的男生看去。

郭萍那张糅着愁苦的脸再次浮现在脑海中，她用他最痛恨的语气说：“他一出生就身体不好，我鬼迷心窍了，想着大城市的医院更好，他们肯定能将他照顾好。”

去年夏天，陶溪拿着镇里中考第一的成绩回到桃溪湾的家，陶乐去了奶奶家里玩。陶坚刚结束了一段打工生活，赚的钱却全部打牌输了，整日在家里闲着发脾气。

他躲在柴房里画画，无意间听到了陶坚和郭萍的争吵。

“那是我亲儿子，我去找他有什么不对？那个姓方的女的家里肯定有钱，我们好歹把他们儿子养这么大，给点儿赡养费应该吧？”

“不行！你不能去找他，你会毁了他的！”郭萍用鲜有的激烈语气大声道。

“你以为纸包得住火？血缘关系在这里，迟早一天要被发现！我就说陶溪怎么长得完全不像我，要不是我妈告诉我，我都不知道是在给别人养儿子！”

陶坚骂骂咧咧了一会儿，突然厉声问道：“那个画画的女的，给我儿子起的名字叫什么？”

郭萍沉默着没说话。

紧接着就是陶坚暴躁的骂声，动静越来越大，似乎是打起来了。

陶溪推开柴房的门，面无表情地看着他们。

郭萍那张麻木的脸在看到他时终于有了一丝裂痕，眼皮下垂的浑浊双眼里满是惊惧回避，还有一丝微不可察的愧疚。

陶坚也没想到陶溪就在柴房里，他跟两个孩子感情都不深，竖着眉看了一会儿陶溪，烦躁地摸了一把头顶卷曲杂乱的短发，对郭萍骂道：“现在瞒不住了吧，还不如老老实实地说出来。”

郭萍像是终于崩溃了，她缓缓地坐在长凳上，捂着脸不说话。

过了一会儿，仿佛是要卸下一个背了多年的重担，她将那件折磨她许久的陈年旧事说了出来。

十六年前，偏僻的桃溪湾来了一个漂亮的年轻女人，她独自一人带着行李和画画的工具，看长相和穿着明显是从大城市来的。

村民们并不觉得奇怪，桃溪湾虽然穷，但确实风景美。两年前一个年轻男人拍了照片回去，之后陆陆续续来过一些写生和摄影的闲人。

不过这个女人却是有身孕的，开始还不太明显，但随着她在村里住的时间越来越久，村民都开始议论起这个叫方穗的女人。

他们认为她或许是怀了私生子，羞于被家人知道，所以找了个穷乡僻壤躲起来画画。

当时方穗就租住在郭萍家里。郭萍也正怀着孕，丈夫陶坚出去打工了，家里有一个能干的婆婆在照顾她。

但农村妇人即使怀了孕，也照样能下田干活，婆婆反而是照顾方穗更

多些。毕竟还可以拿到一笔不少的钱。

方穗很漂亮，郭萍至今仍清晰地记得她的脸，是那种一看就是从小被娇养的富家小姐，肌肤雪白，即使在乡下待了这么久，也没被晒黑一丝一毫。尤其那双眼睛，像清水河上淌着的桃花瓣，微微上挑的眼角睫梢润着潮意，看人时总带有几分天真的深情。

村里几个光棍有些蠢蠢欲动，都被性格泼辣的郭萍赶了回去。方穗坐在田野间画画时，郭萍就在附近做农活时刻守着她。

休息时郭萍就坐在田埂上，用草藤或竹条编织着各式各样的小玩意儿送给方穗，方穗就会露出单纯开心的笑容。

这世上总有些人天生就长得让人心生怜爱，无论男女都会对他们生出保护欲。

方穗话很少，郭萍和她一起住了这么久，也只知道她来自文华市，是一个自由画家。而对孩子的父亲和自己的父母她更是讳莫如深，一提到就会神色黯淡。

郭萍便猜想她可能是未经父母允许，和恋人私奔了，但那个恋人竟也没来找她。

随着两人逐渐临近生产，天气也因为入了秋越来越冷。方穗不再出去画画，郭萍也不再干农活，两人闲着没事就在家里编平安结。

郭萍教方穗编，方穗一双细手画画时很灵巧，但花了很长时间，才用红绳笨拙地编好了一个平安结。

说起孩子名字的事，方穗看着手里的平安结，面色温柔地说："我之前想了好多名字，都觉得差点儿寓意，想来想去，最后只希望孩子平安，无病无灾，多福多乐，所以还是觉得杨多乐这个名字最好，男孩子女孩子都可以用。"

那还是郭萍第一次知道孩子爹姓杨，他们村里孩子名字都起得简单，哪儿会像方穗想这么多，便无所谓道："我懒得想了，到时候随便取一个吧，还是贱名好养活。"

方穗笑了笑没说什么，走到桌前坐下，拿起一支钢笔，在信纸上写字。

郭萍瞅了一眼，好奇道："你终于要给家里人写信了？"

方穗却摇头道："我给我的孩子写信，等他十八岁时再给他看。"

郭萍觉得城里人就是瞎讲究，又不是孩子长大就见不到了，有什么话不能留到那时候再说？似是一语成谶，方穗生产那天格外艰难，郭萍本来还

没足月，一着急自己也要生了。

那天是12月25日，是山里人不知道也不在意的圣诞节。山里下雪下得早，白雪落满了半个山坳。

婆婆手忙脚乱地请来了两个村里的产婆，三个老妇人忙前忙后差点儿应付不过来。

郭萍反倒先生出了一个男孩，因为没足月十分瘦小，哭的声音也不大，右手手腕上有一块明显的红色圆形胎记。

当时一个产婆就对郭萍的婆婆小声感叹道："这孩子看着不太好养活啊。"

郭萍听到了，咬着牙没说话，向一旁疼得已经快晕过去的方穗看去。

方穗到晚上八点多终于将孩子生了下来，也是一个男孩，哭声嘹亮。方穗看了一眼孩子，笑着轻轻唤了一声"乐乐"，就虚脱地晕了过去。

紧接着方穗突然开始大出血，一屋子的人都吓坏了，村里赶紧用一辆三轮车将方穗往镇上送。但到卫生室的时候，方穗就已经没气了。

那几天郭萍从不愿回想，她因为刚生产没跟去，再见到方穗就是被运回来的尸体。方穗安安静静的，手里紧紧攥着一个不太好看的红色平安结。

郭萍一个人给两个孩子喂奶，她在方穗的遗物里找到了一个笔记本，里面记着一些电话号码。她去镇上借别人家的电话拨通了一个号码，接电话的是一个中年男人，应该是方穗的父亲。

后来方穗的父母很快赶了过来，一看到方穗的棺材就崩溃痛哭，紧接着还来了一个长相英俊的年轻男人。他一直没说话，双眼发红，下巴上满是胡楂。

郭萍已经收拾好了方穗所有的遗物，包括她在桃溪湾画的上百张画，写给孩子十八岁看的信，和那串红色平安结。

但鬼使神差地，在把孩子交给方穗父母时，她听从了婆婆的话。

"她给孩子取名杨多乐，希望他无病无灾，多福多乐。"郭萍狠下心，将自己那个有红色胎记的儿子给了他们。

一直沉默着的年轻男人听到这句话陡然落下眼泪，无声哽咽了。

他们没有在桃溪湾多停留，很快就带着方穗和孩子回去了。在离开之前，方家人要给郭萍一笔不少的钱，感谢她这段时间对方穗的照顾，也有让她封口的意思，毕竟这件事儿并不光彩。

郭萍却死也不收，只是在他们走之前给孩子喂奶时，悄悄地抱着自己

的儿子抹眼泪。

从这以后方家人再也没来过，所有芜杂都被掩埋在桃溪湾年复一年的十二月冬雪下。

被留下来的孩子，郭萍给他取名叫陶溪。

“陶溪，妈只求你一件事，不要去找他好不好？或者，或者你等到他长大成年了，再去找他，可以吗？”

陶溪看着蹲在地上痛哭的郭萍，竟拿不出一丝一毫的力气去愤怒去责问。

从头到尾，郭萍都没有跟他说过一声对不起。到最后，她最担心的事，竟然是怕他去找她的亲生儿子，怕他破坏杨多乐优渥的生活。

有一瞬间他很想问郭萍，杨多乐还没有长大成年，难道同一天出生的他就长大了吗?

他终于明白，为什么从小以来，郭萍那样忌惮他画画，忌惮他表现出的所有优秀；为什么奶奶对他从不亲近，却格外疼爱陶乐；为什么村里一个已经去世的产婆，生前曾悄悄对他说：“孩子，你本不该在这里。”

他也终于明白，为什么他叫陶溪，妹妹叫陶乐。他的“母亲”希望他永远留在桃溪湾，而她将永远惦念着那个被祝愿多福多乐的孩子。

小时候他经常想，为什么妈妈和奶奶都更偏爱妹妹？原来，他并不是不被偏爱，他是从来没有被爱过。

“陶溪，你把我刚才讲的那段朗读一遍。”毕傲雪忍了半天终于没忍住，皱眉看着最后一排明显走神的新学生说。

陶溪回过神，他慢慢站了起来，却低头沉默着不知道说什么。听都没听，怎么读?

他准备老实承认自己没听讲，却看到一只修长的手将一本摊开的英语课本推了过来，一干二净的书页上有一段英文被黑色墨水画了一个突兀的框。

陶溪怔了下，下意识照着那段念了出来。

他在念英文的过程中，班上有几个学生在悄悄发笑，因为他的口语很不标准。

毕傲雪瞪了几眼那几个偷笑的学生，在陶溪念完后就让他坐下了，没继续为难他。即使她知道，刚才是林钦禾破天荒地帮了这小子。

陶溪坐下后又怔了一会儿，发现那本英语书已经被拿了回去，他才后知后觉地转头看向一旁的林钦禾，轻声说了句“谢谢”。

林钦禾没说什么，只是将那本英语书又合上了，然后低头抽出物理竞赛书看。

上午的最后一节课是体育，毕傲雪的高跟鞋一出教室门，整个教室瞬间成了自由的监狱，“各路劳改犯”狼奔豕突。

热心市民毕成飞上课一直惦记着后座挨了霜打的小白菜，决定好好安慰安慰这可怜孩子，他一个大步跨到后面一拉陶溪的胳膊，热情道：“走，咱上体育课去，那是本体育委员的主场。”

陶溪几乎要被毕成飞架起来了，无语道：“我没瘸。”

毕成飞便用胳膊揽着陶溪的肩膀往门外带，陶溪被推出去时，听到身后杨多乐欢快的声音道：“钦禾哥，等会儿你陪我打羽毛球好不好？”

后面林钦禾什么回应，他就没听到了，但肯定不会有一个不字。毕竟为人留着同桌位，还仔细写笔记，笔记还不外借。

陶溪扯着嘴角笑了一下。

一直观察着陶溪的毕成飞觉得这棵小白菜不是被霜打了，倒像是被腌成了酸白菜。

毕成飞眼珠子一转，一边搂着陶溪下楼梯，一边用手掩着嘴小声说：“你是不是因为林学神没借你笔记，但却借给养乐多而心烦意乱？”

真是哪壶不开提哪壶。

酸白菜陶溪烦死了，皮笑肉不笑道：“爱借不借，我烦个屁。”

毕成飞觉得这新同学的人设好像突然有点儿崩，不过他更失望对话没按自己的剧本走，只好主动奉献八卦道：“这你就有所不知了，林学神和养乐多那可不是一般的关系。”

陶溪脚步顿了一秒。

毕成飞轻咳一声，继续道：“据我所知，养乐多的妈妈和林学神的妈妈是一个院子长大的好闺密，感情可比亲姐妹还要好。可惜养乐多妈妈在生他后不幸去世了，所以学神妈妈一直把养乐多当亲儿子看的，两个人一块儿长大的。也就是说，学神和养乐多的关系相当于半个亲兄弟，用古人的话来说，那是形影不离。”

毕成飞初中就和林钦禾一个班，深知林钦禾那副生人勿近的冷漠样子，让多少已经认识几年的同学都不敢靠近，也就杨多乐能在林钦禾面前毫

无顾忌。但陶溪一个新来的学生也这么难过，他就不太能理解了。或许是陶溪性格太敏感，又来到一个陌生的环境，所以心理会格外脆弱。

这样想着，毕成飞对这位脆弱的新同学又生出几分怜爱，安慰道："除了养乐多，学神对谁都很冷淡，所以你真的不用在意，他绝对不是故意针对你的。"

陶溪深吸一口气，连敷衍的话都没力气说。

他怎么可能不在意。

在他最浑噩，打算遂了郭萍的意在桃溪湾蹉跎一生的时候，是林钦禾让他看到了光。就像从小生活在井底里的人，窥见狭小井口偶尔浮现的月亮，才会拼命往外爬。

他甚至对自己说，即使命运被埋进泥沼之中又如何？他会让自己变得足够好，好到他也有资格进入那片天空，成为月亮身旁的星星。

这份好似信徒献祭的狂热，支撑着他竭尽全力地爬出井口，跋山涉水地奔向天空。最后却发现，月亮身旁一直环绕着一颗星星。

而那颗星星的位置，原本是属于他的。他怎么可能甘心？

毕成飞发现自己的安慰好像没什么用，陶溪看着好像更不开心了。

他没辙了，想着等会儿体育课拉陶溪看自己打篮球没准儿就好了，毕竟班上女生都说看他打篮球很快乐很治愈。

体育老师是个三十几岁的男老师，叫廖勇，上课向来松散，让学生跑两圈步做几套操就放羊似的让他们自由活动。

毕成飞就等着这一刻，东拉西扯地到处喊人打篮球。但一班的男生大多是娇气懒蛋，一个两个坐在长椅上啃雪糕聊天，反而是女生打排球打羽毛球玩得不亦乐乎。

陶溪可算是明白为啥会轮到毕成飞这个二货当体育委员了，起码他还是爱运动的。

班长李小源人好心善，看毕成飞太过可怜，主动请缨道："我来吧。"

陶溪打量着李小源，这男生个子不高，长得秀气，一双圆圆的眼睛看起来有些呆萌，看着实在不是打篮球的料儿。结果毕成飞喜出望外，仿佛请出了一个武力高强的扫地僧，对班长一顿猛夸直呼："感谢圆神！"

李小源腼腆地笑了笑，看向一旁的陶溪，友好道："陶同学也来打篮球吧，和我们一起玩儿。"

陶溪刚准备给班长一个面子答应他，他好久没打手也有些痒。

结果毕成飞对李小源摆手小声道："我那后桌柔弱不能自理，还是让他看我们打吧，免得心受伤不说，身子也伤了。"

"……"你才柔弱不能自理。

李小源又看了眼陶溪，这位新同学个子挺高的，皮肤白，骨架纤细，又长得漂亮，确实不像是打篮球的料儿，要是让他在篮球上也自卑，那就不妙了。他深以为然地点点头道："陶同学，你就在旁边看我们打吧，要小心些不要被篮球砸到哟。"

陶溪干笑道："谢谢提醒！"

毕成飞又求爷爷告奶奶地拉了两个名叫袁浩和曹轩的男生进来，终于拽着陶溪往篮球场跑。结果在唯一空出来的篮球场上，和二班的人马撞了个正着。

二班本就一直不爽自己被一班压着，看一班这群人不爽很久了，尤其像徐子淇这种从一班掉下去的，看到毕成飞简直是火星掉到油锅里，噼里啪啦一阵火花四溅。

"要不咱们两班来一场？"二班体育委员牛高马大，语气很欠儿。

徐子淇看了眼毕成飞，和他旁边作壁上观看戏的陶溪，阴阳怪气道："他们这点儿人哪够，打起来岂不是欺负人了！"

毕成飞顿时像被踩了尾巴的猫似的跳起来说："打就打，谁怕谁？你们等着，给我五分钟，我再喊人过来！"

狠话放了，结果找人时又萎了，有的男生看到毕成飞过来甚至掩面后退，嫌弃道："可别找我了，不想搞得一身臭汗。"

啧，听听这是男的说的话吗？

陶溪看了眼不远处长椅上坐着的杨多乐，准确地说，他一直在悄悄看这个人身旁的林钦禾。

之前自由活动后，杨多乐便拉着林钦禾去便利店买了两根雪糕，自己一手一根地吃着。而林钦禾则坐旁边玩手机，估计又在打"消消乐"。

陶溪无声地笑了一下，垂下眼睫掩住眼中泛起来的阴郁，转身对正愁找不着人的毕成飞说道："你怎么不去找林钦禾试试？"

毕成飞一愣，脸上浮现出一丝不可思议，摇头道："学神不会答应我的。"

陶溪皱眉问道："他不会打篮球？"

毕成飞头摇得像拨浪鼓说："学神可是校篮球队的，他要是不会打篮

球，我们学校就没人会打了，但他肯定不会答应和我们打的。”

至于为什么，毕成飞就没说了。

陶溪看到杨多乐吃完了雪糕，拿起了一旁的羽毛球拍，便对毕成飞道：“你不试试怎么知道？你就跟他说，只要他陪你打赢这一场篮球赛，你以后就少讲话吵他。”

毕成飞愣了愣，用一种奇异的目光看着陶溪，震惊道：“你怎么知道他嫌我吵？”

“……”是个人都嫌你吵好吧。

毕成飞犹豫了两秒，转眼看到徐子淇又用狗眼睛刺他，顿时什么犹豫都没了，抬腿飞奔过去，拦住了正要去打羽毛球的两人。

陶溪站在一棵树下悄悄地看着那边。

毕成飞唾沫横飞、手舞足蹈地游说着，林钦禾则始终一脸冷漠，陶溪觉得毕成飞估计真的请不动这位。但这时林钦禾突然朝他望了一眼，陶溪一愣，还没来得及反应，那道没温度的目光就收了回去。

不多久，毕成飞就兴高采烈地奔了回来，那边林钦禾站起身在低头跟杨多乐说什么。

毕成飞揽着陶溪的肩兴奋道：“你的方法真有用！”丝毫没有因为用自己的闭嘴换打篮球这件事儿而感觉自尊受挫。

陶溪低声问：“你怎么跟他说的？”他十分怀疑这厮把他卖了。

“我跟他说，你跟我说要跟他说只要陪我打这一次篮球，我以后就不吵他。”

“……”

要不是林钦禾已经走过来了，陶溪真的很想晃一晃毕成飞的脑袋，听听里面到底有多少水。

毕成飞一边老母鸡似的拽着陶溪，一边殷勤地将林钦禾一路迎到篮球场上，到场后趾高气扬地看着二班那一队，生动地诠释了什么叫狐假虎威。

一班的篮球队终于勉强凑齐了五个人，二班的连替补都有五个。

但林钦禾一来，两方的气焰瞬间不一样了。

照镜子的、涂唇膏的、吃零食的、聊天的，一班、二班甚至其他班正在上体育课的女生闻讯纷纷凑了过来，一时热闹非常。

二班的人怎么也没想到林钦禾会来，谁不知道这位根本不屑于和班上的人打球？他们互相看了几眼，都想打退堂鼓，但话是体委放出去的，便暗

暗地给体委递眼色。

二班体委却是个要面子的，何况女生还在一旁看着，便决定打之前先给自己一个台阶下说：“毕成飞，我们就是随便打着玩玩，你请校队的大神来这里打球，这不是犯规吗？”

除了林钦禾这种学有余力把篮球当消遣的变态，校篮球队几乎都由体育特长生组成，靠吃这碗饭考大学的。他们二班的学生再怎样也是以成绩为命的前一百名，怎么跟校队的人比？

毕成飞刚要回嘴，听林钦禾很轻地笑了一声，声音很沉地说：“哪条规定说校队的人不能在这里打球？”

二班体育委员忙笑着说：“没有没有。”然后拍了拍身旁自林钦禾来了后就没说话的徐子淇的肩膀，故作调侃道，“老徐，你可不能因为自己以前是一班的，就给他们放水啊。”

显然把徐子淇当台阶下了。

徐子淇面色复杂，忍了忍还是没说话。

陶溪之前被毕成飞硬拽到了这里，看要比赛了正准备退下去。但这时林钦禾突然转过身，将手机递到了他面前。

“？”陶溪没反应过来，看着林钦禾发呆。

林钦禾垂眸看着他，蹙起好看的眉，语气有几分不耐地说：“你让我来比赛，不能帮我拿下手机？”

“哦。”陶溪后知后觉地伸出手从林钦禾手里拿过了手机。

他面无表情地拿着手机走向场外，走到人少一些的篮球场边缘观赛。两个班的女生已经开始自觉当起了啦啦队，口号喊得一个比一个直白。

为公平起见，裁判请的是八班的男生，二班跳球的是徐子淇，一班自然是个子最高、实力最强的林钦禾。

比赛开始后，林钦禾毫无悬念地拿到了进攻权。在和李小源一个默契的传球再传球后，以迅雷不及掩耳之势赢了第一个两分。一班同学顿时士气大涨，金晶等女生嗓子都要喊破了，二班女生瞬间叛变了，和一班女生一起疯狂地喊“林钦禾”三个字。

知道林钦禾是校队的以后，陶溪对他的表现并不惊讶，让他与二班这群渣渣打球确实是杀鸡用牛刀。

另一个不惊讶的就是毕成飞了，这人果真白长了大高个子，却是个手脚不协调的。在篮球场上像一头左支右绌的驴，除了令人发笑没别的作用。

不过让陶溪惊讶的是李小源，这个十分秀气的小男生一上球场就像换了个人，惊人的弹跳力完全弥补了身高的不足，和林钦禾配合得相当默契。

虽然林钦禾与李小源配合默契，但是二班水平也确实不怎么样。陶溪可以想象，如果没有林钦禾，毕成飞带的人会被打得有多惨。

陶溪一边看林钦禾，一边分析着场上的局势，突然听到身旁传来一个声音：“陶溪同学，钦禾哥的手机是不是在你这里？”

第二章
追月亮的人

陶溪猛地扭头看去，看到杨多乐手里拿着一瓶矿泉水，已经站到了他身边，他刚才看比赛太过认真竟都没察觉。

他抿着唇，下意识地握紧了手里的手机，没掩住眼中最开始一瞬的敌意。

不过杨多乐似乎没注意到，他眨了眨眼睛，对陶溪说道：“我帮你拿着吧，等会儿比赛结束了直接给他。”

陶溪的第一反应是拒绝。

可自己没理由没资格拒绝，他觉得自己这样有些幼稚。只是帮林钦禾拿个手机而已，搞得像是被大人奖了一颗糖果舍不得撒手的小孩儿。

他最后还是不甘心地把手机递给了杨多乐。

杨多乐拿了过去，很随意地点开屏幕看了下时间，然后塞进了口袋，一边看着正激烈的篮球赛，一边对陶溪很自来熟地闲聊道：“哎，陶溪，你会打篮球吗？”

陶溪沉默了会儿，说：“会一点儿。”

杨多乐点点头，轻轻叹了口气，皱着鼻子说道：“好羡慕你们，我也想打篮球。但我身体不太好，初中有次打篮球直接气胸了，还做了手术，可疼死我了。”

话音刚落，林钦禾又投进了一个三分球，全场热烈喧腾。

杨多乐也欢呼了一声，高兴道：“钦禾哥好厉害！”

陶溪觉得很烦躁。听杨多乐讲话，比听周大娘的啰唆还要烦躁一百倍。明明杨多乐也没说什么讨人厌的话，但陶溪就是觉得快要呼吸不过来。他直直地盯着场上运球的林钦禾，紧紧攥着那只空了的手，努力压下心中翻涌的烦郁。

同样烦躁的还有徐子淇，毕成飞打球本事不大，气死人的本事蛮强，挤眉弄眼地把他气得直翻白眼。

二班体委好不容易拿到了球，迅速传给不远处的徐子淇。徐子淇精神一振，拿到球后刚要直接投篮却半路冒出个李小源。他怕这小矮子又抢了他的球，慌不择路地在离三分线一步远的地方，将手中的球用力朝篮筐投去。

但路线显而易见是歪斜的，直接朝篮球架旁站着的人飞去。

陶溪在徐子淇投球的一瞬间就知道，这球肯定要朝他这边飞来。他可以很快地撤开，甚至能捎上一个杨多乐。但紧接着，他就看到了林钦禾投过来的目光，带着担忧，看向一旁的杨多乐。

砰的一声闷响，全场女生都忍不住惊呼。

篮球砸在挡到杨多乐身前的陶溪头上，虽然陶溪下意识抬了手去挡球，但右侧额角还是被篮球擦到了。他伸手隔着刘海儿碰了下伤口，有点儿轻微刺痛，但他脸上的表情没有任何变化。

“徐子淇你是不是故意的？”毕成飞暴躁的声音传来，紧接着又朝这边大声问，“小溪你没事吧？”

陶溪放下手，抬眼看向林钦禾。

林钦禾拧着眉，在看他，但眼中并没有刚才看向杨多乐的那种担忧，甚至比以往更冷漠。

陶溪对毕成飞摇了摇头，不以为意地笑了下道：“没事。”

他突然觉得自己很无聊，很没意思。

被吓到的杨多乐堪堪回过神，有些后怕地拍了拍自己的胸口。刚想对陶溪说什么，但陶溪已经转身去捡滚落到地上的篮球。

毕成飞气死了，他瞪着徐子淇，大喊着要给陶溪报仇和二班继续打。但自己队里的袁浩突然苦着脸对他道：“体委，我刚才跑的时候崴了下脚，估计打不了了。”

毕成飞走过去弯腰看了眼袁浩的脚踝，没看出来哪儿肿了，但还是说：“那你快去医务室看一下吧，我找个人继续打。”

袁浩忙不迭地跑了。

可一班哪里还有替补？毕成飞抬眼一望，自己班上那群窝在女生堆里看比赛的男生瞬间扭头看天看地看树，就是不看他。

怎么会这样？

陶溪拿着球走到毕成飞面前，面色平静道："我来替补。"

毕成飞怔了下，双手握住陶溪的肩膀，一脸感动地说："小溪，谢谢你为我挺身而出，但我真的舍不得让你受累。"

"……"陶溪感觉自己身上的鸡皮疙瘩争先恐后地冒了出来。

李小源擦了下额头上的汗水，微喘着气说："要不干脆结束算了，有林同学在，我看对面也不是很想继续打。"

二班那群人三三两两地喘着气站在一边，他们确实不想打了。本来就是体育课玩玩而已，一句"口嗨"没想到搞成两班大战，还惊动了林钦禾这个不好惹的。

真的不值得。

陶溪挥开毕成飞的手，看了眼走到球场边缘找杨多乐拿水喝的林钦禾，弯起嘴角笑了笑说："打，我也不能白挨了一球不是？"

毕成飞也这么想，点点头说："好！你放心，等会儿我会照顾你的！"

"……"您别给我添乱就好。

第一场因为意外干脆作废，陶溪蹲下身把自己那双已经很旧的球鞋的鞋带系牢，起身后看到林钦禾喝完水过来了。

他活动着手腕，向林钦禾笑了一下，林钦禾看他一眼就移开了目光。

这一场二班也上了一个替补，跳球的换成了体委，一班依旧是林钦禾，再次毫不意外地拿到了球权。

李小源非常默契地从林钦禾手里接过球，护着球往对方篮板冲。但二班新替补显然实力不虚，在他准备把球传给已经快压到二班篮下的林钦禾时，一下就把他的球给断了，并一挥手传给了二班体委。

二班体委抓住这个难得的好机会，接了球就在队友掩护下往对方三秒区压去。他没把企图防守的毕成飞放在眼里，只要避开林钦禾与李小源，他就能拿下分！

当他正要顶过去投篮的时候，手里的球突然被一个人断了，并在李小源的掩护下几步就到了己方三分线外。他刚要转身去堵，那个人在离三分线差不多一米的地方就举起手，毫不犹豫地将球投了出去。

二班体委转瞬寄希望于自己队的徐子淇能从林钦禾手里抢到篮板。

但球竟直接精准万分地砸进了篮筐里，根本不给抢篮板的机会。

全场瞬间沸腾。

“啊！”毕成飞激动地大叫一声，看向陶溪的目光震惊十足，肃然起敬地朝他竖起大拇指，“溪哥，牛啊！”

陶溪几个月没摸球了，连自己都有些吃惊。

他下意识看向一旁的林钦禾，嘴角微微翘着，忍不住有点儿得意。林钦禾淡淡地看了他一眼，低声说了句：“好球。”

陶溪瞬间想开屏了。

手感上来后，陶溪越打越顺，在掩护林钦禾又拿了一个三分球后，全场气氛再次推向高潮。

一班这个仅有五人的临时拼凑队伍，虽然有毕成飞这个不顶事儿的，和一个实力一般的曹轩。但因为陶溪、林钦禾以及李小源越来越默契的配合，后面几乎全程压着二班狂拿分。

一班女生的口号已经从“一班一班，绝不一般”，变成了“一班一班，颜值翻番”。

这一场莫名其妙开始的篮球赛，以毫无悬念的结果结束。二班人被打得根本没了脾气，幸好一结束下课铃就响了，看比赛的人纷纷离开操场赶往食堂。

一班文艺委员江馨云和英语课代表金晶都拿着从便利店里买的矿泉水，是打算给林钦禾的。但看到林钦禾手里已经有杨多乐递的水，便跑到了陶溪和毕成飞身边。

江馨云抢先一步将水递给陶溪，笑着说：“辛苦啦，你刚才好帅！”

陶溪看了眼那瓶水，他在便利店里看到过，一瓶 12 块，能抵他在清水一中一天的饭钱，他犹豫了下还是收下了，笑着对江馨云说了声“谢谢”。

因为刚打完球，他白皙的脸上还沁着一层薄汗，也终于有了几分红润，笑起来时微翘的眼角睫梢都润着潮意。

江馨云愣了愣，有些不好意思地垂下眼睫说了声“不用谢”。

金晶看了眼手里那瓶多余的水，只好扔给了一旁的毕成飞。

毕成飞捧着水瓶受宠若惊，这还是他人生中第一次打完篮球有女生送水，对方还是高岭之花金晶。他刚要张嘴发表一下百字感言，金晶就翻了个白眼道：“这是给林钦禾买的，送你是废物回收利用。”

毕成飞委屈道：“你每次给学神买水，又不敢送出去，何苦呢？还不如

给我。”

想给林钦禾送水的女生太多了，但从来没有成功的。并不完全因为总有个杨多乐，还因为不敢。

金晶恶狠狠地瞪了毕成飞一眼，拉着还不太想走的江馨云跑了。

毕成飞自言自语叹气道：“我说得难道不对吗？给我，我肯定收啊。”然后他拍了拍陶溪的肩膀道，“溪哥，我要去帮体育老师收拾下器材，你不用等我，直接去吃饭吧。”

陶溪点头答应了，心想刚才打球是对的，起码毕成飞终于换掉那个肉麻的称呼了。

他拿着水转身往食堂走，却看到了一个最不想看到的人，站在不远处的一棵树下。

杨多乐喊了一声他的名字，举起手朝他挥了几下。

陶溪脚步顿了下，握紧手里的水瓶朝杨多乐走去。

“陶溪，谢谢你刚才帮我挡球。要不是你，我就会被砸到了。”杨多乐一直没来得及跟陶溪说一声谢谢，比赛结束后便等在这里。

陶溪面无表情地看着杨多乐的脸，那双眼睛遗传自郭萍，而自来卷则遗传自陶坚。明明是和陶乐很相似的长相，他却对这张脸感到厌恶。

他提起嘴角笑了笑，笑意没到眼底地说：“不用谢。”

确实不用谢，他是故意的，只是为了让林钦禾看一眼自己。但这种无聊的举动，在杨多乐面前瞬间变得讽刺起来。

杨多乐站得靠近了些，他担忧地问道：“那你有没有伤到？那个球好像砸得挺重的。”

陶溪右额角确实有伤口，被头发挡着看不到。他本来都快忘了，此时被杨多乐一提才想起来，不过比起他以前受过的伤，这点儿伤他没放心上。

他不着痕迹地向后退了半步，刚想说“没有”把杨多乐给打发走，余光却突然看到林钦禾在朝他们这边走来。

于是他伸手扒开额角的刘海儿，用手指碰了下伤口，状若无意地说道：“好像有点儿疼，不过应该不打紧。”

陶溪露出的白皙额头上，有一块因为破皮又被汗水浸润而彻底红肿的伤口，杨多乐深吸一口气，焦急道：“你受伤了，肿了好大一块儿，怎么会不要紧呢？我陪你去医务室处理下吧。”

这时林钦禾已经走到了杨多乐旁边，也看了眼陶溪额头上的伤口，眼

中没有丝毫情绪。

陶溪放下刘海儿，装作善解人意地笑道："我自己去就好了，你们去食堂吃饭吧，晚了就没有好菜了。"

杨多乐却问："你才来我们学校，知道医务室在哪儿吗？"

陶溪摇了摇头，说："不知道，不过我可以问。"

杨多乐露出一个果然如此的神情，对一旁的林钦禾说："钦禾哥，你先去吃饭吧，我陪陶溪去医务室。"

陶溪却看向林钦禾，嘴角勾起一个笑容，用轻快自然的语气说："同桌，要不你陪我去医务室吧？"

杨多乐愣住了。

陶溪看着林钦禾，面上维持着笑容，指甲却深深掐进了掌心。

好像过了三秒，又好像很久，林钦禾看着他，说道："好。"

这是林钦禾第一次答应陶溪的请求，第一次没说"不行"，或者"不能"。

陶溪甚至有一种自己幻听的错觉，但他转瞬又自嘲地想，这对杨多乐而言，只是一个再普通不过的请求，自己却当宝贝一样。但他还是忍不住开心。

他努力压抑着自己嘴角的笑，脚步的轻快却藏不住。

这甚至比他小学三年级有一天下大雨，他在放学后看到郭萍举着伞在校门口接他回家还高兴。

不过他很快发现，林钦禾走的路，并不是去医务室最近的路。

在开学第一天，陶溪就凭借好记忆把文华一中的地图记得清清楚楚。医务室在学校的西南角，从操场过去最近的路要穿过百卉园，林钦禾走的这条路显然要绕一个大弯子。难不成这人是个路痴？

陶溪扭头看向林钦禾，没忍住道："这么走绕弯了吧？"

但话一说出来，他就后悔到想咬舌自尽。

真是乐极生悲，刚才他还跟杨多乐说自己不知道医务室在哪儿。

林钦禾转头看了他一眼，那眼神，仿佛他露出马脚全在意料之中，明知故问道："你知道怎么走最近？"

陶溪一愣，突然有点儿恼怒，散漫惯了的性子一下没憋住，呛声道："你故意的吗？"

说完又觉得自己语气不太好，音调一个大转弯，用低落的声音委屈道："故意就故意吧，你开心就好。"

“不是。”林钦禾的语气似乎有些无语，继续道，“我不喜欢百卉园。”

陶溪怔了下，疑惑地问：“为什么？那里不挺多好看的花吗？”

百卉园地如其名，里面精心种植了各式花草，一年四季芬芳满园。陶溪到文华一中的那天，周强还带着他和冯远逛了一圈校园，当时他看到百卉园里正开着不少粉白月季，还想过以后放假有时间来写生。

林钦禾蹙起眉，似乎想到了什么令他不适的东西。

陶溪这下脑子转得挺快，追问道：“你不喜欢花？”

林钦禾嗯了一声，眉头还微蹙着，看来不仅是不喜欢，简直是厌恶了。

“哦，原来是这样。”陶溪点点头，心里想的却是：完了，他给林钦禾写的每一封信里都画了小桃花，甚至还寄过他画的一幅清水河上桃花流水的水粉画，并颇有心机地给那幅画题名为《林花满溪》。

幸好他在信中装成了一个嗲嗲的女生。

到了医务室后，女校医四十多岁，似乎认识林钦禾，对他笑着点了下头，然后看向陶溪，好奇地问道：“你们是同学？好像没见过你。”

陶溪坐到椅子上自己用手扒开刘海儿，心想被校医认识是什么好事吗？嘴上却乖道：“我刚转过来，是他的同桌。”

“他的同桌”四个字被他念得轻而快，仿佛是个很光荣的身份。

可惜校医没继续问了，一边拿着药水和棉签给陶溪清洗伤口，一边对林钦禾问道：“小卷毛最近没生病吧？”

明显问的是杨多乐，看来林钦禾经常陪他来医务室。

陶溪一颗轻快跳跃的心脏瞬间沉下去，紧抿着唇。

林钦禾站一旁说：“前几天发烧了，今天已经来学校了。”

“唉，这孩子身体真的太弱了，你跟他说，马上要入秋了，少吹点儿空调，别……”

校医正要继续叮嘱点儿什么，就听自己正上药的这小孩夸张地惊呼一声，说道：“医生，您轻点儿，我好疼。”

她愣了愣，这种小伤口她处理过太多次，没一个男生这么喊的。况且她的手向来很轻，便说：“忍一下马上就好了，男孩子不要这么娇气，你那个卷毛同学身体那么差都很坚强呢。”

“……”陶溪气死了。

一看林钦禾，分明还是那副没表情的脸，但怎么看都觉得这人在笑话自己。

从医务室出来后，陶溪跟着林钦禾继续绕弯路去食堂，路上沉默好久后，突然说道："我小时候经常在山上玩儿，你应该不知道，山上蛇啊虫啊超级多。有一种小细蛇没有毒，但长得怪吓人的，夏天去山上很容易就被咬了。"

林钦禾没回应，显然对这个话题毫无兴趣。

陶溪不放弃地继续说道："我小学五年级有次上山割猪草，就被那种蛇咬了。我对伤口简单做了下处理，非常淡定地把猪草割完了，才去村里的老中医那里弄了点儿草药抹了。"说完，又怕林钦禾不懂猪草是什么，解释道，"猪草就是给猪喂的草，我们那里的猪不吃饲料的。"

他并不觉得农村的生活有什么羞于启齿的，他只急于证明一件事。

"所以？"林钦禾语气平淡地接道。

陶溪哽了一下，有些焦急地说："所以我不怕疼，也不娇气啊！"

对他来说，被人说娇气比说穷要严重多了，属于人身攻击级别的！

他小心翼翼地忍着自己并不好的脾气，收起浑身的刺，只是想让林钦禾以为他也很好，很有教养。这下被一个校医说比杨多乐娇气，是可忍孰不可忍！

林钦禾突然停下脚步，微低头看着他，冷声问道："不怕疼，所以球来了明明可以躲开，也要故意撞上去？"

陶溪瞬间僵立在原地，全身的血液仿佛突然停止流动，几秒后又突然涌上大脑。林钦禾看他的目光明明很平静，他却觉得自己好像被剖开了身体，没有一丝一毫狡辩的余地。

明明自己最会鬼话连篇地敷衍搪塞，但在林钦禾面前好像根本做不到。

他紧紧攥着手指，喉咙发涩，支吾道："我……我只是想找机会和你说话，想和你成为……成为朋友。"

他艰难地说出"朋友"这个词，心里却觉得这个词似乎还不够。

他想听林钦禾对他说除了"不"以外的其他字，想与林钦禾像他和杨多乐那样相熟无间。至于还有什么……他暂时还没想到。

"如果你真的想做我的朋友，就应该在期中考试进前五十名继续留在一班。"林钦禾看着他，语气淡漠地说，"你来到文华一中并不容易，不要浪费时间做没有意义的事儿。"

"以后有话直接和我说，我会听，不要用这种无聊的方式，更不要利

用杨多乐。”林钦禾说完这句话后，就转身离开了。

陶溪站在原地，好半天才找到空气开始急促地呼吸。

他伸手捂住额头上刚贴上的纱布，明明真的不怕疼的，那道伤口却突然鲜明地疼痛起来，越来越痛，痛到心脏好像被一只手用力揉压，视线也开始模糊。

他突然想起十岁的时候，七岁的陶乐在奶奶家里玩水管，忘了关龙头，导致水管的水流进了装着红薯的地窖里。

郭萍知道后，二话不说拿了一根竹藤追着打他，他哭着说不是自己是陶乐弄的，并哀求知道事实的奶奶做证。

但奶奶只抱着陶乐沉默，从头到尾没有维护他，陶乐因为害怕也不敢承认。

郭萍还是把他狠狠打了一顿，他早已忘了藤条挥在身上的痛，但那种委屈到心脏发痛的感觉，却依旧记忆犹新，就像现在一样。

他委屈得不得了，那句“不要利用杨多乐”，让他痛到连呼吸都困难。

林钦禾并没有冤枉他，他确实利用了杨多乐。

林钦禾知道他来到文华一中很不容易，让他不要浪费时间做没有意义的事。

但林钦禾不会知道，他就是自己千辛万苦来到这里的意义。

更不会知道，他本就应该是杨多乐。

他本就应该和林钦禾一起长大。

从那天起，陶溪就再也不敢和林钦禾说话，上课时也不再偷偷往旁边瞄，下了课就老实埋头赶作业，体育课也安静地坐在长椅上看书学习，任毕成飞怎么撺掇也不打球，晚自习后就飞速地拿着书和资料奔回寝室，仿佛后面有狗追。

然后他发现，其实林钦禾并没有什么变化，从头到尾就是他像只跳蚤一样跳来跳去。现在他不跳了，林钦禾反而清净了。

一连几天过去，毕成飞也发现了不对劲。

“溪哥，我怎么感觉你和学神关系生疏了？”毕成飞一边用筷子将餐盘里的蒜挑出去，一边说道。

陶溪早就吃完了午饭，正拿着一本数学教辅资料在看，闻言沉默了一会儿，说道：“我和他就没有熟过。”

毕成飞哦了一声，但总觉得陶溪的话里还是有些怨念的。他本来还以为上次打篮球后，陶溪和林钦禾的关系会好一点儿呢。

这几天他坐在前面都感受到了后面两个同桌之间的低气压，便说："唉，我现在都不好意思转身找你说话了。同桌也不爱搭理我，可憋死我了。"

陶溪翻过一页，淡淡道："你忘了上次用什么换的林钦禾陪你打球？"

毕成飞一愣，果真忘了。

他幽幽叹了口气说："我就是那安徒生童话里的小美人鱼，找海巫婆用美妙的嗓音换了一双可以行走的腿。"

话音一落，就看到对面林钦禾和杨多乐吃完饭在往食堂门口走。他一心虚，招了招手笑道："学神好，养乐多好！"

杨多乐笑着回了句："飞飞好！"转眼又看到坐在毕成飞对面的陶溪，顿了下也笑着打了个招呼，"陶溪好！"

陶溪僵硬地坐着，只点了下头，视线一直盯着手里的书页，直到那两个人从旁边彻底走过去，身体才放松下来。

毕成飞正好吃完了，两人丢了餐盘后也往外走，九月上旬的暑气还未消散，但空气里已经有很淡的桂花香。

从食堂到教学楼的路叫"樱桂路"，名字起得简单粗暴。因为一侧种着樱花树，一侧种着桂花树，可见学校很爱倒腾花花草草。

陶溪心想，林钦禾真与文华一中八字不合。

果不其然，他看到前方林钦禾与杨多乐一道拐了个弯上了一条小路走了。

"你知不知道林钦禾为什么不喜欢花？"陶溪突然问道。

毕成飞一愣，反应了一会儿才道："学神好像花粉过敏挺严重的，初中我们班有次组织春游去一个植物园，就学神请假没去。"

看来林钦禾之前没糊弄他。

"你怎么知道这个？"毕成飞果然不会放过任何一个可以八卦的机会。

"因为我踩过雷。"陶溪说。

还无意中踩了挺多次。

毕成飞还要刨根问底，被陶溪几句话忽悠过去了。

陶溪一个人回的教室，因为毕成飞自从上次打篮球过了瘾后，每天中

午都要去琢磨球技。

他到教室的时候，午休时间还剩一个多小时，很多人去了咖啡店、奶茶店消遣，也有去社团活动的，因而班上学生不多。

但对于陶溪而言，人塞满了都不如一个林钦禾在教室让他心浮气躁。

前几天中午林钦禾都不在，或许是去校篮球队打球了，今天却破天荒地在教室。

林钦禾正戴着耳机坐在椅子上看书，这一次看的竟不是数学或物理竞赛书，而是一本《优秀记叙文大全》。即使只能看到侧脸，也能看出看书的人有多么不情愿，眉头紧蹙着，手上翻页很快，仿佛在看什么令人不自在的东西。

估计是何文姣逼的吧，何文姣虽然看着温柔可亲，可并不比毕傲雪好惹。

陶溪放轻脚步往座位走，思考着要不要拿了资料去另外找个地方学习，却被正在教室后面布置黑板报的江馨云叫住了。

“陶溪，能不能帮我抄一下黑板字？我看你字写得挺好的。”江馨云手里拿着一张简略的黑板报排版草稿，眼神殷切地抬头看着他。

“我的字一般吧……”陶溪看了眼还只有一个初步框架的黑板报，他不是很情愿。午休一个多小时可以学习好多内容了，便想委婉地拒绝。

虽然林钦禾上次说的话伤到他了，但也没说错，如果想在期中考试以后继续留在一班，就必须考进前五十名。

“才不一般呢，我们全年级可都看过你那篇满分作文，文章写得好，字也很漂亮。”江馨云经常负责黑板报，她学过很多年书法，算是对字很挑剔的人了。

陶溪一听那篇满分作文就浑身一激灵，居然还是复印的原卷全年级观阅？

这是公开处刑吧！

他看了眼正一目十行看《优秀记叙文大全》的林钦禾，又听江馨云用央求的语气继续道：“帮我一下嘛，我还要画画，来不及抄字了。”

陶溪受不了女生撒娇，想要拒绝，但又想到上次江馨云送的12块一瓶的矿泉水。拿人手短，就帮了吧，正好也不用坐到林钦禾旁边不自在。

陶溪答应了，江馨云很高兴地给了他一张草稿图，一看就是小女生设计的日漫风格黑板报，大片的粉色樱花和城堡，少女心到了极点。

“你在这块区域把这段文字抄上去就好啦，我在旁边先把画的主体画了。”江馨云穿上一个粉色的围裙，拿起水粉调色盘和画笔。

好讲究，还用颜料画，清水一中的黑板报都是用粉笔随意画几个圈写几个字就完事儿的。

陶溪拿了自己的凳子，垫了一张纸后踩上去开始拿着粉笔写板书，要写的字并不多，他只用十几分钟就写完了。他扭头一看，江馨云竟还磨蹭着画那个城堡呢，又擦又画的，好像怎么都不满意。

他一看这种画画磨蹭的就忍不住着急，便说“我来吧”，然后从江馨云手里拿过画笔开始画画。

这种花树风景他最擅长了，毕竟和不少美术生一起画过很多次清水河畔的桃花。

只用了不到三十分钟，陶溪就将整个黑板报画完了。江馨云一直在旁边递颜料，不少本来在看书的学生也频频往后望。

大团樱花氤氲成深浅不一的粉色，翠瓦灰墙的阁楼在迤逦不绝的花团掩映中若隐若现。明明已快入秋，但一看黑板便觉四月芳菲未尽，春深似海。

陶溪画完从凳子上下来才发现，自己又像个猴子被围观了。江馨云看他的眼神变得有些奇怪，半低着头拢了下鬓发说谢谢。

陶溪摇头道：“不用谢，我去洗手了。”然后火速撤离了教室奔往洗手间。

洗完后他回到教室，先看了眼林钦禾，这人已经没看作文大全了，又换成了物理竞赛书，但脸色看起来还是很臭。

陶溪悄无声息地走到座位旁，偷鸡摸狗似的搬着凳子正要坐下，突然听到一道冷冷的声音说：“先把颜料洗干净。”

“？”陶溪一愣，他不是洗手了吗？确定洗得很干净。

前排的毕成飞转过身，好心地用手指了指他的袖子。

陶溪侧头一看，发现自己校服白衬衣的右侧袖子上沾了点儿粉色颜料，就一小块儿。

他心里升起一股无名火，林钦禾花粉过敏是真，难不成还颜料过敏？

这嫌弃的语气，成功戳中了他每一根都敏感的神经。

陶溪看了眼后面黑板上的大片樱花，又瞪了眼林钦禾，语气讥讽道：“你放心，我又不是神笔马良！”

然后就转身大步出了教室去洗手间洗袖子。

毕成飞歪着头默默思考了会儿，恍然大悟地对臭着脸的林钦禾解释道："溪哥十分巧妙地运用了神笔马良的典故，意思是他画的画不会变成真的，那么后面黑板上的花就不会……"

"闭嘴。"

"小美人鱼"闭嘴了，用手对着嘴做了个拉拉链的动作，然后转回去暗自垂泪。

这之后陶溪还是继续与林钦禾冷战，单方面的那种。

他这几天也正焦头烂额着，因为很快就要开学周考了。他刚囫囵吞枣地把暑假自己没学的内容过了一遍，但还有很多尚未解决的问题，根本没有足够的时间去深挖。

在寝室里也不痛快，徐子淇上次篮球赛把他砸到后，不仅没道歉，还变本加厉地阴阳怪气，要是在清水一中，他早就把这阴阳人给收拾了。

但他还是忍着，因为冯远说过，在文华一中没人会护着他。

潘彦没为难他，但动不动就求他帮忙画朵花画个果子的，也很烦。他为了在寝室不被彻底孤立，只好半拒绝半答应。

还有个江馨云，隔三岔五地跑过来，今天让他帮忙画一页手账本，明天要借他的语文作文看。他又不擅长拒绝女生，更不擅长应付撒娇的女生，因为陶乐总会用撒娇求他，他就没一次成功拒绝过。

开学周考并不是大型考试，只是对暑假自学的内容做一个检测，也不会排名，所以考场就在各自的班级里，座位都没打乱，就是拉开了些。

但还是很要命，因为要用一天考完语数外和理综，从早上七点半到晚上九点半，跟马拉松似的。

陶溪在跑马拉松的过程中，旁边还有个总是提前搁笔的变态，这让他更为焦躁了。

最后一场理综考完卷子收上去的时候，他直接瘫在了课桌上，感觉自己已经死了。

毕成飞一拍他的脑袋说："溪哥，起来搬课桌。"考完就要把被拉开的课桌重新放回原位了。

陶溪扭了扭僵硬的脖子，站了起来，看到与自己隔了小半米远的林钦禾的桌子已经收拾得干干净净。

他把自己的课桌往林钦禾的桌子旁搬过去，在两个桌子边缘快碰到一

起的时候，听到毕成飞说：“溪哥，周一就可以换座位了，咱俩坐同桌吧。”

毕成飞最近和同桌胡桐吵架了，两个人正在冷战，起因是胡桐把上次金晶给毕成飞的矿泉水瓶当垃圾扔了。

陶溪的手一顿，过了两秒继续把课桌搬过去，桌子边缘碰到一起严丝合缝。

一班换座位很随性，学生可以自己约好想要坐的同桌。班主任“周大娘”觉得只要不影响学习怎么坐都可以，他唯一强迫过的一次，就是把陶溪放到从没有同桌的林钦禾旁边。

开学第一天，周强也跟林钦禾说过，如果坐了一个星期不合就再换座位。

陶溪潜意识里故意忘了这一点。

“溪哥，你不会也要拒绝我吧？”毕成飞垮着脸，他刚被金晶无数次拒绝，而胡桐好像已经找好了新同桌。

“再说吧。”陶溪心里有些乱，拿起书包准备跑。

毕成飞不放过他说：“我今天都听到养乐多和学神说了，这次要跟他换到一起坐的。你们反正不合啊，咱俩肯定合得来！”

他还要继续游说，却发现陶溪一副快哭了的神情，再眨眼一看又好像是错觉。

陶溪回到寝室时，潘彦正在卫生间洗澡。而徐子淇正在和人打电话，听对话像是和父母。

“嗯，今天都考完了，还可以……卷子比较简单……周一才会出成绩……这次不排名，不过进前五十应该没问题……那也要等到期中考试后才能换班……现在一班是多了个位置，但下次肯定就减了……”

说最后一句话的时候，陶溪知道徐子淇故意看了自己一眼。

他当作没听到，拿出一套卷子继续写。

今天的卷子于他而言并不简单，语文他应该问题不大；英语勉强可以；数学前面的基础分还好，最后两道大题的最后一小问他还没来得及攻克；理综考的内容他这一周都囫囵过了一遍，问题依旧在难度提升题。

第二天周日，学校下午放半天假，但上午上课时整个班级的学生明显都有些躁动。下课期间女生在讨论下午去哪里的陶艺班或插花课，男生在讨论打游戏或玩赛车。

文华一中的大部分学生都来自优渥的中产家庭，对陶溪而言，以前放

假除了学习，就是帮家里干农活，或者挣点儿外快，这些活动他听都没听过。可他并不在意，因为现在他满脑子都是换座位的事儿。

第一节课下课的时候，他想第二节下了课再说，第二节课下课的时候，他想第三节课下课了再说，就这样拖到了第三节课的课后。

这是最后一次机会，再不说明天周一就直接换座位了。

陶溪左手撑着脑袋，右手用笔在草稿纸上画圈圈，悄悄用余光瞄着旁边。

林钦禾在写上节课“周大娘”布置的数学卷子，速度快得跟抄答案似的。

他鼓足勇气，刚要张口，毕成飞突然从前面递了一个纸折的千纸鹤，眼神有点儿猥琐，语气非常艳羡：“江馨云给你的，肯定是想找你做同桌。”

陶溪一愣，拆了千纸鹤一看，上面用十分秀气的钢笔字写着“缺同桌吗”，落款是 Vivian。他半天才反应过来，这可能是江馨云的英文名。

他皱起眉，拿笔在下面写了两个字“不缺”，想了想，又郑重地加上了两个字“谢谢”，然后原封不动地折好后给了毕成飞，要他传过去。

毕成飞刚才悄悄看到了陶溪写的字，给了他一个“不愧是好兄弟”的眼神。

陶溪终于明白过来，江馨云这些天大概是什么意思。但他不想招惹些有的没的桃花，这是林钦禾说的没有意义的事儿。

不过，写纸条没准儿是个好办法。陶溪精神一振，赶紧从草稿纸上撕了一小张下来，正纠结写什么的时候，上课铃又响了。

“……”都是这劳什子千纸鹤闹的。

第四节课是英语，他可不敢在毕傲雪的课上传小纸条，老老实实上完了课。

第五节是全校的社团时间，相当于半放假状态，所以毕傲雪一走，整个班的学生都放羊一样，干脆收拾了书包，一窝蜂出了教室。

毕成飞是桥牌社的，跟他说了声“明天见”就提着包跑得没影了。林钦禾倒还坐在一旁写数学卷子。

陶溪争分夺秒地写小纸条，但紧接着杨多乐抱着本乐谱跑了过来，说：“钦禾哥，一起去乐团吧，今天好像要练新曲子了。”

当时陶溪刚写完“我能继续和你坐同桌吗”，就听到了杨多乐的声音。

他握着笔，突然就停下了动作，觉得这张纸条也没有任何意义。

然后，他听到林钦禾说：“等我把这道题做完。”

陶溪将那张纸条揉进掌心里，放下笔快步走出了教室，没听到杨多乐说："你以前不是都回家再写作业的吗？"

陶溪一出教室就将纸条撕碎了扔进垃圾桶，他自己没进任何社团，又不想这么快回教室。

于是就在秋实楼随意逛了一圈，大多数社团的教室都在秋实楼。陶溪看到了漫画社、围棋社、街舞社、电影社、科幻小说社……五花八门，都是他没见过的。他张望了一会儿，在一楼的报纸架里挑了几张他感兴趣的社团海报，打算回去好好研究下，看报哪个社团。

没多久，他就不自觉地循着乐声走到了秋实楼顶层交响乐团的排练厅。他站在门侧的阴暗角落里，隔着一小块玻璃看到了正在弹钢琴的林钦禾。

但很快，他就看到了不远处拉大提琴的杨多乐。

乐团里每个人都各司其职，他们脸上的神情自信而从容，仿佛生来就穿着华服坐在音乐厅里，不同乐器的乐符在指挥下奇妙地融为悠扬的乐曲。

陶溪没听过这个曲子，他只是盯着林钦禾看，一如他每天在清水一中的课堂上直直盯着直播屏幕。

林钦禾很久才会在屏幕上出现一次，就像月亮在天上也很久才会圆满一次。

但每一次满月，陶溪都将月亮刻进心里。

现在，他隔着一道门站在阴暗角落里，手指笨拙地模仿着林钦禾弹琴的手势，好像又回到清水一中那个破旧的教室。林钦禾依旧隔着屏幕在一千多公里外的地方，而他只能笨拙地用笔抄下林钦禾说的话，用笔画下林钦禾。

他现在明明就站在并不遥远的门外，却好像从没有进过林钦禾的世界。

突然，陶溪看到正在弹琴的林钦禾微微侧过头，看向了他所站的门口。

他撞上了林钦禾的视线，那一瞬间他的手握紧了。但很快他就反应过来，他站的角落光线很暗并不能被看清，而林钦禾的视线很快又回到了乐谱上，证实刚才只是他的幻觉。

陶溪离开了乐团的排练厅，走到一楼的时候，他将手里那堆海报又塞回了报纸架里，然后回到了空无一人的教室。

他走到座位上坐下，拿出之前找周强要的文华一中高一下学期的期末试卷。当时他们清水县期末联考没用文华一中的卷子，免得把全县学生打击

到了。

陶溪已经挤出时间做完了语数和理综的卷子，他拿出还没做完的英语卷子，正准备开始做，却闻到了一丝若有若无的花香。

他放下笔仔细闻了闻，发现那股花香来自旁边林钦禾的抽屉。

陶溪犹豫了下，弯下腰埋头看向林钦禾的抽屉，发现里面有一枝被粉色半透明纸包裹起来的红玫瑰，玫瑰花被一根雪白的蕾丝带系着，花旁还有一个粉色信封。

估计是暗恋林钦禾的女生，趁社团活动时间悄悄过来放的。

但这人也不想想，林钦禾结束社团活动后肯定就回家了，明天再看到时，花早蔫了。

而且，林钦禾讨厌死花了。

居然还有比自己更精准踩雷的，他突然获得了一点儿平衡感。

陶溪没管那朵玫瑰花，心想明天早上再提醒林钦禾，然后继续埋头写卷子。

那些社团活动跟他有什么关系，哪样都需要用钱，又不能高考加分，还不如搞学习来得实在。毕竟他可不是家境优渥学有余力的人。

英语卷子正写到一半儿，紧闭的后门突然被打开。陶溪吓一跳，扭头一望，发现居然是林钦禾拿着一本乐谱正要走进来。

“别过来！”陶溪想也没想大声喊道。

林钦禾微蹙起眉看着他，但还是停下了脚步，站在门口的位置没进来。

陶溪指了指林钦禾的桌子，说：“你不是不喜欢花吗？有人给你送玫瑰和信，就在你的抽屉里。你看是我帮你把花拿走，还是你自己捂着鼻子拿走？”

林钦禾闻言眉头蹙得更深，双眼里浮现出一丝厌恶，冷声道：“帮我都丢了。”

花和信都丢了。

陶溪一怔，一身刺莫名地竖了起来。他轻笑一声，字咬得很重地说：“别人花费半天时间写了信，还精心挑选了一枝玫瑰，你连看都不看就要丢了。别人的心意，你就一丁点儿都不在意吗？”

语气十分呛人，但陶溪就是忍不住，忍不住有些同情那个不知道是谁的女生。

他想起自己写的那么多封信都石沉大海，想起所有清水一中的女生都

没有收到过回信，就觉得讽刺。

太讽刺了，他还庆幸自己换了字迹装作女生。

可他从来没有想过，林钦禾根本不会去看这些信，而是把它们当垃圾丢了。

陶溪突然觉得自己很可笑。

他紧抿唇瞪着林钦禾，眼底是毫不掩饰的愤怒。林钦禾依旧用淡漠的目光看着他，冷声反问："我为什么要在意？这又关你什么事儿？"

陶溪愣住了。是啊，关他什么事儿？文华一中的人写给林钦禾的信，林钦禾也没理会，难道不是应该为自己感到安慰吗？

火气来得莫名其妙，去得也莫名其妙，陶溪不知道自己怎么就不生气了。

他弯腰从林钦禾抽屉里把那束玫瑰和信封拿了出来，刚要扔去垃圾桶，突然听林钦禾说："拿个不透明的袋子装了再丢。"

陶溪下意识问道："为什么？"

林钦禾语气已经有些不耐烦地说："如果是你写的，你希望被其他人看到吗？"

陶溪又一愣，才反应过来如果丢垃圾桶里，那么很有可能被其他丢垃圾的人看到，要是被人翻出来看了……

行吧，即使自己的信被丢了，也是被有尊严地丢掉的。陶溪决定大度地原谅一半了。

他默不作声地从自己抽屉里拿出早上装早点的不透明塑料袋，把花和信封都放进去系好，然后才丢到垃圾桶里。

回来时林钦禾已经坐在了座位上，在写毕傲雪布置的英语卷子。

啧，学神也要挤出社团时间赶作业。

陶溪继续写那套期末英语卷子，直到把最后的英语作文题写完，才算全部完成文华一中的期末卷，但他没有答案。

他转念一想，林钦禾的卷子不就和答案一样吗？犹豫了会儿，最后还是用中性笔轻轻戳了下林钦禾的胳膊。

"干什么？"林钦禾笔未停地问。

"借一下你高一下学期的期末卷子。"陶溪说。

"丢了。"

"……"陶溪无语了，忍不住道，"卷子难道不应该留下来吗？以后复

习的时候可以看错题回顾。”

“没有必要。”林钦禾终于放下了笔，侧头看着他。

陶溪一时语滞，敢情人的意思是自己没有错题，没有必要回顾。

“哦，那算了，我明天找别的同学借一下。”

陶溪刚准备将卷子收起来，但林钦禾突然伸手将他桌上的卷子拿过去看。

“哎！还给我！”陶溪嘴上喊着，要抢回卷子的手却并不用力。

“你不是要改卷子吗？”林钦禾从笔袋里拿出一支红笔，改起了英语作文。

陶溪顿时紧张起来，他收回手，如坐针毡地在一旁看林钦禾用红笔在英语作文上画着线，目光上下左右地摇晃。

简直比小学时候老师当着他的面改卷子还要紧张！

“你的作文词汇太弱了。”林钦禾说。

“哦。”陶溪乖乖点头道。在英语上，林钦禾和老师是没有区别的，或者说几乎所有学科都是没有区别的。

林钦禾又对着试卷迅速把前面除了没做的听力外所有内容都改了，陶溪简直不知道这人是时隔两个多月还记得答案，还是一看题目就知道答案。

无论是哪种，都蛮变态的。

“你听力能不能拿到满分？”林钦禾问。

陶溪老实摇头道：“不能，一般会错两道题左右。”他的听力和口语都很弱，感谢高考不考口语，不然他更完蛋了。

“回去练。”林钦禾语气不容置疑地说。

“知道了。”陶溪点头道。

“这套卷子，你大概能拿到 133 分，比一班平均分低 5 分，比一班最低分低 1 分。”林钦禾说道，语气里都是：你要留在一班还差得远。

陶溪难免有些沮丧，垂着头嗯了一声。

“其他科的卷子做了没？”林钦禾问道。

陶溪急忙把其他试卷也拿了出来，一股脑地堆到林钦禾桌子上，一点儿不好意思都没了。

林钦禾一张张地改完，每一套最后都标上了总分数，并一一分析了他与一班平均分和最低分的差距。

总结出来还是五个字：你还差得远。

陶溪最后已经没力气沮丧了，他将下巴搁在课桌上，睫毛垂下，只会麻木地点头说“知道了”。

或许是他的表情太可怜，林钦禾垂眸看了他一会儿，把桌上的教辅资料拿了过去，翻开书就开始用笔画标记，一边画，一边跟他说需要重点学习和做题训练的部分。

陶溪连连点头。

最后林钦禾突然问道：“你知道你最大的问题在哪儿吗？”

陶溪没力气思考了，直接扭头朝着林钦禾的方向趴在桌面上，抬起眼睫望着他，眼中清澈见底，只有纯粹的好奇，顺着他问：“哪儿呢？”

“你找不到重点。”林钦禾顿了顿，看着他说道。

好像是的，陶溪想了下，他总觉得什么都要看都要练，又不知道要深挖哪一块儿，便卖乖道：“我以后知道了。”

林钦禾似乎并不信，问道：“那你说，我上次跟你说的话重点是什么？”

陶溪一怔，迟钝了两秒才反应过来。林钦禾说的上次，是那次篮球赛后跟他说的那些话，毕竟那以后几乎就没说过话了。

可那天的记忆实在不美好，陶溪一想到那些话心里还是会痛，还是会委屈。

他从桌上支棱起来，不再看林钦禾，上半身僵硬着，话一说出口根本藏不住满满的怨气说：“你不就是要我以后不要利用……”

他垂下眼睫，抿着唇固执地不想说出那个名字。

“不是。”林钦禾断然道。

陶溪怔了怔，听林钦禾用平静的语气继续道：“我的重点是，你有话直接和我说，我会听。”

我会听。

陶溪怔了好一会儿，突然觉得眼睛有些热。他将头垂得更低了些，生怕林钦禾看到他脸上的神情，努力用平静的声音说：“我知道了。”

“所以，你今天一上午究竟想和我说什么？”林钦禾问道，他的嗓音甚至有点儿轻柔，好像生怕语气重一点儿，一旁的人就不愿说了。

陶溪深吸一口气。

那张一笔一画认真写着字的字条，早就随着他并不多的勇气，被他一起撕碎扔进了垃圾桶。

他好像用尽了所有力气，才将那些碎片重新拼凑起来，将自己心中那个越来越大已经山呼海啸的声音，压抑成微微颤抖的声音说：“我想和你继续做同桌。”

“好。”没有犹豫的，林钦禾轻声答应了。

依旧是一个“好”字，就像那天体育课后一样，被他念得格外低沉。陶溪觉得自己好像突然踩在了一团柔软的云朵上，云朵下是三月的清水河畔，风一吹，山坳里的桃花就落满了清溪。

陶溪将指甲深深掐进掌心里，才控制住自己不要当着林钦禾的面掉下眼泪。

那就太丢人了。

他咬了咬自己的舌尖，忍不住继续道：“我还想让你帮我留在一班。”

他就是这样喜欢得寸进尺。

但这次，林钦禾却没有很快地答应他。

陶溪有些慌乱，他忍不住侧脸看向林钦禾，明明神情是小心的，但话一出口又带着刺地说：“你不想我继续在一班？”

这根刺越来越尖锐，他突然想到杨多乐，这位努力了一年才进了一班的同学，一定离不开林钦禾的帮助吧？

可他有什么资格和杨多乐相提并论呢？他于林钦禾而言，只是认识没几天的陌生人。

陶溪心下酸涩，生怕林钦禾对他说“是”，便挤出一个笑容，故作轻松地抢先说：“我不会占用你太多时间，只是问你一些问题。作为回报，我帮你提升记叙文怎么样？”

可作文提升这件事，林钦禾根本不需要。

他像一个小孩儿，捧着一堆从溪边捡的石头，努力从石头里挑拣出最好看的那一颗，奢望能换取别人手里的宝贝。

林钦禾看着陶溪的眼睛，手指将一张卷子的边角微微折起又抹平，语气平淡道：“能不能留在一班，主要看你自己的努力，我不能保证。”

陶溪察觉到了一丝希望，有些急切地说：“我会抓紧一切时间努力的！”

要知道，他最不缺的就是努力，因为他除了努力什么也做不了。

林钦禾却转头看了眼教室最后的黑板，声音低沉地问：“是吗？”

语气里夹着几分并不信任的质疑。

陶溪一愣，也看了眼身后那块被自己画上樱花的黑板，他顿了顿说道："我以后不会花时间画了，当时帮江馨云画，是因为她在篮球赛后给了我一瓶水。"

为了凸显自己帮人是应该的，他认真补充道："那瓶水12块钱一瓶，很贵的。"

说完他又敏感地意识到，12块一瓶的水对他很贵，对于一班的大部分学生，尤其林钦禾来说却根本不算什么。

林钦禾听了他的话，眼中并没有表现出什么情绪，只说："你喜欢画画，可以加入美术社，不要浪费时间在别人的事上。"

陶溪微怔，社团？他没意识到，为什么林钦禾这么肯定他喜欢画画，他只是听到社团两个字有些出神。

因为他突然想到，刚刚林钦禾与杨多乐在乐团里排练演奏的画面，一想到就心里泛酸。他现在还是学不会控制自己的嫉妒，忍不住杠道："难道加入社团就不是浪费时间？"

林钦禾没有因他的抬杠生气，说："你可以在社团认识朋友，那并不是浪费时间。"

陶溪沉默了。他对认识新朋友没有兴趣，但林钦禾说的话他都会听，于是点头道："好，我去看看。"

陶溪说完，突然意识到林钦禾还没答应帮自己留在一班，他怕错过了今天这个机会就再也没办法开口。刚准备张口说话，却听到林钦禾的手机在振动。

林钦禾拿起手机看了下，接通后说道："我在教室，乐乐应该还在练琴。"

陶溪将已经张开的口型缓缓闭上，听到林钦禾继续道："好，我等会儿带乐乐回家。"

林钦禾挂了电话，站起来对陶溪说道："我先回去了。"

陶溪好半天才努力提起嘴角笑了笑，抬头看着林钦禾说："好，明天见！"

他不知道自己的笑容一点也不好看。

林钦禾低头看着陶溪的眼睛，过了会儿说道："明天午休留在教室。"

陶溪愣了愣，还没反应过来，就看到林钦禾已经转身走出了教室。

他继续坐在只有他一个人的教室里，看着桌上的卷子发呆。

卷子上，林钦禾红色的批改笔迹还在，他牢牢盯着这些笔迹，才觉得刚才的那一切都是真的。

他突然捂着脸开始笑，可笑完又开始难过，像有病一样。

每当他为自己拿到一颗糖果沾沾自喜时，他就会发现别人早就拥有了吃不完的糖果。

而那些糖果本该是他的。

杨多乐背着书包等在校门口，来接他和林钦禾的林家司机到了有一会儿了，但林钦禾还没出来。

大概又等了两三分钟，杨多乐终于看到林钦禾过来了。

“钦禾哥，你回教室做什么去了？刚才团长还想找你继续弹琴呢。”杨多乐跟在林钦禾身旁往停车场走。

“有个东西掉教室了。”林钦禾说。

“什么东西这么重要？”杨多乐下意识地问道，但他看了一眼林钦禾的表情，便知道林钦禾并不想回答他。

毕竟他们一起长大，对彼此都太过了解，而他虽然和林钦禾感情很好，但林钦禾不想说的事儿，他向来是怎么问也问不出来的。

两人坐车回了林家的别墅，一个穿着一身黑色长裙的高挑女人等在门口。她留着黑色齐肩短发，看到两人下车后便露出一个浅淡的笑容。

“罗妈妈！”杨多乐扑过去抱了一下罗徵音，喊得很甜。

罗徵音是林钦禾的母亲，文华市有名的钢琴家。她先唤了声“乐乐”，笑着拥抱了一下杨多乐，然后看向自己的儿子，问道：“钦禾，怎么今天放学这么晚？”

“有点事儿耽误了。”林钦禾提着自己和杨多乐的书包，换了鞋往屋里走。

罗徵音微叹口气，她这个儿子除了弹得一手好钢琴像她，性格更像他的爸爸。他对大多数人都冷淡疏离，即使是面对亲人，也从不热络。

她没再问，只是说道：“先吃饭吧。”

餐桌上菜很丰盛，自然是家里保姆做的，罗徵音向来爱护自己的手。

三人落座后，杨多乐一边吃饭，一边眉飞色舞地和罗徵音讲着学校的事，她便笑着回应几句。

林钦禾吃饭时几乎不会说话。其实在林家，吃饭时确实食不言。林钦

禾的爷爷林维梁曾是文华市委书记，老爷子性格古板，家风严，大儿子林泽秋是现任省委秘书长，小儿子林泽实创办了瑞泽集团，主要从事房地产行业。

林泽实便是罗徵音的丈夫，但他一般在外地工作，极少回家。

“乐乐，你现在升到一班了，坐到钦禾旁边了吗？”罗徵音问道。

杨多乐从幼儿园到初中都和林钦禾一个班，但文华一中根据成绩排名分班后两人就没在一个班了。过去一年杨多乐铆足了劲学习，林钦禾也辅导了不少，高二才终于又成了同班同学。

从期末成绩出来后，杨多乐就一直念叨着要和林钦禾做同桌。

杨多乐撇了下嘴，看了眼一旁的林钦禾，对罗徵音用带点儿埋怨和撒娇的语气道：“罗妈妈，钦禾哥有别的同桌了。”

罗徵音有些讶异，她知道林钦禾一直没有同桌，因为他不喜欢和人靠太近以及肢体接触。即使自己是他的母亲，两人也从来不会像她和杨多乐那样亲昵。

“是以前的同学？”罗徵音想不到，除了杨多乐，还有哪个能让林钦禾接受坐在他旁边。

杨多乐抢道：“才不是，您和林叔叔不是资助了那个清水县的远程直播课堂吗？现在清水县的第一名来我们班了，班主任让那个新同学坐钦禾哥旁边了。”

罗徵音微怔，清水县的远程直播课堂除了政府牵线，确实有他们林家的资助，不过具体的资助细节，她并没有去了解。

她知道杨多乐想坐林钦禾旁边，便说：“你们班不是可以自由选择同桌吗？下次换座位时，乐乐和那个新同学换一下就好了。”

一直没说话的林钦禾却突然道：“不用了。”

罗徵音和杨多乐同时一愣。

杨多乐有些生气，闷闷道：“你不觉得那个陶溪有些讨厌我吗？我有点儿不希望你和他成为朋友。”

他能很明显地感觉到陶溪对他的敌意，虽然他不知道为什么，但不喜欢自己的人，他也不会喜欢，甚至还要更讨厌些心里才平衡。而他潜意识里，也对陶溪有莫名的戒备。

林钦禾是他最好的朋友，如果他和陶溪成为朋友，他会有种被背叛的感觉。

罗徵音猜到那个陶溪是林钦禾的同桌，但小孩子之间的矛盾她也不好置喙，便没说话。

林钦禾放下筷子，声音很冷淡地说："乐乐，并不是所有人都要如你的愿。"

餐厅的气氛有一瞬的凝滞。

罗徵音很少听到林钦禾对杨多乐说这么重的话，她向来将杨多乐当自己的孩子疼爱，潜移默化中也让林钦禾和她一样宠爱杨多乐。

她只好缓和气氛道："不说这个事儿了。乐乐，你上次说的新游戏我帮你买好了，已经安装在游戏机里，等会儿和钦禾一起去玩吧。"

家里有个专门的娱乐室，可以看电影和打游戏。去年为了给杨多乐过生日还置办了一整套 VR 游戏设备，虽然他玩了几次后就腻味了。

"我不是很想玩了，罗妈妈，我去睡午觉了。"杨多乐放下筷子离开餐厅，明显还在生闷气。

但罗徵音并没有太担心，这孩子脾气来得快去得也快，哄几句就好了。

林钦禾也站起身，却被罗徵音叫住道："钦禾，陪妈妈说会儿话吧。"

罗徵音很少在林钦禾面前自称妈妈，如果这样说，一般是带着点恳求的意思。

林钦禾低头看着自己的母亲，回应道："好。"

母子二人来到二楼的一间画室。这间画室很大，却没有任何绘画工具，只是墙上挂着很多幅画，大部分画明显出自同一个人。

罗徵音端着一杯咖啡，走到一幅画前，看了一会儿后，笑着说道："今天听乐乐说到清水县，突然想起这幅画，不知道那里真实的景象，会不会像画里一样美好。"

那是一幅油画，画中一条清溪蜿蜒在山坳里，溪畔桃花如霞似锦，溪上桃花逐流水而去。半山腰上一间黑瓦白墙的农舍升起袅袅炊烟，整幅画恬静安宁，画的右下角写着一个小小的"穗"字。

"您可以去看看。"林钦禾淡漠道，他也看着那幅画，却似乎透过画看着另一样事物。

罗徵音微叹口气，神色有些黯淡，走开几步去看另外几幅画，说起正事："乐乐的爸爸最近回来了，所以乐乐的心情不是很好。他还是小孩子心性，远没有你成熟，你别和他置气。"

林钦禾沉默了会儿，问道："杨叔回来几天了？"

罗徵音皱起眉，似乎并不想提起这人，冷淡道："两三天了吧，所以我让你把乐乐带回来，他们父子见了面又要吵，也要闹得方叔家里不安宁。"

杨多乐从小就是在外公方祖清家里和罗徵音家里长大的，他父亲杨争鸣从事医疗生意，早年忙于事业几乎没怎么管过杨多乐。近几年突然想和儿子搞好关系，隔三岔五地去杨多乐外公家里，只有罗徵音这里他从不敢过来。

"你不知道，上次杨争鸣带了个女人回来，长得和……唉，反正被乐乐看到了，乐乐气了很久。"罗徵音眼中闪过厌恶，低头喝了口咖啡。

林钦禾知道母亲未尽的话，杨争鸣在方穗死后颓废浑噩了两年，被方祖清骂醒后才去开始做事业。虽然这么多年没有结婚，但近些年来女人不断，每一个都有方穗的影子。

毕竟是上一辈的事，林钦禾不好说什么。

罗徵音也没再继续这个话题，她走到一幅儿童画前，看了会儿后笑着说："你和乐乐小时候都学过画画，可惜你总是没耐心，乐乐想学但总也画不好，最后放弃了。这一点他真的不像他的妈妈。"

话说到最后，罗徵音的语气变得沉了些，目光也放得悠远。

林钦禾看着那幅杨多乐八岁时画的画，画上是一个小孩牵着爸爸妈妈的手，妈妈有一头黑色长发，手上拿着一支画笔，三个人都画着开心的笑脸。

他又走到那幅画着桃花流水的画前，看着画说道："不是每个人都要有她的影子，我不是，乐乐也不是。"

就像这个别墅，如果不是他花粉过敏，花园里一定种满了那个女人最喜欢的白玫瑰。

罗徵音怔住，久久没有说话。

陶溪下午出了趟校门，他进了一家开在学校附近的书店，准备去买英语听力磁带，因为林钦禾让他回去练英语听力。

陶溪有一个初一时买的复读机，按键有些不太灵了，但还勉强能用。

然而他在书店里找了一圈都没有找到带磁带的听力书，直到书店的老板问他："同学，你找啥宝贝呢？"

"我想买训练高中英语听力用的磁带。"陶溪说。

书店老板是个四十出头的大叔，穿着一双塑料拖鞋，神色讶异道："现

在哪个还用磁带听英语听力？”

陶溪一愣，不用磁带用什么？

老板看了眼陶溪身上穿的校服，说道：“你们文华一中不是不禁电子设备吗？他们都是用手机或平板啊，随时可以听，磁带多不方便。”

他说着，从书架上抽出本英语听力书，指给陶溪看：“买了书，里面就会给你一个音频文件的下载网址和二维码，你用手机扫描就能下载。”

陶溪想起林钦禾经常戴的无线耳机，有些手足无措地说道：“好的，我先去看下别的教辅资料。”

他刚要转身走，却被老板拉住说：“欸，你等等。我去库房里翻一下，没准儿能翻到之前积压的磁带。”

老板翻了好一会儿，终于找到了几年前没卖完的听力磁带和书，他用手拍了拍上面的积灰，笑嘻嘻道：“其实我也觉得磁带更好，学生用手机肯定忍不住要玩游戏聊天，谁知道是在听英语还是在听歌？”

陶溪点点头，刚要掏出钱买，老板却一摆手道：“送你了，本来就是要丢的。”

陶溪并不想白拿人的，两个人推了几番，最后陶溪从书店里买了些其他的教辅书，才接受了那本免费的听力书和磁带。

他回到空无一人的寝室，拿出那个老式复读机。当时为了买这个复读机他攒了很久的早饭钱，买到后在上面小心翼翼地贴上了贴纸，写上自己的名字，生怕被人拿走了。这可是他除了电子表之外唯一的电子设备了。

把开机键按了好几下，复读机才慢悠悠地开始工作。他将新买的磁带放进去，插上一根坏了一只的耳机，听到声音出来才松了口气。

做了一小时英语听力后，陶溪按照上午林钦禾画的各科重点，做新买的教辅书上难度比较大的题目，不太懂的就把题号框起来，然后折起书页，等着明天午休时问林钦禾。

一想到第二天中午林钦禾会给他辅导，陶溪就忍不住趴在桌上小声笑起来。明明寝室就他一个人，却好像怕被人听到。

就像他小时候，郭萍去镇上回来偶尔会给陶乐带棒棒糖，他有时会分到一根。但他从来不会像陶乐那样拿到就吃了，他总是会揣在荷包里很久，时不时地悄悄拿出来看一看闻一闻，生怕被陶乐看到要去，等到糖纸被黏得快要撕不下来了才会吃掉。

陶溪除了晚上出去随便买个手抓饼吃了，其余时间都在寝室里学习，

晚上睡觉前还戴着一只耳机听英语。

本来以为学了一天会一夜无梦，但晚上他却做了个梦。他梦到白天他坐在教室看旁边的林钦禾帮他改卷子，突然林钦禾的手机振动，他接通电话一会儿后说："好，我等会儿带陶溪回家。"

然后他们一起坐大巴回家，车开了很久很久，陶溪正想怎么还不到呢，车终于停了。他和林钦禾下车一看，并不是林钦禾的家，而是桃溪湾的清水河畔。

桃花开满了春日山坳，溪上桃花无数，花上有黄鹂。

他邀请林钦禾去半山腰上的自己家里坐坐，林钦禾却皱着眉说："我不喜欢这里。"然后就转身走了。

他铆足劲儿在后面追，大喊我把桃花树砍了怎么样，却鬼打墙一样怎么都追不上。

醒来后，陶溪觉得自己像跑了二百里地似的，喝了好几口水。

"溪哥，我要跟你说对不起，你要原谅我。"早上陶溪从食堂出来往教学楼走，半道上被毕成飞截住了。

他被带得一踉跄，早饭都快吐出来了，无语道："什么事儿？"

毕成飞面上一点儿愧疚都没有，看着倒还有些高兴地说："我艰难地决定，以后还是舍身饲母老虎，继续和胡桐同桌，所以就对不住兄弟你了。"

他仔细看着陶溪的脸色，生怕这脆弱的小白菜因为他的爽约而伤心难过。

陶溪却丁点儿难过都没有，好奇道："胡桐原谅你了？"

上次胡桐不小心把金晶那个水瓶子丢了后，毕成飞对她发了好大一顿脾气，胡桐气得几天没和毕成飞说话。

"怎么是她原谅我，是我大人不计小人过原谅她了好吗？"毕成飞嘴硬道。他昨天在朋友圈发了张打篮球的照片，胡桐点了个赞又取消了，他就巴巴地跑去道歉了。

"哦。"

毕成飞见陶溪不以为意，关心道："溪哥，你长这么好看，肯定会有很多女生愿意和你坐的，你现在去找还来得及。"

毕竟江馨云那样漂亮的女生都主动找了陶溪，虽然陶溪为了他拒绝了。想到这里毕成飞终于有了一丝愧疚，心里开始琢磨着去给陶溪牵哪条

红线。

却听陶溪说："我有同桌啊，不用找。"

毕成飞一愣，看到陶溪白皙的面容上漾起一丝笑容，跟白菜开花似的。

"你什么时候找的？是江馨云？你们昨天回去私联了？"毕成飞嗅到了八卦的味道。

两人这时正好走到了教学楼一楼的大厅，陶溪眯着眼睛伸出一根手指，遥指着墙上的荣耀榜说："喏，最厉害的那个就是我同桌。"

孔雀开屏的架势和"周大娘"没什么区别。

直到走到教室的时候，毕成飞还觉得不可思议。

高中以来，他们班只有两个人没有同桌，一个是年级第二的黄晴，因为她性格孤僻没人愿意和她一起坐；一个是年级第一的林钦禾，想和他坐的人很多，但除了杨多乐，没一个敢开口的。

溪哥就是溪哥。

周一早自习的时间可以换座位，班上换的并不是很多，大家都坐习惯了。

陶溪心情很好，坐下前将自己的课桌仔细擦了一遍，把明明对得很齐整的桌子边缘又对了一遍。

两张桌子被他对得严丝合缝，他看了一会儿，才满意地坐下开始早读。

林钦禾还没来，估计又要踏着上课铃声进来。

陶溪在去饮水间打水的时候，碰到一个短头发的小个子女生，好像叫陈雅纯，对他说："班主任刚才找你呢，让你去秋实楼一楼找他。"

陶溪有些纳闷，周强找他就找他，还跑那么远的秋实楼干什么？

但他并没有怀疑，说了声"谢谢"后就转身出了教室，没看到后面陈雅纯的笑。

陶溪气喘吁吁地跑到秋实楼，非社团活动日秋实楼根本没什么人，他在一楼大厅里扫视一圈连只蚊子都没看到。

有个路过的清洁阿姨问道："同学你来这里干什么？马上就要上课了。"

陶溪心里冒出个想法，他没和清洁阿姨解释，转身快步朝教学楼跑去。他跑得很快，越来越快，但还是没能在上课铃声响起之前跑到。

在铃声响完的那一秒，他喘着气赶到教室门口，毕傲雪已经踩着高跟鞋站在讲台上了。

"不错，我们班英语课迟到冠军后继有人了。"毕傲雪穿着一身新连衣

裙，轻笑着对陶溪说道，看样子并没有生气。

“对不起，老师我错了，我以后不会了。”陶溪深知什么解释都没有道歉有用，态度摆得很端正。

“进来吧，还是老规矩，不能因为你是新生就免了。”毕傲雪拿出一本英文散文集，随便翻了一页，指给走上讲台的陶溪说，“把这段朗读了就下去吧。”

陶溪在拿过书之前先看了一眼最后一排，林钦禾已经坐在座位上了，目光低垂着，应该在看什么竞赛书。

他微松口气，又看了眼教室后面的摄像头。他知道千里外清水一中的同学们，也能看到他站在讲台上，听到他接下来的声音。

陶溪垂下目光，大体看了一遍那个段落。毕傲雪明显对他比较仁慈，挑的这段很简单，没有一个生僻词汇，不像之前她让林钦禾念的那么难。

他深吸一口气，开始尽力模仿林钦禾的语调念英文。这是他在清水一中时就一直在练习的。

但他毕竟不是林钦禾，在念头几句的时候，他就听到了底下有几个女生在笑。笑声虽然压得很低，但那种嘲笑的意思他能听得出来。

毕傲雪一蹙眉，冷冷看向那几个笑的女生，江馨云和陈雅纯等三四个女生才收了笑。

陶溪念完后，把书还给了毕傲雪。毕傲雪点了下头，让他下去了。

他快步回到座位上，从抽屉里拿出英语课本，前面的毕成飞想扭头扭了一半儿，被毕傲雪瞪了回去。

陶溪其实挺平静，他一直非常清楚自己与文华一中学生的差距。这个差距不光是成绩，还包括眼界、见识、情操……成绩可以想方设法补起来，但出身决定的很多东西一时半会儿根本补不上。

他突然想起，来文华一中前，语文老师送行时跟他说要不卑不亢。

他确实没有自卑过，但他还是忍不住对自己感到失望。他想，就像他在屏幕上看到林钦禾是看到了光，那么清水一中的学生看到讲台上的他，是不是也像看到了光呢？毕竟他是清水县成绩最好的学生了。

他有些失望自己没能成为这道光。

陶溪压下这些想法，认真地上完了一堂课。下课铃一响，前面的毕成飞就飞快地转过来问道：“溪哥，怎么回事，你好好的怎么迟到了？”

陶溪用余光看到一旁的林钦禾在看手机，他敷衍地解释道：“准备去小

卖部买笔芯，跑一半儿想起快上课了才赶回来。”

毕成飞被忽悠成功了，忙说：“找我借啊，我还会不借给你吗？”然后从笔芯盒里抽了一把笔芯放到陶溪面前。

陶溪只拿了一根，笑着说了声“谢谢”。

从头到尾，一旁的林钦禾都没说什么。陶溪松了口气，虽然林钦禾本来也不会问。

他知道这个小恶作剧是谁的意思，但没太放心上。

江馨云的优越感不会允许陶溪这个从农村来的男生拒绝自己的主动邀请，陶溪虽然生气，但也不会找女生的麻烦。

这跟他以前在学校见过的手段相比，根本不算什么。

陶溪中午在食堂飞速地吃完了饭，心里庆幸毕成飞这个麻烦精从不在午休期间回教室。

赶回教室的时候，教室只有一个雷打不动的年级第二黄晴在看书。

他微喘着气回到座位，拿出刚买的那套听力书和复读机开始做英语听力。他想让林钦禾看到，只要是林钦禾说的，他都会认真照做。

大概过了十多分钟，他刚做完一套听力题的时候，林钦禾才回到教室。

陶溪一听到动静就扭头望向林钦禾，身板挺得笔直，双眼里写满了“我在乖乖听你话”。

林钦禾看了他一眼，走过去拉开椅子坐下。陶溪突然又有些不自在了，不知道手要怎么摆，目光要往哪里放，只好将自己桌上的听力书往旁边推，用向老师报告的语气说：“我做了四套英语听力，一共错了两道题。”

他紧张地想，这个正确率应该还可以，心里莫名期待起来。

期待什么？或许是一个夸奖？

但林钦禾只看了一眼听力书，就说：“这些题太旧了，对你没有用。”

陶溪一愣，这已经是他能找到的唯一带磁带的听力书了。他有些慌乱地将书又拖了回来，像拖着一袋被嫌弃的垃圾，支吾道：“那……那我再去买新一点儿的书和磁带。”

他合上书，发现林钦禾在看他那个贴了名字的复读机。他将复读机往抽屉塞去，低着头补充道：“我比较习惯用磁带听英语。”

说完又觉得没必要，在林钦禾面前维护这点自尊心，一点儿意义也没有。

陶溪心里盘算着，周末放假去市里更大的书店找找新的听力材料。

林钦禾并没有再说听力书的事，他从抽屉里拿出几张打印纸，放到陶溪桌上说：“今天中午把这些题做完，自己看着时间。”

他说完就戴上了耳机，拿出自己的书看，好像不会再给旁的事物眼神。

陶溪看着面前的纸张发愣，这些A4打印纸被整齐地装订着，上面印着一道道题目。每套选择题和每道大题前，都附上了做完题目的时间要求是几分钟。

他再没见过世面，也知道这些题目并不是随便从一本教辅资料上撕下来的。而是林钦禾一道道挑选好，排版好，再打印出来装订好的。

“怎么还不开始做？”一旁的林钦禾语气淡漠地问。

陶溪回过神，点头道：“马上就开始。”

他将手腕上的旧电子表解下来放在一旁，然后拧开中性笔盖，明明很轻松，却似乎用了不少力气。

陶溪写字时力道放得很轻，好像生怕把纸给划破了。他小心翼翼地不让自己写错字，直到最后写完，纸张上都干干净净的，没有一处涂改的地方。

他也严格按照林钦禾设定的时间来，时间一到，他就不写这道题了。

全部做完后，他深吸一口气，将整沓纸往林钦禾的桌子上一推，小声说：“我写完了。”紧张得像给老师交作业。

林钦禾放下书，拿出一支红笔开始改。

这段时间变得尤为难熬。

陶溪在旁边不知道该干什么，他不敢看林钦禾手下正被批改的题目，更不敢直接看林钦禾。他又觉得在林钦禾给自己改题时做其他事儿不太好，只好东张西望地看教室里并不多的人。

有个男生埋在桌子上，肩膀一耸一耸的，估计是在看什么好笑的小说或电影；有个女生在照镜子涂唇膏，照着照着开始挤起了鼻子上的黑头；那个目前唯一没有同桌的黄晴，居然这么长时间姿势都没变一下，还是笔直地坐着，跟块铁板一样。

看来不是所有成绩拔尖的人都像林钦禾这样轻松，也有这种埋头刻苦用功的。

陶溪盯着黄晴的马尾发呆，突然听一旁的林钦禾说：“这道题再算一遍。”声音低沉，语气有些不满。

陶溪一个激灵回过神，看到林钦禾将试题纸放在他面前，用红笔笔尖

点着一道数学大题。

他缩着头说了声“好”，然后埋下头开始重新计算。他发现之前由于粗心算错了一个式子，难怪林钦禾会生气，这种低级错误太不应该了。

算完后再递给林钦禾，他刚将自己的视线收回来，就听林钦禾沉声道：“无聊就看书。”

陶溪收回视线，点头答应了。既然是林钦禾说的那就没问题，他拿出一本教辅书开始看，直到林钦禾给他改完，开始讲错题。

林钦禾的讲解很简洁，但总能直接点出陶溪的问题所在。陶溪听他把这套题讲完，感觉自己像被打通了任督二脉似的，有好多被迷雾罩着的东西都变得清晰起来。甚至昨天做的那些题目，有好多都不需要再问了。

毕竟他本来就是很聪明的人。

全部讲完后，陶溪还有些恋恋不舍，毕竟林钦禾只说了今天中午，没有说以后每天都会这样。他把那套试题抚平收好，纠结了好一会儿后，试探着对林钦禾说道：“要不你给我出一道记叙文题目，我写完给你看？”

他不知道林钦禾想不想做他的朋友，但朋友应该是互有来往的。即使林钦禾不需要，他也要表达自己的心意。

果不其然，林钦禾盖上红笔盖子，言简意赅道：“不用。”

陶溪并不意外，还是说道：“那你以后想让我写什么都可以，我都会写的。”

想来，他给林钦禾写过的东西其实已经不少了。

但林钦禾需要他写什么呢？

检讨书？他挺会的。但哪个人敢让林钦禾写检讨？

情书？要是林钦禾让他帮忙给别的女生写情书……

陶溪脑子里闪过很多想法，也没想出个所以然来，所以并没有指望林钦禾做什么回应，但却听林钦禾笃定道：“好，这是你说的。”

第三章
陨石绕月

午休的好心情并没有持续多久，因为下午周考成绩就出来了。

陶溪拿到卷子后算了下总分，因为没有排名，他不知道自己大概在哪个位置。但他知道自己比毕成飞少 20 分。

毕成飞都是一班甩尾的，那他肯定被甩飞了。

这让陶溪很受打击，把卷子藏着掖着没敢让林钦禾看到。虽然林钦禾肯定也没兴趣看他的卷子。

晚上回到寝室后，他又被迫观看了一场阴阳大师徐子淇的表演。

“成绩确实出来了……没排名，肯定是二班的第一……打听了下，比一班垫底的毕成飞高 5 分……期中应该问题不大……我早就说过，上次期末只是失误而已。你们到底在急什么……”

毕成飞，你是把自己的成绩挂在公告栏上了吗?

潘彦在画画，小胖子白眼翻得不错，对陶溪道：“陶溪，你帮我看看，我这个画是不是颜料涂得太厚了？怎么感觉比有些人的脸皮还厚呢？”

陶溪觉得自己再在这个寝室住下去，离变成阴阳人不远了。

第二天中午，陶溪依旧用最快的速度吃完了午饭奔往教室。教室里依旧只有一个像鬼一样悄无声息的黄晴。

他坐在自己的座位上，从咬牙买的新文件袋里虔诚地捧出昨天林钦禾给他布置的题目，每一张纸都平整无痕。他认真地把错题又看了一遍，即使他记忆很好讲过就不会忘。

五分钟，十分钟，二十分钟，三十分钟……

陶溪已经拿出了自己的卷子开始学习，后门有一点儿声响他都会扭头朝门口望去，但开门进来的一直不是那个人。

直到下午上课前两分钟，陶溪才看到林钦禾从前门进来。他眼睛里的光瞬间点亮，但转眼又看到林钦禾身后跟着进来的杨多乐，一只手里拿着一杯喝了一半的奶茶，另一只手抱着一本教辅书。

陶溪很快垂下头，拿着笔继续做面前的题目。

他知道是自己在做白日梦，竟奢望林钦禾会像昨天那样提前回教室，帮他辅导功课。

有时候，就像现在，他内心深处的恶意会突然疯狂滋长，在他心里大声叫嚣：戳穿这一切！夺回属于自己的一切！这本就该是你的！

可他知道，他或许可以夺回优越的家境，夺回亲人的关注，夺回本该属于自己的出身，但他夺不回林钦禾与杨多乐相伴长大的感情，毕竟他连梦都要偷杨多乐的。但偷就是偷，偷过来一尝才知道很苦。

他可以不要好的出身，他只是想和杨多乐一样，能和林钦禾相伴长大，成为无话不说的知己，而不是只能在远在千里的地方仰望。

那天之后，陶溪中午依旧会很早地回到教室，但不会再希冀身旁的人会提前回来，事实也是果然没有。

体育课自由活动的时候，毕成飞又要拉他打篮球。陶溪拒绝了，抱着资料找地方学习。

很多休息区的长椅都被女生们占据着，他走到学校唯一的奶茶店前，这里并不像清水县城只有两三平方米、卫生质量堪忧的山寨奶茶店。这家奶茶店很大，有小两层，装修风格很清新。

陶溪想到那天杨多乐手里拿的奶茶和教辅书，或许林钦禾就是在这家奶茶店里给他辅导功课。

陶溪不自觉地走进了奶茶店，里面连墙都是淡淡的粉蓝色，像咖啡店一样，有很多半封闭的卡座，大多是女生在里面吃甜点聊天。

店长是一个四十出头的女人，长相亲切和蔼，见到新进来的他对他笑了下。

陶溪有点儿后悔进来了，因为他瞄了眼收银台上面的菜单，五花八门一长串的奶茶名后面的价格，都是大几十块。

陶溪只好尴尬地对店长也笑了下，转身就准备走。但在转过一个半封

闭的卡座时，听到了有些熟悉的声音。

“你之前不还对陶溪有好感吗？”一个女生轻笑道。陶溪想了下，是经常跟江馨云一起走的语文课代表，叫张梦桐，还夸过他作文写得好。

“谁对他有好感了？”是江馨云的声音，音量提得很高地否认道。

“你不是传字条让他做你同桌吗？现在又不承认了。”张梦桐说。

“我没有！我才不想跟一个山里人来往！”

有个女生笑起来，似乎是陈雅纯，说：“我当时也想不通呢，馨云一直和我们一起玩儿，怎么会突然跑去跟农村来的人打交道。”

“是啊，不是一个世界的，根本聊不到一起去，都没共同话题。”张梦桐故作老成道。

“你们越说越远了啊！”江馨云有些恼怒了。

“不过陶溪倒是蛮奇怪的，按理说在我们学校，要是有人想跟他交个朋友，就应该好好把握机会吧，万一以后还能用上这个人脉呢？”陈雅纯说。

“万一别人只看得来金晶这样的呢？”张梦桐笑道。

“别挑拨我和晶晶的关系！”江馨云嗔骂道。

陶溪当时站在卡座一道贴着粉色墙纸的空心墙后，因而都听得很清楚。他半垂下眼睫，无声地冷笑着，没打算打破这群女生的议论。

在清水时，他再怎样都是和男的打架，打到别人心服口服就行，从来没掺和过女生的是非。

他能怎么做？不能打，还能冲过去把她们骂一顿？只能是自取其辱。

陶溪正准备走，突然听到突兀的女声响起：“你们的家教就是让你们在背后说人是非的？”

“哟，万年哑巴的年级第二伸张正义啊？怎么，这里是你家的店，我们就不能说话了？”陈雅纯声音尖酸道。

“我们可在照顾你妈的生意，你这是在赶客吗？”张梦桐悠悠笑道，说完喝了一口奶茶。

黄晴冷冷地看着这三个女生，不远处妈妈正在给她递眼色。她哑口无言，转身往奶茶店门外走，却在转过卡座的时候，撞上了陶溪。

她一惊，下意识要张嘴，就看到陶溪伸出食指做了个“嘘”的动作。

两人无声地走到奶茶店外，陶溪看着这个面色苍白扎着利落马尾的女生，笑了下说道：“刚才谢谢你，不过以后不用了，免得她们为此孤立你。”

他知道被孤立是怎样的感觉，一点也不好受。

黄晴面无表情道："这有什么，我不早就被孤立了吗？"

陶溪想了下，黄晴确实都是独来独往。正打算告别的时候，他听到黄晴说："陶溪，你别听她们说的，我觉得你很好。"

陶溪一愣，说实话开学这么久，他也跟不少同学说过话了，但跟这人完全不熟。

他微微笑起来，很真诚地说："谢谢你。"

因为得到的善意很少，所以他格外感激。

陶溪说完打算离开，怕撞上那几个女生尴尬，然后看到林钦禾与杨多乐正在往这边走来，或许他是陪杨多乐过来买奶茶的。

陶溪脚步一顿，想了想还是对林钦禾弯起双眼笑了下。

但林钦禾一眼都没有看他，径直跟杨多乐走进了奶茶店里。反倒是杨多乐冲他笑了下，还招了下手。

陶溪微怔，他感觉到林钦禾好像比开学第一天第一次见到他时还要冷漠。

紧接着他突然意识到，林钦禾自从那天社团活动日对他说"我会听"后，好像没有最开始的冷漠了。

虽然依旧没什么表情，也不主动和他说话，但似乎不再拒他于千里之外，让他不敢靠近。

可刚才的林钦禾，又让他有一种自己被厌恶的感觉。

对，就是厌恶。

他终于想起来了，开学那天，周强让他坐林钦禾旁边时，林钦禾直接拒绝时看向他的目光。

他当时被能坐在林钦禾旁边乐昏了头，根本就没细细体会那个眼神的含义。

那个眼神分明和他对林钦禾说抽屉里有玫瑰时，林钦禾眼里的厌恶一样。

陶溪深吸一口气，可能刚才奶茶店里的冷气太足，他突然觉得手有些冰凉，和黄晴告别后离开了奶茶店。

杨多乐走进奶茶店后望向身旁的林钦禾，诧异道："钦禾哥，你以前不是绝对不进这里的吗？今天怎么进来了？"

这家奶茶店百分之九十的客人都是女生，要不是杨多乐实在嗜甜如命喜欢喝奶茶，他也不是很愿意进装修这么粉嫩的奶茶店。而林钦禾更是敬而

远之，从不跨进这道门半步，他要在这里让林钦禾帮自己补习功课，林钦禾宁愿站操场上也不进来。

林钦禾果然看着有些不自在，店里甜到发腻的味道让他蹙紧眉头，站在离门口不远的位置没再往里面走。

他没回答杨多乐的问题，沉声催促道："去买了赶紧走。"

有一些正在喝奶茶聊天的女生发现新大陆似的悄悄看向林钦禾，低着头咬耳朵小声讨论。

杨多乐察觉到林钦禾的心情突然变得不好。他很识趣，没再说什么，快步走向前台。

林钦禾站在原地抬起手腕看了眼手表，然后望向玻璃门外。刚才站在门口聊天的两人早就没了踪影，他准备转身往门外走，正好遇上出来的江馨云、张梦桐和陈雅纯。

三个女生看到林钦禾神色都有些诧异，张梦桐悄悄戳了下一旁的陈雅纯，陈雅纯脚步顿了顿，抬头看着林钦禾，向他露出一个笑容。

陈雅纯也没指望林钦禾搭理她，但林钦禾竟朝她看了过来。然而林钦禾只看了她一眼，就转身走出了店门。

那道目光除了一如既往的冷漠之外，还有明显的厌恶。明显到她即使不知道自己什么事儿得罪了林钦禾，也明显感觉到自己被人家厌恶。

陶溪找到一个空着的长椅坐下来自习，他对着书看了半天，却怎么也看不进去，脑中总会浮现出林钦禾的眼睛。

林钦禾的眼睛非常漂亮，瞳孔在阳光下是琥珀色的。长时间看一个人时，因为身高更高，长而密的睫毛总是半低垂着，偶尔会轻轻颤动，如燕尾一般裁去些眼底里的冷淡疏离，让人有一种自己被认真注视的错觉。

陶溪被这双眼睛这样注视过，在社团日那天，他百般祈求林钦禾帮他留在一班时，或许正是因为这种错觉，让那天的他胆子格外大。

陶溪不知道为什么，林钦禾似乎又有些讨厌他了，但他并没有为此气馁。

他告诉自己，来日方长，他还有一年时间可以努力。

可陶溪不知道，自己要怎么努力才能离林钦禾更近一点，他只能先努力让自己留在一班，这也是林钦禾说的。

想成为他的朋友，就在期中考进前五十名。

陶溪突然又充满了干劲儿，晚上在被子里打手电筒的时间更长了，学完从被子里出来的时候满脸都是汗。

尽管他盖得很严实，但徐子淇总是阴阳怪气地说有光打扰他的睡眠。他怕徐子淇去宿管那里举报，只好又用深色塑料袋把手电筒裹上一层，只透出极其微弱的光。

但这样的后果就是，他每次学完都觉得眼睛有些发胀。

周日上午英语课结束后，陶溪用笔轻轻戳了下正在玩“消消乐”的林钦禾的胳膊。

林钦禾手上继续触着屏幕，头也不转，声音冷淡地问：“什么事？”

“我要去打水，需要帮你带吗？”陶溪眼巴巴地看着林钦禾桌子上只剩半杯水的黑色水杯。

“不用。”

陶溪哦了一声，他没有去打水，而是又拿出一张皱巴巴的美术社海报，像拿到高考成绩和家长商量报哪所大学，眨了眨眼睛小声道：“我今天打算去报美术社了。”

因为上星期林钦禾跟他说可以加入美术社，他想让林钦禾知道自己很听他的话。

但林钦禾声音依旧冷淡地问：“关我什么事？”

陶溪又哦了一声，收起海报自觉闭嘴了。

自从那天在奶茶店门口碰到林钦禾后，他就努力尝试着主动与林钦禾说话，每天早上都殷勤地询问林钦禾需不需要帮忙打水。但林钦禾总是像现在这样爱答不理的，他连林钦禾的水杯都没碰到过。

难不成林钦禾怕他在水里投毒？

陶溪自我检讨了好久，都没想出来那天自己到底做了什么，林钦禾怎么就这样了。

但月有阴晴圆缺，林钦禾间歇性阴晴不定，人格缺失，也很正常。

陶溪这样告诉自己。

最后一节课刚下，班上学生就收了书包飞奔出去。陶溪看到林钦禾与杨多乐拿着乐谱一道出去了，他在教室踟蹰了会儿，也跑去了秋实楼。

他拿着海报，循着地址找了一会儿，终于在二楼找到了美术社的大画室。里面有三十几个人，大半是女生，已经在对着画板画画了。

明明画画是自己的特长，陶溪进去的时候还是感到紧张，总觉得自己好像闯入了别人的领地。

他正张望着找社团负责人，却冤家路窄地碰到了两个“熟人”。

“陶溪，你也来美术社？来找馨云的？”张梦桐拿着一支画笔，说话间笑着朝一旁的江馨云递了个眼神。

江馨云依旧围着她那个粉色的围裙，抬头看了眼陶溪，又瞪了一眼张梦桐，嘴角却是带笑的。

陶溪不禁有些佩服这两人，他觉得自己算是会掩饰的人了，没想到人外有人。

要不是自己在奶茶店亲耳听到她们的对话，现在肯定会觉得她们对自己很友好。

他轻轻笑了下，说：“我听林钦禾说这里不错，所以过来看看，不过现在没什么兴趣了。”说完转身就走，没看身后两个人非常难看的脸色。

陶溪不准备加入美术社了，并给自己找好了充足的理由，他不想花钱买绘画工具。

结果刚踏出门还没几步，就被一个高挑的女生给拦下来说：“别走啊陶学弟，你走了我们社可缺了个人才。”

陶溪一愣，眼前这个不认识的女生个子很高，只比他矮一点，用一根紫色缎带扎着一头长卷发，一双明亮的眼睛饱含笑意，继续道：“我是美术社的社长乔以棠，高三（1）班的。听潘彦那小胖子说过你，就等着你来我们社团呢。”

陶溪有些纳闷，他可从没跟潘彦说过自己要加入美术社，按下疑惑点头道：“学姐好，不过我不是很想加入社团了。”

“为什么？”乔以棠非常不解，还很着急地问，“你不是喜欢画画吗？”

陶溪越来越觉得此人奇怪，坦诚道：“我没有准备画画的工具。”

“这有什么？本社长还会差你一套工具吗？”乔以棠闻言微松口气，大方地揽着陶溪往画室里走。里面正在画画的学生纷纷恭敬地喊社长好，神色惊异地看向陶溪，只有江馨云和张梦桐面色复杂。

乔以棠热情似火地给陶溪拿了一块新画板和一整套崭新的画笔及颜料，并说是社团公共的，不让他有任何拒绝的理由。

陶溪跟小鸡似的被按到画板前开始画画了，乔以棠才终于放过他。她叮嘱了一个男生“好好照顾陶学弟”，然后拿着手机出了画室，似乎是要去

给谁打电话。

那男生介绍自己叫高扬，高二美术班的学生。他有些艳羡地对陶溪道：“你怎么认识我们社长的？她对你也太热情了吧。”

陶溪心想我也不知道，只好道：“可能是我室友潘彦跟她讲过我吧。”

高扬小声嘀咕道：“潘彦？他哪里够得着校长女儿。”

他以为陶溪是故意不跟他说，便觉得这人很没意思，转身去画自己的，没再搭理陶溪。

画室里很安静，陶溪也开始画画。乔以棠给他的画笔和颜料都很好，这还是他第一次这样正式地画画，而不用蹭别人的工具。

他认真画画时就会全身心投入，没注意到身后站了越来越多围观的人，社长乔以棠也围了过来。

画上是雪夜之月，雪山之上一轮冰月迸溢出银白寒光。明明线条简单，但在绝佳的色彩下，雪色与月色便构成了不可接近的孤高绝色。

陶溪收笔的时候才发现自己又被围观了，他看到乔以棠目光灼灼地看着自己，像看着什么珍稀物种。

“学弟，你要是告诉我你没学过画画，我今天可不会放你走了。”乔以棠话带威胁，语气却隐含兴奋。

其他围观的社员顿时紧张地看向陶溪，要是眼前这新来的真没学过，那他们学了这么多年的绘画是不是错付了？

陶溪脸色平静地点点头，说：“只是无聊的时候画着玩玩。”

“画着玩玩？”

有几个人忍不住低骂出声，暗恨究竟是错付了。看向陶溪的目光有酸意也有肃然，他们本来还以为陶溪是社长的什么亲戚。

陶溪没忍住笑了笑，此刻的他体会到了林钦禾说“没有必要”看错题时的快乐。

乔以棠并不意外，绘画和音乐一样，可能一百分的勤奋都比不上别人一分的天赋。她仔细看着那幅画，忍不住感叹道：“陶溪，你的画风和我之前看过的一幅画好像哟。”

陶溪微怔，忙问：“是谁的？”他想会不会是自己的母亲方穗？

乔以棠却说：“是我一个朋友的朋友，好像也不算他的朋友。”她摇了摇头，似乎不想展开说，“算了，我那朋友小气得很，我就瞄了一眼没怎么看清，也可能是我记错了。”

陶溪有些失望，方穗已经走了那么多年，不会和十几岁的人成为朋友。

一直在陶溪旁边画画的高扬早就心服口服了，拉着陶溪要求指导自己的画。陶溪过去了，有几个社员也凑了过去。

乔以棠看着眼前的景象心情不错，转身准备去看看别人的画，无意间看到两个刚才一直没参与围观的女生，此刻正目光复杂地看着被围起来的陶溪。

乔以棠眯了眯眼睛，嘴角依旧带着笑，施施然走出了画室。

社团活动结束也意味着学校已经放假，陶溪好不容易摆脱热情的高扬，吃完饭回到宿舍发现潘彦居然没回家，便问了下关于乔以棠的事。

"什么？我和女神总共就说过两句话，分别是学姐好和学姐再见，怎么可能给她介绍别的男生？"

陶溪："……"

"你知不知道？她可是乔校长的小女儿，是美术生，也是高三（1）班的学霸。这样的女神你竟然这么轻易就认识了，太不公平了吧？"潘彦捶胸顿足道。

陶溪想了一会儿还是没想明白，为什么乔以棠会认识自己。经历了江馨云那几个女生的事后，他现在对别人突然表现出的好意都十分警惕。

算了，反正只有社团活动日会见到。

陶溪下午出了趟学校，在市里的大书店里终于找到了一本还算新的带磁带的听力书，回来后继续在寝室学习到半夜。

第二天周一，他如往常一样很早来到教室。教室里依旧只有一个黄晴，他打了个招呼，黄晴面无表情地对他点了下头，就继续低头看书了。

陶溪不禁想，是不是成绩顶尖的人都是不说话的，那他倒蛮愿意找海巫婆用嗓音换优异成绩的。

他坐到座位上开始写卷子，没多久教室就陆续进了些人。

突然前面传来一些嘈杂声，他开始还不以为意，直到一个女生的声音道："难不成我们班里有人偷东西？"

陶溪敏感地顿了下笔，但没有抬头。

"馨云，你仔细想想，昨天真的把耳机掉学校了吗？"是金晶的声音。

"我确定，我昨天去美术社前把耳机放在抽屉里，打算画完画回来拿的。但后来我妈打电话催我，我就直接回家了。"江馨云焦急道，伴随着翻

动抽屉的声音。

“我昨天确实看到馨云把耳机放抽屉里了，然后和她一起去的美术社。”坐江馨云旁边的张梦桐说道。

“馨云那个耳机很贵吧，还是她爸爸给她从美国带的生日礼物呢。”陈雅纯补充道。

陶溪已经不用听了，基本可以确定这就是一个套。并且可以肯定，那个耳机现在一定在他抽屉里。

文华一中校风自由，为保护学生隐私没在教室里安装监控，直播用的摄像头只有上课时才会开启，根本没有办法自证。

说实话，这种老掉牙的手段他见过很多次，在初中的时候。

他在清水县读的那个破初中出了名地乱，如果看不惯一个人，就将东西塞进那人抽屉里。第二天一通栽赃陷害，班上人都会跟风站队说抓小偷，从此这个人就会被彻底孤立了。

他了解是因为他被这样对待过，但他的解决办法很粗暴，就是打架。

不要命的打法，只要对别人和自己都够狠，那些人就会怕。

直到他通过成绩取得了一些老师的庇护，再加上他“恶名远扬”，渐渐不再有人敢欺负他。

但陶溪从来没想过会在文华一中碰到这种事，他以为所有人都像表面那样纯粹，他不明白江馨云为什么要这样恨自己。但他知道，文华一中的人他惹不起，也不能惹。因为没有人会护着他。

他本就不是这里的学生，这件事闹大了，只会让他彻底待不下去，还会让清水一中蒙羞。

更会让他狼狈地滚出林钦禾的世界。

林钦禾。

陶溪下意识往旁边看了眼，还好林钦禾从来都来得很晚，他不想让林钦禾看到。

“要不咱们现在趁还没上课把教室搜一遍吧？”陈雅纯开始提议道。

“我觉得不用全班都搜，毕竟昨天放学后还留在学校的人很少，而且大多数人也不缺耳机吧。”张梦桐开始接戏。

一班除了一个住读的人，还会有谁连周日留在学校里？还有谁穷到没有耳机？

答案昭然若揭。

“你们别这样，万一最后是个误会岂不是很尴尬？”金晶似乎并不知道她的小姐妹们的策划，但此时也回过味了。

“搜别人桌子是在侵犯别人的隐私！”一直没说话的黄晴站起来说道，嗓音压着怒火。

“哟，倒还忘了，这早上第一个来教室的人，不也很有可能吗？”陈雅纯轻笑道。

“你！”黄晴显然在吵架上跟她们不是一个段位的。

陶溪听到脚步声渐渐往后排来，很快就听到江馨云在上方笑着问他：“陶溪，你昨天看到什么人去过我的座位吗？”

陶溪停下笔，抬头看着江馨云。这个女生确实有些漂亮，一双眼里明明含着恶意，却看起来楚楚可怜。

“我又不是你的同桌，怎么会知道？”陶溪神色平静，眼底透出讥讽的笑意说。

江馨云面色阴沉了一瞬，一旁的张梦桐冷笑道：“可我们班就你一个人留宿学校啊，其他人都回家了。”

赶过来的金晶看了眼陶溪，叹了口气犹豫着要不要说话。其他几个在教室的学生都在各自座位上悄悄往这边看，没有一个人出声，有的在用手机打字，估计在传递八卦。

“我上次听说，班主任给了你一把教室的钥匙，方便你周末学习？”陈雅纯说道，暗示意味分明。

周强确实给了陶溪一把钥匙，但陶溪周日一般在寝室学习，几乎没怎么用过。

“陶溪，你看，这个耳机对我意义挺重要的，我真的不想丢了它。”江馨云微微蹙起眉，声音轻柔，似乎很为难的样子。

陶溪抬头看着江馨云，正要反唇相讥，却突然听到一道冷冽的声音道：“你最好仔细想想，耳机是不是真的丢了。”

围在后排的几个人顿时朝后门望去。

只有陶溪没有动，他的心脏迅速沉了下去，所有强装的从容几乎在一瞬间坍塌。他将指甲深深地掐进掌心，掐到痛意分明。

他不敢扭头看向那个正在步步走近的人，但耳朵却变得格外灵敏。他听到林钦禾像往常那样拉开椅子，金属摩擦在地板上的声音远比平日尖锐。

陶溪连呼吸都不敢用力，方才在江馨云面前的镇定消失得一干二净。

他低下头垂下目光，狼狈得像一只将头埋进沙里的鸵鸟。

砰的一声，一个装满了水的黑色水杯突然被扣在他的桌面上，紧接着一如既往冷淡的声音响起：“去给我打水。”

陶溪僵硬着的身体下意识一颤，迟钝了两秒后腾地站起身，双手拿了林钦禾的水杯往饮水间走去。他的手指有些抖，只有紧紧握住那个黑色水杯才能控制住。

教室里很安静，他在饮水间能听到后面的所有动静。

金晶打破了凝滞的气氛，主动向林钦禾解释道：“馨云说昨天把耳机掉教室了，今天没找到，所以问问在学校的陶溪有没有看到，这可能是个误会。”

她已经猜到这件事是江馨云搞的鬼，但江馨云毕竟是她的朋友，她想给个台阶让江馨云下来算了。

但林钦禾并没有搭理她，他姿态放松地靠着椅背，一只手放在课桌上，修长的食指轻叩着桌面，微抬头看着江馨云，声音没有丝毫温度地说：“我再问你一遍，是不是真的丢了？”

江馨云面色苍白，她下意识地后退了半步。明明林钦禾是坐着，用向上的视线看她，明明他神色平静，目光也平静，但她却感受到了强烈的压迫。仿佛她只要点头说一声是，那道目光将化为利器刺向自己。

陈雅纯和张梦桐显然都没料到这件事会发展成这样，两人互相看了一眼，都有些慌乱。陈雅纯更是脸色发青，她好像突然有些明白，为什么那天奶茶店里林钦禾看她时眼中会有厌恶。

江馨云用力握紧手，她不知道为什么从来踏着铃声进来的林钦禾会突然早到，更想不通他为什么要管这件事儿。她知道自己得罪不起林钦禾，不敢再看林钦禾的眼睛，垂下目光支吾道：“我……我也有可能是掉在家里了，我晚上回去再找找。”

张梦桐也赶紧道：“对，我昨天也可能记错了，馨云你可能真的把耳机带回去了。”

江馨云听到手指叩击桌面的声音突然变重后一停顿，她心脏一缩，下意识看向林钦禾。她看到林钦禾竟微微扬起唇角，他依旧看着自己，笑意极浅，声音却极冷地说：“那我希望你能找到。”

江馨云努力按下心中瞬间涌起的惊骇，硬生生挤出一个难看的笑容，小声道：“谢谢，我回去一定仔细找。”

她真的不想在这里再停留一分一秒，但林钦禾却依旧不放过她，他伸出手将一旁有一点儿歪斜的课桌往自己这边拉过来对齐，然后看向她，缓缓问道：“找到后呢？”

江馨云快哭了，教室里还有一些正在无声看戏的人，她从来没有这么丢脸过，但她还是颤着声音说：“我……我会向陶溪道歉。”

一直努力降低存在感的陈雅纯，以为这场审问终于要结束了。林钦禾突然向她看来，那双好看的眼睛如覆霜雪，目光凌厉。

她几乎是瞬间就明白了林钦禾的意思，攥着手指急促地说道：“我……我也会向陶溪道歉。上次我骗他让他迟到，是我不对。”

张梦桐大气也不敢喘，也忙跟着道了歉。

三人忐忑地看着林钦禾终于收回了视线，似乎又把她们当空气了。他从书包里拿出一本厚重的书，看封面似乎是英语听力，以及一盒崭新的磁带，低头放进了自己的抽屉。

金晶忙给江馨云她们使眼色，三人才满手冷汗地往自己座位走去。

金晶还没离开，她拍了拍自己的胸口大松一口气。在她看来这件事应该是完美解决了，忍不住对林钦禾感叹道：“终于没事了！刚才吓死我了！”

她确实快被林钦禾吓死了，她初中就和林钦禾一个班，何曾见他这样过？却看到林钦禾冷淡地看了她一眼，反问道：“没事了吗？”

金晶一怔，她觉得林钦禾看自己的目光和刚才他看江馨云的似乎没有区别。

陶溪从饮水间出来的时候，教室已经又来了些人。后来的人似乎并不知道之前发生的事儿，讲话的讲话，抄作业的抄作业，气氛一如往常。

班长李小源拿着书在教室里巡逻纪律，自己却四处参与讲小话。他刚要转身去另一列座位巡逻，撞上正往后排走的陶溪，他愣了下，立马笑眯眯打招呼：“嗨，小陶同学，早上好哟！”

李小源刚通过毕成飞建立的“一班 CIA”私密男生小群大致了解了早上的八卦，为了保护脆弱新同学的尊严，李小源下了死令，让所有群成员封口。尤其毕成飞这个管不住嘴的，坚决不能在陶溪面前提起这件事儿。

想到这里，李小源将嘴咧得更开了些，希冀能通过自己善意灿烂的笑容化开这位可怜人心上的愁云。

结果陶溪双手捧着一个水杯，也笑眯眯地对他打招呼道：“早上好啊！

班长。”然后从他身边步伐轻快地走了过去，直奔后排座位。

李小源的灿烂笑容凝固了。难道情报有误？陶溪怎么看都没有他预想中的失落，反而看起来很高兴啊。

毕成飞怎么还不来？李小源快要忍不住八卦的欲望了。

陶溪回到座位上，看到林钦禾正低着头看书，和往常没什么区别。

他坐下后将手里的水杯放到林钦禾的桌上，微侧过身，看着林钦禾低头看书的侧脸，对他说：“水打好了哟。”

其实他只是将水杯里的水倒掉，又重新接了一杯而已。

林钦禾漫不经心地嗯了一声，翻了一页继续看书。

按照平常，他不理陶溪，陶溪就应该识趣地转身去做自己的事。但过了十几秒，这人居然还一动不动地盯着自己，他没忍住微侧过脸，冷淡地问道：“什么事？”

他正好撞上陶溪看着自己的目光，形状漂亮的双眼里晕着湿润潮意，却又微微闪烁着，像压满清河的星光。

林钦禾自然地扭回头继续看书，又翻了一页。

陶溪看向那本竞赛书，说：“你刚才那页还没看完吧？”

除非真有量子波动速读法，天才也没办法这么快就看完一页。

林钦禾正要继续翻页的手指一顿，转头看着陶溪，微蹙起眉，有点儿不耐烦地问道：“到底什么事？”

陶溪刚想开口，但教室里的读书声突然高昂起来，一时沸腾如早市，只因年级主任刚从门口咳嗽一声背手路过。

他怕林钦禾听不到，在喧腾热烈的早读声中倾身向林钦禾靠去，用右手半掩着嘴唇，在林钦禾耳边一个字一个字地小声说道：“我想说，谢、谢、你！”

巡逻中的李小源一直暗中观察着最后一排的情况，顿时瞳孔一缩。因为他看到陶溪将脖子微微仰起，凑到林钦禾面前说悄悄话，为了保持身体的平衡，左手还随意地搭在林钦禾面前的桌沿上。

新同学胆子忒大了！他们班谁不知道，林钦禾最讨厌别人靠他太近。

李小源已经设想好了陶溪的一百种惨烈下场，结果却没有看到预想中的画面。林钦禾竟什么动作都没有，任陶溪在自己耳边说话！

不知道自己正被密切观察的陶溪说完后收回倾斜的上身，偏着头继续看林钦禾。他纤密的睫梢微微上挑，嘴角却弯出一个好看的弧度，仿佛偷吃

了什么糖果。

林钦禾看了眼陶溪亮晶晶的眼睛，很快收回了视线，将刚才被他折得有些凹凸不平的书页用手指抹平，语气比往常更冷淡地说：“不用。”

随着年级主任远去，教室里的读书声又变得稀稀疏疏，夹杂着讲小话的声音。

陶溪用手竖起语文课本挡住头，侧着脸趴在课桌上对同桌认真地讲小话：“你今天为什么来这么早？”

平常这人都是力争最后，不过也正是拜林钦禾喜欢迟到所赐，过去陶溪才有机会偶尔在屏幕上看到林钦禾被毕傲雪罚英文朗读。

“今天路上没堵车。”林钦禾合上根本没看几页的书，眼睛都不看陶溪地说。

陶溪趴在课桌上看着林钦禾，他突然想起开学第一天在讲台上第一次看到林钦禾。那时周强问他为什么迟到，他说路上遇到车祸了。

当时忍住没笑的，现在却笑了出来。陶溪努力压下翘起的嘴角，又问道：“那你怎么知道不是我拿的？万一要是被搜出来了，你不是很尴尬？”

林钦禾不以为意道：“你连手机都没有，要耳机做什么？”

陶溪面色微窘，小声反驳道：“我明明还有复读机。”

林钦禾唇角微翘，将书塞进抽屉，手却碰到了那盒自己带来的磁带。他手上顿了顿，将磁带往里面推去，然后对陶溪说：“给我。”

陶溪一愣，茫然地问：“你要复读机？”

“……”林钦禾屈起食指敲了敲陶溪的桌子。

陶溪顿时反应过来，林钦禾指的是“赃物”。他连忙将手伸进抽屉，摸了一会儿摸到了一个小巧的盒子，然后拿出来从课桌下飞快地递到林钦禾手里，像特务传递机密情报。

林钦禾却像丢垃圾一样随意地丢进了自己的书包，然后拿出一支钢笔在手里把玩。

“你要怎么处理它？”陶溪好奇地问道，这耳机应该很贵吧。

“丢了。”林钦禾毫不留情地说。

陶溪想也只能这样了，他看着林钦禾修长的手指发呆，脑中又想起那天看到林钦禾弹钢琴的画面，心里想着下次画那双手好了。林钦禾突然低声说道：“这次知道了吗？不是所有人给你一点儿小恩小惠，你都要回应。也不是别人对你稍微好一点儿，你就要感激涕零。”

陶溪怔住了，林钦禾是在就这次教训对他进行说教吗？

他茫然了好一会儿才想明白，林钦禾可能指的是他当时因为一瓶 12 块的水帮江馨云画黑板报的事儿。若非如此，或许就不会牵扯出后面的是非。

他不懂林钦禾为什么总惦记那幅黑板报，难道还是对他画的花耿耿于怀？

陶溪依旧用书挡着头，下巴垫着胳膊肘，往林钦禾桌子那边凑了凑，丝毫没意识到自己已经越界。他偏着头抬起眼睫看林钦禾，疑惑地问道："那如果对我好的人非常非常少，我要是什么都不回应，会不会以后就没有人愿意对我好了？"

对他而言，连父母亲人的好都是虚妄，这个世界上根本没有任何一个人会无条件对他好。

林钦禾垂眸看着陶溪的眼睛，手中微微用力拧开了钢笔的笔盖，然后又很快合上，沉默了会儿说道："你只用好好回应真正对你好的人。"

世间没有无缘无故的好，无论是善意还是恶意，都夹杂着各种各样的目的和想法。

陶溪怔了怔，他看着林钦禾，突然笑了起来，纤长的睫毛轻轻颤动。

林钦禾抿了抿唇，生硬地问道："你笑什么？"

有哪个正常人经历了早上的事儿，还能这么没心没肺地笑？

陶溪收敛了笑意，嘴角却还翘着，高兴道："因为我知道要对谁好了啊。"

他笑着看向林钦禾，林钦禾却似乎不想和他说话了。他只好从桌上支棱起来，放平语文课本，看着书发呆，心里盘算着什么。

摊开的语文课本上突然出现了三张空白的作文纸和一支黑色钢笔，紧接着，林钦禾对他道："你不是说我让你写什么都可以吗？那你就为今早的事儿写一份检讨，反省自己的错误，晚上放学前交给我。"

陶溪目瞪口呆地看着面前这三张纸和钢笔。

虽然他是答应过林钦禾，但怎么也不会想到，林钦禾竟要自己写检讨。

陶溪在小学和初中时写过很多检讨，为打架，为翘课，为顶撞老师，为上课讲话……

上高中后他学会了装乖，成绩好被老师捧着，更不会有人让他写检讨。

陶溪觉得有些羞耻，忍不住顶嘴道："我做错了什么？为什么要写检讨？"

却看到林钦禾淡淡地看了他一眼，目光平静却压迫感十足，分明对他的顶撞有些不满了。

陶溪老实了，闷声道："好，是我错了，我写。"

他拿起那支黑色钢笔，握进手心才发现上面还残留着林钦禾手上的温度。他用了些力气握紧，然后在第一张纸的第一行，十分郑重地写上了"检讨书"三个字。

至于怎么写，他根本就没头绪。高中以前写的检讨都是胡编乱造的，可这是对林钦禾写的，那就不能玩笑了。

陶溪苦恼地挠了下脑袋，在脑中疯狂搜罗自己看过的思想汇报和检讨。

最后一节晚自习的时候，周强突然来到教室找陶溪，跟他轻声说了句："陶溪，跟我出来一趟。"说完就先出了教室。

陶溪一愣，在离开座位前迅速把刚写完的检讨书放在了林钦禾桌上，然后飞快地出了教室。

周强带着陶溪出了教学楼，走到一个僻静的花坛边，确认附近没人后才开始说话："陶溪，早上的事情我了解到了，真的很抱歉。我要向你说一声对不起，身为班主任我都不知道班上产生了矛盾，差点儿让你被误会了。"

周强用词很谨慎，显然还是顾忌到了那几个女生的颜面。但他的语气很诚恳，诚恳到让陶溪有些无所适从。

陶溪心里惦念着自己那份检讨，摇头道："老师，不用道歉，这不是您的错。"

班主任再厉害，也不可能控制得了班上每一个学生的情绪。

周强叹了口气，抬起手拍了拍陶溪的肩膀说："好孩子，你来到我们学校上学不容易，我以为把你安排在林钦禾旁边就不会有事了，没想到还是差点儿出了问题，幸好事情没有闹大。"

如果事情闹大了，就算能还陶溪清白，也会闹得很不好看，周强心有余悸。

陶溪顿时一怔，追问道："您当时为什么要把我安排坐在林钦禾旁边？"

明明林钦禾非常讨厌有同桌。

周强顿了顿，解释道："虽然一班每个孩子都很优秀，但正是因为太优秀了，除了林钦禾这种不可超越的，很多人其实都互相较着劲儿。你毕竟初来乍到，我担心你很难融入进去。"

虽然周强话说得很委婉，但陶溪还是听懂了。

一班的人除了像毕成飞这样天生缺心眼的，大多很好强。他一个从偏远县来的穷学生，即使一班学生出于修养一开始会友好地接纳他，但如果他表现出的差距太大，这种友好很有可能就会转为轻视，甚至是排挤。

但陶溪还是没明白，这和把他放在林钦禾旁边坐有什么关系，他还想问，周强就转移话题开始啰唆起来："生活和学习上有什么困难一定要跟我说，学校给你发的补助金该用就要用，如果不够可以给学校写申请。这个项目的资助人很大方的，你的学费和生活费其实都来自资助人给学校的基金，所以你不用担心会花学校的钱……"

陶溪忍不住好奇地问道："老师，我能知道资助人是谁吗？"

他一直以为这个项目是清水县政府和文华一中牵线出钱的，看来还有具体的资助人，资助了他来文华一中的所有费用。

陶溪想起上半年高一下学期期中考试后，清水一中的校长突然宣布了期末联考第一名"留学"文华一中的消息，他也是从那时起开始用准备高考的状态备考。

周强却好像有些避讳，以为陶溪想去当面感谢，便和蔼道："好孩子，你只用专心学习就好，以后考个好大学，就是最好的报答。"

此时的一班教室里，学生们都在安静地自习。当然也有毕成飞这种躁动不安、一心等着下课的跳蚤。

他正百无聊赖着，目光游移地看着面前的书，突然听到后面传来一声笑。

笑声极其短促，被压抑得很低沉。但毕成飞的大耳朵还是听到了，他见了鬼似的扭头向后一望，后排只有一个林钦禾正拿着几张作文纸在看。

毕成飞觉得自己真的见了鬼，陶溪不在，那就只能是林钦禾笑的。可林钦禾这个万年冰雕，什么时候笑出声过?

他眯了眯眼睛仔细盯着林钦禾的脸，想从这张完美的脸上挖掘出一点儿笑意，证明自己不是幻听。但林钦禾却如往日一样面容冷峻，只是专注地看着作文纸。

毕成飞忍不住伸着脖子往那边凑，好奇地小声问道："学神，什么这么好笑？给我看看好不好？"

结果林钦禾将作文纸翻过来扣在桌面上，冷冷吐出一个字："滚。"

毕成飞缩回脖子，委委屈屈地转过身去。

他想自己不仅要去老爸那里挂个脑科的号，没准儿还要去挂个耳科的号。

林钦禾怎么可能会笑出声？就算给他念笑话大全，这人也不会笑一下。

一定是他听错了。

毕成飞脑中突然闪现出一个镜头，想起高一时，他惯常跑腿从门卫那里拿寄到一班的信回去。果不其然看到一大半都是从清水县寄给林钦禾的，一看字迹就知道出自小女生。其中绝大多数还是同一个女生寄的，毕成飞对这个独特的字迹印象深刻。因为他每次去拿信都会有这个女生的信，每个月雷打不动的六七封，逢年过节还会多加一封。

他都快被这个精神感动了，然而这个女生似乎写字不太好看，一手字写得和非主流火星文一样。

毕成飞像往常一样把信拣出来放到林钦禾桌上，当时林钦禾好像在看一篇何文姣很久以前发下来的优秀满分作文复印件。

毕成飞忍不住嘴贱地开玩笑道："学神，我现在严重怀疑你每次都是故意在姑奶奶的英语课上迟到，让清水一中的小姑娘在屏幕上看到你念英文，好给你写信表达对你的崇拜吧。"

他当然是瞎说的，像林钦禾这种冷漠性格，寄给他的信他肯定都丢了，没当场丢进垃圾桶是因为修养，怎么可能为了远在千里外的人迟到？

毕成飞觉得林钦禾会对他冷冷地说一声"滚"，或者干脆无视他。

结果当时林钦禾什么都没说，竟微微笑了下，然后将所有信封都放进了书包。然后他笑意转瞬即逝，让毕成飞以为是自己幻视了。

毕成飞又想起白天李小源和自己分享的八卦，突然觉得自己身为CIA群主有些玩忽职守。

此时后排的林钦禾又将作文纸翻过来，看着最后一段清隽挺秀的字迹：

本人郑重检讨，将认真遵守林钦禾对本人的严格要求，做到绝对相信林钦禾，绝对听林钦禾的话，努力向林钦禾学习，不断地向林钦禾靠拢看齐，以高标准要求自己，做到"学会拒绝，不随便回应小恩小惠，不浪费时间做没有意义的事"，认真学习，努力奋进，力争在期中考试时考进年级前五十名，不辜负林钦禾同学的信任和期盼！

检讨人：陶溪

第四章
石头在发光

周强还在滔滔不绝地说着，陶溪一边不走心地应承着，一边暗暗看手表上的时间，焦急得恨不得拔腿就跑。

没几分钟就要下晚自习了，他得赶在林钦禾走之前问他检讨书合格了没有。

这时周强终于拿出手机看了眼时间，拍了拍秃了一半的脑袋说："哎呀，怎么这么晚了？好了，陶溪你先回去吧，晚上回寝室后别学到太晚了，注意劳逸结合……"

他话还没说完，就看到陶溪飞一样没了影子。

"不错，还能活蹦乱跳，说明心情没受影响。"周强十分欣慰地笑了。

陶溪一边跑，一边暗骂周强找了个这么偏僻的旮旯角儿。等他跑到教学楼时下课铃声已经响了，他逆着楼梯奔涌的人流，又一口气爬了三层楼，跑到教室时班上的人果然已经走了大半。

杨多乐晚自习请了假，陶溪以为林钦禾会一下课就走。却没想到他竟然还在，但拎着书包显然是要走了。陶溪急忙伸出胳膊拦住林钦禾，喘着气一顿一顿地问道："我的，检讨书，通过了吗？"

他因为喘气微微张开红润的嘴唇，白皙的脸染上一层润着细腻汗水的淡粉色，睫梢上挂着点儿水珠，紧张地看着林钦禾。

林钦禾微低头看着陶溪的脸，很快移开目光，从自己桌上抽了一张纸巾递给陶溪。

陶溪愣了愣，从林钦禾手里接过纸巾，说了句谢谢，用纸巾擦着脸上的汗水，然后听到林钦禾严肃冷漠的声音：“还不够深刻。”

陶溪手上一顿，将纸巾捏进手心里，睁圆了眼睛瞪着林钦禾，忍不住道：“这还不够深刻？”

他可是绞尽脑汁，十足诚恳，就差对天发誓了！

陶溪可不想再重写一篇，他向林钦禾走近一点，看着林钦禾，放软了声调开始疯狂暗示：“我还有好多作业没写，好多张卷子一个字都没动。”

林钦禾似乎并不吃他这一套，面容一丁点儿松动都没有。

陶溪想了想，偏着头仔细观察林钦禾的神色，声音放得更软道：“你不是说我的听力书太旧了吗？我听你的话，又买了一本新的，今天晚上就要练听力，真的没有时间重写检讨。”

他有些后悔之前向林钦禾承诺让他写什么都可以了。

林钦禾却反问道：“我说过让你重写吗？”

陶溪一愣，他茫然地看着林钦禾，发现林钦禾眼底似乎有一闪而过的笑意。

他想努力去看那笑意是不是真的，却又听林钦禾说：“听力书给我看看。”

陶溪觉得可能是自己看错了，他走到自己的座位上，从抽屉翻出那本自己从市里大书店刚买不久的听力书，连后面的磁带一起递给了林钦禾。

教室早已没了其他人，前排的人走时顺手关了前面的灯。此时，教室里只有最后一排灯依旧照亮最后的座位，和依旧没有走的两个人。

林钦禾拿过书很快地翻了几页，迅速下结论道：“这本也不行，题目太简单，没什么提升作用。”

陶溪啊了一声，有些手足无措地说道：“可我找不到更好的了。”

林钦禾看了他一眼，转身从抽屉里拿出一本厚重的书和一个装着磁带的透明盒子，递到他面前，用带着点儿命令的语气说：“回去练这本听力，每天做一套题目。”

陶溪愣怔着接过那本书和磁带，他翻开书的扉页，上面写着疏朗俊逸的三个钢笔字：林钦禾。

书显然是新的，一套题都没有动，那盒磁带也是崭新的，没拆封。

他呆呆地看着手里的东西，觉得很重，又似乎很轻，好半天没回过神。

“不想做？”林钦禾问他。

陶溪回过神，赶紧摇了摇头，看着林钦禾说：“可如果我做了你的书，

你做什么呢？”

这显然是林钦禾新买了还没做的书。

林钦禾平淡道：“我没必要练。”

“……”这就是有钱人的任性吗？

陶溪搞不懂林钦禾怎么想的，但他不想白拿林钦禾的东西，便问：“那这本书多少钱？我明天把钱带来给你。”

看这本书的制作应该很贵，可能要个上百块，陶溪忍不住有些肉疼。

林钦禾皱眉道：“不用了。”

陶溪还没来得及坚持，就看到林钦禾将他从书店买的那本被批得一文不值的听力书连着磁带一起放进书包里，说：“作为交换，这本我拿走了。”

陶溪一愣，迷惑道：“可你不是说这本太过简单没有用吗？”

这根本就不是等价交换。

林钦禾提起书包，漫不经心道：“是啊，所以拿回去给我读小学的表弟做。”

陶溪瞪着林钦禾，觉得自己被冒犯了！

他刚要表达下不满，不承想下一秒林钦禾就伸出一只手，向他的眼睛伸来。

陶溪下意识闭上眼睛，感觉到右眼角有温热的触感。他屏住呼吸，感觉到有手指从他眼角薄弱的皮肤上捻去了什么。等手指离开后，他睁眼一看，发现林钦禾的手上竟是一小块儿纸屑，应该是自己刚才擦汗的时候留下的。

陶溪忍不住伸出手摸了摸自己的眼角，眨了几下眼睛，虚张声势地责怪道：“你怎么不早点儿告诉我？”

他竟然眼角粘着块纸屑和林钦禾说了这么久的话！

“我怎么知道，长你眼睛旁你都看不到。”林钦禾唇角微微翘起，然后提着书包向门口走去。

陶溪一怔，他确定刚才没看错，林钦禾确实是笑了。

然后又气恼地想，他又不是蜻蜓，当然看不到眼睛旁的东西！

陶溪关好教室的灯，又用钥匙反锁了教室门，反复检查确定门被关好后，才双手抱着林钦禾给他的听力书和磁带向宿舍楼走去。

此时已是九月下旬，晚上多了一丝凉气，昏暗的校园里浮动着淡淡的

桂花香气。陶溪深吸一口气，想着林钦禾闻到香味儿肯定会难受。但他现在闻着桂花香，却高兴得要飞起来了。

林钦禾似乎并不讨厌他。

他想起林钦禾对他说，好好回应真正对自己好的人。

那时他便决定，他要努力对林钦禾好，可他好像并不能给林钦禾带来什么好处。

陶溪一路思考着回到寝室，徐子淇戴着耳机似乎在听英语，潘彦一边叹气，一边画画。

“溪大！您可算回来了！快来帮帮我，我真的不知道怎么画了！”潘彦一见到陶溪进来就像黄鼠狼见了鸡，立刻张牙舞爪地扑过去。

陶溪身手灵活地躲过潘彦，护住怀里的听力书，毫不留情地拒绝道：“不行，我今晚要练听力。”

潘彦哭唧唧地控诉道：“你忍心对你身在苦海的室友见死不救吗？”他突然发现陶溪好像没以前好说话了。

“忍心。”陶溪冷酷道。

这时候就是地震来了，他也要先练一套听力题。

陶溪先去卫生间仔细洗了手，然后拿出自己的复读机，打开磁带盒，这才发现磁带什么商标都没有，只分别贴着带有数字 1234 的标签纸。

没想到制作这么精美的书，磁带倒包装得挺简单。

他装好磁带，插上耳机，认真地做完了一套题，发现这题目真的很难，一对答案错了好多道。难怪林钦禾说他买的书太简单，他又反复听了几遍错题后才合上书，去卫生间洗澡。

陶溪洗完澡从卫生间出来的时候，看到徐子淇正站在桌子前翻他的听力书。

他几步冲过去，用力拍开徐子淇的手，将听力书拿起来护在怀里，脸色阴沉地看着徐子淇，冷声道：“谁允许你动我的东西的？”他将“我的”两个字咬得很重。

徐子淇怔了下，握住自己被打得生疼的手腕。陶溪的神色很可怕，竟让他生出了一丝惧意，然而这点惧意很快就被恼怒掩盖了。

“我就翻一下，又没有弄坏，你这么小气干什么？”

徐子淇看了眼自己已经有些红肿的手腕，愤恨地瞪着陶溪，阴阳怪气道：“而且这本书分明写着林钦禾的名字，谁知道是不是你偷的他的？”

这本听力书他曾经看到过，是一位知名英语教授编的给自己和朋友的孩子练习听力用的，根本没有上架对外销售过。林钦禾有不奇怪，他怎么可能给陶溪？

他曾在一班待过两个月，也试图巴结过林钦禾，但从来没有成功过。林钦禾从来不会给任何不熟的人好脸色。

“偷”这个字刺激到了陶溪，合着早上的事一起让他不爽到了极点。

他在这个学校装孙子这么久，无非是想好好留在林钦禾身边。可如果有人动了林钦禾给他的东西……

陶溪看着徐子淇，冷笑一声，猛地踹了一脚徐子淇的椅子，“哐当”几声重响，椅子被踹得飞到寝室门又反弹回地上。

徐子淇被这剧烈的动静吓得后退几步，面色煞白，像看疯子一样看向陶溪。

陶溪看他的目光太过阴沉尖锐，他一直以为这个从农村转来的学生软弱胆小，何曾见过他这么恐怖的一面？

陶溪将手中的听力书轻轻放到桌上，向徐子淇缓步走近。

徐子淇竟有一种自己要被打的预感，他忍不住又后退了几步，直退到门边躺着的椅子旁，指着陶溪色厉内荏道：“你，你干什么？打人是要挨处分的！”

陶溪笑了一声，眼底却带着一股狠劲儿，盯着徐子淇讥讽道：“就你这弱身板，也配被我打？”

他在清水县打过的人，哪个不比徐子淇牛高马大？哪个不是向他低头认输？

“你说什么？”徐子淇难以置信，陶溪分明还没他高，比他还瘦，竟骂他弱？他握紧拳头，双眼冒火地瞪着陶溪，想破口大骂，却发现自己没胆子开口。

然后，他胆战心惊地看着陶溪走到离他三步远的地方站住，对他咬着字说道：“徐子淇，我忍你很久了，你给我听好，这本书是林钦禾送给我的，那就是我的。你要再手长碰我的东西，下次我踹的就不是椅子了。”

陶溪甩下这句话，回到自己的椅子上继续做题。

徐子淇僵立在原地，胸口剧烈起伏，他竟丝毫不怀疑，如果他再碰陶溪的东西，陶溪真的会说到做到。

可凭什么？凭什么林钦禾会给陶溪这么珍贵的书，陶溪一个毫无背景

的穷学生，又凭什么威胁他？

徐子淇脸上青红交错，好一会儿才把脚边的椅子拿起来放回原位。

他放椅子的时候故意声音重了点，陶溪抬头冷冷看了他一眼，徐子淇下意识后退了一步，又觉自己这样太丢人了，便用力瞪着陶溪，想找回几分气势。

陶溪竟勾起嘴角轻笑了声，眼底是显而易见的轻蔑！

徐子淇气绝，忍了又忍，还是没忍住尖酸道："就算你巴结上林钦禾又怎样？就你那周考成绩，期中还不得被甩到三班去。"

陶溪没想到这人还打听到了他的周考分数并给他排了名，他继续低头做卷子，漫不经心道："是吗？那我们走着瞧。"

徐子淇突然想自扇巴掌，他为什么要立目标？

但他又想，陶溪除非是个天才，不然不可能两个月飞进前五十名。到时候，他一定要用成绩好好羞辱一番这个暴力狂！

出去串寝回来的潘彦推开门进来的时候，敏锐地察觉到寝室有些什么变了。

陶溪和往常没什么两样儿，依旧在写卷子。但徐子淇竟这么早就爬到了床上，还严严实实地拉上了床帘。

潘彦没忍住嘴贱道："溪大，你有没有觉得，我们寝室好像阴气有些重，似乎多了一位深闺怨妇？"

他等着大阴阳师徐子淇跟他打擂台，结果徐子淇竟什么都没说。

啧，真没意思，潘彦摇了摇头。

"钦禾，你今天怎么回来这么晚？"罗徽音看着刚进门的林钦禾问道，但她并不指望林钦禾会给什么具体的回答。

"学校有点事儿。"果然，林钦禾言辞模糊地回答道。

罗徽音没有放心上，因为她心里挂着别的事，神色忧愁道："乐乐晚上请假回来后一直不舒服，晚饭也不肯吃。"

杨多乐从小就心脏不好，也有哮喘病。这些年来，罗徽音和方家伯父伯母都一直精心照料着杨多乐的身体，有什么要求都尽量顺着他来。因为医生说过，杨多乐的病最忌讳的就是情绪过于激烈。

"我去看看他。"林钦禾将书包随意放在沙发上说。

罗徽音松了口气，在所有人都惯着杨多乐的时候，只有林钦禾从不惯

他，所以杨多乐也只怕林钦禾。

“对了，钦禾，书房里的录音机你还用吗？保姆问我要不要收起来。”罗徵音跟在林钦禾后面问道。

前段时间林钦禾从储物间里翻出来一个旧录音机，每天晚上都进书房，似乎是在录制磁带，一录就很久，有一天还录到凌晨一点。她虽然好奇但没问，只以为林钦禾是一时兴起对这些复古的工具感兴趣。

“暂时不用了。”林钦禾从餐桌上拿起保姆第三次精心准备的餐盘，向二楼走去。

杨多乐正坐在床头玩手机游戏，看到林钦禾进来赶紧将手机藏进被子里，埋怨道：“钦禾哥，你今天怎么回来这么晚？”

林钦禾没有回答他，将床侧的桌子架好，把餐盘放到桌子上说：“把饭吃了。”

杨多乐皱起眉道：“我心里不舒服，吃不进去。”

之前罗徵音来了好几次让他吃饭，但他就是不想吃，罗徵音也拿他没办法。

“为什么不舒服？”林钦禾问他。

杨多乐沉默了一会儿，开口道：“我又看到杨争鸣的新女人了，她为了讨好我，下午竟来学校给我送东西。钦禾哥，那个女人和我妈妈长得特别像，我真的感觉好恶心，恶心到想吐。”

林钦禾看着他没说话。

杨多乐知道，林钦禾从来不会和他谈关于方穗的事，也隐隐感觉他并不喜欢自己的母亲。但难受和不适堵在心口，他想宣泄出来：“我现在看到和妈妈长得像的人，都会不舒服。你知道吗？我第一次见到陶溪的时候，就在想怎么会有这么像我妈妈的人，尤其是那双眼睛，真的太像了。我突然想起以前做过的一个梦，梦到我不是妈妈的孩子，你们都离开我抛下我了。”

杨多乐说到最后眼睛有些红，虽然外公外婆和罗妈妈很少在他面前提起母亲，但他一直都知道，他们多少会失望他不像方穗，不仅长得不像，也没有遗传方穗的绘画和写作天赋。

他也曾经想努力学画画，小时候老师问梦想，他总说要成为一个像妈妈一样的画家。

可他真的没有这个天赋，后来他干脆赌气不画了。他们也没怪他，还

会哄着他，但他心里还是不好受。

杨多乐抬头看向林钦禾，说："钦禾哥，我每次看到你和陶溪说话，就会想起那个梦，就会忍不住难受。"

他希望林钦禾能说些什么话安慰他，却听林钦禾平静道："你不能因为一个梦，就让自己难受，还对一个没有伤害过你的人怀有敌意。"

杨多乐一愣，他这样伤心，林钦禾却这么冷漠，他忍不住生气地拍了下桌子，餐盘里的筷子骨碌，大声道："可明明是陶溪先对我有敌意的！钦禾哥，我们从小一起长大，你跟他才认识几天，就向着他说话？"

他也不知道自己为什么对陶溪这么戒备，似乎是一种本能，一种自我保护的本能。好像这个人对他而言，意味着危险。

而他明显感觉到林钦禾对陶溪的不同，这让他莫名地感到紧张惊惶，仿佛预兆着自己将要被夺走什么。

林钦禾蹙起眉，声音陡然变沉地喊道："杨多乐。"

杨多乐愣住了，他知道每当林钦禾喊他全名，就代表他真的生气了。

而他害怕生气的林钦禾。

杨多乐只好垂下头，别扭地不说话。

"先吃饭，你已经长大了，你妈妈一定不希望你这样。"

林钦禾拿起餐盘里的筷子，递到杨多乐面前，像以往每次对付杨多乐闹脾气一样。只要一说出他母亲方穗，杨多乐多半都会听话。

杨多乐沉默地从林钦禾手里拿过筷子，低头开始吃饭。

他可以任性，但不能对不起为生他付出生命的母亲。

林钦禾看着他吃了几口后，才转身出了门。罗徵音正悄悄站在外面，看到杨多乐在吃饭才放心下来。

母子二人无声地离开了杨多乐的房间。到客厅的时候，罗徵音问道："那个陶溪究竟怎么乐乐了？为什么乐乐这么讨厌他？"

她只听到了一半，没听到杨多乐前面的话。

林钦禾就知道罗徵音偷听了，敷衍道："没怎么。"他顿了顿，语气沉了些道，"你们就打算这么惯他到成年吗？"

除了在他面前，杨多乐几乎是想做什么就做什么，耍起脾气来两家人来回哄。

罗徵音怔了怔，叹气道："他身体不好，自小就没有妈妈，爸爸……还不如没有。我们总要疼他一点儿，对他好一点儿。"

林钦禾拧着眉头，不想再听这套说了无数遍的话。

陶溪晚上睡觉前一直在想怎么对林钦禾好，想来想去越来越觉得自己很没用。

林钦禾什么都不缺，而自己什么都缺。

他想，或许他应该找一个懂这方面的人问一下。

第二天，班上突然空出了一个座位。陶溪听到人议论才知道，江馨云似乎要转学了，原因不明。而陈雅纯和张梦桐，被学校领导批评一通后下了处分。

其实昨天那三个人都找自己道歉了，但陶溪并没有接受。

他本就不是什么豁达的人。

陶溪没放心上，他满心满眼只有学习和林钦禾。其中林钦禾比学习还要重要。

“需要帮忙打水吗？”陶溪在上午课间看了眼林钦禾只剩小半杯水的水杯，眨了眨眼睛问道。

“不用。”

“哦。”陶溪拿起林钦禾的水杯，头也不回地向饮水间走去。

他发现了，林钦禾很多时候就是习惯性否定，并不是真的不想。

陶溪把林钦禾的水杯装满水后回到座位，放在林钦禾的课桌上，笑着说：“不用谢哟。”

“……”林钦禾低着头翻了一页书。

陶溪看着林钦禾，却再次陷入沉思。

难道自己就只有打水小弟这个没什么意义的身份？

上课期间他不可能找林钦禾说小话，放了学他又和林钦禾不同路。何况林钦禾身边还总有个招人烦的杨多乐。

学习？他自己都需要被林钦禾辅导。

生活？他自己就是扶贫对象。

陶溪将脑袋枕在胳膊上，想了好一会儿还是没想出来，自己能回报林钦禾什么。

他决定还是要找个人问问，本着求知若渴的态度，他第一个找的是最熟的毕成飞。

“怎么对一个人好？这还不简单，帮她抱英语作业，夏天给她买冰

激凌，冬天给她买热奶茶，打篮球逗她开心，她肚子不舒服就给她倒杯热水……”毕成飞滔滔不绝地传授着经验，丝毫没有意识到这经验并不成功。

陶溪想，自己一定是脑子被门夹了，才去问毕成飞。

周日社团活动后，陶溪收拾好画具准备走，却被乔以棠拦住说：“学弟，中午一起吃个饭呗。”

陶溪看着乔以棠笑眯眯的脸，心中那种怪异感又冒出来了。他总觉得乔以棠看他的目光像医学生看着小白鼠，充满了难以形容的研究欲望。

他想起给林钦禾的检讨，立马断然拒绝道：“我中午吃得都很随便，学姐你肯定吃不惯。”

乔以棠并不放弃，说道：“我也吃得很随便啊，吃粉还是吃面我都可以。你别紧张，社长和社员谈心是我们社的一贯传统。上次社团聚餐你没来，所以我一定要给你补上。”

陶溪仍在迟疑，又听乔以棠自我推销道：“你有什么不懂的都可以问我，学习、生活甚至个人情感，这些问题我都可以满足你哟。”

陶溪被打动了。

他确实有非常要紧的问题要问，且乔以棠并不是他班上的人，这点让他很放心。

一家便宜的路边面馆里，乔以棠吃了几根粉丝后，放下筷子拍了下手说：“这个问题你真是找对人了！我从小到大可是班上人缘最好的，同学都跟我玩得来。哪怕是性格最别扭难缠的人，也能被我感化，成为我的好朋友！”

陶溪恭维道：“学姐性格这么好，肯定有很多朋友。”

乔以棠得意地笑了笑，猜测道：“你是不是不小心惹哪个朋友生气了啊？还是想和一个人交朋友，但对方不想搭理你？”

她心想，如果是男生的话，没什么是打一架不能解决的。估计是陶溪和某个性格内向的女生闹别扭了，又不好意思和好，就来找她这个知心姐姐帮忙转圜。

陶溪想了想，轻声说道：“有一个很好的人，我本来觉得他对我很冷漠，以为自己没办法和他成为朋友了，但他后来却帮了我很多。我……我不知道他是不是把我当朋友，但不管怎样，我很想回报他。”

“既然你都说，她帮了你很多，那她肯定把你当朋友了啊。”

乔以棠觉得陶溪想多了，却见陶溪沉默了一会儿，然后用十分认真的

语气说道，“但我总觉得好像不太够，以前觉得能认识他就很好了，现在却觉得自己还是离他有点儿远。”

乔以棠若有所思，笑着哦了一声，语气肯定道：“我知道了！你是想那个人把你当成最要好最亲密的朋友，是吧？”

陶溪愣怔了一会儿，慢慢点头道：“是的。”他顿了顿，表情变得低落地说，“但他已经有一个最好的朋友了。”

乔以棠了然道：“所以你看到他们关系比跟你好，会觉得难受，觉得自己比不过那个最好的朋友？”

她见陶溪点了点头，拍了拍他的肩膀，语气轻松地继续道：“这挺正常的，我有时候也会对我的好闺密有独占欲，看到她跟别的朋友走得近了，就会觉得不高兴。但你只要用心交往，真心对待，没准儿有一天她也会把你视作最好的朋友呢？”

陶溪却并不怎么相信，低声道：“他和那个朋友是从小一起长大的，感情很深，而我只是刚认识他而已。”

“嗐，这有什么。”乔以棠耸了耸肩膀，无所谓道，“我现在关系最好的闺密也只认识三年呢，倒是一起长大的朋友，现在因为没什么共同话题，关系变淡了。朋友呢，讲究的是投缘，是真心，认识时间的长短反而没那么重要了。”

乔以棠说得头头是道，见陶溪听得认真，便热情地打包票道：“你放心，学姐会告诉你怎么做的！”

陶溪抱着面碗用力点头道：“好！”

乔以棠思考了会儿，问道：“那你先告诉我，那个人是一个怎样的人？”

陶溪想了会儿，眼睛里渐渐冒出光：“他非常优秀，成绩特别好，长得也很好看。对人很好，善良有正义感，世界上再没有比他更好的人了！”

乔以棠被陶溪眼中的光闪到了，扑哧一笑道：“世界上可没有你说的这么完美的人。”

“不，他就是完美的人。”陶溪不假思索地反驳道。

“好了好了，我总算明白你为什么这么头疼了。这么优秀的人，平时肯定很多人围着，确实很难熟悉起来。”

陶溪眼里的光黯淡下去，说：“是这样，而且他性格很冷，不爱说话，我不知道要怎么跟他拉近距离。”

“这不还有你学姐我吗？”乔以棠抬了抬下巴，一脸自信地说，“我教

你怎么做。”

这一天，陶溪在面馆学到了很多，并确定了一个宏大的目标。

他不仅要好好回报林钦禾，还要成为林钦禾最好的朋友，比杨多乐还要亲近的朋友。

首先，他需要按照乔以棠说的，买一个手机下载微信。

这一天，乔以棠也满足地收获了八卦。她在手机上点开微信，在一个输入框里“啪啪”打字：“我还以为你新同桌跟你关系最好呢，结果人家有自己想结交的好朋友。似乎是一个成绩拔尖、不爱说话的高冷女生，你们班上有这样的女生吗？”

陶溪突然觉得，自己并不太嫉妒杨多乐了。

就算杨多乐占了本该属于他的位置，他会证明自己即使什么也没有，也会比杨多乐更优秀。

他去仔细了解了下，现在千把块就可以买一个不错的智能手机。但他每个月的生活费要留下大半给陶乐看病买药，所以他必须另外再赚一些钱。

他琢磨了一晚上，暂时还没琢磨出赚钱途径。

第二天周一，陶溪如往常一样早早地来到教室。以往他每天早上都很期待见到林钦禾，但今天突然不太一样了。

他很想见林钦禾，同时又有些不敢见，心中有一种莫名的忐忑。

陶溪发了一会儿呆，然后拿起水杯去饮水间打水。打完水经过讲台的时候，正拿着粉笔试图在黑板上写字的黄晴叫住了他。

黄晴抬起头神色木然地用视线丈量了下陶溪的身高，问道：“你能帮我把这句话写在黑板上吗？”

黄晴是一班的学习委员，周强突发奇想让她每周一在黑板边缘写上一句鼓励学习的格言警句。她个子不高，本来正要去搬个凳子，看到陶溪路过便请他帮忙。

陶溪怔了怔，第一反应又是自己给林钦禾的检讨。

但又想，黄晴是个正直的好人，曾为他说过话，一心只有学习，不会像江馨云那样产生别的心思，再说这点字很快就写完了。

陶溪便对黄晴点头道：“好。”

他拿过黄晴递给他的纸，上面是周强精心挑选的格言警句，然后又从粉笔盒里拿出一根白色粉笔，走到黑板右边，微微踮起脚，举起手开始在黑

板上写字。

他刚写下第一笔，就察觉到门口有人进来。他就着写字的动作扭头一看，竟然是林钦禾，逆着门外的天光走进来，一双腿又长又直。

陶溪愣怔地看着林钦禾走上讲台，脑中猛然想起乔以棠告诉他，见到对方要微笑着说早安。

他刚准备对林钦禾笑着说早安，自己拿着粉笔的右手突然触碰到一只手，紧接着那只手从他手指间将粉笔取下，低沉的声音在耳边极近的距离间响起："写什么？"

陶溪睫毛颤了下，还有些蒙，一时没有反应过来。

黄晴在一旁刚想说，被林钦禾冷冷看了一眼，她下意识地闭了嘴。

陶溪后知后觉地反应过来，他脑子一乱也忘了刚才要写什么，匆匆低下头看，但林钦禾已经抬起左手从他身侧拿过了他手里的字条。

林钦禾开始照着纸上的内容在黑板上写字，陶溪一动也不敢动地站着。

他微微侧过脸，看到林钦禾高挺的鼻梁，被门外的晨光勾勒出淡金色的光晕线条，像日出时的雪峰。

原来林钦禾比他高这么多。

周强给的第一条是："业精于勤荒于嬉，行成于思毁于随。"

只有十四个字，陶溪却觉得林钦禾写了很久，又好像写得很快。

林钦禾写完后丢了粉笔直接朝最后一排走去，陶溪回过神，赶紧跟在林钦禾身后往后面走。

他心里分明很高兴，一双眼睛闪着光，嘴上却问道："我又不是不会写字，你帮我写干什么？"

林钦禾已经走到座位上坐下了，随手把空水杯扔在陶溪桌上说："看你踮脚怪辛苦的。"

陶溪愣了愣，顿时感觉自己被鄙视了。

他拿起林钦禾的水杯，睁圆了眼睛看着林钦禾道："我还会长高的！"

其实他一点儿也不矮，都怪林钦禾太高了。

"是吗？"林钦禾漫不经心地反问道。

"当然是！"

陶溪转身去打水了，莫名地觉得今天的林钦禾有点儿欠。

当他打了水回来时，却发现桌上多了个东西。

陶溪低头看着桌上的文件，上面用硕大的标题写着：文华一中新修版

校规校纪。

他茫然地看向林钦禾，问："你给我的？"

林钦禾淡淡道："作为新生，你应该好好看看。"

陶溪心想难道自己违纪了？他有些忐忑地开始低头看。

十分钟后，他看向林钦禾说："我看完了。"

"重点是什么？"林钦禾问道。

陶溪没想到校规还能画重点，他试探着说道："不打架，不吸烟，不喝酒。你放心，我不会做这些的。"

其实他心里有些虚，因为他刚用暴力威胁了徐子淇。

结果林钦禾蹙起眉，冷声道："不是。"

陶溪歪着头想了想，又说："不烫发，不染发，不文身。我没钱做这些的。"

林钦禾好像耐心告罄了，直接将校规拿了过来，用一支钢笔画了一个圈后再放到陶溪桌上。

陶溪低头一看，第八条被框起来了。

第八条是：不准早恋。

陶溪一脑袋问号地看向林钦禾，莫名其妙地问道："你为什么突然给我强调这个？"

林钦禾沉默了会儿说道："你开学周考只有138名，按照这个成绩只能进三班。英语小测班上倒数第五，上次数学训练错了一道选择题和两道大题的最后一问，理综测试错了好几道不该错的题，就算语文考到最高分，也拉不起来你其他科目的分。"

陶溪彻底惊呆了，他还是第一次听到林钦禾一口气说这么多话。

他看着林钦禾惊诧地问道："你怎么知道得这么清楚？"

林钦禾移开目光，平淡道："班主任说的。"

陶溪恍然，周强估计是着急他的成绩，担心他在新学校早恋，就拉着林钦禾要他督促自己的学习，林钦禾肯定是听烦了才跟他说这些。

他乖乖点头道："我知道了，我会努力学习，绝对不会早恋的。"

林钦禾脸上的不悦淡了些，嗯了一声，戴上耳机看书去了。

虽然给自己画了大饼要和林钦禾拉近距离搞好关系，也有免费军师乔以棠指导，但陶溪还是很迷茫。

乔以棠说，想要和一个“冰块”套近乎，不能急于求成，要润物细无声地用恒温渐渐融化他，每天在他面前刷存在感。时间一长，温水煮青蛙，不，煮冰块，他就会渐渐依赖这一份关心。

可乔以棠只给了理论，给的实操方法太为难他了。他可没钱每天买一杯牛奶或奶茶送给林钦禾，林钦禾肯定也不喜欢。

傍晚，晚自习前的休息时间里，毕成飞顶着一头刚打完篮球的热汗奔回教室，猛灌几口冰水。他瞧见后桌陶溪正趴在课桌上写画着什么，两条胳膊护得严严实实的，一看就有鬼。

毕成飞无声无息地凑近，猛地咳嗽一声，声音和年级主任没两样儿。

陶溪吓一大跳，抓着的笔差点儿画出一道长痕。他将桌上那张纸飞快地反扣过来，抬起头瞪向毕成飞骂道：“你有病？”

毕成飞没恼，他觉得现在的陶溪比刚来时多了点儿生气和恣意，背着手严肃道：“这位同学，你刚才偷偷摸摸写的什么？给哪个女生写的情书？给我交上来！”

他自然不会觉得陶溪是在写情书，就是嘴贱开玩笑。但他话音一落，就看到正从后门进来的林钦禾看了他一眼。

毕成飞本来还挺热的，突然觉得跟喝了雪碧似的透心凉。

陶溪看到林钦禾进来，匆匆将那张被反扣过来的纸塞进了抽屉。他看林钦禾手里拿着一堆卷子，便一只手撑着脑袋，一只手挡着抽屉，心虚地露出一个笑容问：“你要做这么多卷子？”

然而那堆卷子下一秒就被扔在了自己桌上，林钦禾丢下几个字说：“月底前做完。”

陶溪震惊地看着面前这堆涵盖各科的空白卷子，都想死了。

“谁给我的？”他睁圆了眼睛看向林钦禾问。

“你班主任。”林钦禾看了眼陶溪的抽屉，冷漠道。

目睹人间惨剧的毕成飞摸着下巴疑惑道：“大娘什么时候这么心狠手辣了？一个星期让溪哥做这么多卷子，这不是辣手摧花吗？”

结果林钦禾又冷冷地瞟了他一眼，毕成飞心里一咯噔，闭嘴了。

陶溪还在垂死挣扎：“我哪里有时间做这么多卷子？”

他偏头看向林钦禾，耷拉下眼角，装出可怜的样子想博取林钦禾的同情。但林钦禾竟眼皮也不抬一下，无情道：“我看你挺闲的。”

“我很忙的好吗？”陶溪反驳道。

但反驳无效，陶溪还是委屈地收下了这堆卷子，心里把周强翻来覆去骂了一百遍。

此时周强正在办公室里喝茶，跷着二郎腿听隔壁二班的班主任老刘训学生拖交作业。周强打了个喷嚏，对那几个男生悠悠道：“你们知不知道，年级第一的林钦禾都在积极学习，今儿刚主动找各科老师拿了卷子要回去练。你们还搁这儿拖交作业，好意思吗？”

那几个男生纷纷面露羞愧之色。

陶溪认命地刷卷子，好不容易刷完一张物理卷子，他趁林钦禾下课出去的时候，赶紧把抽屉里的东西又拿出来低头画。

等林钦禾脚一踏进门，他就自然地用卷子挡住，然后用中性笔戳了戳已经坐下的林钦禾，拿出刚才做的物理卷子，指着一道题问：“同桌，赐教一下，这道题怎么做？”

周强给他的卷子都挺难的，陶溪好些题都不太能做出来。

“不会做。”林钦禾看也不看地冷声道。

陶溪一愣，别人说不会做他信，林钦禾说不会做，那一定是在耍他。

林钦禾又在生哪门子的气？陶溪搞不懂了。

一直到下晚自习放学，陶溪都没能成功撬开林钦禾的口，看来这气儿还挺大的。

杨多乐因为不想见到他爸杨争鸣，这一个月来一直住在林钦禾家里。其实对他而言，林家算是他的第二个家，他在这儿甚至比在外公外婆家里还随便。

他一边吃着水果，一边写作业。找资料的时候发现自己忘了带一本英语习题册，他拿着正在做的数学作业，起身往林钦禾的房间走，打算顺便问下题目。

杨多乐抬手敲了敲门，林钦禾私人空间意识很强，如果不敲门直接进去，他肯定会生气。

“进来。”

杨多乐这才拧开门走进去，林钦禾没在写卷子，估计是早就在学校写完了，此时他正坐在椅子上看一本英文小说。

“钦禾哥，借一下英语习题册。”

“在书包里，自己拿。”林钦禾头都没抬地说。

杨多乐便翻林钦禾的书包，在拿出习题册的时候，发现有一张被折起来的纸飘了下来。他好奇地捡起来打开一看，发现里面竟画着四格小漫画。

“这谁给你画的漫画？”杨多乐一边看，一边问道。

他还没看仔细呢，就眼前一花，手上的纸张被骤然起身的林钦禾夺了过去。林钦禾只低头扫了一眼，就折了起来，神色一点儿变化都没有。

杨多乐知道学校里很多女生喜欢林钦禾，玩笑道：“又是女生偷偷塞的吧，要不我帮你丢了？”

其实他只是有点儿好奇里面究竟画了什么。

“不用。”林钦禾低头将那张纸夹进了刚才看的英文小说里，然后把小说放在桌子的一角。

杨多乐没坚持，他把带来的作业摊开放在桌子上，说：“有些题不会，钦禾哥你教教我。”

林钦禾微蹙起眉，顿了一会儿说：“好。”

杨多乐像往常一样搬了椅子在林钦禾旁边坐下来听他讲题，但他很快察觉林钦禾似乎有些心不在焉，在他思考计算过程的时候，看到林钦禾偶尔会瞟几眼那本英语小说。

在杨多乐的记忆里，林钦禾从来不会沉迷于一样事物。小时候两人经常一起看动漫，有时候看到精彩的地方，罗徵音正好过来催吃饭，林钦禾总能干脆利落地起身离开，而杨多乐却总要拖上一会儿。

看来这本小说确实很好看，不然林钦禾怎么会在给他讲题的时候还惦记着？

讲完题后，杨多乐很识趣地离开了，离开前还非常体贴地说：“钦禾哥，小说别看太晚了，伤眼睛。”

林钦禾嗯了一声，在杨多乐出门后将门带上了。

他走回椅子前坐下，翻开那本英语小说，拿出被折起来的纸张，打开仔细看起来。

纸上是用黑色中性笔画的简易四格漫画，线条利落简单，左上角还写着 Chapter 1，显然还是个连载的。

画上是一枚月亮和一颗陨石的对话。

月球被光线包裹起来，闪闪发亮。而陨石又破又小，暗淡无光。

月亮：“你是星星吗？”

陨石：“我只是一颗小陨石，但总有一天我会变成一颗发光的小恒星。”

月亮："为什么要变成恒星？"

陨石："因为那样我就可以像太阳一样，在宇宙里照亮你。"

漫画右下角署名：小陶漫画社。

小陶漫画社社长早上忐忑不安地等着跟该社唯一的读者交流作品，读者君来得不早也不晚，依旧是冷着一张脸进了教室。他拉开椅子坐下，戴上耳机看书，一整套动作跟刻进 DNA 了似的。

陶溪纠结扭捏了好一会儿，还是没忍住凑过去，伸出两根食指比画着小四方形，神秘兮兮地问："怎么样？"语气像大半夜混混接头。

林钦禾摘下一只耳机，长睫一垂，看了眼陶溪的手指，又看向陶溪眨巴着的眼睛，语气淡漠地问："什么怎么样？"

陶溪画着四方形的手指一顿，难道他昨天把漫画悄悄放到林钦禾书包后，林钦禾回去没看到？还是根本没打开过书包？

他急了，直接把林钦禾放到椅子背后的书包拿过来低头翻找。他像抢了包的贼，打开包一看，里面什么值钱玩意儿都没有。

"……"林钦禾微蹙起眉，想说什么，但只抿了下唇。

"怎么没有？"包里东西不多，陶溪翻了一会儿，根本没看到漫画的影子，神色显而易见地沮丧。

他又把脑袋伸进包里，仔细检查了下林钦禾的书包底部。

"也没洞啊。"

陶溪正准备继续检查下是不是夹在书里了，突然听到一声很低的笑声，他顿时抬头看向林钦禾。

这下可被他捕捉到了，林钦禾依旧冷着脸，嘴角的笑意刚消失不见。

陶溪眯了眯眼睛，笃定道："你是在逗我。"

林钦禾将包从陶溪怀里拿过来，扬了扬眉说："有吗？"

陶溪发现林钦禾今天的心情似乎是晴，他决定不计较了，凑过去看着林钦禾，长卷的睫毛撩着点门外溜进来的晨光，偷摸问道："所以到底怎么样？"

他还顺便为自己的行为编了个理由说："我们美术社要转型了，我打算转型画漫画，给你看看怎么样。"

说实话，他有些紧张不是因为怕自己画得不好，而是怕林钦禾嫌烦。毕竟林钦禾总说他浪费时间做无聊的事儿。

林钦禾低下头看那本昨晚没看几页的英文小说，翻过一页，才漫不经心地点评道："还行吧。"

陶溪长舒一口气，林钦禾没说不行就不错了。

他称心了，拿出昨晚林钦禾塞给他的卷子，继续做题。做到一半时，又用笔隔着校服戳了下林钦禾，说："这道题不会。"

林钦禾今天的心情似乎真的不错，跟他简单讲了下解题思路，末了还破天荒地说："昨天那道物理题拿出来。"

陶溪愣了下，才反应过来林钦禾指的是昨天那道题。他摇头道："谢谢，不过不用了，我早上找黄晴问了，她会做。"

然后，陶溪就看到林钦禾的脸色又由晴转阴转暴风雪了。

陶溪心想，林钦禾对成绩或许也不像表面那样云淡风轻，这不也对紧随其后的年级第二成见颇深吗?

他想了想，善解人意道："你肯定也会做那道题的。"

陶溪在如山的题海里每天抽出一点儿时间画小漫画，坚持画了一个多星期。

他开始觉得很简单，但后面越来越不知道画什么，只好去图书馆借了本《最新幽默故事大全》，可他没看到这本书出版于2002年。

某天晚上放学后，杨多乐和林钦禾一起坐林家的车回去。开出没多久，杨多乐就看到林钦禾打开了书包，在里面翻找着什么。

"你有东西掉教室了吗？"杨多乐问。

"没有。"

杨多乐便靠着座椅闭上眼睛休息，他今天一整天都有些没精神，打算在车上小眯一会儿。

但他突然听到一道很低的笑声，杨多乐迅速睁开眼朝一旁望去，昏暗的车灯下林钦禾依旧面无表情。

杨多乐疑惑地问道："你在笑什么？"

"没什么。"

杨多乐哦了一声，继续闭上眼睛睡。

林钦禾再次打开手上的纸张，今天的四格漫画主角是一颗桃子形状的软糖。

第一格里软糖在大街上走着，第二格在走着，第三格依旧在走着，第四格软糖弯下腰，说："我的脚好软啊。"

这样连续几天下来，杨多乐不可能发现不了不对劲。他有次故意在车里装睡，眯着眼睛缝看到林钦禾从书包里拿出一张纸在看。看完后又小心地折起来夹进书本放到书包里，从头到尾面色平静不为所动。

杨多乐不禁怀疑林钦禾是不是有早恋倾向，但这个念头一冒出来，就被自己掐掉了。

绝不可能，除了林家世交乔家的小女儿乔以棠，林钦禾几乎没什么女性朋友。这些年来追林钦禾的女生这么多，没一个成功的。

他好奇得要命，可也不敢偷偷翻林钦禾的书包看。林钦禾对私人物品的控制欲很强，任何人包括他和罗徽音都不能擅自动他的东西，无论是书包，还是房间里的摆设。

杨多乐想起暑假时，他在林钦禾房间里做作业，看到一个木匣子搁在书柜里。那个匣子放那儿很久了，一直上着锁，但当时没上锁，似乎刚被林钦禾打开过。

杨多乐趁林钦禾出去的时候悄悄打开匣子看了下，发现里面竟有大几十封信，一幅卷起来的画和一张语文作文复印卷。

因为作文复印卷放在最上面，他一眼就认出来了，那是高一上学期期末考试后，高一语文组印发下来的满分作文之一。当时他班上的语文老师说过这篇作文出自清水县一中，题目是《追月亮的人》。杨多乐印象深刻，是因为当时他的女同桌都看哭了。

杨多乐还想继续翻看底下的信时，林钦禾就沉着脸喊了他的全名。

那次林钦禾发了很大的火，杨多乐吓得几天不敢去他房间里蹭作业。

除了学习和漫画连载，陶溪还想着赚钱买手机的事。他在某天晚上回寝室后，终于逮着了商机。

“溪大，求求您了，我是真的画不完了。你不知道蕾姐这次国庆四天假布置了多少张画，我画得手要得帕金森病了，眼睛也快视网膜脱落了！”潘彦用沾着颜料的手抹泪道。

潘彦的美术老师姜蕾是文华一中艺术部出了名的女阎王，脾气火暴，雷厉风行，谁要是敢拖交作业，她能把这个人吼上一个小时不带喘的。

“我是真没空。”陶溪干脆利落地拒绝了。周强塞他的卷子他都没写完，明天的小漫画也没画。

潘彦求了半天见陶溪还是不为所动，他实在没辙了。想到自己的国庆

旅游计划，潘彦无奈忍痛道：“要不这样，溪大，我出钱请您画怎么样？100 块一张，帮我画五张就可以了！”

陶溪耳尖动了动，但表情一点儿破绽都没露，皱眉迟疑道：“这不太好吧？万一我模仿你的画不像，被你老师发现了怎么办？”

潘彦瞧出一点儿松动，赶紧趁热打铁道：“我还不相信您的画技？您行行好，我这次旅游回来，一定给您带好吃的！”

陶溪犹豫了片刻，摇头道：“还是算了吧，我作业太多了，时间估计不够。”

潘彦心一狠，咬牙道：“我给您出 200 块一张，您不用画太好，按我的垃圾水平来画就行！”

“成交。”陶溪打了个响指，满意地拍板决定了。

国庆放假前一天，整个班的人都在疯狂赶国庆作业，试图挤出更多假期时间。

毕成飞和同桌胡桐又在吵架，吵完开始冷战，就转过来骚扰陶溪道：“溪哥，你这次假期出去玩儿吗？姑奶奶要拉我去韩国看她爱豆的演唱会。”

陶溪正埋头赶国庆作业，闻言头都不抬地说：“不玩儿。”

他一点儿都不想放假，放假就看不到林钦禾。而他还没手机，一放假就意味着人间失联。

陶溪瞄向一旁的林钦禾，有些好奇林钦禾会怎么安排，装作不经意地问：“同桌，你出去玩儿吗？”

毕成飞插嘴道：“我知道！我听养乐多说，他要和学神一起去日本，羡慕死我了。”他根本就不想陪毕傲雪去韩国做应援苦力。

陶溪垂下眼睫，转了一圈笔，干巴巴道：“就四天，你们还出国，来得及吗？”

他也想跟林钦禾去日本玩，但他能有钱把文华市逛一圈儿就不错了。

毕成飞说：“日本、韩国都挺近的，倒是来得及，就是作业没什么时间写了。溪哥，你要是有手机就好了，我可以拍好吃的给你。作为交换，你可以拍作业给我抄。”

陶溪烦死了，决定买了手机后也不加毕成飞好友。

他扔了笔，趴在课桌上睡觉，脑袋枕在胳膊上，脸朝着另一边。

毕成飞察觉到陶溪好像不高兴了，眼珠子一转，忙讨好道：“溪哥，别伤心啊，我从韩国回来给你带礼物！”

“别吵我睡觉。”陶溪闭着眼睛说。

毕成飞伸手想揉陶溪的脑袋，爪子刚放上去，就被林钦禾瞥了一眼。

他下意识地收回爪子，老实地转回去了，有一种自己偷撸邻居家的猫被邻居瞪了的尴尬感。

国庆四天假期，整栋宿舍楼几乎就只有陶溪一个人住。每次出门吃饭，他都要和唯一留守看管的宿管大叔大眼瞪小眼一阵。

陶溪在前两天把所有作业赶完，从早上七点到晚上十一点，除了吃饭洗澡几乎没有休息。

从第三天开始，他又七点起来，开始给潘彦画画，三张静物写生，两张人物写生。

如果只是单纯地画画，对陶溪而言倒不是难事。但他还得模仿潘彦的画作，别人是屎里雕花，他得花里掺屎，那感觉简直跟吃苍蝇没区别。

从日出画到月升，也就画完了三张。陶溪对着这三幅画，觉得自己确实手要得帕金森病，眼睛要视网膜脱落了。

最后一天假期，他画完最后两幅画，手都酸得快握不住笔了。

“200 块真的收少了。”陶溪咬牙切齿道。

他不知道自己若干年后一想起当年居然一幅画只卖 200 块，就恨不得让潘彦这个小气鬼掏 200 万还给他。

最后一天假的傍晚，潘彦戴着顶草帽拖着行李箱回来了，一进门就亲热道：“溪大！假期愉快不？画完了没？”

陶溪揉着酸痛的手腕，没什么好脾气地说：“一手交钱，一手交货。”

“没问题！”

潘彦将一千元给了陶溪，拿到五张画后啧啧称奇道：“太牛了，我对这画竟有一种似曾相识的感觉，觉得是我画的，又觉得不是我画的。”

陶溪没理会他，拿着钱出了寝室，直接出校门找手机店去了。

那店员见他穿着文华一中的校服，便一个劲儿地给他介绍高档机：“看看这款，内存大，像素高，就算坐最后一排拍黑板，也绝对清晰地看得见每一个字。”

陶溪很心动，但钱包说不行，只得干脆道：“您帮我找个 1000 块以内的，能下载微信就行。”

店员嘀咕道："现在哪个手机不能下载微信？"

陶溪最后花999买了一款过季两年的国产智能机，捏着枚找回的孤零零的硬币，又去营业厅花自己的钱买了张电话卡。

陶溪回到寝室后洗了澡，就躺在床上鼓捣这个新手机。好在还有个潘彦指导，鼓捣了一会儿就大致弄明白了。

他第一个下载的就是微信，用手机号申请了个微信号，微信名非常老实地用了真名，头像还是原始的灰色人头。

他试着用手机前置镜头自拍了一张照片，一看好蠢赶紧手忙脚乱地删掉了。

"溪大，加个微信呗。"潘彦正在整理旅游拍的照片，打算发个朋友圈。

陶溪抓着手机看着自己空空如也的微信好友列表，拒绝了："今天不好，明天再加你。"

他要让林钦禾成为他的第一个微信好友。

潘彦搞不懂加个好友怎么还挑日子，但他以后还要仰仗陶溪，便说："行，您什么时候加都可以，我随叫随到。"

陶溪决定好好"装修"下自己的微信号，不想明天林钦禾看到自己的微信号像烂尾楼一样。

他一下从床上蹦起来，扑到座位上开始画画。

陶溪用水粉画了一颗深蓝色的小星球，星球被一条银白色的光带缠绕，在宇宙里寂静地飞行。

他用手机调整了好一会儿角度和光线，才拍下来，简单裁剪后设置成了头像。

然后又将上次在美术社画的雪夜的月亮拍下来，设置成朋友圈的背景。

陶溪看了会儿自己的朋友圈背景和头像，满意地关了手机上床睡觉。

第二天，陶溪带着充满电的手机早早冲进教室，他一会儿看英语书，一会儿看语文书，又把两张桌子仔细擦了一遍，折腾了好一会儿才安生下来。

但读着英语时还是会走神，想着等会儿林钦禾来了，要怎么开口找他要微信号。如果林钦禾不答应，他就磨林钦禾一整天。再不济找别的同学要，反正他一定要加上。

但一直等到第一节课铃响了，林钦禾都没来教室。

第一节课，第二节课，第三节课……

杨多乐也不在，或许是请病假了，但林钦禾为什么要旷课?

陶溪捏着放在抽屉里的手机，没忍住问了号称一班 CIA 的毕成飞。

“学神没跟你说过？他马上要参加数学和物理竞赛，今天应该是去市里参加竞赛筹备会了，有点儿远，估计今天不会来学校了。”毕成飞果然不负所望。

陶溪微怔，林钦禾没跟他说过。

算了，等明天林钦禾来了，再找他要微信号。

陶溪这一天去哪儿都揣着手机，生怕给弄丢了。毕竟这可是他人生中第一个真正意义上的电子设备，以后要有联系林钦禾的大作用。

下午下课后，陶溪将手机揣在口袋里，去食堂吃晚饭。他刚进食堂，就被李小源抓个正着。

“陶溪，你爸爸来学校了，在大门那儿等你，你快去吧。”

李小源刚去大门那儿领了快递，看到一个中年男人在门卫那里嚷着要进学校看儿子，被门卫死命拉着才没让他闯进去。他听到那男人说要找陶溪，便答应帮他叫陶溪过去。

“陶溪？”李小源又喊了一声，陶溪脸色有些奇怪，听到父亲来看自己，仿佛听到了什么噩耗，平日里神采飞扬的双眼蒙上了一层深重的阴霾。

陶溪深吸一口气，说了声“谢谢”，转身朝学校大门走去。他越走越快，最后甚至跑起来，但脚步却越来越沉重。

暮色四合，校园里穿着整洁校服的学生来来往往有说有笑，陶溪踩着被拉长的影子，一路跑到学校大门。

“老子就说儿子在里面读书，你们还不信，是不是瞧不起人？”陶坚看到陶溪喘着气进来，第一反应是猛拍门卫的桌子，扯着嗓子为自己之前被门卫拦住找回面子。

“你就是市长来了，进我们学校也要登记联系了班主任才能进去！不然随便放个什么人进去，谁知道会不会出事儿？”值班的门卫是个年轻小伙，显然先前和陶坚吵红了眼，此刻更是没好气。

“你什么意思？”陶坚撸起袖子大跨一步，嗓音高亢地说，“老子去学校看儿子天经地义！你个门卫有什么资格……”

“够了！”陶溪握紧拳头，冲陶坚低声吼道。

陶坚顿住了，扭头一看，陶溪正双目发红地盯着他，眼底露着一股狠劲儿。

陶坚拍了拍手，指了指门卫说：“老子不跟你计较。”

“出去，不要堵门口。”陶溪走到门外，冷着脸对陶坚沉声说道。此刻，已经有不少来大门处取快递的学生朝着他们张望。

“哟嗬，上了个好学校，倒会使唤你老子了。”陶坚杵在门卫室没动，从裤袋里摸出一根皱巴巴的烟和打火机，在门卫的虎视眈眈下点燃了，夹在粗糙的手指间，冲陶溪骂道，“老子饭都没吃过来看你，你就不能带我去食堂吃个饭？”

“班主任没打电话，家长不能进学校！”门卫忍不住再次说道。

陶坚喷出一口烟，看架势又要和门卫吵。陶溪只觉得疲惫，似乎连说话都没了力气。

“我带你到外面吃。”陶溪走过去，弯腰在门卫的登记表上写上自己的名字和出校事由后，看向陶坚放缓了语气道，“跟我走。”

陶溪循着狭窄的街巷找了家周末常吃饭的面馆，一路上陶坚都在骂骂咧咧，陶溪只沉默着。

面馆里，陶坚几筷子将碗里的面条吃干净了。他似乎真有些饿，吃完后抽了张劣质纸巾，随意擦掉额头上的汗，用手里的筷子敲了下陶溪面前的面碗说：“再去给我买一份包子。”

陶溪放下筷子，去拿了两屉包子回来，放在陶坚面前，陶坚又开始低头吃包子。

陶溪看了眼自己碗里还剩大半的面条，根本没有心情继续吃下去。他等陶坚吃得差不多了，开口问道：“找我什么事？”

陶坚肯定是从郭萍那里知道了他来文华一中读书的事儿，但之前陶坚一直在南方沿海打工，不知道为什么突然跑到文华市来？还专门来找他。

陶坚扔了筷子，抽了纸巾囫囵擦了下嘴，喝了一口小瓶劲酒，打了个饱嗝，才哼笑道：“老子不能来看你？”

陶溪很不耐烦，但惹恼陶坚难堪的只能是他，他尽量平心静气地问道：“现在你人也看了，饭也吃了，还有什么事吗？”

尽管已经是十月，但面馆依旧闷热，只有墙壁上的铁皮电扇送了点凉风。陶坚脱了已经洗得发白的夹克，粗糙的手指薅了几下卷曲的头发，过了一会儿才竖着眉毛开口道：“你手上还有钱吗？先支给我用用。”

上个月，陶坚打工的工厂破产倒闭，老板跑路，他和一群工人都没拿到钱。有个老乡跟他打电话说文华市有个可供食宿的工作机会，他站了一夜

绿皮火车过来，交了培训费结果发现被骗了，他向来是挣多少花多少打牌，现在手头只有几百块钱。

陶溪看着陶坚，明明并不意外，但还是忍不住失望。他觉得自己很可笑，竟还对陶坚有所期待，期待他真的只是来看看自己。

他抿了抿唇，讥讽道：“你觉得我一个学生会有钱吗？有老子找儿子要钱的吗？”

后面这句话果然触怒了陶坚，他双眼冒火地说：“你不是每个月有学校发补助吗？除了食堂吃饭的钱，还有一两千，这么多钱你一个学生能用多少？”

陶溪只觉得气闷，他极力压抑着嗓音说道：“你倒是很清楚，那你清不清楚你女儿每个月要花多少钱买药？每个月剩下的补助金我都会留给陶乐，你休想动一分！”

接下来便是无尽的争吵，面馆的老板几次想过来劝，都被陶坚吓了回去。其他几个吃饭的人，也匆匆结账走人了。

“老子给人白养一个儿子到今天，你吃饭读书花的钱，哪个不是老子辛苦挣的？没老子你能今天在大城市读书？”

陶溪一直以为自己不会再被眼前的人伤到。

他想他高估自己了。

他好像又恢复了平静，喉咙却很干涩地说：“是，你说得对，但我本来就应该从小在大城市长大，在好学校读书，不是吗？”

陶坚猛地将酒瓶子砸到地上，站起来指着门外大声吼道：“你以为老子想养一个养不熟的儿子？那你倒是给我把亲生儿子找回来啊？”

尖锐的玻璃破碎声似乎扎破了陶溪的耳膜，他闭了闭眼睛，睫毛用力颤动。

他突然想起很小的时候，陶坚打工回来也会给他带城里买的糖和玩具，将他放在宽阔的肩膀上，带着他漫山遍野地奔跑玩耍。

是从什么时候开始变的？

从村里有闲言碎语说他一点儿都不像陶坚，是郭萍在外偷了人，渐渐地陶坚对他越来越冷淡。后来随着两人见面的时间越来越少，陶溪也逐渐长大，两人见面就像陌生人。

而从郭萍口中知道真相后，陶坚更是再没正眼瞧过他，动辄还要冷嘲热讽几句，就像现在这样。

而现在陶坚却来问他要钱，让他把亲生儿子还给他。

真是讽刺。

那一瞬间，陶溪真想站起身对陶坚怒吼："你儿子就在这所学校里，跟我一个班，你去认他啊！"

但他最后只是睁开赤红的眼睛，面色阴沉地盯着陶坚冷笑道："你应该找郭萍，问她当初为什么要那样做！再看看你自己这副德行，难不成你以为我想有你这个老子？"

陶坚难以置信地看着眼前这个在他面前向来沉默寡言的"儿子"，他怒不可遏，甩手砸了桌上的面碗，丢下了一句："我过几天再来找你！你把钱准备好，这是你欠我的！"

说罢他沉着脸朝面馆外走去，出去前还狠踹了一脚桌子。

深棕色的汤汁溅在陶溪洁白的校服衬衣袖子上，他坐在凳子上好一会儿，剧烈起伏的胸口才渐渐平缓下来。

他沉默地用纸巾擦拭着袖子上的汤汁，但擦不掉，他放弃了，起身帮老板把地上的碎片和汤汁清理干净，然后向老板结了钱，另外多给了些钱作为赔偿。

面馆老板接过钱看着陶溪叹了口气，犹豫了会儿问道："要紧吗？要不要报警？"他听了几耳朵，怀疑陶溪是不是小时候被拐卖了。

陶溪抬起嘴角笑了笑，摇头说："没事儿，打扰您了。"

他说完转身朝面馆外走去，赤金色的霞光铺满城市里每一条街巷，但依旧有很多阴暗的角落，永远没办法被照亮。

他走在这些阴暗的角落里，向着文华一中的大门走去。

高大的校门静谧地耸立在暮色之中，陶溪想起自己第一次来到这里的时候，他充满了野心与希望，好像人生崭新的大门就此打开了，他马上就要走上一条顺遂的坦途。

现在他穿着一身属于这里的校服，看着这座门，却在怀疑自己究竟有没有走进去过。

"没事的，陶溪。"他对自己说，"就算双脚陷在泥泞里，也要拼命爬上去。"

陶溪走进门卫室，准备去找门卫登记时，看到一个身材修长的男人正和门卫说话。他穿着一身一看就价值不菲的名贵西装，一只手里提着一个黑色的小购物袋，抬起手腕看了下时间，对门卫说道："我给他打电话他一直

没接，你能不能帮我联系下他的班主任？我把东西转交给班主任就走。”

门卫显然对男人很客气，一直面带笑容。他一转眼看到陶溪进来，忙对那男人说：“这个学生好像和您儿子一个班的，要不您将东西交给他，让他帮忙转交一下？”

男人转过身看向陶溪，看到陶溪抬头时，微微怔了一下，然后露出一个客气的笑容，问道：“同学，你也是高二（1）班的吗？”

陶溪看向男人，神色木然地点了下头。

男人走近一步，看了眼陶溪脏了的袖子，语气和煦地说：“你能帮我一个忙吗？这是我出差回来给儿子带的小礼物，他不接我的电话，想麻烦你帮忙给他带一下。”

他话语间丝毫没有儿子不接他电话的尴尬。

陶溪看了眼那个黑色的小购物袋，他虽然认不出牌子，但里面应该装着很贵重的东西。

他不是很想帮忙，怕中间出了什么问题自己担责任，正在想理由的时候，听到男人继续道：“对了，我儿子叫杨多乐。这学期刚转入一班，你应该认识他。”

陶溪猛地看向那个男人，那一瞬他几乎感受不到自己的呼吸。

他听见一道极其轻微的破裂声在他脑中炸开，喉咙好像突然被一团湿棉花堵住，他似乎想说什么，却说不出口。

男人看着眼前男孩发红湿润的双眼，怔了一会儿后依旧带着笑问道：“可以吗？”

陶溪狼狈地垂下眼睫，手足无措地点了点头，他说“好”，却发现自己根本没能发出声音，只做了个口型。

“那真的太谢谢你了。”男人将手中的购物袋交到陶溪手中，开玩笑道，“要是我儿子乖一点儿，我也不用送个礼物都这么大费周折。”

一旁的门卫讨好道：“小孩子叛逆期都喜欢耍小脾气，过一阵就好了，您不用太担心。”

男人笑了笑，仿佛儿子真的只是和他闹了点儿小别扭，用带了些无奈的语气说：“没办法，小时候把他宠坏了。”

陶溪闭了闭眼睛，深吸一口气，提着购物袋抬脚想走，却被一只手轻轻拍了下肩膀。

男人微低头看着他的眼睛，目光专注而柔和，笑着问道：“刚才一直忘

了问，你叫什么名字？”

陶溪沉默了一会儿，听到自己干涩的声音说：“陶溪。”

“陶溪？很好听的名字。”男人顿了顿，然后从名片夹里取出一张名片，递到陶溪面前说，“如果我儿子不愿意接，你可以给我打电话。”

陶溪低着头，看到那张淡金色的名片中央印着三个字：杨争鸣。

底下是一串手机号，除此外再无其他内容，只有很淡的香水味。

陶溪用力眨了下眼睛。

他想，原来他的爸爸叫杨争鸣。

他好像用尽力气才抬起手接过那张名片，然后飞快地离开了那里。

第五章
该被偏袒的星星

陶溪在回教室前先去卫生间洗了把脸，然后把袖子上的汤渍用洗手液搓掉。

他抬起头看着镜子里的自己，用沾了水的手指压了下眼角，确定眼睛没有发红了才向教室走去。路上碰到美术社认识的人，还打招呼说了几句话，和平常没什么两样儿。

他提着购物袋轻声走进教室，残阳斜斜地照在课桌上，像铺了一层厚重的霜叶。

教室里有十几个人，大多埋在课桌上赶作业，没有一个人察觉到他进来，察觉到也不会专门抬头看。但陶溪看到了不知道什么时候回来的林钦禾，坐在最后一排，在介于橘红与灰紫间的暮霭之中抬眼望向他。

很多年后陶溪依旧记得那天傍晚，林钦禾在暮色之中看向他的目光，一想起，暮色就会晕开在眼角。

他抬起脚快步朝最后一排走去，走到座位上坐下，对林钦禾语气轻快地说："你不是去开会了吗？我以为你今天不回学校了。"

林钦禾看着他的眼睛，平淡道："我提前走了。"

"开会肯定很没意思吧。"陶溪微侧开脸，他有些害怕林钦禾的注视，好像会被看出什么来，他顿了顿，将手里的袋子放到林钦禾桌上，用平静的语气说，"这是杨多乐爸爸带给他的礼物，他今天没来，你给他带回去吧。"

林钦禾拧起眉，看着那个购物袋，声音沉了些问："你怎么会遇到杨多

乐的父亲？”

陶溪抿着唇，他听出了林钦禾语气里的不悦，装作不以为意地说道：“在大门口遇到了，他给杨多乐打电话没人接，才让我帮忙带的。”

林钦禾没再说什么，将购物袋随意扔进了书包里，似乎这只是一个微不足道的垃圾。

陶溪松了口气。

他一点也不想回忆傍晚发生的事，遇到的人。

他拿出笔，像往常一样低下头开始写数学卷子，心里好像很平静，又好像很乱，都忘了念了一天要加林钦禾微信的事。

陶溪手上很快地刷着题，企图通过不间断的思考和计算让自己忘记一切。然后他突然听到林钦禾问道：“陶溪，你怎么了？”

依旧是淡漠的语气，却好像已经洞悉他所有的情绪。

陶溪笔一顿，看向林钦禾，笑了笑说：“什么怎么了？我就在写作业，你还不知道吧，白天周老师又布置了三张数学卷子。”

他不知道自己的睫毛上还挂着未干的水珠，眼角晕着暮色也掩盖不了的红。

林钦禾望进他的眼睛里，陶溪目光闪烁着移开了视线。

然后林钦禾又看向他正在做的数学卷子，说：“第三题选 C，你平常不会错。”

陶溪一怔，低头看那道题，是一道很简单的题，他都不知道自己刚才怎么算的。

“谢谢，我这就改过来。”他垂下头，慌乱地从笔袋里拿出修正带。他感觉到林钦禾在看着自己，这让他手上的动作更加忙乱笨拙，好一会儿才将错误的答案遮盖上，然后拿起笔写上 C。

然后他听到林钦禾缓缓说道：“我记得我和你说过，有话可以直接和我说，我会听。”

陶溪紧紧握住笔，睫毛颤了下。

“告诉我，你是不是遇到了什么事？”他嗓音低沉，甚至有些柔和，好像在诱导他说出什么。

陶溪的手指止不住颤抖，他用力握紧笔，胸口发酸。

可他能怎么说？说遇到“养”了他十六年的父亲，找他索要生活费不成把他骂得狗血淋头？说遇到亲生父亲，让他帮忙转交礼物给他的宝贝儿子？

可这简直比戏剧都荒谬讽刺。

他谁也不能说。

“我没遇到什么。”陶溪偏执地垂着头，只盯着手里的中性笔，紧抿着唇。

“告诉我。”林钦禾嗓音更沉了些，带着不容抗拒的压迫感。

陶溪沉默片刻，他倏地望向林钦禾，眼睛已经彻底变红，他压抑着嗓音说道：“如果我告诉你，我现在很想哭，但没地方哭，你满意了吗？”

林钦禾微蹙着眉看向他，没说话。

陶溪又低下头，在心里狠狠唾骂自己，编个什么理由不好，居然说想哭。

他从不当着人的面哭，太丢人了。

陶溪只想吃后悔药，他局促慌乱地拿起笔，准备继续做题。但他的右手腕突然被一只手紧紧握住，然后是林钦禾冷淡的声音：“跟我来。”

他还没反应过来，就被林钦禾从座位上拉起来，力道大得他踉跄了几下。

“你干什么？”

“你不是要哭吗？找地方给你哭。”林钦禾语气很不耐烦地说，头也不回。

几句话间，陶溪已经被拽出了教室后门。此时已经接近晚自习时间，很多人在往教室走，有些人奇怪地看过来，看两人的脸色以为他们要跑出去打架。

林钦禾走了几步就松开了手，陶溪看着林钦禾高大的背影，不敢不跟上去。

“要上晚自习了。”他说。

“翘了。”林钦禾说。

陶溪觉得林钦禾好像又生气了，但他永远不明白林钦禾为什么生气。

可能只是因为自己忤逆了他，没告诉他实话。

可谁让林钦禾老戳他肺管子？

陶溪一路沉默地跟着林钦禾走，像一个被押解的犯人，一直被带到秋实楼的顶层。他看到林钦禾拿出钥匙开门，脸上的惊讶再也忍不住。

“你带我来音乐厅做什么？”

“这里装得下你的眼泪吗？”林钦禾推开门，回过身看着陶溪说道。

他的背后是空旷无人的巨大音乐厅，一整面墙的落地长窗静立着，紫

雾灰霭被最后一抹残阳静静燃烧，透过长窗烧进音乐厅里，烧在厅内静默的黑色钢琴上，也烧在陶溪的眼睛里。

陶溪在一片寂静中似乎听到什么在剧烈跳动，他鼻子突然发酸，眼睛也不争气地冒着热气，嘴上却逞强道："我早就不想哭了。"

在跟着林钦禾来的路上，那些事儿好像就随着十月的晚风吹走了，只留下一道影子压在心上。

他现在想哭，却不是因为那些事儿。

林钦禾看着他，没说话。

陶溪突然想起那天他躲在音乐厅的门外，看到林钦禾在弹钢琴。他当时笨拙地用手指模仿林钦禾的手势，想象着自己也在那个音乐厅中。

"但我想听你弹钢琴。"陶溪望向林钦禾，眼神清澈而闪烁着期盼，"可以吗？"

林钦禾沉默了片刻，对他说："可以。"

他走到钢琴椅旁坐下，掀开琴盖，看着陶溪问道："你想听什么曲子？"

陶溪对音乐一窍不通，只知道个《致爱丽丝》。这让他有些难堪，他揪着手指忸怩道："我想听那天你弹的曲子。"

"好。"林钦禾伸出十指，陌生又熟悉的乐曲，在他修长的手指下流出。

长窗外垂垂下坠的落日乍然挣脱暮霭的缠缚，赤金色的暮光透过玻璃斜射而进，在林钦禾的侧脸上交织跳跃着。

陶溪在暮色中猛地反应过来，他并没有对林钦禾说是哪天。

钢琴声响彻在空旷的音乐厅里，林钦禾闪烁在最后的落日余晖里。陶溪站在音乐厅中央，看着面前弹钢琴的人，似乎在做一个比暮色更瑰丽的梦。

他想，这支曲子只有他一个人能听到。

"这首曲子叫什么？"陶溪在林钦禾停下手指后问道。

"《圣诞快乐，劳伦斯先生》。"林钦禾放下手说道。

陶溪怔了怔，觉得这个名字很奇怪。他看着林钦禾盖上琴盖，从钢琴椅上站了起来，用小到只有自己能听到的声音说："我的生日也在圣诞节。"

下着雪的圣诞节。

林钦禾似乎并没有听到，问他："现在心情好点儿了吗？"

陶溪蓦地看向林钦禾，在昏暗的光线中，他嘴角翘起的弧度越来越大地说："林钦禾，你是不是想安慰我，才拉我到这里啊？"

林钦禾蹙起眉，朝门口走去，留下深色的背影和冷淡的声音："只是因为你要哭不哭的样子很难看。"

陶溪愣了愣，忙跟上去，生怕他把自己锁在里面了。

音乐厅的大门很快被关上，将最后一丝残阳和钢琴余音也锁在了里面。陶溪看着林钦禾锁门的手，又像丢了胆子似的问道："我知道了，你平常心情不好，肯定也会来这里躲着哭吧。"

林钦禾冷冷地瞥了他一眼，拿着钥匙朝楼梯口走去，不说话了。

陶溪暗恨自己改不掉一高兴就忘本，一得意就得寸进尺的毛病。

"我有手机了，能加你微信吗？"陶溪从口袋里拿出被自己遗忘了许久的手机，打开手机的手电筒，在昏暗的楼道间晃着光线。

但林钦禾还是不理他，冷着一张脸高傲得很。

完了，哄不回来了。

陶溪灰溜溜地跟着林钦禾一路回到教室，一进门就被毕傲雪冷然的目光盯在原地。

"英语课迟到冠军的前任和现任，你们打算一起拿下晚自习旷课双冠军了？"毕傲雪抱着胳膊轻笑一声说。

陶溪主动认错，态度十分积极地说："老师，我错了，他也错了，我们以后再也不会了。"

林钦禾依旧摆着张冷脸，态度十分消极。

毕傲雪没指望林钦禾有什么认错态度，慢悠悠道："知道错了就行，回去各写一篇英语作文给我。"

陶溪松了口气，和林钦禾一起回到了座位上。

前排的毕成飞忍不住往后面转脑袋，毕傲雪冷哼一声道："有的人脑袋不用，可以捐给有需要的人。"

毕成飞默默地转了回去。

陶溪迅速写好了一篇英语作文，趁毕傲雪出去了从抽屉里拿出纸，开始画他的小漫画。思考了好一会儿，却不知道要画什么。

他扭头看向窗外，夕阳早已没了踪影，深紫色的天空上只剩下最后一点被燃烧剩下的粉蓝灰烬。一轮明月在天边缓缓升起，被一团单薄柔软的浅白色云朵轻轻包裹着，透出朦胧温柔的淡黄色泽。

他低下头，在纸上画起来。

晚上，林钦禾拎着书包回到房间里，拿出手机拨了一个电话。

“让门卫把今天傍晚五点半到七点的大门处监控记录调出来，发给我。”

挂了电话后，他用一根记号笔在桌上的日历上圈下一个日期，然后打开一本英文小说，从里面取出一张纸打开。

画上的主角又回到了最初的月球和陨石。

小陨石：“天上有云，我可以吃溏心月亮吗？”

月亮：“不可以。”

小陨石：“那就向我撒一把盐，吃盐焗小陨石吧！”

陶溪一回到寝室，潘彦就迫不及待地跟他说：“溪大，我这里可有几个大客户要介绍给你，都是想找你帮忙画画的，你看要不要接单？”

潘彦管不住嘴，他在美术班的几个哥们儿知道他有个室友出200块就可以帮忙画一张作业，而且还和本人画的出入不大。这些本就不缺钱的公子哥儿，哪能放过这种可以偷懒的好机会？

陶溪有些心动。

他知道陶坚说过几天再来找他并不是开玩笑，这次因为恼羞成怒没要到钱，下次来估计就不是这么好打发了。以陶坚的性子，在校门口闹到学校尽人皆知也不是没有可能。

他不想让学校的人知道，但他也不可能把补助金都给陶坚。

陶乐患的系统性红斑狼疮需要长期服用激素类药物，每个月的花销不少。他省吃俭用好不容易存下来的钱，都要定期汇回去给陶乐买药。

虽然他恨郭萍和陶坚，但陶乐是他目前在世界上最亲近的人。

陶溪只犹豫了几秒就答应了：“可以，不过200块我不干了，还有一个月就要期中考试，我没那么多时间画画。”

潘彦说：“没问题，我和他们商量下，给你涨个价。”

陶溪最终以300块每张的价格，又接了四张画。因为时间不够，他只能抓紧晚上熄灯前的时间画画，将作业留到被子里做。

结果就是他只睡了四个小时不到，因为打手电筒的时间太长，第二天起来眼睛都有些充血，平常清澈的眼白上多了很多红血丝。

但陶溪没注意，他精神还是很好，又带着充满电的手机一大早就冲进了教室。

林钦禾拿着一瓶冰矿泉水从后门进来，书包都还没放下，陶溪就主动从林钦禾手里拿过书包，帮他挂在椅子背后。然后双手将椅子往后拉开，拉出的距离和平常一模一样，一整套动作熟练得像五星级酒店门童开门。

林钦禾站在一旁，蹙眉看着，一言不发。

陶溪做完这些后，又从抽屉里拿出一张他自制的名片，上面写着他的名字和微信号。他双手递到林钦禾面前，仰起头，嘴角上翘，眨了眨眼睛讨好道："林少爷，可以赏脸加个微信吗？"

林钦禾低头看了眼名片，又看向陶溪满含期待的眼睛。那双眼睛红肿着，像躲在被子里哭了一整晚。

他从陶溪手中取走了名片，然后将手机解锁后直接放在陶溪手里，说："自己加。"

陶溪看着手里的手机发呆，他没想到林钦禾会将手机这么私人的东西直接给他。

林钦禾在座位上坐下来，见陶溪还在盯着手机发呆，耐心地问道："不会吗？"伸出手作势要将手机拿回来帮他加。

陶溪回过神，像护自己的宝贝一样将林钦禾的手机拿远了些，摇了摇头又点了点头说："当然会了！"

林钦禾的手机桌面背景就是一张纯色背景，陶溪不敢打量太久，直接点开了微信，也不看具体的聊天框，飞快地点出林钦禾微信号的二维码，用自己的手机扫了后添加好友，在林钦禾手机上通过后，很快就将手机还给了林钦禾。

"好了，以后你就是我的第一个微信好友了！"陶溪拿着自己的手机给林钦禾看，微信界面上只有林钦禾一个人。

他微抬着下巴，眼角睫梢和嘴角一样向上翘着，像考了一百分的小学生在拿着卷子炫耀。

林钦禾看着陶溪的眼睛，一会儿后移开了目光。他没说什么，手指在还未打开的冰矿泉水瓶上摩挲着，冰凉的水汽沾染在手指间。

陶溪还没高兴完，他低头看着自己的手机。林钦禾的微信名和他一样也只是名字，头像是一张纯白色图片，他点开朋友圈，发现也是一片空白，什么内容都没有。

陶溪刚将林钦禾的备注改成 Moon，突然一瓶冰矿泉水放在了他面前的桌上。林钦禾对他说："把眼睛敷一下。"语气竟是难得地柔和。

陶溪下意识抬手揉眼睛，但刚碰到眼角手腕就被一只手握住了。他愣了愣，那只手很快就松开了，留下一句：“别揉眼睛。”

手的主人收回手，拿起一支钢笔拧开了笔盖，低头在草稿纸上写着什么，面上什么情绪也没有。

陶溪怔了一会儿，说了句：“谢谢！”

他赶紧拿起那瓶冰矿泉水，闭上眼睛敷了上去，冰凉的触感让因为熬夜发胀干涩的双眼舒服了不少。

英语课代表金晶走到最后一排收英语作业，自从上次江馨云的事后，她再也不敢主动和林钦禾说话了。她忐忑地从林钦禾手里拿过作业本，却不经意间看到林钦禾面前的草稿纸上画着几个没有意义的圆圈。

她没说什么，看向一旁的陶溪。此时陶溪正在用冰矿泉水敷眼睛，她刚要开口让陶溪交作业，林钦禾就从陶溪桌上精准地抽出了作业本，直接给了她。

陶溪敷了好几分钟才放下冰水瓶，细密的睫毛上沾着不少水珠。他用余光看到林钦禾和往常一样在看书，暗自松了口气。

毕成飞这时像蛾子一样扑了过来。

“溪哥，你咋了，怎么哭了？谁欺负你了？”毕成飞吃惊地看着陶溪红肿的眼睛，那双眼睛的睫毛上还挂着淋漓水汽，一副泫然欲泣的样子。

陶溪一呆，莫名其妙道：“我没哭啊。”

怎么回事，他像那种动不动就哭鼻子的人吗？

毕成飞不信，以为陶溪逞强，从同桌胡桐的抽屉里熟练地摸出一个小镜子，一边给陶溪看，一边说：“你看你眼睛肿得，跟姑奶奶的韩国爱豆腿骨折了，她哭了一晚上后一模一样。”

只不过，毕傲雪是鬼哭狼嚎地哭，哭完后丑得要死。陶溪哭了后却是……一副我见犹怜的样子，毕成飞脑中冒出了一个奇怪的词。

陶溪看向镜子，早上洗漱太快都没注意，眼睛确实红肿得有些厉害。

他恍然大笑道：“不是，我昨晚在被子里打手电筒写作业太久了，我一熬夜眼睛就这样。”

毕成飞这才放下心来，一转眼又看到陶溪桌上的手机，顿时眼中冒出精光道：“溪哥！你终于买手机了！快加我，我马上把你拉进我们群里！”

他向陶溪凑近，用手半掩着嘴，眼神有点儿猥琐地小声道：“我们群福利超好，什么八卦和资源都有，你想要我就把我珍藏的资源全部打包发

给你。”

这是他建立的一班男生群最大的卖点。除了林钦禾，其他男生几乎都在里面。

陶溪以为毕成飞说的是学习资源，比如试题和听力音频什么的，忙拿起手机说：“好啊。”

他刚加上毕成飞的微信号，正要催他拉自己进群，就听一旁一直看书没说话的林钦禾沉声道：“不准加群。”

毕成飞看到林钦禾正冷眼看着自己，他下意识抖了下，默默收回了拉人进群的手指。

陶溪一愣，林钦禾语气中带着不容抗拒的命令，之前那点突如其来的柔和，现在一点儿影子都没有了。他有点儿不爽，忍不住顶嘴道：“那你把资源发给我啊？”

林钦禾拧着眉看向陶溪，顿了顿说道：“可以。”

陶溪愣了愣，没想到林钦禾竟这么容易就答应了。那点儿不爽顿时烟消云散，他微微翘起嘴角，没再坚持要加群。

旁观的毕成飞面上波澜不惊，心中却惊涛骇浪。妈呀，他的两个后桌，什么时候关系好到可以私下分享资源了？

毕成飞不再提男生群的事，忙拉着陶溪看他在韩国旅游时拍的照片，扬扬得意道：“我拍得不错吧？这可是我用姑奶奶那个十几万的相机拍的，不得不说，贵一点的相机拍出来的照片就是不一样。”

陶溪低下头看毕成飞拍的照片，他以前在桃溪湾时经常遇到各路摄影师，看到过不少绝佳的摄影作品。毕成飞拍的照片，只能说勉强对准焦了。

他不忍心打击这没头脑的孩子，笑了笑说道：“拍得还不错，这张最好看。”他指着一张尚可一看的海边风景照说。

“是吧！连溪哥都说好，我更想以后学摄影当导演了！”毕成飞踌躇满志道。

“……”陶溪心想，自己是不是做错了？

“溪哥，你觉得这张最好看，那我就把这张照片送给你，你可以用来做屏保。”毕成飞将那张海边拍的照片发给了陶溪。

“谢谢……”陶溪并不是很想用这张照片当屏保。

陶溪晚上回到寝室，还惦记着林钦禾答应给他发资源的事。

其实他对学习资源兴趣不大，只是想和林钦禾在微信上聊天。

他看着被备注成Moon的对话框，里面还只有早上系统自动发的“我通过了你的朋友验证请求，现在我们可以开始聊天了”。

我们可以开始聊天了。

这句话给了陶溪莫名的勇气，他深吸一口气，开始在输入框里打字。

他打字非常慢，手指笨拙得经常点错，点错后又要删一大串。

发什么呢?

他慢慢输入：“同桌，说好的资源呢？”

打完又觉得这样不太自然，一股脑全删了。又翻出一本数学习题集，随便找了一道难题，用手机拍了张照片，在输入框里再次输入：“有道题不会做，能不能帮我看一下？”

又怕这道题太简单被嫌烦，再次把字全部删除了。

这样折腾了几次，陶溪突然不想发了。

他干脆将手机扔到一边，拿起画笔开始赶画，明天就要给一个美术生交稿了。

还没画下一笔，桌上的手机突然传来一声消息提示音。陶溪赶紧拿起手机看，竟然是林钦禾给他发了一条消息。

“？”一个简单的问号。

陶溪脑袋上也冒出一个“？”。

他纳闷又心虚地回复道：“怎么了？”

林钦禾给他发了一张图，是微信界面截图，最上面是“对方正在输入中……”，时间还是十分钟前。怎么没人跟他说，微信还有这个功能?

陶溪两只耳朵迅速升温，他手忙脚乱地把刚才拍的题目照片发了过去，然后打字道：“这道题不会。”

林钦禾没再回复了。

陶溪松了口气的同时又有些失落。

但没过多久，林钦禾也发了一张照片过来，拍的是一张草稿纸，上面写着数学题的详细解题过程，笔迹疏朗清晰。

陶溪又高兴起来，整张脸微微发烫，他赶紧回复道：“谢谢同桌！”

林钦禾没说什么，只是丢了一个云盘文件包过来。

陶溪还不太懂其他软件，问了潘彦才搞清楚，下载了云盘后打开文件包一看，发现里面是分门别类整理的各科学习资料。

他想这肯定比毕成飞珍藏的资料好得多，那个群不加也罢。

然后他又向林钦禾回复了“谢谢”。

但林钦禾再没有回消息了。

陶溪便看着这一段聊天记录发呆，一会儿后当他再次点进林钦禾那张空白的头像，突然发现林钦禾的朋友圈竟不再是空白。

他在一个小时前更新了九张照片，没有配任何文字。

陶溪点开照片一张一张地看，很快明白过来，这些照片应该是林钦禾在日本度假时拍的。只不过比起毕成飞的“大作”，林钦禾拍的照片显然可以称得上专业。

那些薄暮时分的寻常街巷，在他的镜头里流动着寂静又热闹的十月烟火。

陶溪突然想起昨天的傍晚，也是这样的暮色，林钦禾在空旷的音乐厅中央，坐在钢琴前，弹奏了一曲只有他一个人能听到的《圣诞快乐，劳伦斯先生》。

当时好像心中所有的愤恨不平和嫉妒难堪，都在那首钢琴曲中缓缓沉降，像红叶落进水洼，雨滴跌入溪河。

他出了一会儿神后，给这条朋友圈点了一个赞。然后他将九张照片都保存下来，选取了其中一张照片设置成手机屏保，又选了一张照片设置为与林钦禾对话框的聊天背景。

陶溪画完四幅画，成功拿到了1200元的酬劳。其中有个男生因为满意，还多给了他200元小费。如果陶坚再来找他，陶溪就打算把这些钱给他。

陶溪忍不住想，这个赚钱途径其实还不错。学美术的艺术生基本都不差钱，如果以后还有急事，可以接一点儿单应急。

国庆假期彻底结束后，夏日尾巴的最后一丝暑气，也被如期而至的秋风吹走了。

陶溪和毕成飞中午在食堂吃完饭往教室赶，毕成飞本来要去打篮球的，但看了眼手机上的天气软件放弃了：“天气预报说中午有雨，看这天色马上就要下了。”

陶溪抬头看向天空，云黑沉沉的，好像轻轻拧一把就能泼下雨来。

两人赶紧趁还没下雨飞快地往教室跑，刚跑到教学楼一楼，就被赶来

的潘彦拦住了去路。

潘彦又急又愧，就差给陶溪表演当场下跪地说：“溪大！我对不住你！姜老师看出了那几幅画是一个人画的，我们没憋住把你供了出来，刚被吼了一上午。她现在让你过去……”

他越说声音越小，小心翼翼地看着陶溪的神色。但陶溪竟一点儿慌张害怕都没有，皱着眉自言自语道：“她居然看出来了？”

这都什么时候了，竟还想着画的问题，潘彦急得满头大汗。

毕成飞不知道陶溪帮美术生画作业的事儿，但美术老师姜蕾的威名文华一中谁人不知？这位女魔王可是创造过吼学生三个小时不带喘的纪录。

“溪哥，你太惨了，得罪谁不好，竟得罪了姜蕾。”毕成飞爱莫能助地拍了拍陶溪的肩膀，目光悲壮、语气沉痛地说。

“行，我去一趟。”陶溪不以为意，他初中时和校长斗智斗勇三年，不带怕的。

他在毕成飞的目送下和潘彦一起去了艺术部办公楼。人还在一楼，就听到三楼传来高亢洪亮的女高音，人到三楼，耳膜就发出了一级警告。

陶溪刚踏进一只脚，吼声就劈头盖脸地罩了下来：“滚那边去！”

办公室的阳台边上正站着那四个找他买画的难兄难弟，一人对着个花盆，葫芦娃似的垂着头好不丧气。潘彦一进办公室，就弓着腰自觉地站到第五个花盆前。

陶溪冲正叉着腰怒气冲天的姜蕾笑了笑，喊了声：“老师好！”然后慢步走到第六个花盆前，低头一看，盆里是个仙人球。

姜蕾一怔，这位一带五的枪手显然是个违纪惯犯。她气得冷笑一声，也不骂那五个美术生了，指着陶溪开始单方面声波输出：“你就是高二（1）班的陶溪是吧？真是活久了什么都能见到，我还是第一次看到一班的学生跑来美术班当枪手的，是作业太少还是手太痒？”

“你真当我瞎了看不出来是一个人画的？我办画展的时候，你还是个小屁孩，以为能瞒过我？

“是不是很好奇我怎么看出来的？我告诉你，画画就跟写字一样，同一个人的字迹再怎么伪装都认得出来。有的字写惯了这辈子都改不了，画画也是一样！就凭你这点斤两，也想在我面前要花招？

“你给他们画得了一时，艺考你给他们考吗？美院你负责帮他们上吗？

“我看是要给周强打个电话好好问问了，尖子班的学生竟跑到美术班做生意，那我就替他好好教教你！”

…………

陶溪从头到尾都低着头，时而表示认同地点点头，积极认错的态度摆得很端正。

但他其实一只耳朵进一只耳朵出，天上积蓄已久的雨水，像要烘托环境似的拼命往下吐，雨声嘈杂密集地敲打在阳台栏杆上，面前的仙人球已经彻底淋湿。

他在想没带伞等会儿要怎么回去。

姜蕾吼完一阵，一看陶溪竟盯着仙人球发呆，顿时气不打一处来，又提高几个音量骂道：“我看找班主任根本不够，必须把你的家长给我找来。儿子在学校不好好学习天天搞些歪门邪道，你是没爹还是没妈，要靠你在学校给人当枪手赚钱？这钱还不知道背着爹妈给哪个游戏充值去了，我看你就是缺家教！”

她话音刚落，就看到一直垂着头的陶溪突然抬头向她看来，嘴角竟露出一个笑容，说：“抱歉，我的确没有家教。”

姜蕾一怔，这个白净漂亮的男生逆着阳台外的暗沉天光，一双微潮的眼睛里压着浓重的阴郁，就像他面前的仙人球一样浑身带刺。

她不禁心脏一缩，但被顶嘴的怒意很快压过一切。她正要继续吼陶溪，外面突然传来三道敲门声。

姜蕾顿了顿，高声道：“进来。”

门被打开，一个高挑俊朗的男生拿着一把水汽淋漓的黑色雨伞走了进来。办公室没开灯，光线很暗，姜蕾一时没看清人，不耐烦地问道：“来干什么？”

那男生将伞立在门旁，走向阳台，看向第六盆仙人球前站着的人，语气淡漠地说：“来领他回去。”

姜蕾借着外面的光仔细一看，进来的人竟然是林钦禾。她虽然只教美术生，但林钦禾她不可能不认识，除了成绩，还因为林家跟文华一中的深远关系。就只说秋实楼，便是以老市委书记林维梁两个儿子林泽秋和林泽实的名字命名的。

林钦禾是瑞泽集团董事长林泽实唯一的儿子。而她的丈夫就在瑞泽集团工作，混了小半辈子还高不成低不就的。

姜蕾的脸色立马和缓了，甚至还露出一个笑容，客气地问道："接谁回去？"

这显然是个毫无意义的问题，因为陶溪已经跳到了林钦禾面前，脸上哪里还有之前的阴郁，双眼亮得像揉碎了几千颗星星。

其实陶溪没有跳，姜蕾只是莫名觉得陶溪那雀跃劲儿，很像幼儿园小孩儿看到家长来接自己回家。

对，找家长。姜蕾陡然想起来，正要对陶溪说什么，林钦禾就看着她问道："老师，我可以带他走了吗？"

这明明是一个问句，但语气却没有丝毫询问的意思。

潘彦他们五个还在继续罚站的美术生，顿时向陶溪投去嫉妒羡慕的目光。

姜蕾愣了愣，她其实没打算就这样轻易放过陶溪，但她不想得罪背景深厚的林家少爷，又不想在自己学生面前丢了面子，便板着脸对陶溪说道："可以回去，但必须认识到错误，为自己的行为道歉。"

陶溪垂下头，小声说了句："老师，对不起。"

姜蕾面色稍霁，这刺儿头在林钦禾进来后就非常乖顺，竟没再次顶嘴。她打算让陶溪走了，却听到林钦禾缓缓说道："既然陶溪已经向您道了歉，您是不是也应该为刚才的话向他道歉？"

整个办公室顿时鸦雀无声。

姜蕾面色一僵，听到林钦禾继续说道："无论是上司对下属，还是老师对学生，都不应该随意中伤一个人没有家教，不是吗？"

他顿了顿，看着姜蕾，唇角微微翘了翘，眼中却没有笑意地说："何况，您又对他了解多少？"

林钦禾目光很平静，姜蕾却分明感受到了他目光中的压迫意味。

陶溪看向林钦禾，睫毛颤了几下。

姜蕾哑口无言，脸上青红不定，她在这里教书这么多年，从来没向学生道过歉。林钦禾显然是要护短护到底了，姜蕾不禁开始怀疑，这个叫陶溪的学生是不是与林家有什么关系，如果是这样那她还真得罪不起。

"抱歉，我刚才不应该对你说那些。"姜蕾终究还是向陶溪道了歉，语气一转还恭维了几句说，"不过我看你画画很有天赋，系统训练下考上国内最好的美院绝对没有问题，你要不考虑下从一班转到我们美术班？"

林钦禾蹙起眉，打断道："不用了。"然后抬手看了眼时间，冷淡道，"老

师，您还有事吗？”

姜蕾察觉到林钦禾明显的不悦和不耐烦，忙道：“没事了没事了，你们先回去吧。”

她看着林钦禾拿了伞，带着陶溪走出了办公室。她突然想起丈夫说过，他曾在公司见过林家少爷，简直和他们那个沉默寡言但无人不怕的董事长一个模子刻出来的。

陶溪一出办公室，就忍不住憋着笑意问林钦禾：“你怎么会过来？是毕成飞告诉你的吗？”

当时他在办公室看到林钦禾进来，差点儿以为自己出现了幻觉。他怎么也没想到，林钦禾会在雨中走这么远过来领他回去。

那种整个世界都发光发亮的惊喜和开心，陶溪很久没体会过了，以至于被姜蕾指着鼻子批评半天都不算什么。

林钦禾没有搭理他，沉着一张冷峻的脸，一言不发地向楼下走着，走得很快。

陶溪快步跟上，发现林钦禾好像又在生气。想到都是自己给林钦禾添了麻烦，他抿了抿唇，小心翼翼地说道：“对不起，辛苦你这么远跑一趟。”

但林钦禾依旧没有理他，他只好一路忐忑地跟着林钦禾走到办公楼一楼。

陶溪想，林钦禾只有一把伞。他在一楼大厅四处张望，希望能找到公共雨伞。

门外雨幕密集如织，林钦禾站在门口，将手中的黑色雨伞撑开举在头顶，然后看向陶溪，皱眉道：“过来。”

陶溪怔了怔。

林钦禾的意思是要和他打一把伞吗？可雨这样大，两个人都会淋湿的。

下一秒，陶溪的胳膊就被一只手握住，将他拉进了那把黑色雨伞下。陡然靠近的距离，他好像闻到了很清新的味道，不知道是林钦禾身上的，还是雨中青草的味道。

他心脏漏跳一拍，慌张地跟在林钦禾身旁，在一把伞下一起走进了磅礴的秋雨中。四面八方的水汽，顿时将他们包裹在一方小小的空间里。

雨水落在青石板路上，溅起满地的白汽，陶溪低着头脚步放得很轻，生怕鞋子带起的水溅到林钦禾腿上。

闷着头走了一会儿，他听到林钦禾终于开口了，沉声问他：“你就这么

喜欢给别人画画？”

陶溪一愣，有些没太明白林钦禾的意思。但他明显察觉到林钦禾问这句话时的不悦，他想了想，试探性地说道：“我是很喜欢画画啊，不过给他们画不是因为喜欢，是为了赚钱，一张画可以赚300元呢。”

林钦禾沉默了片刻，问道：“学校不是给你发补助金了吗？不够用？”

陶溪面露惊讶，没想到林钦禾连这也知道。他犹豫了会儿，说道：“其实是够的，可能是我花钱太大手大脚了吧，你看我还买了个手机，我以前在清水县时想都没想过。”

“无论怎样，以后不要帮人画了，把成绩提高起来是你现在最要紧的事。”

陶溪从林钦禾的语气中听出了不容商量，但他有些为难，顿了顿说道：“放假了也不能画吗？画画是我目前唯一能赚钱的途径了，不然我怎么养活自己？”

他转头看向林钦禾，没忍住开了个玩笑道：“难不成你来养我？”说完就后悔到想咬舌自尽。

但林钦禾却突然停住了脚步，在伞下微转过身，垂眸看着他。

陶溪不得不也停下脚步，看着林钦禾的眼睛，微微地怔住了。

他从未见过林钦禾这样的目光，或许是满天风雨让整个世界都漫着浓郁水汽，林钦禾总是冷漠的目光，好像也变得朦胧而不真切起来。

就好像……好像林钦禾会答应他那个问题一样。

雨水密集地打在伞面上，像他的心跳陡然加快。

陶溪掐了下手指，将自己荒谬的想法赶走，笑了笑说道：“我开玩笑的！将来我可是要靠自己赚很多钱的。”他眨了眨眼睛说，“有钱到可以天天请你吃饭的那种！”

他也想和其他人一样，没有负担地专注学习，放假了和朋友一起出去旅游，沿途拍下美丽的风景，分享在朋友圈里彼此点赞。

但他的人生，注定要比别人辛苦一些。

不过，他不想让林钦禾知道。

林钦禾沉默了一会儿，再次抬脚向教学楼走去，解释道：“我不是不让你画画，我的意思是，你的画不应该这样几百块卖给并不珍惜它的人，它应该有更高的价值，被更多的人欣赏。”他看向陶溪，“这样能明白吗？”

陶溪愣怔了几秒，耳朵开始发烫。

他没想到林钦禾居然对他的画抱有这么高的期待，这让他有些受宠若惊，又有些迷茫。

对他来说，能通过画一张画赚几百元已经很不错了。在桃溪湾，村民辛苦种地一整年，可能也只有小几千元的收入。他的画能有那么高的价值吗？会被那么多人欣赏吗？

陶溪当时并没有信林钦禾的话，但还是乖巧地点头说道："我知道了，我以后不会帮他们画画了。"这之后林钦禾脸色果然好了很多，陶溪放下心来，开始说起别的事。

"期中考试是在十一月初吗？"

"是，所以你时间很紧张。"

陶溪发现林钦禾好像对他的成绩有点儿急，他也很急地说："我之前把周老师给我的卷子都写完了，对了答案后发现错的题还是有点儿多。要是期中我考不进前五十名怎么办？"

林钦禾蹙起眉，声音沉了些："好好学，剩下这大半个月还来得及。"

听林钦禾这么说，陶溪好像心里安定了不少，然后又开始得寸进尺道："那我要是考进了前五十，你能不能给我一个奖励？"小时候班上同学考试前进两三名，家长都会买糖买玩具。但他就算考了第一，郭萍也从来没有什么表示。

陶溪望着林钦禾的侧脸，紧张地攥紧手指，但林钦禾却没有正面回答，而是说："先考进了再说。"

陶溪心有不甘，他扯住林钦禾正举着伞的左胳膊的衣袖，轻轻晃了晃，一双晕着雨雾的眼睛在伞下的幽光里巴巴地看着林钦禾，放软了声音说："不，你先答应我。"

"你要什么奖励？"林钦禾似乎不习惯被人这样看，微微侧开脸问道。

陶溪得逞地笑了起来，高兴道："我还没想好，想好再告诉你！"

那天晚上陶溪回到寝室后，潘彦抓着他愤愤不平道："溪大，你什么时候交了林钦禾这个朋友，关系还这么好？你都不告诉我！"

"朋友、关系好"，陶溪听到后根本忍不住笑，嘴上却矫情道："还好吧。"

"这叫还好？"潘彦瞪大眼睛道，"那可是林钦禾！不光是成绩厉害长得帅好吗？你知不知道，他爷爷曾是我们市的市委书记，大伯是现任省里领

导，他爸爸是瑞泽集团的董事长，还有个母亲是钢琴家。就这背景，不说学生了，好多老师都要巴结的好吗？”

陶溪听呆了。

虽然林钦禾浑身都散发着有钱人的气质，但他根本没想过，林钦禾的家世背景会是这样。这样遥不可及。

陶溪不禁开始忧心忡忡，他还能追赶上林钦禾吗？

“溪大，你怎么一副被吓到的样子，你不会还不知道吧？”潘彦以为陶溪是刻意花费了不少心思，才搭上林钦禾这条人脉的。

一直阴沉着脸没说话的徐子淇冷不丁哼了一声，阴阳怪气道：“趋炎附势、攀龙附凤的人，会不打听清楚这些？”

潘彦正愁找不到人打擂台，冷笑一声道：“哟，上学期是谁天天往林钦禾身边凑啊？结果除了杨多乐给了几分面子，林钦禾可是都没正眼瞧过。”

徐子淇面色铁青。

陶溪瞥了眼徐子淇，笑了笑说：“你说得不错，我就是要攀龙附凤。”

徐子淇瞪着他，或许是没想到还有这样厚颜无耻的人。

第二天午休时，陶溪被周强找了过去，他想肯定是姜蕾找了周强，要把他训一顿。

结果周强竟提都没提，直接说起了另一件事：“陶溪，还记得上次我跟你说过的资助项目吧？你在文华一中所有读书和补助的费用都来自这个项目给学校的基金，一直由学校给你发放。”

陶溪点点头，顿时开始紧张起来，下意识地想难不成这个项目要停了？

周强见陶溪紧张的神色，了然地笑了笑，语气更和蔼了些说：“最近这个项目的资助人让学校调整了下资助计划，考虑到现在的生活成本和学习成本，以后就不按月发放补助了，会直接先给你发放5万，下学期再发放5万。如果家里有困难，可以再申请更多补助。”

陶溪震惊地看着周强，简直不敢相信自己的耳朵。

然而周强还没说完：“除此之外，你以后的大学基金，也就是上大学的费用和补助，也包含在这个项目的基金里。以前没告诉你，主要是怕你心理负担太大，不过现在更想让你踏实安心地学习，不要被别的事儿分散了精力。”

陶溪还没从震惊中回过神来，他呆傻了好一会儿，忍不住问道：“这位

资助人……您能告诉我是谁吗？”

他在心中勾勒出一个满头白发、面容慈祥的老爷爷，报纸上的慈善家一般都长这样。

但这是在做慈善吗？这简直是在把他当儿子养了！

周强却还是和上次一样没有透露具体信息：“资助人不想公开姓名，你别有太大压力，好好专心读书就好了。比如这次期中考试，努力考进前五十名，留在一班，不就是很好的报答吗？”

陶溪知道问不出来，便没有再坚持，点头道：“我这次期中一定会进前五十的！”目光中是让周强都微怔的坚定。

周强拍了拍陶溪的肩膀，鼓励道：“好孩子，我相信你！”

陶溪走出了周强的办公室，心情还完全没有平复下来，眼睛都有些发红。

他想，其实自己也有很好的运气。虽然人生被置换，但他却依旧通过远程直播课堂认识了林钦禾。还有这么大方善良的资助人，帮助他来到文华一中学习，甚至还为他的未来铺了一条宽敞的路。

那些难以解决的问题，似乎瞬间变得迎刃而解了。

他想，他一定要和林钦禾一样考上国内最好的大学，然后去向那个好心的资助人好好道谢，再将这份善意传递给更多和他一样的人。只是不知道，林钦禾是想上清华，还是北大呢？

陶溪一路恍惚地走回教室，发现林钦禾已经坐在座位上了。他忍不住激动地扑到座位上，双眼发光地对林钦禾说道：“我好像现在就可以请你吃顿好一点儿的饭了！学校突然给我发了好多钱！”

林钦禾淡淡看了他一眼，没说什么。

陶溪猛地想到，对于林钦禾来说，什么好吃的他没吃过？但他就是想请林钦禾吃饭。

陶溪纠结扭捏了一会儿，努力鼓起勇气对林钦禾说：“你周日有空吗？我想请你吃饭，谢谢你昨天帮我解围。”

他忐忑不安地看着林钦禾，林钦禾却没怎么犹豫就拒绝了：“我周日有事。”

“那，那等你以后有空了，我再请你。”陶溪忍不住有些失望，但又想来日方长，他总能找到机会把林钦禾约出来吃饭。

他没再说什么，拿起笔开始做卷子，没一会儿毕成飞扑过来问道：“溪

哥，周日放假后有空吗？我跟初中几个哥们儿约了个篮球赛，你帮我打一下呗，还有很多女生过来看哟。”

陶溪拒绝道：“不，我周日要做作业。”

期中快来了，他不想浪费任何时间。

毕成飞哭丧着脸，开始对陶溪死缠烂打，许下各种吃零食、帮跑腿的好处。陶溪实在不胜其烦，问道：“周日什么时候？”

他想，打一两个小时的篮球也不算什么，结果刚说完，就听林钦禾沉声道：“你周日不是要请我吃饭吗？”这反问句听语气更像是个肯定句。

毕成飞和陶溪都是一怔。

陶溪不确定地说道：“你不是说你周日有事吗？”

“没事了。”林钦禾说得面不改色。

陶溪却没因他的出尔反尔生气，生怕他反悔似的赶紧道：“好好好，那我去打听下哪家餐厅比较好吃。”

毕成飞想说吃完饭还是可以来打球，被林钦禾看了一眼后，顿时说不出口了。

陶溪为自己可以请林钦禾吃饭兴奋了一整天，晚上回去在手机上查询了半天好吃的餐厅，又和最懂吃的潘彦热烈讨论了一番。

这天晚上的林家老宅也很热闹，林维梁老爷子讲究传统，有定期开家宴的习惯。家宴这天林家子孙一个也不能少，林钦禾直接请了晚自习的假。

林霁萱正和自己的父亲林泽秋讲话，五岁的儿子唐南一直在旁边把她烦得不行，她没好气地嚷道：“去找你小舅舅讲故事去。”

她本来和林钦禾说好了，这周日让他帮忙带一下儿子，自己和老公要去参加一个很重要的会议，结果林钦禾刚才爽约了。

林泽秋从省政府回来没多久，闻言笑了笑说：“钦禾跟泽实一个德行，哪儿会给小孩子讲故事。”

唐南被亲妈打发走了，迈着小短腿跑到坐在沙发上的林钦禾身边，扯着林钦禾的裤子说：“舅舅，妈妈要你给我讲故事。”

林钦禾正在看小漫画，他一只手将唐南抱起来放到腿上，漫不经心地问：“想听什么？”

唐南被林钦禾手中的漫画吸引了注意力，伸手要抓，林钦禾却将漫画折了起来。

唐南扁了下嘴，揪着林钦禾胸前的衣服撒娇道："舅舅，我要看这个。"整个林家老小都拿他的撒娇没办法。

"不可以。"林钦禾直接拒绝了。

"为什么？"

"因为这是我的。"

在一旁看报纸的林维梁看不下去了，瞪了林钦禾一眼，冲自己最疼爱的重孙招手道："南南来太爷爷这里，太爷爷给你讲故事。"

唐南从林钦禾腿上跳了下去，跑到林维梁腿边打小报告说："舅舅好小气。"

"对，太小气了！"林维梁一起骂道，接着给唐南讲起了红军过草地的故事，唐南听着听着就睡着了。

一会儿后林泽实终于赶到老宅，一进客厅就被自己的老爹骂道："你哥都没忙成你这样，你不如在公司吃了算了！"

林泽实低着头老实挨骂。

一家人寂静无声地吃完了晚饭，除了唐南时不时讲话被林霁萱捂嘴。

饭后，林泽实又被林维梁训了一顿。

"你打算和罗徽音一辈子就这么分居下去？要不干脆离婚算了。我又不是不同意，钦禾肯定也不会反对。"林维梁训完对林泽实说道。

他一生辉煌无数，两个儿子都是人中龙凤，但唯一最后悔的，就是小儿子林泽实的婚事。

当初他包办婚姻让林泽实与他的世交罗仲云的女儿罗徽音结婚，很久后才知道这两人当时答应得那么爽快，竟是早就合谋好了协议结婚。夫妻二人互不打扰私生活，就连唯一的儿子林钦禾，都是因为双方父母逼迫得太急，才做的试管婴儿。

十几年来，两个人长期分居。但奇怪的是，林维梁也未见到林泽实有什么情人，私生活一干二净，除了工作就是工作。

林泽实没什么犹豫地对林维梁说道："她不说离婚的话，我不会离婚。"

林维梁叹了口气说："反正这是你们的事儿，你们或许对得起自己，但一定对不起钦禾那孩子。"

林泽实闻言沉默了。

当初罗徽音产后患了抑郁症，方穗的死加剧了她的病情。怕她受到刺激，林泽实在那之后的五年内一直没敢让罗徽音接触儿子，林钦禾一直养在

他哥林泽秋家里。

直到方家那个叫杨多乐的孩子喊了罗徵音一声妈妈，罗徵音才渐渐走出了抑郁症，将林钦禾接了回去，让两个孩子一起长大。

但母子间始终没有培养出亲密的亲子感情，客气生疏得像总隔着一层什么，远没有罗徵音和杨多乐之间亲昵。

林泽实走出书房，找了许久未见的儿子。父子二人走到老宅外的庭院里，在凉亭下聊天。

一场秋雨过后，一轮明月挂在亭角。

“你母亲最近还好吧？我听说上周她感冒了。”林泽实问道，他打量着自己的儿子，发现他已经和自己差不多高了。

林钦禾说：“已经好了。”他顿了顿又说，“您要是关心她，可以直接去看看她。”

林泽实拿出一根烟，想了想又放了回去，叹气道：“算了，没有意义。上个月在给方穗办的公益画展上看到了她，她看起来很好。”

罗徵音可能这辈子都不会发现，那个与她协议结婚的名义丈夫很早就爱上了她。但林泽实一开始就知道，罗徵音心里只有一个已经走了很多年的女人。

林钦禾一言不发。

林泽实知道林钦禾不喜欢提到那个死去的女人，开始关心起儿子大学的事：“想好要申请美国哪个学校了吗？”

“还没确定，年底可能会去参加一些面试。”林钦禾平淡道。

林泽实便不再操心，或者说，他的儿子从小就没什么让他操心的，也很少主动向他索要什么，他转而问道：“上次忘了问你，为什么要资助清水县的第一名来你们学校读书？我是为了你母亲，你是为了什么？我以为你对这些事不会感兴趣。”

清水县远程直播课堂项目一直是他的助理苏芸在跟进，当时定的是资助清水县高中的直播设备，但从没有哪个计划说要资助第一名来文华一中读书。

他从苏芸那里知道这件事后，很是吃惊。今天还了解到这个针对清水县第一名的项目有了变动，而项目的资金一直都来自林钦禾自己。

他实在好奇，和他一样性格冷漠的儿子，为什么要做这件事？

为了什么？林钦禾看向亭外高悬的明月。

其实他从不相信，这个世界真的会有人愿意不顾一切地奔向另一个人。

但他知道有人把他看作天上的月亮，为了他可以翻山越岭地向他奔来。

他从来没有被期冀去做好什么，因为他总能做好。他也从不期冀别人为他做什么，即使是父母，因为他不喜欢亏欠任何人。

他将世界上的所有关系，包括父母亲情，都看得很淡漠。

但他总忍不住打开那些跨越上千公里的信件，看那些小心翼翼伪装成女生的笨拙字迹，如火似星地燃烧着对他滚烫而纯真的向往。好像全世界只有他一个人，好像可以为他燃烧所有。

他不知道是什么让他一直在忍受这些蜂拥而至的信件，更不知道自己从什么时候开始，从最初的厌烦到习惯，再到生出一点从未有过的期冀。

他突然想知道，如果他向深井里抛下一根对他而言微不足道的绳子，那个言之凿凿将他看作光，发誓要走到他身边，自以为聪明却早早暴露的笨蛋，会不会抓住他给的绳子，努力走到他的身边。

乔以棠调侃他在玩游戏，但只有他自己知道不是。

他不是施舍，也不是游戏。

他的初衷是什么？

林泽实见自己的儿子望着月亮发呆，在夜风中再次问道："难不成你也是为了你的母亲？"

林钦禾回过神，很轻地笑了笑，目光似乎被月色柔和，缓缓道："不是，只是看一个人在夜里走得很辛苦，忍不住想照亮他。"

他只是想让那个向他辛苦奔来的人，如愿以偿地拥有更好的、不那么辛苦的人生。

这对他而言轻而易举，这是他的初衷。

文华市市郊的棚户区，陶坚刚和催房租的房东吵完一架。这几天他一直租住在这个只有不到10平方米的铁皮房里，白天出去找活干，但一直没能找到。

像他这样过来打工的外地农村人，文华市有很多，但他没有任何优势与那些正值青壮年的农民工竞争。

没有学历，没有拿得出手的技能，注定只能在城市的最底层挣扎。

陶坚手里已经只剩两三百块，他蹲在门口，烦躁地摸出最后一根烟，点燃后吸了一大口。

他琢磨着还是得去找陶溪一趟，这次无论怎样都必须要到钱。

陶坚手里夹着烟，从坑洼不平的地上起身，准备赶公交去文华一中。却看到一个穿着一身白色套裙的年轻女人走了过来。

她化着精致的妆，一头利落干练的短发，踩着一双细高跟，仿佛从市中心最贵的写字楼里走出来，浑身上下都与这里的一切格格不入。

陶坚打量了几眼，心里有些奇怪，打算路过的时候，那个女人却停下来问他："请问你是陶坚先生吗？"

陶坚愣了愣，下意识地点了下头。

"你好，我是瑞泽集团的董事长助理苏芸。"苏芸露出一个公式化的笑容说，"能另外找个地方与你详谈吗？"

接下来的事情远远超出了陶坚的想象，他被这个叫苏芸的女人带进了他从未进过的咖啡厅。两杯抵他好几天饭钱的咖啡上来后，苏芸直接说明了来意："我这次来主要是为陶先生解决工作的问题。"

她从公文包里取出一份文件放到陶坚面前说："这是瑞泽集团一家物业子公司的安保岗位，提供食宿，今天你就可以直接上岗。"

陶坚难以置信地看着这份文件上的岗位介绍，上面的薪资水平，他打了这么多年工从没遇到过。

可天下哪有掉馅饼的好事？他狐疑地看着苏芸，问道："我可不认识你们那个什么集团的董事长，为什么要给我提供工作？肯定有什么条件吧？"

他刚被所谓的老乡骗了钱，对一切都保持警惕。但他也没想通，自己现在还有什么值得被骗，他已经将近身无分文。

苏芸喝了一口咖啡，缓缓说道："当然有条件，条件就是在你儿子陶溪高三毕业前，你不能再去打扰他一分一秒。"

陶坚猛地瞪大眼睛，他已经嗅到了这件事的诡异处，没好气道："老子是他爹，找儿子天经地义。你一个外人，凭什么管别人父子俩的事儿？"

苏芸轻笑了声，慢条斯理道："凭我家少爷是他的资助人，他在文华一中读书期间的任何事儿都归我家少爷管。"

陶坚面色变得铁青，他强忍着怒意沉声道："你们对我儿子有什么企图？我告诉你，我就算一分钱没有，也绝不允许你们这些有钱人对我儿子做什么腌臜事！"

他这些年在外漂泊打工，多少听说过些上层人的特殊癖好。他说陶溪怎么突然就被资助到文华一中读书，原来是有人对陶溪别有用心。

苏芸蹙起眉，眼中浮现出厌恶。显然陶坚的恶意揣测冒犯到了她，她冷笑一声道：“我家少爷和你儿子差不多大，好心资助你儿子，能有什么企图？倒是你作为陶溪的父亲，还要靠儿子养活，才令人耻笑。”

她虽然不明白少爷为什么对一个外地的贫困生这样上心，但她绝不允许任何人诋毁他。

陶坚气得几乎要掀桌，但他最终还是忍了下来。这个女人说得没错，他还要靠儿子养活，确实是个孬种。

“可我是他爹，去学校单纯地看一下儿子都不行？”陶坚退了一步，竖着眉毛问道。

苏芸平静道：“我不认为你的‘单纯地看看’对正需要专心学习的高中生来说是一件好事儿。”

前不久她家少爷给了她一段文华一中校门口的监控让她查，这位父亲显然没有足够的素质，对儿子并没有什么关心和爱意。

她顿了顿，认真道：“你的儿子将会考上很好的大学，拥有与你截然不同的人生。你如果真心为他好，不打扰他就是你能做的最有用的事。”

陶坚闻言沉默了很久。

他最终答应了这个条件，在苏芸拿出来的合同上签了字。苏芸走之前冷声道：“记得遵守规定，另外，这件事你不能告诉陶溪。”

陶坚烦躁地挥了下手。

陶溪很快就收到了学校新发的钱，汇了大部分给郭萍作为陶乐的药费，留下的部分除了生活费，还有打算给陶坚的钱。

他想等他成年后，除了陶乐，他就再不管这两人的死活了。

但陶坚却一直没来找他，他想或许是陶坚终于找到了工作，不需要找他要钱了。

陶溪便没再将这件事放在心上，他还有一件最为重要的事，那就是在周日请林钦禾吃饭。

他这几天研究了很久，初步挑选了五家在市中心商圈附近的餐厅。

“你看看奥德广场这家海鲜餐厅怎么样？我听室友说很好吃。”陶溪在课间凑到林钦禾身旁，拿着手机给他看，手机上是一个点评软件里的餐厅。

其实是他自己没吃过海鲜，很想试试。

林钦禾说：“我不吃海鲜。”他海鲜过敏。

“好，那我换一家。”

陶溪低下头专注地翻着手机界面，过了会儿把手机递给林钦禾，眨了眨眼睛问道：“这家火锅店呢？我看评分挺高的。”

“我不吃辣。”林钦禾说。

“好吧。”陶溪便又低下头继续翻手机。

“这家东南亚餐厅呢？我看图片里面环境挺好的。”陶溪抬头问。

“太远了。”林钦禾没看手机界面，目光落在陶溪脸上。

陶溪只好又低头翻其他的餐厅，但他依次把五个餐厅都问完了，林钦禾总有理由说不行，他只能一遍遍地低下头继续翻找。

陶溪想，有钱人也太难伺候了。

最后他忍不住直接问道：“那你到底喜欢吃什么？”

林钦禾收回目光，说：“随便，我都可以。”

陶溪瞪着林钦禾。

你那是随便都可以吗？

他有些生气了，眯了眯眼睛，盯着林钦禾的眼睛质问道：“林钦禾，你是不是又在逗我玩儿？”

林钦禾垂眸看着他的眼睛，语气漫不经心道：“是。”

陶溪根本没想到这人居然会承认，他一时没找好表情，微微张着唇，呆愣地看着林钦禾，忘了要怎么反击。

但下一秒他感觉自己的后颈被一只手不轻不重地捏住，往后拎去。他下意识缩了下身体，像被咬着后颈提起来的猫，被提到了一边。

陶溪急忙用手捂住后颈，瞪着眼前这个捉弄他的人，顿了顿说道：“我不管了，周日晚上六点半，奥德广场粤港茶餐厅，你必须来！”

林钦禾微翘了一下唇角，说：“好。”

周日那天社团活动前，陶溪还不放心地叮嘱了下林钦禾：“今天晚上六点半，奥德广场粤港茶餐厅，你绝对不能放我鸽子！不然我……”

林钦禾拿出乐谱，好整以暇地看着他问：“不然你会怎样？”

陶溪一哽，他能怎样呢？

于是他哼了声，对林钦禾说：“不怎么样，可能明天就不理你了吧。”

顿了顿，又很没用地小声补充了句：“就一天。”

陶溪听到林钦禾很低地笑了一声，他还没来得及看清林钦禾的笑意，

林钦禾就拿着乐谱离开了教室。

陶溪坐在座位上发了一会儿呆，才起身前往美术社。

还没开始画画，乔以棠就找到他说道：“陶溪，上次我给我爷爷看了你的画，他想见见你。你下午有空吗？”

陶溪一愣，茫然地看着乔以棠。

乔以棠笑了笑说道：“哦对了，你估计还不知道我爷爷是谁。我爷爷叫乔鹤年，你应该听说过吧？”

陶溪心中震颤，乔鹤年他不可能不知道。这位年逾古稀的画家是国内著名的油画大师，曾经是一所美院的院长。他没想到乔以棠竟然是乔鹤年的孙女，更没想到乔鹤年会想见他。

能见到乔鹤年他自然激动，但今天不行。他对乔以棠说：“我非常想见乔老先生，但我今天晚上约了人吃饭，我能下周拜访老先生吗？”

乔以棠双眼一亮，八卦地问道：“你晚上和人约了饭吗？没事，我爷爷每天在家里下棋逗鸟没啥事儿干，下周见没问题，祝你玩得开心哟。”

陶溪高兴地点点头，又说了谢谢。

乔以棠转身出了画室，走到走廊的角落里，拿出手机打了个电话，一接通就噼里啪啦道：“你又欠了我一个大人情！我可是帮他给我爷爷牵线了啊，不过我爷爷看了他的画后确实对他很感兴趣，没准儿以后就收徒了呢。要知道，我爷爷现在除了我可不收学生了。”

陶溪画完画奔回寝室，从衣柜里挑挑拣拣半天，都没挑出来什么合适的衣服。

他本来就没什么衣服，自从来到文华一中因为天天穿校服，更是一件新衣服都没买。

还是得去买套衣服，他想。

陶溪便又出了学校去商场，售货员见陶溪长得好看便一个劲儿地让他换衣服试。穿着确实很好看，当模特似的被按着拍了一堆照片，但他一看价格上千就立马蔫了。

虽然学校发了不少钱，他也绝不会铺张浪费买这么贵的衣服。

陶溪最后找到了一个比较平价的地下商场，花三百块买了一套去年过季打折的衣服，米白色针织卫衣，前面垂着两根蓬松柔软的编织绳，浅色牛仔裤衬得一双腿又细又长。

他觉得这样不够帅气，但售货员吹得天花乱坠的，把他给吹晕了。

买完新衣服，陶溪蹲在商场休息区的长椅旁，从书包里摸出卷子，趴在长椅上开始做作业。

一旁坐着等老婆购物的中年大叔啧了一声说：“小朋友，蹲这儿多累啊，那有个咖啡厅，去那里写作业舒服些。”

陶溪摇摇头说：“咖啡厅太贵了。”他顿了顿，看着大叔认真道，“而且我高二了，不是小朋友了。”

大叔笑了笑说：“你看着很像初中生啊，再说高二也很小，还没成年呢。”

陶溪皱着眉想，这套衣服果然还是不够帅气。

大叔感慨地叹了口气，自言自语道：“我家那小子要是有你这么听话懂事，我肯定能一口气活到九十九。”

陶溪做作业做到五点半，站起来时腿麻得几乎要摔倒。他原地活动了好一会儿双腿，收好书包奔向目的地。

大城市的下班高峰期总是人满为患，过了秋分太阳落得越来越早，暮色渐渐被夜色吞没，陶溪站在人头攒动的奥德商场门口，低头看着手机上的微信对话框发呆。

要不要问下林钦禾到哪儿了？

但现在六点都还没到，林钦禾会不会被催得很烦？

陶溪便又从书包里摸出一本英语单词小册子，站在川流不息的人群中背单词，路过的不少人都惊奇地朝他张望。

陶溪赶紧把单词小册子放回书包，又开始盯着手机上的微信对话框发呆。

已经六点了，问一下应该没事吧？

陶溪鼓起勇气在手机上开始打字：“你到哪……”

刚打到一半，界面突然变成了林钦禾的来电提醒。

那一瞬陶溪感觉自己的胃部痉挛了下，他慌乱地接通了电话，用力握着手机问道：“你到哪里了？我现在就在奥德商场门口，左边的灯柱旁边。”

电话那边似乎有些嘈杂，但林钦禾低沉的声音依旧清晰：“陶溪，抱歉，今天晚上我不能过来了。”他顿了顿，继续道，“对不起，家里突然出了点事儿。”

陶溪一颗心在前半句迅速沉降下去，但又在后半句立马提了起来。他

焦急地问道："出什么事儿了？要紧吗？"

林钦禾说："杨多乐生病了，我现在和家人在送他去医院的路上。"

陶溪终于听清了，那嘈杂的背景音是断断续续的抽泣声，有老奶奶温声安抚着："不哭啦乖孙孙，马上就要到医院了。"

那个声音又哭着喊了声"钦禾哥"，然后是手机被拿远后的林钦禾的声音："乐乐，再忍忍，看完医生就不痛了。"

陶溪突然发现自己找不到空气呼吸。

他觉得心脏好疼，好疼。太疼了，疼得视线都开始模糊。

电话那头的声音再次近在咫尺，林钦禾嗓音压得很低，也很柔和地说："对不起，我下次再请你吃饭，你想吃什么都可以，好吗？"

陶溪手指用力抠着掌心，他努力眨了眨眼睛，但拔地而起的高楼霓虹，川流不息的汽车尾灯，依旧在眼前模糊成绚烂的光斑。

他喃喃道："可是，可是……"

林钦禾耐心问他："可是什么？"

陶溪闭了闭眼睛，声音滞涩道："可是我想见你。"

这句话似乎花光了他所有的勇气，陶溪紧紧闭着眼睛，好像这样就听不到世间一切的声音。

电话那头沉默了片刻，似乎只有三秒，又似乎很久，他在自己努力压抑的吸气声中听到林钦禾对他说："你站在那里不要动，我让人去接你过来，好吗？"声音温柔得像十月晚风，像哄杨多乐那样。

陶溪呼吸一滞，说："好。"

说完才发现自己根本没能发出声音，他深吸一口气，涩哑的喉咙才再次发出声音："好。"

挂了电话后，陶溪伸手摸了下脸，湿的。

他拿着手机茫然地看着熙熙攘攘的人群，下班回家的白领，牵着手约会的情侣，一起逛街的朋友，带孩子的父母……每个人都在霓虹夜色中扮演着自己的角色，他们都属于这座繁华的城市。可他今晚到底是什么角色？又究竟属于哪里？

陶溪没等很久，一辆他不认识但被路人频频打量的黑色轿车停在不远处。穿着西装的年轻男人走下车，很快就在商场门口找到他问道："你好，你是陶溪吧？我是林家的司机陈亭。"

陶溪木然地点了下头，跟着陈亭坐上了车。很快他就被送到了汉南医

院，陈亭带着他走进了医院。

陶溪在进医院电梯的那一刻开始后悔，他为什么要来这里？杨多乐生病了，他死皮赖脸地来干什么？看望？探视？关心？充当众多围绕着杨多乐的亲人朋友关怀者中的一员？只能是给自己找不痛快。

电梯里人很多，还有刺鼻的消毒水味，陶溪抱着书包被挤在角落里。

旁边有个拿着饭盒的老人，看角落这孩子好像浑身都裹在阴暗的影子里，难过得那样明显，以为他是为生病的亲人伤心，便和蔼地问他："放学后来看望家人吗？"

陶溪沉默地摇了摇头。

电梯到五楼时再次打开，陈亭对他轻声说了句："到了。"

电梯里很多人开始往外面走，陶溪跟在其他人身后最后一个走出电梯。人群散开，视野变得开阔，他看到林钦禾站在电梯口不远处看着他。

陶溪突然走不动了，站在原地看着林钦禾，背后的电梯门叮的一声再次关上。

他想，他应该说一声后就回去。

林钦禾走到他面前，将他怀中的书包拿过去拎在手里，低声问他："饿不饿？要不要先吃一点儿东西？"

陶溪没说话，只是看着林钦禾。那一刻他有一种莫名的错乱感，好像这十几年他并不是生活在那个小山村，而是回到原本的轨迹，从小和林钦禾一起长大。

林钦禾见陶溪似乎在发呆，伸出手轻轻拍了下他的肩膀，问道："怎么了？"

陶溪回过神，看着林钦禾，突然说："林钦禾，我好饿。"

"想吃什么？"林钦禾看了眼陶溪抓着编织绳的手指，轻声问道。

陶溪依旧望着林钦禾，说："我都可以。"

林钦禾看向一旁的陈亭，陈亭了然地问道："我下去买饭，您和夫人他们需要吗？"

林钦禾说："不用了，只给他买一份就可以。"陈亭点头后离开了。

林钦禾见陶溪还看着自己，他微微弯下腰，平视着陶溪的眼睛，低声问道："怎么了？饿傻了？"陶溪垂下眼睫摇了摇头。

林钦禾站直身体，他的手机响了起来，是罗徵音打来的电话。他在接通电话前问陶溪："要跟我一起过去吗？"

陶溪咬了下内唇，沉默地点了点头。

他跟在林钦禾身后，林钦禾接通电话后说了句："我马上过来。"

两人往病房的方向走，半路上碰到了正过来找林钦禾的罗徵音。

罗徵音面色焦急，她没来得及看林钦禾身后突然出现的人，对林钦禾说道："医生要给乐乐插管，乐乐不配合一直在哭闹。我和他外公外婆怎么劝都劝不住，你快去劝劝他。"

下午，罗徵音和林钦禾一起去看望杨多乐的外祖父母，杨多乐没忍住和几个邻居家的孩子打排球，傍晚时突然再次发了气胸。本来要出门的林钦禾，不得不和他们一起送杨多乐去医院。

林钦禾闻言蹙起眉。

罗徵音这才发现林钦禾身后跟着的男生，那男生抬起头看向她，她在看到那双眼睛时微微怔住，迈得很快的脚步也顿住了。

林钦禾对她介绍道："他叫陶溪，是我的同桌。"

陶溪看着眼前这个高挑的短发女人，猜想她应该是林钦禾的母亲，便乖巧地打招呼道："阿姨好！"

罗徵音回过神，露出一个有些憔悴的笑容说："你好！听钦禾和乐乐说起过你，谢谢你来看乐乐。"她以为陶溪是过来看望杨多乐的，但心里也有些奇怪，她印象里杨多乐并不喜欢这个叫陶溪的同学。

陶溪不知道要说什么，好在林钦禾对罗徵音说道："先去病房吧。"

三个人还没走到病房，就听到病房里传来杨多乐的哭闹声，还有一对老人苦口婆心的劝慰声。

陶溪的脚步越来越沉重，他知道那对老人应该就是他的外祖父母。

罗徵音心里焦急，先一步进了病房。陶溪在走到病房门口前，轻轻扯住了林钦禾的衣袖。

林钦禾望向他，似乎懂了他的意思，他带着陶溪走到走廊的长椅旁，轻声说："你坐在这里等我，好不好？"

陶溪在长椅上坐下，装作平静地说了声："好。"是他自己要来的，他没有资格难过。

林钦禾低头看着陶溪，从这个角度能看到他低垂的睫毛。林钦禾从口袋里拿出一颗下午在方家时邻居小孩塞给他的糖果，半蹲下身，将那颗印着笑脸图案的糖果放入陶溪的掌心，说："听说所有小朋友吃了这颗糖都会变得开心。"这是那个给他糖的小女孩对他说的。

陶溪看着手心里的糖果，又看向林钦禾，笑了笑说：“可我不是小朋友了。”

林钦禾看着陶溪的眼睛，他沉默了一会儿，用陶溪听不到的声音说：“你是。”然后他站起身，在罗徵音再次出来催促后，走进了病房。

陶溪看着那颗糖果，用力握进掌心里。

他想，他有什么可难过的呢？他有杨多乐没有的健康身体，他以后会赚很多钱，会买很大的房子，会去世界上的很多地方，会有很美好的人生。但他还是忍不住悄悄走到病房门旁，在门侧的阴暗光线里看着里面，看那个本该属于他的人生是什么样子。

罗徵音在向医生和护士道歉，然后走到正在抹眼泪的杨多乐外婆叶玉荣身旁，给她递了一张纸巾。一旁坐在椅子上的外公方祖清红着眼睛沉默着，这个强势了大半辈子的老教授只疼这一个外孙，孩子再任性都没有说过一句重话。

陶溪悄悄地看着那两个抹泪红眼的老人。

他想，原来这就是他的外祖父母。原来亲人在心疼一个孩子时，会疼到为他哭。然后他看到林钦禾走到杨多乐床前，问他：“为什么不配合医生？”声音严肃中透着温柔。

杨多乐面色苍白，满脸都是眼泪。他做过这个手术，知道有多疼，但他向来不敢违逆林钦禾，便自暴自弃地说道：“钦禾哥，我好疼好疼，我觉得我好像活不下去了，这样活着好痛苦。”

罗徵音闻言微微侧开脸，红了眼睛。叶玉荣佝偻着腰垂泪，方祖清将老伴搂入怀中。

林钦禾声音沉了些说：“乐乐，不要说这种话，不要让你的亲人为你难过。”

杨多乐赌气地扁着嘴不说话，只眼角淌着泪。

林钦禾轻轻握住杨多乐的右手，那只手的手腕上有一块明显的红色圆形胎记，还有一个串着金珠的红色平安结。小时候，杨多乐每次不愿意吃药时，林钦禾也会这样握着他的手劝他。而那个红色平安结，是方穗留给杨多乐最后的礼物。

林钦禾放柔了声音，对杨多乐缓缓说道：“还记得你妈妈给你的那封十八岁的信吗？我想，她更希望你打开信时，已经成长为一个坚强乐观的大人。”

罗徵音再没忍住，也落下了眼泪。

杨多乐沉默了，他可以在所有亲人面前任性，但他没办法对自己的母亲任性，因为她曾为生他付出了生命。他最终答应了配合医生。之后便是医生和护士拿着器械给杨多乐插管，杨多乐痛得哭喊着，林钦禾一直握着他的手，罗徵音在一旁给他擦眼泪。

陶溪离开了病房门口，回到长椅上坐下。手中那颗糖果已经被握得温热，他撕开糖纸，塞进嘴里，用力地咀嚼着。本该是很清甜的桃子味，但他却尝不出任何味道。

他想，林钦禾也有不对的时候。他吃了这颗糖，根本没有开心起来，一点儿都没有。

他很快就吃完了糖，陈亭提着一盒饭走到他面前，说道："这是在附近餐厅买的，不知道你喜不喜欢？"

陶溪接过那盒饭，说了声："谢谢。"

他打开饭盒，埋头吃了起来，吃得越来越快，狼吞虎咽的，像是饥肠辘辘了好几天的人。

只有这样，他才能控制住自己，不要闯入那间病房，对他们大声说：我才是方穗的儿子。你们都应该疼爱我。我也很难受，我的心脏也很疼，我也活得很痛苦。你们怎么不来关心我呢？怎么从来没有人为我心疼到落泪呢？

他吃完后有些想呕吐，从口袋里拿出一瓶水，仰头喝了好几口，才将那阵想呕吐的感觉压了下去。陶溪放下水瓶，看到一双长腿出现在自己面前，然后那双腿屈起，林钦禾半蹲在他面前，仰头看着他。

他很少有机会能这样俯视林钦禾，走廊上的灯光落在林钦禾的脸上，眉骨下的阴影显得五官更为俊朗，那双看着他的深邃眼睛里是明显的担忧。

林钦禾低声问他："陶溪，你怎么了？"

陶溪出神地看着林钦禾，像是溺水之人看着唯一的浮木，黑夜里的人看着唯一的灯光。

他突然问道："林钦禾，如果有一天我生病了，很疼很疼，你会来看我吗？"

林钦禾微蹙起眉，问道："为什么要问这样的问题？"

陶溪偏执地问道："所以你会不会来看我？"

林钦禾沉默了一会儿，说："你不会生病。"语气笃定得近乎幼稚，好像他可以判定陶溪的一生都会无病无灾，多福多乐。

陶溪心里一酸，他笑了笑说："林钦禾，我想回去了。"

林钦禾站起身，说："我送你回去。"

"你不用留在这里陪他吗？"陶溪坐着没动，问了一个对自己很残忍的问题。

林钦禾平淡地道："他有很多亲人陪着他。"他微微弯腰，将陶溪从长椅上拉了起来，低声道，"但你现在好像只有我。"

陶溪呼吸一滞，那一瞬他几乎忍不住眼眶中的热意。

林钦禾拎着陶溪的书包，带着陶溪上了林家的车，陈亭开车向文华一中驶去。

在车上，陶溪望着窗外快速飞逝的霓虹，又望向身旁沉默的林钦禾。

林钦禾察觉到他的视线，在昏暗的灯光下转头看向他，缤纷的霓虹映在他的眼底，在光影攒动中透着柔和的色彩。

陶溪张了张嘴，想说什么，最后只是说道："今天来不及给你画漫画了。"

林钦禾对他说："没关系。"顿了顿又道，"明天补给我。"

陶溪点点头，没再说话了。

他又望向窗外的霓虹，他想，这条路应该长一点儿，再长一点儿。但过了晚高峰的城市不再堵塞，车很快就开到了文华一中的校门口，陶溪不舍地跟着林钦禾下了车。

林钦禾依旧拎着陶溪的书包，一路送他到宿舍楼下。

周日夜晚的校园阒无人声，只有十月晚风轻柔地吹拂着。

陶溪站在宿舍一楼的门口，唯一留着的灯光很暗淡，他在昏暗中似乎总有更多勇气，他对林钦禾说："林钦禾，我今天很难过，可不可以提前索要期中奖励？"

虽然他根本还没考进前五十，也不能保证自己绝对能考进去。但林钦禾今晚似乎格外纵容他，轻声说："可以，你想要什么？"

陶溪很轻地拉了下林钦禾，索要了一个拥抱，轻声说："林钦禾，我也会努力成为坚强乐观的大人。"就像你对杨多乐说的那样。

"好啦，我现在不难过了，谢谢你。"陶溪从林钦禾手里拿过自己的书包，飞快地向宿舍楼上跑去。

林钦禾一动不动地站在原地，直到楼道的自动响应灯依次熄灭，才向校门外走去。

第六章
月亮与小星球

陶溪用最快的速度跑回四楼空无一人的寝室，灯都没来得及开，直接跑到阳台上打开窗户，向楼下看去。周末夜晚的校园只亮着几盏并不明亮的路灯，但好在宿舍楼通往校门的那一小段路可以勉强看清。

陶溪微喘着气，踮起脚，将脑袋伸出窗户寻找林钦禾的身影，但好一会儿都没看到。

林钦禾走得这么快？陶溪不甘心地又等了一会儿，终于看到林钦禾的身影出现在了晦暗不明的夜色与灯光之中。

他不知道林钦禾为什么会在宿舍楼下耽搁这么长时间。他只是像以前一样，不，比以前更努力地看着林钦禾的背影。这是他最习惯和最放松的视角，不用担心自己会被林钦禾发现。

就像人们仰望月亮时，从来不会担心月亮是否在意自己的目光。

但陶溪突然看到林钦禾停下了脚步，然后转过身，抬头朝宿舍楼看过来。

林钦禾是在看他吗？

他急忙朝林钦禾举起手挥了下，但猛地意识到他还没开灯，林钦禾不可能看见他。

陶溪赶紧跑去打开了阳台上的灯，回到窗户时，却看到林钦禾已经转过身又继续往校门走了。巨大的失落兜头盖脸地罩下来，紧接着就是猛然升腾而起的不甘心。

陶溪从口袋里拿出手机，手指飞快地解锁，找出林钦禾的电话号码，一鼓作气地按了下去。他在等待接通的提示音中紧张地看着林钦禾的身影，看到他果然停下脚步，低下头似乎是在看手机。

电话接通了。

林钦禾没说话，只有很浅的呼吸声，他又转过身抬头朝宿舍楼望过来。

陶溪也不知道说什么，他打电话就是一时冲动。

“陶溪？”林钦禾低声喊了他的名字，抬头望着他，似乎知道他在哪个房间里。

陶溪张了张嘴，看着夜色中的林钦禾，鼓起勇气说：“林钦禾，我想和你说晚安。”

林钦禾似乎笑了一声，对他说：“说吧。”

陶溪顿了顿，很认真地说道：“林钦禾，晚安。”

“陶溪，晚安。”林钦禾嗓音柔和地说。

这个场景其实有些奇怪，一个人在楼上，一个人在楼下，彼此望着，还没到睡觉的时候，却在电话里互相说晚安。

陶溪没忍住笑了起来，眼睛又落满了亮闪闪的星光，好像真的今晚一切安好，可以无忧无虑地安然睡去。

“我说完了，明天见！”陶溪一说完就挂了电话，怕自己等会儿舍不得挂了。

他看着林钦禾放下手机，再次转身向校门走去。直到完全看不到了，他才回到房间内，像往常一样洗了澡，把换下的衣服洗了后晾在阳台上，然后坐在凳子上开始做卷子。心里却是难得的沉静。

他好像在刚才的拥抱和晚安里获得了无尽的勇气，尽管那只是一个单方面的拥抱。

他发现每当自己沉湎于荒谬可笑的命运时，林钦禾总会将他从暗不见光的深河里拉出来，让他看到，原来深河上正压着满川星梦。就当晚上医院里看到的一切是一个梦好了。梦醒了，依旧要努力地过好当下的生活。

林钦禾回到汉南医院时，杨多乐已经睡下了。两位老人也被罗徽音苦口婆心地劝了回去，病房里只有罗徽音一个人守在病床旁。

罗徽音察觉到林钦禾进来，朝林钦禾做了个嘘的动作，起身检查了下杨多乐胸侧的引流瓶，又爱怜地摸了摸杨多乐的额头，才和林钦禾一起走出

病房。

“你去哪里了？乐乐一直在找你。”罗徽音带上房门，在走廊上问林钦禾。

林钦禾看着罗徽音微红的眼睛，简短道：“送陶溪回学校。”

罗徽音这才想起来，那个叫陶溪的同学晚上莫名其妙地来了一趟，又莫名其妙地走了。她心里奇怪，问道：“让小陈送他回去就可以了，何必你跟着跑一趟？”

林钦禾没回答她的问题，转而道：“您也早点儿休息吧，明天还有音乐会演出。”

罗徽音摇了摇头，抬起手揉了揉眉心，一整晚的伤神让她实在是有些疲惫，没忍住向儿子倾诉心声：“我不放心，每次乐乐生病，我总会想起阿穗。如果当时我能不顾一切地留下她，不让她无处可去，去那么远的地方，会不会她就……”

罗徽音说到一半开始哽咽，绷了一晚上的神经终于松懈下来。

林钦禾给母亲递了一张纸巾，他看着对面无人的长椅，沉默了一会儿说道：“事情已经过去很久了，方阿姨一定也不希望您为她愧疚一辈子，她不会怪您的。”

罗徽音用纸巾擦去眼泪，其实她很少在林钦禾面前提起方穗。她知道自己的儿子不喜欢方穗，但她今晚也不知道为什么，心里总有些不安定的慌乱，好像预兆着自己忽略了什么命运的伏笔。

“钦禾，妈妈知道你心里一定没有办法理解，也怪罪过我为什么一直放不下过去。或许等你再长大些，你会渐渐明白我的感受，但我希望你永远也不要和妈妈一样，因为懦弱和犹豫让自己一生悔恨。”

林钦禾一言不发，这是他母亲第一次向他如此坦言她对方穗的愧疚。在很久以前，他确实怪罪过罗徽音，也对那个已经死去的女人产生过一丝恨意。

他从小就活在方穗的影子下，甚至连自己的名字都在缅怀她。他也曾为罗徽音对杨多乐的极尽偏爱而不平，只不过他和父亲一样，大多数情绪都不会表现出来。所有人都觉得他天生成熟，对一切都疏离漠然。

可很久以前，他也对自己的家有过期待，期待自己的家和普通家庭一样平淡喜乐，期待父母将所有的关注和爱都给他。后来他渐渐放下了，毕竟如果不是杨多乐，罗徽音或许依旧走不出抑郁症，那么他连见到自己母亲的

机会都没有。他只能希望自己的亲人安好，不再奢求其他。

林钦禾握住罗徵音的手，低声道："我没有怪您，我只是希望您能更开心点儿，这也是我爸的希望。"

罗徵音微怔，笑了笑说道："说起来，我都好久没看到过你爸了。他还好吗？"

林钦禾欲言又止，最终还是没忍住说道："他很好，也一直在关心您。"

罗徵音沉默了一会儿，她并非不知道林泽实为她做的事，也主动向林泽实提出过离婚。但林泽实没有答应，那之后林泽实怕打扰她，也几乎不在她面前露面。

她没有继续这个话题，转而说道："那个叫陶溪的同学，和阿穗长得有些像，你好像很喜欢这个朋友？"

林钦禾拧起眉头，沉声道："他不像任何人。"

他语气认真到有些严肃了，但没有反驳后半句。罗徵音自知失言，笑了笑说道："既然喜欢这个朋友，以后有机会请他来家里玩儿。"

林钦禾眉眼舒展了些，嗯了一声。

陶溪并没有晚安，而是做了一整夜的梦。他梦到自己在病床上躺着，身上插满了冰冷的管子，外祖父母在一旁抹眼泪喊他"乖孙孙"，林钦禾握着他的手，似乎在说什么。他在梦中努力很久，终于听到林钦禾在喊他"乐乐"。

陶溪惊醒过来，身上还恍惚有被管子插满的痛楚。

那一刻，他突然真的不嫉妒杨多乐了。

临近期中考试，班上氛围越来越紧张，就连毕成飞中午都不再去打篮球，而是待在教室里临时抱佛脚。

陶溪深知抱佛脚远不如抱林钦禾大腿，每天花式找林钦禾讲题目。他渐渐察觉林钦禾自从那天去医院后，对他越来越纵容，起码每次林钦禾都会回答他的问题，虽然话还是少得可怜。这让他不禁又开始得寸进尺，大半夜的还在被子里给林钦禾发题求解，而林钦禾基本都会有求必应，简直像个智能题库的机器人。

要是林钦禾没回，他就发从毕成飞那儿搞来的表情包，一个接一个，猫啊狗啊鸡啊鹅啊，动物世界似的。发了二十个后，林钦禾终于给他回了串

省略号。

林钦禾：题呢?

陶溪：在上面。

林钦禾：懒得翻。

陶溪又把拍的题目照片发了过去，是一道数学题。难得像奥赛题，他做了二十分钟没做出来。结果不到三分钟，林钦禾就把完整的解答过程写好后拍了发过来。

陶溪发了个公鸡蹦跶的动图过去。

林钦禾：?

陶溪：酸鸡跳脚。

林钦禾：……

周日那天社团活动一结束，乔以棠就带着陶溪直奔爷爷乔鹤年家。

老人家住在市中心的红顶老洋房里，位置绝佳但闹中取静。出于礼貌，陶溪还斥巨资买了一堆自己都没吃过的名贵水果，想着等会儿见到乔鹤年要不要先鞠个躬以示尊敬。

结果到了乔家洋房一看，乔鹤年正穿着灰布老头衫踩着胶靴在园子里种菜，没一丁点儿大画家的仙风道骨。见到孙女和陶溪进来头也不抬，直接下命令道："还不过来干活儿？"

乔以棠穿着一身短裙极不乐意，以去厕所的借口溜了。陶溪喊了声"乔爷爷好"，放下水果就过去了，他本来从小就干农活，动作麻利顺溜，没多久就帮乔鹤年把活儿干完了。

乔鹤年这才杵着锄头直起腰打量起陶溪，目光锐利，陶溪被盯得手心都在冒汗。

"叫什么名字？"

"陶溪，溪水的溪。"

乔鹤年点了下头，说："以后你就是我乔鹤年的学生了。"

陶溪震惊地看着乔鹤年，难以置信就这么简单。乔鹤年扛着锄头往洋房里走，一路念叨着："总算找着个帮我种菜的了。"

"……"陶溪怎么也没想到，他通过种菜技能拜了个大画家当老师。

"还不过来？"乔鹤年回头催道。

陶溪忙毕恭毕敬地跟着乔鹤年上了三楼画室。

“为什么想学画画？”乔鹤年坐在黄花梨木的太师椅上喝了几口水，终于问了个该问的问题。

陶溪想了想，坦诚道：“一是因为喜欢；二是因为想赚钱，赚很多钱。”

林钦禾对他说过，他的画应该有更高的价值，被更多的人欣赏。他的理解就是他的画必须卖出更多钱，多到可以买房成家。

乔鹤年眯了眯眼睛，点头笑道：“不错，够诚实，没在老头子面前假大空。”

“我看过你的画，有点儿灵气，但离你说的赚很多钱还远远不够。以后放假就过来吧，给我种地，我就教你，怎么样？”

陶溪忙不迭地点头答应了，恭敬道：“谢谢老师！”

乔鹤年又打量了会儿陶溪，忍不住说道：“你真的很像我多年前的一个女学生，不过可惜那孩子看着乖巧，性格却倔得很，为一个不值得的男人断送了性命和大好前程。”

他叹了口气，眼中流露出惋惜，脸色又变严肃，对陶溪厉声问道：“恋爱了吗？”

陶溪一愣，忙摇头道：“还没有。”

乔鹤年脸色和缓了些，摸了摸胡子道：“不错，既然做了我的学生就要听我的。高中毕业前不准早恋，知道了吗？”

陶溪有些迟疑，这一犹疑就被乔鹤年瞪了一眼。

“知道了，老师。”

这一个下午，陶溪就待在画室里跟着乔鹤年学油画，一学才知道，自己那点儿凭天分得来的画技根本不算什么。

学完后已经是下午六点多，陶溪跟着乔鹤年从三楼来到一楼客厅，看到客厅里坐着两个人。一个是正在吃他买的水果的乔以棠，一个竟是林钦禾。

陶溪几乎不敢相信自己的眼睛，站在原地愣怔地看着林钦禾发呆。

乔鹤年一眼就瞧到了林钦禾，走过去笑着打趣道：“林家小子长这么高了？跟你爷爷说了好几次让你过来玩儿，你不过来，今天怎么想起来拜访我这个老爷子了？”

林钦禾站起身，对乔鹤年笑了笑，语气客气地说：“爷爷让我过来送月底寿宴的请帖。”说着将茶几上的请柬双手递给了乔鹤年。

陶溪走到林钦禾身旁，用一双盛满笑意的眼睛看着他。

林钦禾垂眸看向他，平淡地问道："你怎么在这里？"

一旁的乔以棠，没忍住朝天花板翻了个巨大的白眼。

乔鹤年合上请柬，看了眼陶溪，发现自己这新徒弟一见到林钦禾，就跟流浪了几天的小狗看到主人似的，笑道："这是我新收的学生。怎么，你们是同学？"

陶溪忍不住说道："对，还是同桌！"

林钦禾又看了眼陶溪，然后抬手看了下时间，对乔鹤年说道："时间不早了，乔爷爷，我先回去了，您一定要记得赴宴。"

乔鹤年摆手道："放心，我就是摔断腿也会坐轮椅去的。"

乔以棠拖长声音道："爷爷，您嘴巴开过光的，您忘了？"

乔鹤年不以为意地笑了声，见林钦禾要走，便对他和蔼道："我就不留你了，你仔细看看有没有什么忘了带的，可别掉东西在这儿，我晚上要出去打麻将。"

林钦禾对乔鹤年说："我只带了一张请柬过来。"

他顿了顿，嘴角露出一丝笑意，说："不过，现在可以多带走一个人了。"

陶溪一双本就星光闪闪的眼睛更亮了些，望着林钦禾指了指自己，小声问道："我吗？"

乔以棠没忍住意有所指道："那不然还能是我吗？我可约了好朋友晚上去唱歌。"

林钦禾朝乔以棠撩了下眼皮，乔鹤年直接瞪着她大发雷霆："真是不像话！你一个高三生居然还大晚上跑出去！你看看你这两个学弟，脑子聪明，还老实本分地学习，你什么时候能学学别人？"

乔以棠举手投降道："好好好，我错了我错了。你们俩赶紧走，可别戳我爷爷肺管子了。"

"除了你这个不听话的，还有谁能戳我肺管子？"乔鹤年暴跳如雷，追着乔以棠骂道。

林钦禾伸手轻轻推了一把陶溪的肩膀，低声道："走，我送你回去。"

陶溪像踩在棉花上，跟着林钦禾出了乔家洋房。

放学时被家长接回家是陶溪从小最向往的事之一，尤其当突然下大雨而他又没带伞的时候，他看着同学一个一个地被家长接走，一把把五颜六色

的伞撑起孩子的叽叽喳喳和家长的絮絮叨叨。

起初他也会等一等，看郭萍会不会来接他。但一次次落空后他就不等了，直接捂着头冲进雨幕里，顺着泥泞的山路跑回家，换下衣服，洗衣服，给家人烧晚上洗澡的热水。在做完一切后开始做作业，长大些后还要自己烧饭。

所以当陶溪学完画，看到林钦禾出现在乔家客厅时，那种扑面而来的喜悦像一片干柠檬被丢进温热的糖水里，再酸涩的心情都会甜得冒泡。尽管林钦禾只是碰巧来到这里，然后顺道把他接走。

傍晚瑰丽的暮色将洋房红顶染成深红，陶溪一路雀跃地跟着林钦禾上了林家的车。他一眼就认出来司机是陈亭，趴在驾驶座椅背上，偏头对陈亭笑眯眯地喊了声："陈叔叔晚上好！"

他心情不好，见谁都觉得欠打；但要是心情好，那就见谁都亲切可人。

陈亭愣了下，被这"甜美"的笑容闪了下眼睛，客气地笑着说："你好，又见面了。"心里却有些惊讶，他上次接陶溪去医院，看到的是一个苍白漂亮但眼神阴郁的男生，一路都垂着头没说话，哪有今天这么……灿烂？

林钦禾看了眼陈亭，声音有点冷地问："刚才怎么不会喊人？"

陶溪微怔地向林钦禾看去，下意识问："喊谁？"

林钦禾侧过脸瞥了他一眼，微垂的长睫染上窗外的暮色，琥珀色的瞳孔色泽深了几分。

陶溪想了下，林钦禾说的应该是刚才自己在乔家客厅里见到他却没喊他。但那是因为他当时高兴傻了，只顾着看着人发呆了。没想到林钦禾会在意这种礼节，陶溪往林钦禾身边挪了挪，扭头看着林钦禾，问道："那要不我给你补一个？"

林钦禾没理他，只给他一个高傲冷酷的侧脸。

陶溪扯了下林钦禾的袖子，林钦禾才向他看过来，扬了扬眉。

陶溪弯起双眼，细密的睫毛上下交错起来，像喊"陈叔叔晚上好"那样，小声道："钦禾哥哥晚上好。"

林钦禾看着陶溪的眼睛，眸光微闪，他很快侧过脸向窗外看去，不冷不热地嗯了一声。

陶溪有些失望林钦禾的反应，他目光不自觉地落在林钦禾凸起的喉结上，看到它上下滚动了下。

虽然林钦禾一脸冷漠，但陶溪心里还是雀跃，开始缠着林钦禾讲自己

下午学画画的事儿，说自己怎么凭种菜拜了个师父，乔鹤年如何如何厉害，自己还差好远云云。林钦禾大多时候不吭声，只是偶尔回应几句。

但陶溪依旧乐此不疲，像放学回到家的小学生叽叽喳喳地讲学校里发生的趣事。

当他终于停下来的时候，林钦禾看着他问道："汇报完了？"

陶溪一愣，看到林钦禾眼底是明晃晃的笑意，顿时明白自己被嘲笑了。他努力在眼中点燃两簇火苗，瞪着林钦禾说："我不讲了。"

林钦禾没理会陶溪眼中毫不慑人的怒意，拧开一瓶矿泉水递给他，淡淡道："没讲完的话，等会儿吃饭再说给我听。"

陶溪茫然地接过水喝了几口，脑子卡壳了："什么吃饭？"

这时车停了，他向窗外看去，猛然发现自己根本没有被送到文华一中，而是一个不知道在哪里的地下停车场。

陶溪疑惑地问林钦禾："这是哪里？"

林钦禾从他手里将水瓶拿过去，一边盖上盖子，一边说道："上次你请我吃饭没能来，我说了下次换我来请你。"说完，他直接推开车门下了车。

陶溪有些出神，他再次回忆起那个在医院度过的周日夜晚，仿佛一杯混杂了所有难言情绪的酒，有酸有苦，也有很淡的甜儿味，像是苦尽后的回甘，难以名状。

他没想到林钦禾当时在电话里说的话是真的，真的要请他吃一顿饭。

身侧的车门被打开，林钦禾站在车外，微弯下腰问道："不想吃吗？"

陶溪回过神，忙跳下车摇头道："当然想吃了。"

他看陈亭依旧在车里，便问道："陈叔叔不和我们一起吃吗？"

陈亭一愣，察觉到林钦禾看向自己的目光，急忙客气道："不用了不用了，我回家吃。"

他给林家做司机这么多年，这点眼力见儿还是有的。

陶溪跟着林钦禾从停车场出去，才发现这里是一家很大的蟹料理店。独立的青墙小院竹影绰绰，清幽宁静。一看就很贵。

陶溪跟在林钦禾身后，犹豫了一会儿说道："其实我上次打算请你吃的餐厅，人均不到100元。"

他发现自己每次想为林钦禾付出什么的时候，林钦禾最后都会更多地还回来。那时他还不知道，林钦禾为他做的又岂止这些？

林钦禾递了一张不知道什么的卡给前来引路的服务生，问道："所以？"

陶溪小声说："你要是觉得亏了，现在后悔还来得及。"

林钦禾带着陶溪一边往包间走，一边问道："那现在已经亏了，你怎么补偿？"

陶溪想了会儿，玩笑道："我可以去卖个艺，给老板卖几张画抵饭钱。"

林钦禾笑了下，漫不经心地低声道："那你还不如把画卖给我。"

两人跟着服务生来到一间幽静的包厢里，角落的烛台上燃着蜡烛，竹制窗外还有小桥流水。陶溪第一次来这样的地方吃饭，紧张得手脚都有些不利索。

坐下后，林钦禾将菜单递给他，说："想吃什么就点什么。"

陶溪忐忑地点点头，打开菜单一看，图片和菜名都没来得及看，就先被后面的价格给吓死了。他觉得点哪道菜都很肉痛，要是他来请的话，一道菜他都请不起。

陶溪把菜单往林钦禾那边推了推，赧然道："我不会点，你点吧。"

林钦禾没说什么，直接对服务生说了一串菜名，显然是对这里十分熟悉。

十月正是吃蟹的好时节，陶溪从来没吃过，但不妨碍他对此垂涎已久。然而当螃蟹上桌的时候，他又傻眼了。

陶溪抬头看向林钦禾，眨了眨眼睛，语气坦诚又无辜地说："我不会弄。"

一旁的服务生眼色极好地准备走过来提供剥蟹服务，被林钦禾淡淡地看了眼，又极有眼色地下去了。

陶溪看到林钦禾洗净手，打开一旁的整套剥蟹工具，有签子、镊子、小锤子……一看就很专业，他用白皙修长的手指拿着工具一一剪下蟹腿，敲开蟹壳，慢条斯理地去掉蟹胃、蟹心等不要的部位，然后用一根长柄勺刮下螃蟹中最精华的蟹黄。

陶溪先是目不转睛地盯着林钦禾手上的动作看，只觉得不愧是弹钢琴的手，剥蟹都剥得这么优美。但后来注意力就被金属羹勺上泛着油亮色泽的蟹黄吸引了过去，忍不住吞了下口水。

陶溪将目光从蟹黄移到林钦禾脸上，睫毛上下扑扇几下，哇了一声恭维道："你好厉害啊！"他眼睛闪着光，看起来馋得不行，就差说一句"我

想吃”。

林钦禾没被恭维到，将盛着蟹黄的长柄勺递到对面，勺子直接摆在陶溪面前，说：“尝尝。”

陶溪怔了下，伸手从林钦禾手里拿过勺子，笑着说了声“谢谢”，将蟹黄吃进嘴里。

他在舌尖细细品尝了下味道，才吞下去，满足地眯起眼睛，赞叹道：“真好吃！”然后看到林钦禾又开始剥第二只螃蟹。

陶溪便学着林钦禾剥蟹，剥到一半的时候，林钦禾已经把刮下来的蟹膏放在碟子里，递到他面前，然后又开始剔蟹腿肉，从头到尾自己没吃一点儿。

他愣了愣，问道：“你不吃吗？”

林钦禾平淡道：“我对螃蟹过敏。”

陶溪纳闷道：“你过敏干吗还请我吃螃蟹啊？只有我一个人吃，这岂不是让我很不好意思？”

林钦禾手上继续剥着螃蟹，抬眼看了下吃得不亦乐乎的陶溪，缓声道：“没看到你有什么不好意思。”

陶溪哽了下，吞下一口蟹肉，急忙道：“我，我下次会请回来的，一定请你吃你能吃的。不过呢，还得先给你做个详细调查，看看你到底对哪些东西过敏。谁能想到你一个男生，过敏的东西这么多？”

他说到后面没忍住揶揄的笑意，但说完就感受到了林钦禾投过来的冷冷视线，赶紧忍住嘴角的笑，低下头专心吃螃蟹。

林钦禾停下剥蟹的手，不冷不热道：“你还是先操心自己的期中考试吧。”

陶溪一听泄气了，肩膀缩下去，抱怨道：“你干吗在吃饭的时候说期中考试？我紧张得都没心情吃螃蟹了。”

林钦禾蹙起眉，拿起那碟剔好的蟹腿，力道微重地扣在陶溪面前，命令道：“必须给我吃完。”

陶溪乖乖地吃着林钦禾弄好的蟹肉，吃到最后，他觉得晚上做梦都会梦到螃蟹。

吃完后，陶溪跟着林钦禾往料理店外走。他故意走得很慢，因为很快他就要被送回文华一中，回到空无一人的寝室。

林钦禾似乎也放慢了步伐。

曲折的长廊里，湖泊上亮着星星点点的荷灯，不远处凉亭里隐隐有人声喧腾。天上夜色如湖水般澄澈，浸润着一轮明月。但湖上这一方空间却很静谧，只有脚踩在长廊地板上的吱呀声。

陶溪跟在林钦禾身后，低着头悄悄踩林钦禾的影子，一不留神撞上了突然停下脚步的林钦禾的后背。

“对不起。”陶溪摸了摸鼻子，瓮声瓮气地对林钦禾说道。

林钦禾微转过身，将他拉到身旁，低声说：“在我身边走。”

两人沉默而默契地并肩走在夜色与湖光之中，穿过湖泊上的长廊，来到明亮宽敞的大厅时，陶溪还有些不适应，抬手遮了遮眼睛。

这是一家非常知名的蟹料理店，尽管时间已经不早，大厅边缘的休息区里依旧有不少正排着队等座位的客人。

陶溪突然想到，林钦禾能直接带他去包间吃饭，难道不用提前预订座位吗？可是，今晚林钦禾明明是偶然在乔家遇到他，顺带捎上他来吃晚饭的。

他张了张嘴，想问什么的时候，突然听到一个熟悉的声音。

“钦禾哥，你怎么在这里？咦，还有陶溪？”

对面不远处，杨多乐手里拿着一杯奶茶，一旁跟着西装革履的杨争鸣。杨争鸣手里抱着几个从大厅休息区的娃娃机里夹来的玩偶，显然是刚陪杨多乐抓了娃娃。

父子两人走了过来，杨争鸣先是对林钦禾笑了笑，再看向一旁的陶溪时，微怔了一瞬，也对他客气地笑了笑，然后问林钦禾：“钦禾，和同学来吃饭吗？”

林钦禾几乎是瞬间感觉到身边人的情绪低落下去，他侧过脸看了眼垂着眼睫的陶溪，将他微微挡在身后，对杨争鸣点头喊了声：“杨叔。”

杨多乐往这边打量着，林钦禾看向杨多乐，皱眉道：“怎么刚出院就出门？”

杨多乐做的微创手术不大，不到一个星期就能出院。但按照罗徽音和他外公外婆细心呵护的态度，绝不会允许杨多乐没休养好就出家门。

杨多乐又看了眼陶溪，对林钦禾埋怨道：“在医院什么都不能吃，我快闷死了。好不容易回家了还要吃清淡的，憋了好久今天才找到机会逃出来吃大闸蟹。”

杨争鸣闻言无奈地笑了笑，说道：“平常找他都不理不睬的，也就只有

这种时候才会想到我这个爸爸，没心没肺惯了。”嘴上虽然说着儿子，语气倒有几分宠溺。

杨多乐瞪了眼杨争鸣，骂道：“谁能有你没心没肺？”

他和杨争鸣自幼感情生疏，这几年杨争鸣突然想缓和与他的父子关系，两人接触才多了起来。

杨争鸣嘴角依旧挂着笑意，没为儿子的没大没小生气。

林钦禾心不在焉，他隐隐感觉到他必须带着陶溪尽快离开这里。正要直接告别面前的父子俩时，杨争鸣突然对一直沉默的陶溪说道：“陶溪，谢谢你上次帮我给乐乐带礼物。”

陶溪抬起眼睫，他看了眼杨争鸣怀里与身上西装格格不入的各色玩偶。那些玩偶漂亮精致，是每一个小孩子都会喜欢、向家长抢着要的玩具。他看着笑容客气的杨争鸣，提起嘴角笑了笑，客气地说：“不用谢，杨叔叔。”

杨多乐看着陶溪，又看了眼杨争鸣，隐约的不适感越来越浓烈。他抿了下唇，对林钦禾问道：“钦禾哥，你不是螃蟹过敏吗？为什么会来这里？”语气里有疑惑，更多的是抱怨。

他一直很喜欢吃螃蟹，从小一到时节就缠着林钦禾带他去蟹府。虽然和林钦禾一起吃饭很没有意思，因为林家人都食不言，但他知道林钦禾非常擅长剥蟹。然而无论他怎么撒娇，林钦禾都不答应。可今天林钦禾为什么会出现在这里？还和陶溪一起？

林钦禾平淡道：“只是想请陶溪吃饭，就带着他来了。”

杨多乐皱起眉，露出一个不太高兴的神色。

杨争鸣笑着问林钦禾：“这里的包间可不好抢，你提前很久订的吧，什么时候订的？”

林钦禾回答：“上周日。”

陶溪眼睫一颤，倏地看向林钦禾。林钦禾对杨多乐和杨争鸣语气淡漠地说道：“时间不早了，我还得送陶溪回去，就先走了。”

杨争鸣知道这个林家少爷和他母亲一样不喜欢自己，点头道：“我们的电影也要开场了，下次有机会再请你和你母亲吃饭。”

林钦禾敷衍地应了声。

陶溪没来得及向两人礼貌道别，就被林钦禾握着胳膊，快步向大门外走去。

他以为林钦禾要回去了，正好他也很想快点儿逃离这里，一路沉默地跟着林钦禾走到室外。

月色正浓，陶溪却发现林钦禾并不是走向来时的停车场，他被带到了不远处的一个灯柱下，莹黄的灯光透过磨砂玻璃泛着毛茸茸的光圈。

陶溪疑惑地看向林钦禾。

林钦禾站在他面前，低下头看着他的眼睛，目光专注而认真，似乎是想透过他的眼睛看他的心情。

陶溪心口一紧，他顺从地微抬起下巴，向上勾起嘴角，弯起双眼，露出一个笑容。

莹黄灯光在睫毛下投下两扇阴影，他自然地问林钦禾："怎么了？"

林钦禾只沉默地看着他的眼睛。

陶溪眨了眨眼睛，伸出手摸了摸脸，玩笑地问道："难道我脸上有什么东西？"

林钦禾低声问道："为什么见到杨多乐后突然这么难过？"他发现，陶溪几次莫名的情绪低落，似乎都与杨多乐有关。

陶溪摸着脸的手一顿，那一瞬，他突然觉得自己一点儿也没办法像自己承诺的那样坚强乐观，他突然想把一切都告诉林钦禾。但陶溪最终只是沉默了一会儿，平静地说道："我只是想起我的妹妹，她也叫乐乐，她也生病了，我很想她。"

他又对林钦禾笑了笑，语气轻松地说道："不过幸好学校给我发了很多钱，我汇了钱回去，她就可以买药治病了。"他不知道自己的睫毛一直微微颤动着，像是要努力克制住从眼睛里流出什么。

林钦禾蹙起眉，知道陶溪没有说实话。他看着眼前人的笑容，觉得自己的心脏好像被一根无形的针刺了进去。这种细微的痛感对他而言很陌生，但他知道那叫心疼，仅仅是因为一个言不由衷的笑容。

陶溪微微侧开脸，假装着急地催促道："你不是说要回去吗？时间不早了，我还有好多作业没写。"明明他想和林钦禾一直待在一起，但他现在没办法了。

"回去之后抄我的。"林钦禾笃定地说完，拉着他向室内走去。

陶溪搞不懂林钦禾又要做什么，但他乖顺地没有反抗，被一路带着又回到了大厅。直到他被带到一排娃娃机面前，他再没忍住惊讶，睁大眼睛看向林钦禾，不知道要说什么了。

林钦禾似乎对这一排粉粉绿绿的娃娃机有些难为情，丢下一句："你在这里等我。"然后他转身快步走向对面的前台，似乎是去兑换游戏币。

陶溪一动不动地看着林钦禾的背影，攥紧了手指。

林钦禾很快用手捧了一堆游戏币回来，他冷着一张脸，神色极不自在，因为前台的收银员对他开了个玩笑。

陶溪看着林钦禾手里银色金属的游戏币，银币在明亮的灯光下像星星一样闪着光。他问林钦禾："你怎么突然想玩这个？这是小孩儿玩的吧。"娃娃机与林钦禾的人设太不相符了。

林钦禾闻言却难得怔了怔，沉默了一会儿低声说道："刚才你一直看杨叔拿着的娃娃，我以为你喜欢。"

陶溪也怔了怔，他看着林钦禾小心翼翼地捧在手里的游戏币，又看向林钦禾微侧开的不自在的脸。附近有很多抓娃娃的小情侣和带孩子的父母都在打量林钦禾，笑着小声讨论这样一个高高大大的帅哥，也会抓娃娃。

陶溪静了几秒，突然扬起嘴角露出一个笑容，是真心开心的笑容。其实他哪里是喜欢那些娃娃呢？

他确实开心了起来，他从林钦禾掌心里拿出一枚银币，指尖的银币像月亮下的六便士闪着光，他的眼睛也闪着星星点点，对林钦禾笑着说："不，我很喜欢。不过我没有玩过，你能教教我吗？"

林钦禾看着陶溪的眼睛，冷峻的眉目柔和了几分，他将游戏币放在一旁的小桌子上，从中拿出一个投进娃娃机，给陶溪展示怎么抓娃娃。

娃娃机为了照顾小孩儿和女生的身高将操作台设置得很低，林钦禾不得不弯下腰。陶溪站在林钦禾旁边也弯下腰，他看了眼林钦禾的侧脸，又看向玻璃橱窗里琳琅满目的玩偶，嘴角忍不住上翘。好像那里面不是玩偶，而是他最喜欢的糖果，散发着香甜的气味。

林钦禾握住操纵杆，问他："你想要哪个？"

陶溪小声问："哪个都可以吗？"

林钦禾点了下头。

陶溪伸手指了一个在最上面最容易被夹住的皮卡丘娃娃，说："我要这个。"

林钦禾便开始专注地操纵着夹子，调整了好一会儿，确保无误了才谨慎地落下去。其实他长这么大连游乐园都没去过，更没有玩过娃娃机，第一个夹起来的皮卡丘在接近出口的时候就掉了。

林钦禾蹙起眉，手指蜷缩了下，神色有些尴尬。这世界上很少有他想做却做不好的事儿，但不幸的是今天就遇到了。

陶溪努力忍住笑，都是十六七岁的年纪，他被激起了好胜心，跃跃欲试道："我来！"

林钦禾让开了。

陶溪将银币投进去，学着林钦禾的样子，仔细操纵着夹子，左看右看上看下看，确定了好半天后才将夹子落下去。夹子成功夹住了那个皮卡丘缓缓升起，两个人都不禁紧张地屏住呼吸，目光跟着夹子慢慢移向出口。

陶溪觉得这把应该没问题了，但那个皮卡丘在临近出口的地方又莫名地掉了下去。

"……"

"……"

两人安静了几秒。

陶溪说："应该是这个夹子有问题。"

林钦禾说："一定是。"

两个人弯着腰凑在低矮的娃娃机面前，花光了所有游戏币，最后也只抓到了两个玩偶，一个白色小熊，一个粉色小熊。

陶溪想林钦禾不喜欢粉色，便将白色的小熊递给林钦禾说："这个是你的，粉色的是我的，你没有意见吧？"

林钦禾将白色小熊拿过来，点头道："没有意见。"

两个人抓完娃娃，大厅里几乎没了人影，再一看时间已经十点半了。

陶溪捏着粉色小熊的耳朵，想起自己那堆没做的卷子就急到上火，问林钦禾："你说好作业给我抄的，没骗我吧？"

林钦禾手上拿着白色小熊，看着他说："我不会骗你。"

陶溪觉得林钦禾看自己的目光和语气都有些太过认真了，他笑了笑说道："快点儿回去吧，回去还要抄作业。"

却听林钦禾问他："那你现在开心了吗？"

陶溪捏着小熊耳朵的手一顿，轻轻点了点头。

"我很开心。"陶溪笑着回答林钦禾，他非常非常开心。

但他毕竟是高中生，开心的结果是那天晚上回去后，做作业做到了凌晨两点半。好在林钦禾一边做，一边把答案拍了发过来，不然他做到早上也做不完。

两点三十五分的时候，陶溪终于将最后一道题抄完。他打了个哈欠，在那个备注为“Moon”的微信对话框里输入“晚安”，发了过去。

困意如潮，他关了手机，将晚上抓到的粉色小熊娃娃放在枕头边，很快沉沉睡去，伴着一枕梦中的温柔月色。

第二天早上醒来后，他看手机才发现两点三十七分的时候，林钦禾回复了“晚安”。他以为林钦禾发了作业就睡了，没想到他居然也搞这么晚。

陶溪抓了把头发，懊悔自己怎么睡那么快。

他想了想，在新一天的熹微晨光中回复了“早安”。这次林钦禾没有回复了。

期中考试转瞬来临，陶溪快被搞疯了。或者说，快被林钦禾搞疯了。

“你确定我要做完这些卷子吗？”晚自习前，陶溪数了数面前的卷子，有二十张！

他趴在课桌上，脑袋枕着胳膊，抬起眼睫仰视着林钦禾，企图卖惨道：“我每天作业都写不完，动不动写到一两点，真的没有时间写这些卷子。”

林钦禾铁面无情地说：“作业可以不做，这些卷子必须要做。”不知道各科老师听到这番越俎代庖的话有什么感想，陶溪反正很绝望。

“那我作业怎么办？”

“继续抄我的。”

“好吧。”

陶溪抛开作业，开始专心做林钦禾给他的卷子。

他做着做着渐渐发现，这些卷子的题目好像都是他最薄弱的知识点和经常错的题，他握着笔转头看向旁边的林钦禾。

他没发现，自己现在很少像以前那样悄悄用余光看林钦禾了，好像有了坦然直视的底气。

林钦禾也握着钢笔在写什么，察觉到他的视线，侧过脸问他：“不会做？”

陶溪摇摇头，又继续埋下头做卷子。

在期中考试前的这两个星期里，陶溪几乎没有喘息的时间，每天都被卷子掩埋。等他做完后林钦禾会回收，第二天出现在他桌上的就是已经被红笔批改过的卷子。

就连小漫画连载，林钦禾都严词拒收了。

“现在的第一要务是期中考试。”林钦禾语气不容置喙，严肃得像教导主任。

好学生陶溪不得不从。

整个学校都弥漫着大考来临的紧张氛围，最强悍的一班也不例外。毕竟这场考试的排名，将直接决定所有人接下来两个月的班级。

陶溪紧张了两个星期，到考试前两天的时候反而不紧张了。他心态向来很稳，越是大考越能超常发挥，不然他也不会以清水县第一名的成绩来到文华一中。

林钦禾这种变态型学霸更不用说，估计从不知道紧张二字怎么写。

毕成飞就属于一到考前就临时抱佛脚，拜诸方神佛搞封建迷信的那种人。

“溪哥，明天早上记得吃两个鸡蛋和一根油条！寓意门门满分 100！”毕成飞转过来神秘兮兮地说道。

陶溪正在做卷子，头也不抬地说：“语数外满分 150，你要考 100 就自己去考，谢谢！”

“对哦。”毕成飞想了想，又兴冲冲道，“那就转锦鲤吧，这个非常灵。我已经连续转了两个星期，每天早晚各转一遍，今晚我还要在朋友圈发一张锦鲤，你记得给我点赞！”

毕成飞毫不上进，能在一班吊车尾已经是他最大的荣幸。

陶溪从不迷信，他敷衍地答应了毕成飞，只想让他快点儿闭嘴，不要吵自己复习。

毕成飞还要继续向陶溪分享自己的考前迷信小知识，正在写字的林钦禾抬头睨了他一眼，他心中一凉，赶紧转过去了。

毕成飞看着面前小山一样的复习资料，合拢手掌从小山上试图捧起什么，小心地捧着拍向自己的脑袋。同桌胡桐朝他翻了个巨大的白眼。

考前一天的晚自习老师不会讲课，让所有学生自由复习。

傍晚，陶溪以最快速度吃完晚饭，踩着暮色飞快地赶到教室继续复习，却意外地发现林钦禾竟然还在座位上，低头握着钢笔在一个本子上写着什么。

陶溪看到林钦禾写这个本子写了几天了，他心里很好奇，但没有去问。他放轻脚步回到座位上，拿出之前做过的卷子复习错题，这时候做题已经没有意义。

认真看了一会儿后，他面前突然出现一只手，那只手将一个笔记本放在了他桌上，是林钦禾这几天写的黑色封皮笔记本。

“晚上好好复习这上面的内容。”林钦禾收回手将钢笔盖合上，语气一如既往地淡漠又笃定。

陶溪愣怔地看着面前的笔记本，他伸手一页一页地翻开，上面是钢笔写的分科复习要点，每一个要点都与他这段时间做的卷子出现的错题相呼应，下面还详细注解了考试可能会出现的考察方向和题型，细致得就像一本为他量身定制的教辅资料。

墨水痕迹崭新得仿佛透着秋雨的潮意。时光倒流，他猛然回想起开学第二天。那时的他，极尽可能地摆出可怜姿态央求林钦禾。

“我能不能借你的笔记本抄一下？”

“不能。”

然后，林钦禾将那本黑色笔记本递给了杨多乐，那个占据了自己一切的人。

当时所有的心潮翻涌，转瞬化为意难平。像一开始就酿错的苦酒，酝酿到最后只剩下酸涩。现在他看着这本林钦禾给自己的笔记本，心脏像在苦酒里泡了一整夜，陡然落入一池糖水中。但还是酸涩，心脏酸，鼻子酸，眼睛酸，整个胸口都酸。

当时无处释放的委屈，在两个月后，突然从心底不可抑制地翻涌出来。

陶溪眨了眨眼睛，将眼前的水雾驱散开，准备对林钦禾说一声谢谢，却突然听到林钦禾在一旁问他：“能留在一班吗？”嗓音小心又柔和，像是怕他紧张。

所有的努力几乎要前功尽弃，陶溪用尽全力才将眼睛里的酸意压下去，他微抬起下巴，对林钦禾笑着笃定道：“当然能。”语气骄傲又自信，是属于十六七岁年纪的意气风发。

林钦禾眉眼舒展了些，似乎是松了口气。他从座位上站起来，说：“我去吃饭了。”然后转身离开了教室。

陶溪看着林钦禾的背影消失在门口，才低下头继续看着面前的笔记本，看上面属于林钦禾的疏朗字迹。

晚自习的最后一节课用作布置考场，所有靠在一起的座位都被拉开，所有书本资料都被放至教室最后。

下课期间，毕成飞趁林钦禾不在教室，偷偷伸出爪子摸了下林钦禾的桌子，似乎觉得不够，又摸了两下。

陶溪还在看笔记本，察觉到毕成飞鬼鬼祟祟的小动作，问道：“你胆子真的越来越大了，摸他桌子干什么？”

毕成飞张望了下后门门口，掩着嘴小声说：“学神的桌子肯定是开过光的，我就蹭蹭考运！”

正在分发考号条的李小源也偷摸过来，伸出手飞快地摸了下林钦禾的桌子。这一摸，附近其他几个学生也不甘落后地过来摸了几下。

“……”陶溪有些无语。

蹭考运的人散去后，陶溪看了会儿笔记本，想了想，没忍住也伸出手去摸了下林钦禾的桌子。宁可信其有，不摸白不摸，他对自己说。

因为座位已经被拉开半米，他懒得起身，直接坐在椅子上，翘着一条椅子腿儿，压着腰向右侧凑过去，伸出胳膊去摸林钦禾的桌角。结果，正好被从后门进来的林钦禾抓个正着。

“……”

陶溪手还在桌子角，腰还塌着，他脸上一红，飞快地收回手坐正身体。因为太过慌张，椅子腿一晃他差点摔下去。

林钦禾走过来，站着没坐，垂着目光看他，眼神的含义很明显：在搞什么鬼？

毕成飞生怕自己被招供出去，要知道林钦禾很厌恶别人碰他的东西，便频频给陶溪使眼色。陶溪主动招供了自己，对林钦禾尴尬地笑了笑说：“我就蹭蹭你的考运。”

林钦禾没说什么，神色平静地坐下来开始看书。

陶溪松了口气，告诫自己，封建迷信要不得！

最后一节晚自习很快过去，后半节课整个班上的氛围都有些躁动。有的人开始自暴自弃；有的人开始盲目自信；有的人开始使用量子波动读书法，把书翻得比风扇还快。

陶溪属于稳如老狗型，他把林钦禾给的笔记完整地记忆两遍后，正好就是下课的时候。

铃一响，早就等不及的学生背着书包飞快地冲出了教室，毕成飞总是第一个。

陶溪小心地将笔记本放进书包里，打算回寝室后再去看看。他背起书

包，对已经拎着书包要走的林钦禾急忙道：“等等！”

林钦禾停下脚步，看着他问道：“怎么了？”

陶溪弯起双眼，对林钦禾十分郑重地轻声说：“林钦禾，考试加油！”虽然林钦禾的油量已经超标了。

林钦禾低头看着他，唇角微微翘起，抬手轻轻拍了下他的肩膀，对他说：“考运给你。”然后转身出了教室。

陶溪愣了好一会儿，没忍住笑了。

他回到寝室后，突然没心情再复习，便干脆拿出手机刷微信朋友圈。

他还记着给毕成飞点赞锦鲤图的事儿，结果先刷出了林钦禾新发的朋友圈。只有一张照片，照片里是一个泛着金色光晕的水池，水池里游动着几十条金色红色的锦鲤，在阳光下金光灿灿的。

陶溪笑出声，没想到林钦禾居然也相信这个。他给这张图点了个赞，然后又给毕成飞发的锦鲤图也点了赞。

此时的林家别墅里，罗徵音刚给临时抱佛脚埋头复习的杨多乐送了一盘水果，然后又端着另一盘水果朝琴房走去。

以往这时候，林钦禾一般在自己房间里学习或看书，今晚却反常地在练琴。

她端着水果看到林钦禾坐在钢琴前弹奏曲子，是《圣诞快乐，劳伦斯先生》。

“怎么突然想起来弹琴了？你明天不是要期中考试了吗？”罗徵音不解地问道。

林钦禾收回手指，蹙着眉，沉默了一会儿说：“我有点儿紧张。”

罗徵音诧异地看着自己的儿子，她从未见到过林钦禾在考前紧张，再难的考试他都没有为此焦虑过。这次是怎么了？

“你为什么会紧张？我以为只有乐乐会紧张，毕竟他请了那么多天病假。”罗徵音没忍住追问道。

林钦禾却没回答这个问题，言辞含糊道：“没什么。”

罗徵音便没有再问，将水果放在桌子上，说了句“早点儿休息”便离开了琴房。

林钦禾抬起手，再次开始弹琴。

期中考试为期两天，第一天下午数学考完后，陶溪一进教室就看到毕成飞集结了一群人在对答案，嗓门大得恨不得昭告天下。

“选择题最后一题我选的C，你选的什么？”

“绝对是B，班长也选的B！”

“完了完了，我死了！”

…………

陶溪捂着耳朵回到了座位。他最烦考完后对答案了，考完的试就像泼出去的水，对答案只会让人平添焦虑。

陶溪趴在桌上捂着耳朵，虽然效果不怎么样。他一边看明天科目的复习资料，一边默念“不听不听”，突然看到自己的桌面出现一只手屈起手指敲了两下。

他猛地抬头看去，发现是林钦禾站在他课桌旁，正低头拧着眉看他，低声问：“考试出问题了？”神色和语气好像有点儿紧张。

陶溪双眼一亮，急忙站起身来，对林钦禾悄悄说：“我好像发挥得还行。”

他今天两场考试语文和数学确实感觉都还可以。

“但是听他们对答案我好紧张，怕自己的良好感觉都是错觉。”陶溪朝不远处毕成飞的方向抬了抬下巴，向林钦禾告状，然后又捂住了耳朵。

林钦禾微拧的眉头舒展开来，他看着正捂着耳朵的陶溪一会儿，嘴角微扬，对他说：“手放下来。”

陶溪茫然地看着林钦禾，听话地放下了捂着耳朵的手。然后林钦禾突然向他走近一步，抬起手将自己的白色无线耳机塞到了他的耳朵里。音乐节奏很快开始拍击在耳膜上。

林钦禾收回手，面色平静地问陶溪：“还能不能听到？”

陶溪懵懂地摇了摇头，说了声“谢谢”后坐回了座位，趴在课桌上一边听林钦禾手机里的音乐，一边继续看复习资料。

林钦禾回到自己座位上，无声地笑了下，拿出手机突然换了一个节奏强劲的歌曲，并将音量调大了些。然后，果不其然看到那边坐着的人浑身抖了下，然后猛地扭过头来，用力瞪了他一眼。

两天的考试很快结束，文华一中的改卷效率不是一般地高。考完第三天就能出成绩，并会在一大早把完整的成绩排名张贴在教学楼的一楼大厅。

当然，很多迫切关心成绩的家长，会提前向班主任询问成绩和排名。

公告成绩的前一天晚上，周强在办公室加班到十点。这期间他起码接了二十个来自一班学生家长的电话，还有一个竟来自从没给他打过电话的林钦禾。

那天晚上，徐子淇也在寝室给他妈打了个电话。陶溪正坐着做题，他抬眼看了下徐子淇，看到他脸上的表情肉眼可见地从焦急到震惊到沮丧，快得堪比川剧变脸。

“什么？怎么会这样？”徐子淇面如金纸，飞快地出了寝室门。

潘彦嗤笑一声，拿出手机公放了一曲《一剪梅》，十分幸灾乐祸。

陶溪没心情幸灾乐祸，他面色淡定，手上转着笔，越转越快，最后直接飞了出去。他要紧张死了，比当初等清水县期末联考成绩时还紧张。

这一晚上，他一直在做梦。梦到自己没考进前五十名，和徐子淇双双去了二班，然后看到林钦禾和杨多乐一起有说有笑地走进了一班。他在梦里大喊了一声林钦禾，林钦禾转过身，对他冷漠地说“学渣不配做我同桌”。

陶溪醒来感觉到自己一身冷汗，他洗漱完后早饭也没吃，只记得飞奔到教学楼一楼大厅看成绩榜。那里已经有很多学生挤在前面，传出来一阵阵鬼哭狼嚎和欢声大叫。

陶溪好不容易挤了进去，第一眼就看到高挂在成绩榜第一的是林钦禾的名字，比第二名黄晴高了27分。

有人惊呼道：“林钦禾真的是变态吧，上次比第二高20分就够可怕了，这次居然还高出了更多！”

另一个人啧啧道：“这也太不给第二名面子了，是有仇吗？”

确定林钦禾是第一后，陶溪开始找自己的名字。他从林钦禾的名字开始往下面看，紧张到呼吸都快停了。

第42名，陶溪。

看到排名的一刹那，陶溪一口气先是没喘上，紧接着才长舒了出去，心脏都跳得发痛。

他可以继续做林钦禾的同桌了！

陶溪彻底放松下来，接着看到毕成飞第50名，幸运垫底。

杨多乐，第51名。

陶溪面无表情地离开了成绩榜，在上楼梯时还是没忍住幸灾乐祸地笑出了声。

林钦禾早上一进教室，就看到陶溪两只眼睛像灯泡似的望着他，就差一根尾巴在身后摇动了。他脚步顿了顿，放慢步伐走了进去。

陶溪殷勤地帮林钦禾把椅子拉出来，等人一坐下就倾身过去，抓住林钦禾的胳膊摇了摇，兴奋道："林钦禾，我可以继续留在一班了！"说完陡然察觉到自己太激动了，立即不好意思地放下手往后退了点儿。

林钦禾看了眼陶溪收回去的手，神色没什么变化地问了句："多少名？"

陶溪就知道林钦禾没去看成绩榜，他抿了抿唇说："42 名，比我预想的好很多。"

林钦禾点了下头，平静地说了句："考得不错，恭喜你。"他说完，将一沓卷子从包里拿出来放到课桌上。

陶溪看着林钦禾，双眼里的光黯淡了些。他觉得林钦禾对自己成绩的反应太平淡了，忍不住有些失望。他忽然想，自己为继续做林钦禾的同桌这样兴奋，但对于林钦禾来说，或许这不算什么。而且，林钦禾会不会因为杨多乐掉下一班而不高兴？毕竟他们是那么多年情同兄弟的朋友，而他和林钦禾只认识了两个多月。

陶溪根本控制不住自己想这个问题，一旦涉及杨多乐，他就像一只惊弓之鸟患得患失，雀跃而起的兴奋瞬间沉入湖底。

他垂着眼睫，沉默了一会儿还是没忍住试探地问林钦禾："我看到杨多乐第 51 名，你会不会生气？如果不是我来到这里，他就正好第 50 名了。"

"我为什么要生气？"林钦禾几乎是立即反问道。他看向眉眼耷拉着的陶溪，放下从书包拿东西的手，继续道："你能留下来，他不能，只能说明你比他更努力和优秀，不是吗？"

陶溪怔住了，抬起眼睫看向林钦禾，听到他用更柔和的嗓音说道："而且，你不用和任何人比。我只知道，你能留在一班，继续坐在我身边，我很高兴。"

我很高兴。

陶溪呼吸一轻，望着林钦禾，嘴角渐渐上扬，眼睛却有些发酸。

他看到林钦禾从包里拿出一个黑色天鹅绒的四方盒子，放到他手心里，对他说："这是我答应你的期中奖励。"

陶溪愣怔地低头看着手里的精致礼盒，用手指小心地摩挲着柔软的天鹅绒，小声道："可我不是已经提前……"

“那个不算。”林钦禾笃定道，然后又放轻了声音说，“你打开看看，喜不喜欢？”

陶溪依言打开盒子，盒子里是一条红绳编织的手链，串着一颗糖果大小的绿松石。绿松石被雕刻成了一颗小星球，散发着璀璨银河里独一无二的蓝绿光芒。

陶溪即使不懂宝石，也知道这颗绿松石一定很贵。他盯着那颗绿松石好久，听到自己胸腔里的心脏在怦怦跳动，鼻腔里又涌起一股酸意。

“不喜欢吗？”林钦禾柔声问他。

陶溪立即摇摇头，他拿出那串手链，试图戴在自己的右手腕上。但左手有些不灵活，戴了一会儿没戴好。

林钦禾伸出手，将那串手链戴在陶溪的右手腕上。红绳在白皙纤瘦的手腕上更为鲜亮，而绿松石仿佛一颗绕着手腕在轨道上飞行的星星。

陶溪看着自己右手腕的手链，眨了几下眼睛，抬头对林钦禾笑着说：“谢谢你！我很喜欢。”

林钦禾看了眼陶溪手腕上的红绳与绿松石，他注意到陶溪对杨多乐右手上那串平安结很在意，还以为他喜欢红绳手链，才用红绳将这颗绿松石串起来的。他看着陶溪再次落满星星的眼睛，低声道：“听说绿松石寓意平安好运，下次期末考试能考好吗？”

其实他没说，绿松石也是十二月生辰石。而他不只想祝他期末顺利，他想祝十二月出生的他一生岁岁平安，好运无忧。

陶溪用力点点头，微抬起下巴，神色满足又自信地说：“你放心，我现在有了好运手链，一定每次都能考好！”

其实他想说，遇到你已经几乎花光了我所有的好运，实在不敢再奢求更多好运了。

十六年前，他的妈妈在桃溪湾怀着他的时候，为他编织了一串红色平安结，祝福他无病无灾，多福多乐。但他没能拿到那串平安结。

现在，他重视的人，送给了他一串红绳编织的绿松石，祝愿他平安好运。

陶溪看着林钦禾，明明距离很近，他却好像在用很大的力气看这个人，仿佛隔了很多很多岁月，那些他错过林钦禾的岁月。

他在想，原来这个世界上除了妈妈，还会有人愿意祝福他。

陶溪的左手手指轻轻拨弄着右手腕上的绿松石，他深吸一口气，突然问林钦禾：“我以后能和你考一个大学吗？”

他忐忑地抿了下唇，继续补充道：“我的意思是，我想和你上同一所大学。你报哪个，我就报哪个，无论有多难，我一定会努力考上的，好不好？”我可以为你努力到走进文华一中，努力到留在一班，也一定能努力到与你上同一所大学。

林钦禾看着陶溪紧张到睫毛轻颤的眼睛，他沉默了一会儿，仿佛在这段很短的时间内做了一个很大的决定，低声说道：“好。”

陶溪脸上瞬间绽开一个笑容，双眼亮如晚星，眼角睫梢都缀满了笑意。

林钦禾看着那双笑眼一会儿，侧开脸收回视线，低下头拿出钢笔放在手里把玩，手指摩挲着冰冷的笔身。

陶溪又凑到他身旁，偏头问他：“那你现在更倾向于清华还是北大呢？到时候两个学校肯定会为你打起来吧？要是我，谁给我发的奖学金多，我就去哪个。”

林钦禾看着手里的钢笔，说：“我还没想好。”

陶溪哦了一声，没忍住再次抓住林钦禾的胳膊，焦急道：“那你想好了一定要提前告诉我！”

林钦禾看了眼陶溪抓着自己的手，那只手的手腕上缠绕着他送的手链。他侧过脸微微笑了下，说道：“可以，不过你还要继续提升成绩，到时候才能有更多选择。”

陶溪愣了愣，立即点头道：“没问题，我下次一定会考得更好！”

然后，陶溪就看到林钦禾将之前从书包里拿出来的一沓卷子放在了他的桌上，对他说：“这是另一个期中奖励，做完给我。”

陶溪傻眼了。难道当时林钦禾答应给他的期中奖励，是批发了三个吗？他深吸一口气，握着拳头道：“好！没问题！不就是卷子吗？我一定能做完！”

他二话不说，开始拿着笔写卷子。

能和林钦禾上同一所大学，让他整颗心都飞了起来，仿佛浸泡在柔软的气泡里，一想到就开心得恨不得自己也吐个泡泡。

他埋头写着卷子，写一道题看几秒自己右手腕上的绿松石，看几秒后又开始写卷子。反反复复心神不定后，突然一阵福至心灵。

陶溪猛地转头看向正在看书的林钦禾，眯了眯眼睛，问道：“你既然不

知道我的排名，怎么还带着给我的礼物呢？”

林钦禾翻书的手一顿，静了几秒后平淡道：“即使你没考进，我也想送给你。”

陶溪哦了一声，赶紧低下头，又开始写一会儿卷子，看几秒绿松石。

陶溪还不知道，自己的成绩在清水县引起了轰动。

清水一中校长激动地拉了条热烈庆祝的横幅挂在校门上，原先对直播课态度消极的一些学生受到鼓舞开始认真上课。新一届高一的所有学生都投入到直播课学习中，和文华一中保持完全一致的学习进度。

陶溪却深知，自己现在的成绩还远远不够，根本不敢放松，何况他还要拿出时间来画画。

这天，乔以棠找了个课间，在高二（1）班教室后门外把陶溪叫了出去。她看到最后一排的林钦禾看了眼自己，便拉着陶溪走远了些，跟他说了一个公益画展的事儿。

周日，文华市美术馆要举办一个大型公益慈善画展，乔鹤年作为前任文华市书画协会主席自然受邀参加。老头子无视主办方的非议，硬是为自己的孙女和唯一的学生争取到了两个展位，虽然位置不太好。

“不用不好意思，被专业画家吊打是肯定的，就当凑个热闹了。我觉得你可以把上次画完的那张油画交上去，还挺契合这次的公益画展主题的。”

乔以棠一边说着，一边看了眼陶溪手腕上的绿松石。

她从小不知道参加过多少大大小小的画展，早已习以为常。但这次公益画展确实机会难得，多少青年画家抢破头想一展画作，就算没办法扬名，也可以借机多认识些人脉。

陶溪想了会儿后答应了，他对扬名和认识人都没什么兴趣。只是听说这次画展的售画所得都将作为山区学校的慈善捐款，他觉得很有意义。

确定参展后，陶溪第一件事就是回教室找林钦禾。他想邀请林钦禾去画展，看看自己的画。但真到了林钦禾面前，又难免有些紧张局促。他趴在课桌上，下巴垫着双手，眼巴巴地看着林钦禾问：“你周日下午有时间吗？”

他没一开口就邀请，怕自己直接被拒绝。

林钦禾说：“周日有点儿事。”

周日他堂姐林霁萱又将儿子唐南扔给他带，自己和老公跑去度假。上次他爽约了一次，这次不好再爽约了。

林钦禾看向陶溪一双明了又暗的眼睛，问："为什么问这个问题？"

陶溪赶紧摇摇头说："没什么，随便问问。"然后他低头从抽屉里拿出下一节课的课本。

既然林钦禾有事那就算了，自己的画也没什么好看的。

他将课本放在课桌上，摊开来心不在焉地低头看着。

虽然他安慰自己这没什么，但还是忍不住有些失望。

周日的社团活动一结束，乔以棠就马不停蹄地带着陶溪奔回爷爷家做准备工作。

陶溪以为乔以棠要准备画展的事儿，结果这位大小姐是要化妆打扮。他百无聊赖地等在客厅里，逗乔鹤年新养的鹦鹉。那只鹦鹉估计跟乔鹤年学了舌，一个劲儿叫唤："臭丫头！又在鬼混！又在鬼混！"

陶溪乐了，给鹦鹉喂了些吃的，鹦鹉叫得更欢了。

大半个小时后，乔以棠才穿着小礼裙，踩着高跟鞋"噔噔"下楼来。她比了个手枪对鹦鹉嘣嘣打了两枪，拉起陶溪的胳膊说："走，姐姐给你打扮下。"

陶溪一惊，看着乔以棠化得他快不认识的脸，头摇得飞快地说："不了不了，您放过我吧。"

"不行，你看你跟个初中生一样，到时候往那儿一站一点儿气势都没有。放心，我又不给你化妆，就换套衣服。"

乔以棠好说歹说把陶溪推进了客房，扔了一套崭新的黑色小礼服和一双皮鞋，把门关上了。

男生换衣服就是快，乔以棠跟闺密电话粥还没煲完，客房门就打开了。她拿着手机看过去，不禁怔了下。

陶溪正不知所措地鼓捣着自己的袖口，这套出自大牌的小礼服样式简洁但剪裁精良，衬得本就纤瘦的人更加腿长腰细，有一种说不出来的清贵少年气，还有一种这个少年本就出身优越的错觉。

电话里的闺密正在催她出发，乔以棠没好气地说："不要催，我今天可是要带一个特别帅的小弟弟给你这个花痴看看。"然后啪地挂了电话。

陶溪闻言猛地抬头看向乔以棠，神色有些惊恐。

乔以棠笑出了声，她绕着陶溪打量几圈，频频点头道："这套衣服真不错，果然人好看穿什么都好看。"

陶溪穿校服穿习惯了，十分不自在地问道："学姐，你怎么会有男生的衣服？"而他穿上居然完全合身。

乔以棠语气敷衍道："我有个表弟，跟你长得差不多高差不多瘦。这是他买了没穿的衣服，借给你穿穿。"

陶溪点头说了声谢谢，心想自己要小心些，不能把衣服弄脏了。

两个人都准备得差不多，乔以棠又对着镜子仔细检查了下自己的妆容，才带着陶溪往楼下走，还没到一楼就听到了门铃声。

陶溪见乔以棠踩着高跟鞋不方便，便自己快步走过去开门。

大门打开，外面晴朗的天光霎时洒了进来，陶溪没忍住眯了眯眼睛。

他在晴光中看到林钦禾正看着他，赶紧走上前，将林钦禾迎了进来，小声问道："你周日不是有事吗？怎么过来了？"

林钦禾走进门内，垂眸不动声色地打量着陶溪，视线落在那双微微闪烁的眼睛里，平淡道："是有事，所以带着事儿过来了。"

陶溪正想问什么事，门外又冲进来一个五六岁的小男孩，扑腾着胳膊撞到了林钦禾腿上。

"嗷——"唐南疼得捂住鼻子，仰起头气鼓鼓地瞪了眼他舅，眼珠子一转又看到陶溪，双眼一亮，"哇"了一声说，"好好看的哥哥。"然后就跑过去抱住陶溪的腿不放了。

陶溪有些手足无措，弯腰看着自己腿上的小男孩，抱也不是赶也不是。

乔以棠踩着高跟鞋过来看到这一幕，笑了声说："哟，这一大一小都一样啊。"

林钦禾剜了乔以棠一眼，拎起唐南的胳膊将他从陶溪腿上提起来扔到一旁，对陶溪说道："这是我外甥，可能会有点儿烦，见谅。"

唐南气死了，连忙对陶溪眨巴着眼睛说："哥哥，你别听舅舅胡说，我一点儿都不烦的。"

陶溪看着这一大一小，没忍住笑了。

乔以棠乐不可支地说："南南，这是你舅舅同学，你不要把辈分喊乱了。"

唐南不喜欢这个总喜欢搓他脸的大姐姐，也搞不懂辈分，只想往陶溪身边赖过去，一口一个哥哥地喊。但他舅舅林钦禾总是在他还没抱到腿的时候，就把他一手拎走了。

"你要和我们一起去画展吗？"陶溪嘴角含着笑意，明知故问地问林钦禾，双眼里闪着难以抑制的开心。

林钦禾再次将唐南拎开，点头道："带他去画展培养下艺术细胞。"

唐南被拎着一条胳膊，终于醒悟道："舅舅，你又骗我。电玩城呢？"

乔以棠搓了把唐南的脸，怜爱道："南南，你还是太年轻了。"

唐南失魂落魄地走出大门，去花园里静坐示威了。

乔以棠正要说出发吧，突然想起自己的香水忘了拿，忙说了句后又"噔噔"往楼上走去。

客厅里便只剩下陶溪和林钦禾两个人，与一只终于闭了嘴的鹦鹉。

气氛陡然安静下来，安静得像一汪柔软绵密的池水。

陶溪先前的从容跑了个干净，他先是看了眼林钦禾，又倏地移开目光，但又不知道将目光往哪里放，只好低下头鼓捣自己刚才还没扣上的袖扣。

"过来。"林钦禾突然对他说。

陶溪动作顿了顿，听话地走到林钦禾面前。

林钦禾伸手握住他的手腕，抬起来，开始慢条斯理地扣那颗晶亮的袖扣。

陶溪安静地看着林钦禾扣扣子的手指，对林钦禾轻声说："谢谢。"

林钦禾看着他，视线缓缓下移，落在他的颈侧，对他低声道："转身。"

陶溪一怔，听话地转过身背对着林钦禾。

然后，他感觉有一只手在抚平自己的衬衣领，他顺从地微低下头，将自己的后颈和衣领全然露出来。

"我没穿过这么正式的衣服。"连衣服都穿不好，陶溪难免有点儿不好意思。

"以后这种场合还有很多，习惯就好了。"林钦禾语气自然地说道。

终于整理好后，陶溪回过身再次对林钦禾笑着说了声"谢谢"。

乔以棠收拾好化妆品和香水下楼，又听到鹦鹉在骂她，她比手势打了鹦鹉两枪，对两人道："时间不早了，我们带上唐南小朋友出发吧！"

三人一起走出门，林钦禾走到花园里，毫不留情地将蹲在地上拿树枝戳泥巴的唐南提了起来。唐南像只鸡崽子扑腾着翅膀，朝陶溪大喊"哥哥救命"。

陶溪笑了，忍不住对林钦禾说："林钦禾，你对小朋友温柔点儿。"

乔以棠闻言嘲讽道："他会对人温柔吗？"

林钦禾放开拎唐南的手，沉默地看了陶溪一眼。

陶溪有种莫名的心虚感。

第七章
交错的飞行轨迹

坐林家的车赶到美术馆时，画展已经开始了一个多小时，开展仪式也已经结束。

舒缓的轻音乐中，穿着光鲜的男男女女在宽阔明亮的展馆里闲适自如地漫步着，欣赏画作，偶或轻声交谈。

这是陶溪从没到过的世界，但他并不觉得自己格格不入，反而有一种自己应当属于这里的从容。

乔以棠一到就和自己等候多时的闺密会合走远，陶溪带着林钦禾与唐南一路找到自己画作的展位，展馆里最偏僻的角落。

“这是我的画。”陶溪指了指自己被挂在墙上的画，对林钦禾说道。

油画布上，是一个穿着红灯芯绒褂子的小女孩儿。她有一头乌黑的自来卷和一双明亮的杏眼，正飞奔在春日金黄的油菜花田里，雀跃着追逐一只粉色蝴蝶。

小女孩微胖的脸颊上有一大块状若蝴蝶的红斑，从鼻梁一直蔓延到左脸。但看画的人不会认为小女孩相貌丑陋，因为她脸上的笑容比三月春光还要灿烂。

唐南仰头看着那幅画，好奇地问道：“哥哥，她是谁啊？”

陶溪目光专注地看着画上的女孩，眼底透出思念，轻声说：“这是我的妹妹。”他转头看向林钦禾，笑着问道，“我妹妹是不是很可爱？”

林钦禾嗯了一声，低声说：“和你一样。”

陶溪一怔，咬了下嘴唇，掩饰自己的不好意思。

林钦禾看着那幅画，终于明白，为什么陶溪总是急着要赚钱。对于收入微薄的山村家庭而言，一个患有红斑狼疮的小孩儿意味着什么，他很清楚。

他看向一旁看画的少年。他那时想，这个人或许比自己想的还要更辛苦。

陶溪察觉到林钦禾在看他，他回望过去，微微怔住了。他听到林钦禾对自己说："陶溪，你以后会有自己的画展，会有很多人来看你的画。"语气认真而笃定。

陶溪愣了愣，弯起双眼说："如果我有了自己的画展，你会来看吗？"

林钦禾没有犹豫地回答："会。"

陶溪眼睫颤了下，他看着林钦禾好看的侧脸，眨了眨眼睛，笑着说："好，等我有自己的画展，我一定第一个告诉你，你一定要来！"

一旁的唐南小朋友不太听得懂，跟着喊道："我也要来，我也要来！"

林钦禾拍了下唐南的头顶，冷漠道："你就算了。"

两人带着小朋友看了会儿展馆里的其他画作，路上遇到乔鹤年和几个书画协会的前辈。老头子有心让自己的学生多认识些人，拉着陶溪不让走。

本来林钦禾一直在旁边，但唐南突然吵着说肚子痛。陶溪让林钦禾赶紧带小孩儿去卫生间解决下，免得憋出毛病。

林钦禾黑着一张脸，十分不爽地提着唐南走了。

陶溪被乔鹤年带着认识了几个文艺界的前辈，他多少有些紧张忐忑，但还是努力做到了礼貌得体。那几个前辈知道乔鹤年时隔多年又收了学生早就非常好奇，对陶溪倒十分热情。

其中有一个人是现任书画协会的会长，名叫关书文，是有名的书法家。他对乔鹤年玩笑道："乔老，您这学生和我一个女儿长得有些像。"

乔鹤年知道，这个年轻时风流成性的会长有个不成器的私生女，曾经想找他拜师学画被他拒绝了，他心里不太瞧得上。便说："是吗？分明和我以前的一个女学生更像些。"

关书文闻言脸色便有些不太好看，似乎是想起了什么事。

陶溪没发现他们之间的暗潮涌动，和几位前辈告别后打算去找林钦禾，半路上却被一幅挂在展厅非卖区的画吸引了注意。

在山坳中一片青苗白水的水田间，一个戴着草帽的年轻农妇穿着黑色

胶鞋在水田里插秧。田垄边上有一个穿着白色长裙的年轻女人正坐在画架前画画，几只白鹭鸶从田间飞向潮湿的山野，在水面上漾开浅淡涟漪。

整幅画透着山村风物的清幽宁静，画中的两个女人一忙一闲，但脸上的神情都恬淡安宁，穿着迥异却像是多年的知己好友。

陶溪屏住呼吸，看向下面被黑框框起来的名字：方穗。

他霎时握紧了手指，眼睛不可抑制地发红。他想，原来在妈妈眼中，孕育他的那段山中岁月是宁静而美好的。原来妈妈也曾将人生中最后陪伴她的郭萍，用心地画进了自己的世界里。

可是，可是……

“陶溪？”

陶溪突然听到一个陌生又熟悉的声音喊他，他转身朝声音的方向看去。杨争鸣正笑着向他走来，一旁还有一个身材曼妙的年轻女人，正挽着杨争鸣的胳膊。

他难以描述此刻的心情，只能努力压下翻涌而起的情绪，机械地提起嘴角，向杨争鸣打招呼道：“杨叔叔。”

然后他向杨争鸣身旁的女人看了一眼，心里瞬间涌起怪异的感觉。因为那个大概二十多的女人和他长得有点儿像，尤其是那双眼睛。

那个女人看着他，也怔了一瞬，但很快就微抬起下巴露出一个笑容。

杨争鸣客气地问：“你一个人来看画展吗？”

陶溪摇头道：“我和同学一起来的。”他没说是哪个同学。

杨争鸣笑了笑说：“我刚才在那边的展位看到了你的画，本来觉得不错想买回去的，不过，听工作人员说已经卖出去了。”

陶溪一怔，难掩惊讶道：“卖出去了？”

杨争鸣没想到陶溪还不知道，说道：“是啊，听说画展开始没多久就卖出去了。买主叫苏芸，你不认识吗？”

陶溪愣怔地摇了摇头，说：“我不认识。”

可杨争鸣认识这位瑞泽集团董事长的秘书，他心里奇怪但没再说什么，转而向陶溪介绍自己身边的女伴道：“这位是青画协会的副会长，关凡韵，或许你们可以认识认识。”

关凡韵似乎对这个介绍不太满意，嗔怪地看了眼身旁的男人，向陶溪递了一张名片，笑意盈盈地说：“你好，我叫关凡韵。我也觉得你的画不错，你可以加入我们青画协会，能认识很多和你年纪差不多又志同道合的

朋友。”

陶溪猜想这个叫关凡韵的女人是杨争鸣的恋人，她不是像自己，应该是像方穗。可斯人已去，这样做对已经死去的人而言，又有什么意义？

他双手接过关凡韵的名片，说了声“谢谢”。

本就不熟的人寒暄完就应当各自分道扬镳，但或许是杨争鸣见陶溪盯着那幅画太过专注，也或许是因为什么天生的联系，杨争鸣没忍住问陶溪：“你也很喜欢这幅画？”

陶溪静了几秒，说道：“画里的地方看起来很美。”

那是他出生和长大的地方，美丽却束缚了他十六年。

杨争鸣望着那幅画，似乎勾起了什么回忆，脸上一贯斯文客气的笑容淡了些，缓缓道：“这是我亡妻的画，她很喜欢那里，在那里度过了人生最后的时光。”

关凡韵看了眼杨争鸣，想说什么又忍住了，但神色已经有些不悦。

那一刻陶溪心里想了很多事，想问杨争鸣很多问题。可最后他只问了一个问题，向他的爸爸：“您后来没有去那里看看吗？”

那里有你的孩子。

杨争鸣沉默了会儿，勾起嘴角无奈地笑了笑，说：“我很想去，但不敢去。有一次已经到了那个村子口，打算去当时我妻子怀孕时借住的人家看看，但我还是回去了。没办法，有时候人就是这样懦弱。”

陶溪呼吸一滞，他想，他为什么要问这个问题？残忍而毫无意义。

他突然很想逃离这里，不想看到这幅画，这幅证明母亲曾经珍视郭萍的画，也不想看到这个伴着情人的父亲。

他正想离去的时候，有人拍了下他的肩膀，对他说：“怎么不去找我？”

陶溪望过去，林钦禾正微蹙着眉看他。

他望着林钦禾，像是在水里漂泊很久后终于找到可以停泊的岸。他扬起一个笑容，说：“遇到一幅很好的画，多看了会儿。”

林钦禾并没有责怪陶溪的意思，他这才看向杨争鸣，语气淡漠地喊了句“杨叔”。

杨争鸣看着面前两个少年，想起那幅被苏芸买走的画，露出一个若有所思的笑容，说：“钦禾，我还以为你对画展不会感兴趣。”

当初罗徵音给方穗办画展的时候，杨争鸣和杨多乐都去了，但从没见

到过林钦禾。

林钦禾将陶溪微微挡在身后，对杨争鸣冷淡道："以前不感兴趣，不代表现在不感兴趣。"

杨争鸣笑了笑，自觉在这里不受欢迎，没再说什么，带着女伴告别离开了。

林钦禾转过身，看着陶溪的眼睛一会儿，低声问道："要不要去休息下？"

陶溪依旧望着他，乖巧地点点头。

每当陶溪露出这样的神情，满目依赖地看着他，林钦禾就很想抬手揉揉他的头发，但他最后还是忍了下来。他带着陶溪到展厅角落的茶歇处，那里正坐着百无聊赖玩手机的乔以棠，和拉完肚子虚脱了趴着睡觉的唐南。

"你们看完了啊？我闺密撇下我跑了。"乔以棠不高兴地撇了下嘴说。

陶溪在茶几旁坐下，看到林钦禾倒了一杯咖啡放在自己面前，问自己："要不要加糖？"

陶溪点头道："要，要很多糖。"他现在想吃很多甜的东西。

林钦禾却直接将茶歇处的一整碟糖果放在了他面前，问："这些够吗？"

陶溪看着面前包装精致的各色糖果，突然想起那天晚上在医院，林钦禾在他手心里放入一颗印着笑脸的糖果，对他说"所有小朋友吃了这颗糖都会变得开心"。

他抬头笑着对林钦禾说："当然够了。"

这个人好像总会轻易察觉到自己的不开心。

陶溪拿起一颗糖果，将糖纸撕开后放进嘴里，在舌尖感受甜味。渐渐地，甜味从舌尖弥漫到胸腔里，好像真的没一点儿苦味了。

三个人坐着聊了几句，主要是乔以棠在抱怨她的爷爷脾气有多暴躁。陶溪偶尔应几句，林钦禾则没怎么说话，低头把玩着一张彩色的糖纸。

没过多久，有个工作人员过来对陶溪说道："你好，乔老先生让你过去一趟。"

陶溪一怔，看向展厅对面的乔鹤年。他身边站着几个中年人，有男有女，似乎正在等他过去。

乔以棠说："肯定是有人看你的画对你感兴趣，别紧张，就是聊聊天，去吧。"

陶溪下意识地看向林钦禾，林钦禾对他点头道：“我在这里等你。”他这才起身离开。

乔以棠看了眼陶溪的背影，对林钦禾笑着打趣道：“放心他一个人去？不去陪着？”

林钦禾喝了口咖啡，平淡道：“他以后总归要一个人面对很多人和很多事儿，我相信他能应付得过来。”

乔以棠啧啧道：“瞧你这口吻，跟个老父亲似的。”

林钦禾冷淡地看了她一眼。

乔以棠没怵，她看着眼前这个明明比自己小一岁，却似乎比她年长很多的老友，心想这么别扭的一个人，什么时候才能坦诚一点儿呢？

她突然想起小时候，因为两家是世交，她和林钦禾经常互相串门玩。大概是她七岁那年，家里养了一只白色小猫，黏人得紧。当时林钦禾来到她家，那只猫就缠着林钦禾的腿不放。但林钦禾那时就是副冷淡性子，猫再可爱都不搭理下，提着猫脖子就扔给了她。

然而自那之后，林钦禾来她家的次数突然多了起来。每次一进门，猫咪就喵喵叫着缠他，他依然不冷不热，摸都懒得摸一下。

她暗恨自己家的猫吃里扒外，却又可怜它痴心错付。但有一次她偶然看到林钦禾蹲在楼梯角落里，从口袋里摸出几条家里带来的小鱼干，在喂那只猫。一边喂，一边动作温柔地摸它的头，显然喜爱得紧。

她终于明白了自家猫缠着林钦禾的原因，也觉得这个弟弟真是古怪，明明想要亲近，却偏要别扭地不承认。

不久后那只猫得病死了，她大哭一场将猫埋在庭院里。林钦禾不知从哪儿听说后，很快也赶了过来，他搬了个小板凳坐在猫咪坟墓旁，在小土堆前放了几条小鱼干，没哭也没说话，就那样坐了一个下午。

再后来，林钦禾就很少来她家了。

乔以棠想起这件童年趣事，笑了笑。她想了会儿，没忍住拿出姐姐的姿态对林钦禾语重心长道：“你为他做了那么多事，供他在我们学校读书，让我在美术社照顾他，给他介绍我爷爷当老师，连参加画展的衣服都给他买好。今天的画怕人抢走，也一大早就买了，这么多事儿，为什么都不和他说呢？”

她相信，在她不知道的地方，林钦禾一定还为那个人做了更多不为人知的事。

林钦禾看着远处正在和人言笑晏晏的陶溪，沉默了一会儿，语气平静道：“我只是希望他能成为一个优秀而骄傲的人，用平视的目光看着我，而不是因为感激或亏欠，也不用回报我分毫。”

乔以棠一怔，她闻言沉默了，难得没有再调侃打趣。

她突然觉得，这个世界上如果有一个朋友，也能这样处处为自己着想，却不恃于恩情予取予求，那真是再好不过了。

乔以棠也看向远处的陶溪，那个穿着一身昂贵礼服的漂亮少年，正与几个长辈从容自若地交谈着，身上似乎已经褪去了她初次看到他时的阴郁。也完全看不出来他出身于最底层的山村，好像他天生就是出身不凡的少爷。

他已经变成了林钦禾所希望的那个优秀而骄傲的人。可所谓的自信骄傲，大多离不开优渥家境和平顺的成长之路，很难在泥泞沼泽里拔节生花。

乔以棠出神地看着那边，突然发现之前讲话的乔鹤年和那几个中年人离开了，一个年轻的女孩儿正在和陶溪讲话。

她心下一动，看向一旁的林钦禾。她发现林钦禾也正看着那边，片刻后林钦禾站起身朝那边走了过去。

“要走了吗？”陶溪惊讶地看着走过来的林钦禾问。

正在和陶溪讲话的大一美院学生丁雅楠，呆呆地看着走过来的高个帅哥，脸上一红，忙看向刚认识的陶溪，希望他介绍下这位帅哥。

林钦禾对陶溪说道：“时间不早了，一起回去吧。”

陶溪点点头，对丁雅楠抱歉道：“对不起，我还要回去赶作业。你说的加入青画协会我会考虑的，谢谢你！”

她笑了笑说：“不用谢，我还是很希望你能加入我们协会的。”

林钦禾已经准备转身走了，身后的陶溪向丁雅楠告别后很快跟了上来。他脚步顿了顿，等陶溪完全走到自己身边才开始往回走。

从美术馆出来已经接近傍晚，乔以棠去和姐妹逛街了。唐南小朋友已经彻底地睡死过去，被林钦禾塞进了副驾驶座用安全带绑着。陶溪揣着一口袋没吃完的糖果，和林钦禾一起坐进了车后座。

因为担心吵醒唐南，车内没有一个人说话，只有小朋友睡着后浅浅的呼吸声。

陶溪想和林钦禾说话，说自己有了第一幅真正意义上被卖出去的画，说自己在画展上认识了很多前辈和朋友，说自己想好了以后要继续画下去，

还想说自己打算送他一幅绝无仅有的画……但又怕自己这些琐碎的想法，会让林钦禾厌烦。

陶溪再次悄悄往旁边看了一眼，看到林钦禾在低头看手机。他收回目光，扭头望向窗外，但拿在手里的手机突然振动了下。

陶溪赶紧低下头看手机，发现是林钦禾发了一条消息过来。

Moon：想说什么？

陶溪心中一惊，差点儿以为林钦禾会读心术。他忍不住往旁边望了眼，林钦禾只低头看着手机屏幕，没有看他。

他也低下头，开始在屏幕上打字，把自己刚才想说的话都慢慢打上去。可最后他将所有字都删除得一干二净，然后挑了自己最想说的那句。

陶溪：林钦禾，我想送你一幅画。

在美术馆里，林钦禾答应未来会看他人生中第一个属于自己的画展时，他就在心里做了一个决定。一个他摇摆许久，却在今天突然充满勇气做出的决定。

Moon：什么时候送给我？

没有问什么画，也没有问为什么，只是问什么时候送给他。

陶溪：等我画好就给你。

Moon：好，我等你。

近在咫尺的微信对话结束后，车内再次陷入沉默，偶尔有小朋友的梦呓声。陶溪朝车窗外看去，傍晚的暮色染红了城市的天空，晚高峰时刻的街道上流动着红色光晕，他头一次在这座尚还陌生的城市中，感受到了一丝令人安心的归属感。

回到寝室后，他开始为自己的决定做准备工作。

“哇，溪大，你画这么多画是要送人，还是参赛？”

潘彦好奇很多天了，以往陶溪每天回到寝室都是写作业或听听力。但这一个多星期以来，陶溪每晚都在画架前画画，已经画了很多幅，每一幅都不一样。

但画的都是一样事物——月亮。

初一无法得见的新月，初三四的蛾眉月，初七八的上弦月，十五六的丰盈满月，廿二三的下弦月……似乎要将一整个朔望月三十天的月相都画下来。

而每一幅画的月亮都在不同的地方，桃花满溪的幽林山谷，浪涌潮升

的黛蓝汪洋，千排交错的横行群峰，烟火璀璨的霓虹城市……

陶溪正专心画着画，慢了半拍才随便说了个理由敷衍过去。

他要送给林钦禾的不是简单的一幅画，而是全世界的月亮，无论圆缺。但毕竟有三十幅画的工作量，陶溪每天加班加点地画，一个多星期也才画了不到一半。好在乔以棠之前给了他秋实楼画室的钥匙，他才得以在午休时，也能在画室继续画画。

一天中午他从画室回到教室，看到林钦禾已经坐在了座位上。他脚步顿了下，不动声色地回到座位，刚拿起笔就听一旁的林钦禾问他："这几天中午都去哪儿了？"嗓音压得很沉，似乎有些不悦。

陶溪心口一紧，有一种被抓包的心虚感。他望着林钦禾，犹豫了几秒后还是坦诚地说了实话："在画室给你画画。"

林钦禾一怔，似乎没料到这个答案。他很快收回目光垂下眸子，不轻不重地嗯了一声。

安静地写了会儿卷子，陶溪听到林钦禾突然对自己说："后天我要去省里集训竞赛。"

陶溪一愣，猛地扭头看向林钦禾，难掩焦急地问道："要集训多久？"

林钦禾说："两个星期。"

陶溪不知道自己是要松口气还是提口气，两个星期他的画应该也画完了……

他对林钦禾说："那我等你回来。"

林钦禾看着他，沉默了一会儿，低声说道："你这两个星期……"

陶溪忙举起两根手指，点头保证道："我一定会好好学习！"

然后，他听到林钦禾很低地笑了一声，对他说："我是说，这两个星期的漫画呢，小陶漫画社社长？"

陶溪一呆，他第一次听林钦禾这么叫他，脸上有些热，不禁支吾道："本……本社长会画好两个星期的份，明晚一起给你。"

林钦禾想说，每天画好后用手机拍了传过来就行。但他想了想，最后还是说道："好。"

陶溪做了会儿数学题，突然扭头对林钦禾没头没脑地说道："你回来那天我就把画给你。"

林钦禾顿了两秒后对他说："好，我很期待。"

陶溪眯了眯眼睛说："那你不准不喜欢我的画。"

他从来没说过“不准”“不许”这些透着任性的话，但此刻对着林钦禾，他就忍不住想任性。

林钦禾看着他的眼睛，声音低沉道：“我一定喜欢。”认真而笃定。

陶溪满意地笑了笑，说：“那就这么说定了。”

这两天，陶溪又加班加点地赶出了十四张小漫画，每一张都放进小信封里，信封上写着接下来两个星期的日期。

第二天晚自习下课后，陶溪把十四个信封一起给林钦禾，再三叮嘱道：“一定要到了这天才能打开！”就像给病人开药的医生似的。

林钦禾将信封放进包里，起身问他：“如果提前打开会怎样？”

陶溪怔了怔，抓住林钦禾的书包，仰头瞪着他说道：“不怎样，但就是不可以。”

林钦禾低头看着他，唇角微翘着说：“好了，知道了。”

陶溪觉得林钦禾的语气有些像哄小孩儿，他放开了抓着书包的手，林钦禾向教室外走去。

陶溪突然想到什么，又喊道：“林钦禾。”

林钦禾很快就停下脚步转过身，隔着两步远，垂眸看着他。

陶溪抿了抿唇，说道：“你，祝你集训一切……”

“顺利”两个字还没说出口，林钦禾就几步走了回来。

“送我到校门口，好不好？”林钦禾低声说道。

“好。”陶溪回答道。

此时已近十一月，夜凉如水，陶溪走在林钦禾身边，两个人都走得不快。

陶溪抬头看向夜空，今夜不晴，没有月亮，他又扭头望向身边的人。

没关系，这就是我的月亮，他想，是永远都在的月亮。

一路走到校门口，陶溪再不能往外走了。他看到陈亭已经在门外不远处等待，再多的不舍也努力压了下去，笑着对林钦禾说：“集训加油，之后的竞赛你肯定能考出好成绩。”

林钦禾低头看着他，对他说：“在学校好好吃饭，好好学习，不要熬夜太久。”

陶溪弯起双眼，点头道：“我会的，你也是。”

林钦禾看着他沉默了一会儿，低声道：“那我走了。”

陶溪扬起笑容道：“两个星期之后见！”

林钦禾嗯了一声，然后很快转身离开。

接下来的两个星期，陶溪白天依旧如常地上课，晚上回到寝室画画。唯一不同的是，同桌林钦禾不在，他多少有点不习惯。

至少遇到不会做的题，他找不到人去帮自己讲解了。

好在他有手机，晚上会给林钦禾发题目求解。林钦禾大多数时候都会及时地回复他，这让他的不安全感少了很多。

另外，林钦禾每天都会在朋友圈里发一些照片，傍晚的暮色、枝头上的鸟雀、映着阳光的墨绿色黑板……是他镜头里的生活。

陶溪给每一条都点了赞。不过他很奇怪，为什么从来没有别的同学给林钦禾点赞？或许是其他人都没有加林钦禾的微信吧，这个猜测让他忍不住有点儿得意。

在第二周的某天，周强宣布了一个消息，周五下午要开家长会，每个学生的家长都要来。

班上开始哀号，只有陶溪没什么反应，因为他没有家长可来。

他刚把那三十幅月亮画完，花了不少钱装订成了一本画集。这两天，他正在构思另一个重要的东西——感谢信。

陶溪很会写作文，也给林钦禾写过很多封信。但要当着人的面，把自己亲手写的感谢信给别人，多少还是让他有点儿不好意思。

他来来回回写了几个版本，最后终于定稿。

周五那天下午为了迎接家长会，全班做了个大扫除。陶溪特地把林钦禾的桌椅仔细擦了好几遍，好让他的父母过来时方便坐。

家长们陆陆续续到了一班教室，和自己的孩子在教室里或走廊上聊天，有的妈妈还贴心地给孩子带了零食，有的爸爸则在批评孩子不听话。

陶溪一个人收拾好东西，刚要出教室去找个地方誊写感谢信，就看到罗徵音拎着包从后门走了进来。

陶溪立即对罗徵音礼貌地喊道："阿姨好！"恭敬得都快要鞠躬。

罗徵音愣了愣，她认出来这个面色紧张的男生是上次来到医院的林钦禾同桌，好像是叫陶溪。她客气地笑了笑，说："你好。"

陶溪殷勤地帮罗徵音将那把自己用心擦过的林钦禾的椅子拉出来放好，想努力给罗徵音留下一个好印象。

罗徵音说了声"谢谢"后坐下，和陶溪客气了几句，就没再说话。

很快毕成飞的父亲，汉南医院脑外科主任毕谦也进来了。他和罗徵音因为从孩子初中起就经常一起开家长会，算是熟识，两人开始交谈起来。

陶溪识趣地离开了，他一出教室就看到杨争鸣和杨多乐在一道往二班教室走。两人似乎刚发生了矛盾，杨多乐生气地鼓着脸，杨争鸣脸上挂着无奈的笑容，手里拿着一瓶杨多乐没喝完的养乐多。

陶溪垂下眼睫，很快转身朝另一个方向走去。找了半天才找到一个没人的地方，开始认认真真地最后一遍誊写感谢信。

他写得很慢，以保证每一个字都工整好看，一封只有一页的信，他花了四十分钟才誊写完，写完后他小心地装进了信封里。

家长会要开很久，陶溪拿着信封，在操场上漫无目的地逛了一圈，心里琢磨着明天林钦禾回来了，要怎么把画集和信给他。

等时间差不多了，陶溪才开始往教室走。他特意避开了二班教室，从另一侧的楼梯上去，碰上了刚打完篮球的毕成飞。

两人一起往一班教室走，这时家长会刚开完，一些家长正在走廊上聊天。毕成飞一眼就看到，自己老爸在和林钦禾的妈妈讲话。

“爸！罗阿姨！”毕成飞揽着陶溪走到两人面前打招呼，“您和罗阿姨聊什么呢？不会又在说我坏话吧？”

陶溪也礼貌地向两人打了招呼，他想自己应该离开这里，不打扰别人父子相处。刚要转身走，却突然听到毕成飞的父亲说道：“能聊什么？还不是操心你申请美国大学的事儿。你看看人家钦禾，托福早就考好了，分数还那么高，年底就要面试几个排名前十的大学，你呢？什么时候能给我把托福考出来？”

陶溪呼吸一滞，陡然捏紧了手里的信封。

“人家是学神啊，你不要总拿我跟学神比好吗？”毕成飞从父亲手里拿过纸巾擦脸上的汗，不满地说道。

罗徵音笑了笑道：“不用太着急，还有一年多的时间准备。钦禾也是去年才开始准备。”

“阿姨，林钦禾要去美国读大学吗？”

罗徵音话音刚落，就听到一直没有说话的陶溪问她。她看过去，微微怔住了，她看到这个男生面色紧绷，用那双像极了方穗的眼睛看着她。

她压下心中莫名的惊惶，说道：“对，这是钦禾很早就规划好的，已经选好了几个有意向的大学。”

可陶溪不愿意相信，他用力攥紧信封，张了张嘴，努力好久才发出声音问罗徵音："林钦禾，他会和杨多乐一起去美国读大学吗？"

毕谦觉得这个男生有些奇怪，但没有出声，毕成飞眼含担忧地看着陶溪。

罗徵音面色迟疑地说道："对，他和乐乐毕业后会一起去美国上学，这是我们两家人一早就商量好的。"

他们两家人商量好的。陶溪无法形容那一刻自己的心情，巨大的失望兜头而来。如果只是林钦禾要出去留学，他或许还没这么失望。可是听到林钦禾是和那个偷走他人生命运的人一起，他深埋心底的不甘，在此刻再也无法掩藏。

他扯着嘴角笑了下，竭力维持着在罗徵音面前的礼貌，对她说："谢谢阿姨，我知道了。"然后转身快步离开，走得越来越快，最后干脆跑起来。

他也不知道自己要去哪里，学校这么大，却好像没有一个地方装得下他的愤怒和难过。

他不可抑制地生气，太气了，气得视线都开始模糊。他气林钦禾怎么可以骗他？骗他会跟他一起上国内最好的大学，结果却是要和杨多乐一起去美国上学。

陶溪不知道自己什么时候走到了秋实楼顶层音乐厅的门口，曾经林钦禾在里面为他弹奏了一曲只有他能听到的钢琴曲。

他不去看那道门，快步朝角落的垃圾桶走去。他将信封里的感谢信，撕得粉碎后丢了进去，然后蹲下身子，抱着腿将脸埋在膝盖上。

他还是忍不住给林钦禾骗自己找理由，或许林钦禾只是对他说了一个善意的谎言。林钦禾希望他能考上国内最好的大学，有很好的人生，但林钦禾的人生里不会有他。

可是，他想，我本来就应该在你的人生里，那个和你一起长大的人应该是我。

我已经什么都没有了，没有妈妈，没有爸爸，没有亲人的偏爱，我什么都被杨多乐抢走了。我已经这么努力了，可为什么连和你上同一所大学都做不到呢？

毕成飞本来要去追陶溪问问他怎么了，但被他老爸一把拉住说："我约了周老师在办公室跟我们谈话，你别走了。"

“爸，你怎么又找班主任？”毕成飞垂头丧气道。他只好跟着老爸往办公室走，路上想了想，还是拿出手机给林钦禾发了条微信。

父子两人走后，罗徵音还没有回过神。她脑中一遍遍地浮现出刚才陶溪质问她时的那双眼睛，很久以前，方穗也曾那样红着眼睛问她一个问题。

罗徵音伸手捏了下眉心，打算去二班看看杨多乐，却突然看到林钦禾快步走了过来。

“钦禾？你怎么提前回来了？”罗徵音惊讶地看着自己的儿子，他还没来得及换上校服，显然是刚到学校。

“您刚才是不是和陶溪说了什么？”林钦禾沉声问罗徵音，眉头拧得很深。

罗徵音怔了怔，她觉得林钦禾对她有些过于疾言厉色，皱着眉说道：“我刚才和毕医生聊了会儿你们申请美国学校的事。当时陶溪也在，突然问我你是不是要和乐乐一起去美国读书，我说是的，他好像……”

她正要继续说，却发现林钦禾的神色陡然变了。她从来没看到过林钦禾露出那样的神情，仿佛是做错了一件让人追悔莫及的事情。

罗徵音看到林钦禾转身要走，忙拉住他问道：“到底怎么了？你提前回来是集训出了什么问题吗？”

林钦禾看着并不知情的母亲，却没有说话。

为什么要提前回来？

因为他知道今天要开家长会，所有人都有爸爸妈妈过来，有个人没有。

那个人一定会难过。

林钦禾最终没有回答罗徵音的问题，转身疾步离开了。

“同学，你一个人在这儿做什么？”

陶溪抬头看去，一个四十多岁穿着保安服的大叔正看着他。他从地上缓缓站起身，起来的一瞬因为脚有些麻差点没站稳。

保安借着窗外的暮光看到陶溪的神色愣了下，琢磨着这学生或许是刚受了什么委屈，想来没人的音乐厅发泄情绪，于是关心地问道：“你是乐团的学生？没带钥匙？”

陶溪沉默了一会儿，点点头。

“没事儿，我给你开门。”保安大叔一边说着，一边拿着大串钥匙往音乐厅门口走。看陶溪还站在垃圾桶旁边不动，他疑惑地催促道：“怎么不

过来？”

陶溪这才往音乐厅门口走，他脚步有些凌乱，手指也紧紧地攥在一起。看到那扇熟悉的大门被打开，空旷无人的巨大音乐厅里，赤金暮色透过落地长窗洒入，在正中央的黑色钢琴上寂静燃烧。

“别在里面练琴练太久了，走的时候记得关上门就行。”保安提醒道，扭头一看发现旁边的学生在门打开的那一瞬间，好像更难过了。

他也不好说什么，又叮嘱了几句。

陶溪向保安道了谢，在门口静立了一会儿，才拉着一道影子走向那架暮光中的黑色钢琴。

他在钢琴椅上坐下，打开琴盖，暮色转瞬在黑白琴键上流溢而去，等待着人奏响乐符。

他不可抑制地想起那天傍晚，也是在这样的暮色下，林钦禾背对着音乐厅问他：“这里装得下你的眼泪吗？”然后弹奏了一曲，只有他一个人能听到的《圣诞快乐，劳伦斯先生》。

陶溪盯着眼前的琴键，回忆着那个人弹奏时的手势。

他伸出双手，想弹奏，却不知如何弹奏，一双手空悬在琴键上方。最后他在琴键上随意按响了一个白色琴键，孤零零的音符在空旷的音乐厅里突兀地响起。

他又想起很久以前，他躲在门外看到林钦禾坐在这架钢琴前弹奏，不远处是正在拉大提琴的杨多乐，还有其他演奏着各式乐器的交响乐团成员。他们神色自若，好像生来就应该穿着华服坐在金碧辉煌的音乐厅里。

当时他看着那些人，像在地底下偷窥另一个光鲜亮丽的世界，怀着满腔嫉妒和不甘。

陶溪深吸一口气，将手放在钢琴盖上，想合上它。

他想他终于明白了，有些已经失去和错过的东西，即使后来找回来了，也不是它们原本该有的样子。就像他即使认回了亲人，也永远不可能再回到小时候，去学习一门乐器，获得亲人的疼爱，拥有与林钦禾一起长大的时光。

陶溪想要起身离开了，却突然听到背后传来了门被打开的声响。

他霎时收回手放在膝盖上攥紧，上身僵硬着，心里有一个让他不敢相信的猜测。但他没有回头看，只能听到向自己步步走近的、熟悉的脚步声。

很快那个人就走到了钢琴前，在他身旁坐下来。短暂的沉默后，坐在

旁边的人伸出好看的十指在琴键上奏出了一小段熟悉的音符。

是那首，陶溪紧抿着唇，依旧没往旁边看一眼。

林钦禾低声问他：“想弹钢琴吗？”

陶溪嗤笑了一声，倏地看向林钦禾，夹枪带棒地说道：“我又不像你们，从小就能接受最好的教育，什么都能学，怎么会弹钢琴？”

他语气差到极点，满目讥讽怒色，却不知道自己脸上还有未干的泪痕，微红的双眼上，睫毛依旧湿润地黏结着，看着只让人觉得他委屈。

林钦禾看着陶溪，眼神暗了一瞬。他陡然想起来，这个人刚来文华一中时，也是这样浑身是刺，是什么时候在他面前变乖的？

“你可以随意弹奏下试试，我为你伴奏。”林钦禾声音平静地说，没有一丝不悦。

陶溪怔了下，感觉自己满腔怒意被一盆冷水浇灭一半。他抿了抿唇，伸出双手在琴键上毫无章法地弹奏起来，发出一连串怪异的琴声。

林钦禾很快也伸出十指，在另一侧的琴键上配合着他弹奏的曲调，将杂乱无章的琴声奇妙地转化为尚能一听的曲子。

这是古怪的四手联弹，一个丝毫不会弹琴的人，和一个钢琴造诣极高的人。

像是置气一样，陶溪十指翻飞地故意弹奏得更快更乱了些。但林钦禾始终努力配合着他，似乎无论他弹成什么样儿，在林钦禾手里都会变成世间最美妙的乐曲。直到陶溪十根手指一起重重地按在琴键上不动，发出极不协调的难听琴声。他转过头看向林钦禾，微抬着下巴，神情带着些挑衅和任性。

林钦禾看着他，并没有生气，眼底透着些纵容的无奈，轻轻叹气道：“你这样我也没有办法了。”

陶溪没忍住笑了一下，但他很快就收敛了笑意，脸上依旧摆出生气的神情，低着头不说话。

林钦禾陪着他沉默了一会儿，只有落地窗外越来越浓郁的酡红暮色，无声地晕染着钢琴前并肩坐着的两人。

突然，陶溪听到林钦禾低声问他：“你没有什么话想告诉我，或者问我吗？”

陶溪低头看着眼前被染成橘红色的琴键，声音依旧很冲地说：“有，我告诉你，我现在特别特别讨厌林钦禾。”

语气有些孩子气，他觉得林钦禾听了可能会生气，却听林钦禾平静地回答道："那我也讨厌他。"

陶溪一怔，下意识问："为什么？"

哪有人在别人说讨厌自己时，也说讨厌自己的？何况这个人还是样样完美的林钦禾。

"因为他让你不开心了。"林钦禾垂眸望着他，低声说道。

陶溪眼睫狠狠震颤了下，所有的愤怒、难过、委屈……种种情绪都一起涌入心脏，又酸又胀，却无从消解。

他猛地从钢琴椅上站了起来，像是受够了这种说不清楚的滋味，要彻底发泄出心底郁积翻腾已久的情绪，握紧拳头对林钦禾大声吼道："林钦禾你是在把我当傻子玩儿吗？你就是故意的，故意让我天天围着你转。你让我交朋友，但我跟别人关系好一点儿，你就给我摆脸色！你骗我说跟我一起上大学，背地里又和杨多乐一起申请美国的学校！他们都说你好，长得好成绩好什么都好，可只有我知道，你这人一点儿也不好！"

他吼完还有些喘，但骂完心里也并没有好受多少。

陶溪看着林钦禾合上琴盖也站了起来，看着自己。林钦禾之前弹钢琴耐心哄人时的温柔似乎都是假象，眼底在血红暮色中压抑着更为深重的暗色，嗓音沉哑地说道："对，我一点儿也不好。"

陶溪神情愣怔，没想到自己骂了半天林钦禾，对方居然没生气还承认了，却听林钦禾继续说道："你刚来到这里的时候，我对你很冷漠，也对你说过可能会伤害到你的话。对于这些我很抱歉，要对你说一声对不起。"

陶溪听到这里已经完全惊呆了，一时竟不知道说什么好。这可是向来高傲的林钦禾，居然会对他说对不起。他心中那股怒意，此刻早已不知消解了多少。他挠了挠自己的头发，小声道："没，没关系，我也没有在意。"

林钦禾神情很认真，继续道："但关于上大学这一点，我并没有骗你。"

陶溪疑惑地眨了眨眼睛，忍不住道："你没骗我的话，你妈妈为什么说你要去美国读大学呢？"还是和杨多乐一起去。

林钦禾望着他说道："这件事怪我没和你说清楚。这段时间，我已经找好了几所美国的院校，有综合类大学，也有适合你的艺术类院校，等选好后，我会和你一起申请。"

在外面集训的这两周，他在让苏芸帮他做这件事，昨天才拿到详细的学校资料。

陶溪怔了怔，脑袋有些没转过弯来，他看着林钦禾茫然道：“可是，可是我没钱去美国读书啊。”

他连国内读大学的钱都是那个好心的“爷爷”资助的，留学他不用想都知道要花很多钱。

林钦禾沉默了两秒，笃定地说道：“没关系，这些学校都可以申请奖学金，足够你在那里读书了。”

陶溪眼睛一亮，又一暗，自我怀疑道：“可万一要是申请不到呢？”

他以前想都没想过，自己还有机会能上国外更好的学校。但他也知道，如果他想继续学油画，去国外读书是更好的选择。

林钦禾语气里没有一丝犹疑地说：“一定能申请到。”

他没说，就算申请不到，他也可以让陶溪跟着他去读书。

陶溪虽然不懂留学相关的问题，但也知道没那么简单，林钦禾可能只是在鼓励他。但他想，只要有一分一毫的机会，他也愿意再次去努力抓住。

陶溪心里定了主意，想了想，又盯着林钦禾得寸进尺地问道：“是只有我们两个人吗？”

可不要再加一个杨多乐了，他忍不住想。

林钦禾似乎看穿了他的想法，眼底浮现出笑意问他：“你还想和谁一起？”

陶溪摇了摇头，连声说：“不要不要，就我们两个！”

所有的不安都烟消云散。像泡在温泉里，浑身上下充满暖意。

窗外落日已经彻底落入地平线下，只剩下深紫色的灰烬堆砌在天边。音乐厅里光线彻底暗了下来，可陶溪却丝毫不觉得昏暗。

他看着自己的月亮，觉得全世界都在闪闪发光。那些命运转轮碾压留下的深刻凹槽，好像都被转瞬填平，在一夜春雨后长满萋萋芳草。

陶溪莫名觉得鼻腔中有些酸意，听到林钦禾温声问他：“那你现在还讨厌林钦禾吗？”

陶溪深吸一口气，摇了摇头说道：“不讨厌了。”

“就这样？”林钦禾很轻地笑了笑问。

陶溪伸手用力拍了下林钦禾的肩膀，玩笑道：“那还要怎样？是要我说，林钦禾是全世界最好最完美的人吗？”

“嗯，可以。”林钦禾一脸理所当然地点了下头。

陶溪没忍住乐了，说：“你可是自己都承认自己一点儿都不好了。”

两个人在音乐厅里磨蹭了会儿，最后还是陶溪催着要上晚自习，他们才一起往门外走。

在关上门之前，陶溪看了眼那架隐没在幽暗光线中的黑色钢琴，突然对林钦禾说：“你以后能教我弹钢琴吗？只用教你弹给我的那一首。”

林钦禾点头道：“好。”

陶溪这才关上门，林钦禾带着他往外走，却不是楼梯口的方向。

陶溪发现自己被带到了角落的垃圾桶前。他愣怔地看向林钦禾，林钦禾已经放开了他的手，蹲下身从垃圾桶里开始捡那些被他撕碎了的纸片。

陶溪弯下腰拉林钦禾的胳膊，劝道：“不要捡了，太脏了，我再给你写一封。”

林钦禾却依旧在捡那些碎片，小心翼翼地放进那个同样被丢弃的信封里，低声道：“毕竟是你写给我的信，和你之前给我的所有信一样，我都会珍藏。”

陶溪脑袋空白了一瞬，难以置信地看着沉默地捡着碎片的林钦禾，脸上陡然又爬起阵阵热意，慢了好几拍后才窘迫地支吾道：“什……什么信？”

林钦禾转头看了他一眼，目光有些意味不明地说道：“一共68封，署名小桃，每封信最后都画着一朵桃花。”

他停顿了两秒，看着已经面色通红的陶溪，低声笑了下，继续缓缓念道：“尊敬的林钦禾同学，你好！非常抱歉打扰你，我来自清水县一中，在直播英语课上看到了你，听到你说……”

陶溪尴尬得捂住了脸，大声打断道：“你赶紧捡你的信吧！”

最后陶溪还是和林钦禾一起将所有碎片都装进了信封，两人去洗了手后一起往灯火通明的教学楼走。

“你……你是怎么认出来那是我写的？”陶溪在路上忍了好半天，还是没忍住问道。

“一个人的字迹再怎么掩盖都能认得出来，有的字写惯了这辈子都改不了。你别忘了，你有一篇满分作文被复印分发给了全年级的同学。”林钦禾平静地说道。

其实不仅如此，他向来是个对事情感兴趣就要查个究竟的人。察觉到满分作文和信件可能出自同一个人后，他就把陶溪的学籍档案直接查了出来，自然也知道了他不错的成绩。

陶溪莫名觉得前面这句话有些耳熟，他怎么也没想到是那篇满分作文

暴露了自己。可林钦禾也未免太可怕了吧，这都能认出来？

“你是不是侦探小说看多了？以后不如去当个侦探吧。”陶溪还是有些尴尬，决定通过打趣林钦禾缓解下自己的不好意思。

“我不怎么看，只是你太笨了而已。”林钦禾漫不经心地说道。

陶溪愣了愣，察觉到林钦禾在笑话自己，瞪着他握紧拳头道：“我很聪明的，我要是笨就来不了这里了！”

林钦禾闻言神色却突然变得认真起来，他停下脚步，微低头看着一脸茫然的陶溪。

他那时只是向井里丢下了一根细小的绳子，如果陶溪不能考到第一名，就不能来到这里了。现在的他却感到后怕，万一陶溪当时没有发挥好，没能考到第一呢？他不应该将条件定得那样苛刻。

林钦禾抬起手捏了下陶溪的后颈，看到这个人瑟缩了下，他勾起嘴角笑了笑，低声道：“对，还好你很聪明，谢谢你。”

陶溪抬手摸了摸自己的脖子，他没想到林钦禾竟会说谢谢，微抬起下巴说：“不用谢，我天生就是这么聪明，要知道我的目标可是黄晴。”

林钦禾皱了下眉，问道：“什么目标？”

陶溪撇了下嘴说：“我要做年级第二啊，你第一，我第二，这不是很风光吗？难不成我要把你当目标考第一？那也太为难我了。”

林钦禾笑了笑，继续往教学楼走，平淡道：“那你还要继续努力。”

陶溪跟在一旁，扯着林钦禾的袖子摇了摇说：“那你这个年级第一的同桌可要帮我。”

林钦禾说：“当然。”

两个人走得奇慢无比，幸好路上没碰到什么老师。

陶溪又想起一件事，问林钦禾：“你怎么提前回来了？不是明天才回吗？”

林钦禾想了想，说道：“集训提前结束了。”

陶溪恍然，安静了几秒后，又没话找话地说道：“我给你的小漫画，你都是按时打开看的吧？”

林钦禾嗯了一声。

“那明天的漫画，你今天回去就可以看了。”陶溪说道，为自己盘算的计划暗自叫好。

“好。”林钦禾答应了，但其实他今天就没忍住打开看了。

明天的漫画里，主角又回到了月亮与小陨石。

月亮：你为什么一直在宇宙里流浪?

小陨石：因为我丢掉了自己的飞行轨道。

月亮：宇宙这么多星星，你为什么一直在这里呢?

小陨石：因为纵有千千晚星，我只喜欢你一个月亮呀。

陶溪和林钦禾一路磨蹭着走到一班教室时，正好第一节晚自习下课了。

两人面色如常地回到座位上，果不其然遭到了毕成飞的密切观察和询问。

毕成飞先是仔细瞅了瞅陶溪的脸，发现他不仅没之前家长会开完时那样生气难过，反而有些喜悦。他又悄悄往一旁的林钦禾看了眼，学神还是那副冷淡样子，但又好像有了什么说不出来的不同。

之前他看到陶溪问了罗徵音两个问题后转身就跑，赶紧给林钦禾发了条微信，以为是两人有什么矛盾。

“你们吵架和好了？”毕成飞用手掩着嘴小声问陶溪。

陶溪觉得毕成飞的脑洞很别致，他笑了一声，玩笑道：“对啊，刚出去打完一架，不分胜负，所以就和好了。”

林钦禾转头看了陶溪一眼，目光意味不明。

毕成飞当然不信陶溪的话，毕竟两人一点儿打斗的痕迹都没有。他狐疑地瞅着两个人半天，也没看出到底发生了啥。直到林钦禾给了他一个警告的眼神，他才悻悻地转回头去。

他低头在微信上跟陶溪说道：“你们没事儿就好，之前我给学神发了微信，他一回来就去找你了，看来学神还是很关心你的。”

陶溪看着手机上毕成飞发的消息，脑中微光乍现，像是想起了什么被自己忽略的事。

他手指飞快地在屏幕上输入：“你有林钦禾的微信？”

毕成飞：“当然了，我可是学神从初中到现在的同学，父母也都认识，有个微信不难吧？”

陶溪又输入道：“他平常发朋友圈吗？”

毕成飞：“你不也有他的微信吗？我反正从来没看到他发过朋友圈。”

还截了一张林钦禾的朋友圈界面过来。

陶溪点开图一看，上面确实是一片空白。

他扭头看了林钦禾一眼，这人正神色自若地低头看着书，察觉到他的目光，也侧脸看向他。

陶溪没理会，低下头在自己手机上点开林钦禾的朋友圈，一条一条地数。发现从很早之前的那组日本度假风景照开始，包括期中考试前的锦鲤图，一共有28条朋友圈。

每一条都是照片，没有文字。

前两周林钦禾集训的时候，陶溪看到林钦禾每天都会发一两条朋友圈。那些林钦禾镜头里的生活，曾抚平过他的不安心绪。

陶溪深吸一口气，说不清自己心里是什么感受。

他从书包里拿出那本花了自己将近一个月时间才画好的画集，原计划是明天给林钦禾的，但现在一切正好。

"这是我答应送给你的画。"陶溪将画集放在林钦禾桌上，对林钦禾说道。

林钦禾看着眼前的画集，眼中难掩惊讶。他以为陶溪为他画了一幅画，根本没想到会是一本画集。

画集封面很简单，压纹纸上是整片黛蓝的夜空，只有右上角烫着一枚小小的金黄月亮，像沉在碧蓝湖底的金色铜币。

他打开画集，一张一张地认真看。

每一张画都是月亮，从朔至望，整整三十天的圆缺轮回。而每一张画的风景又不同，山岳溪谷、汪洋江河、霓虹城市……是世界各地的风景和月亮。

林钦禾翻阅的手指停顿在其中一张画上，画中是下弦月。而风景是月色下的东京街道，与他在日本度假后发在朋友圈里的照片一样，只是天色由薄暮转为夜晚，满街霓虹与月共明。

那时，班上很多人都在旅游度假，只有陶溪一个人留在学校寝室里。

陶溪在一旁解释道："里面很多风景都是在网上找了图片照着画的，我没有去过，所以可能画得与实际景象不太一样。"

这十几年来，他一直闭塞在那个看似世外桃源的地方。如果不是看到了林钦禾，他可能会一辈子蹉跎在山村或不知道哪里的角落。

陶溪望着林钦禾的侧脸，笑意恬淡。

这时响起了上课铃，随着毕傲雪拿着电脑走进教室，班上学生爆发出热烈的欢呼声。

陶溪看到林钦禾说了一句话，但骤然的喧腾让他没有听清。

“你说什么？”陶溪提高声音问道。

教室的灯突然被人熄灭，陷入一片昏暗。有人在欢呼晚自习可以看电影，有人在高声催促：“电影怎么还没调出来？毕成飞你行不行啊？”

陶溪眼前一黑，但下一刻，他在热闹喧腾里听到林钦禾在他耳边低声说道：“以后我会带你去很多地方。”

去看全世界的月亮。

陶溪在昏暗中看着林钦禾，嘴角泛起笑意，回答道：“好，那我们说好了。”

毕傲雪放了一部外语原声无字幕的动作片，特效乱飞，声效震撼，男生女生都看得聚精会神。

陶溪注意力不太集中，悄悄看了眼一旁的林钦禾。林钦禾姿态闲适地靠着椅背看电影，只有屏幕上幽微跳跃的光线收束进瞳孔里，似乎也看得很认真。

陶溪便强迫自己也认真看电影，一边看，一边听原声台词锻炼英语听力，也渐渐看进去了。

电影结束，教室的灯再次被打开，班上的人很快背着书包涌出了教室。陶溪看到林钦禾从抽屉里拿出一大堆资料放在他桌上，对他说：“这是一些适合你的美国大学的资料，还有托福教材。”林钦禾顿了顿，看着陶溪继续道：“从现在开始准备，完全来得及。”

陶溪怔怔地看着眼前详尽的资料才明白，原来林钦禾早就在认真践行当时答应和他一起上大学的承诺。而自己生了那么大的气，还骂了林钦禾。

陶溪眼巴巴地看向林钦禾，伸手捏着林钦禾的袖子晃了晃，无声地表达“我错了”。

林钦禾看了眼陶溪捏着袖子的手，似是不吃这一套，只说：“送我到校门口。”

陶溪重重地点点头。

两人在夜色中顺着香樟路向大门走去，与之前集训前的夜晚一样，但氛围似乎有了不同。

陶溪紧紧地走在林钦禾身旁，认真地听林钦禾介绍托福考试。

“我口语太差了，口语是不是很难提升啊？”

清水县英语老师的英语口语都很一般，阅读、听力和写作可以通过大

量训练提升，但口语不一样。

“不难，有我在。”林钦禾说道。

陶溪笑了笑，他想起自己在直播屏幕上第一次看到林钦禾，就是毕傲雪让林钦禾做英文演讲。那时他虽然听不太懂，但也知道林钦禾的口语有多么标准。

当时的他怎么也不会想到，后来林钦禾会亲自教他口语。

“那我接下来用英语和你交流吧！”陶溪对林钦禾握拳道，双眼亮晶晶的，他突然对自己的口语训练满怀信心。

“好。”结果接下来就沉默了，陶溪在脑子里打了半天腹稿，一边想要说什么，一边翻译。但憋了半天也没憋出一句合适的，总觉得说出来很奇怪。

最后两人走到校门口，陶溪竟松了口气，对林钦禾摆了摆手，笑着说：“Goodbye. See you tomorrow！”

“……”

回到寝室后，陶溪先洗了澡，然后将林钦禾给他的学校资料和托福教材放在桌上，坐下来开始认真查阅资料上的学校。

他用手机查到这些学校的排名非常靠前，大多是世界闻名的艺术类院校。但具体的申请事宜和奖学金规则在国内的网络上并不能查清，而学校的官网他又上不去。

陶溪想了想，问了下美术专业的潘彦。

“这我也不是很了解，毕竟我爷爷就让我一心考清华美院或中央美院，不准我出国留学。”潘彦说道，又追问陶溪为什么突然想去国外学美术。

“我打算以后继续学画画，主要是油画，国外的学校应该更好一些。”陶溪说道。

在画展里看到方穗的画时，在林钦禾说要看他的画展时，他就决定了。这也是妈妈能留给他的、不会被夺走的礼物，画画的天赋。

潘彦点头道：“这倒是，要学油画还是出国比较好。像我爷爷只想让我学国画，就没出国的必要了。”

对面写卷子的徐子淇冷不丁阴阳怪气道：“国外的艺术院校一般家庭可供不起，美术更是烧钱又没用的专业。”

潘彦瞬间爆炸，和徐子淇展开激烈的唇枪舌剑。

陶溪没理会，他盯着面前的资料想了会儿，突然想到了一个人。

之前他在公益画展上认识的青画协会成员，一个叫丁雅楠的美院女生。当时他因为对方热情加了微信，也在交谈中了解到她打算去美国留学深造。

陶溪点开微信通讯录，找到这个加了后就没聊过天的人，措了半天词，保证自己够礼貌不唐突后，才发了过去。

没想到丁雅楠很快就回复了，并非常热情地解答了他的问题。

丁雅楠："你说的这些名校确实可以申请奖学金，也有非常高额的全额奖学金。但是申请难度挺大的，国内能申请到全奖的人不多。"

陶溪看到这条消息并不意外，他知道林钦禾说的"一定能申请到"，可能是在鼓励他。但他愿意去为这个并不容易的机会，再拼尽全力地努力一次。

他突然意识到，自己的人生轨迹早已发生了变化。他从没想过自己能在文华一中读书，没想过自己的目标会是清华北大，更没想到最后会想申请国外的名校。

那些对于过去的自己如梦幻泡影的世界，他好像正在一步步朝它接近。

陶溪又收到了丁雅楠发来的一大堆资料和链接。

丁雅楠："你如果想申请的话，优秀的作品集必不可少，从现在开始就要开始积攒作品，多参加一些知名比赛和画展，认识一些画坛前辈，争取拿到他们的推荐信。我还是建议你加入我们协会，里面有很多在国外名校留过学的青年画家，他们肯定了解得比我多。"

陶溪郑重地道了谢，将资料和链接都保存下来，然后向丁雅楠要了一份青画协会的报名申请表，认真填写后发到了协会的邮箱里。

他在笔记本上一条条地记载下丁雅楠说的事项和要点，打算周末去乔鹤年那里学画画时，再向老人家打听咨询下。

做完这一切后很快就熄灯了，陶溪爬到床上埋进柔软的被子里，打开手机上的微信，想给林钦禾发送晚安，却发现林钦禾的头像变了。从一张空白的图片，变成了他送给林钦禾的画集封面——黛蓝夜空上的金黄月亮。

陶溪嘴角上翘，又看了眼自己的头像，那张用水粉画的深蓝星球。

他在对话框里输入：Good night, Mr Moon.

Moon：Good night.

陶溪开始了每天的口语训练，林钦禾会把英语材料读一遍录制后发给他，他用手机一边听，一边模仿林钦禾的发音和腔调。

早上他起来得更早了，在食堂飞快地吃了早饭后，就奔向校门附近的篮球场，在十二月的寒风中练半小时口语。

陶溪看了眼时间，拿着英语单词册子从篮球场往校门口走。再过几分钟，林钦禾应该就会到，他站在门卫室旁边的角落里，低着头背册子上的单词。

正在背一个很复杂的单词时，陶溪突然感觉眼前一黑，被一个柔软的东西兜头盖脸地罩住了。他将那东西扒拉下来，露出眼睛一看，林钦禾正低头看着他，嘴角含着笑意。

再低头一看，脖子上是一条黑色羊绒围巾。

林钦禾伸手将围巾整理了下，把陶溪的脖子围得严严实实，看着他亮晶晶的眼睛说道："以后早上别等我了，天很冷。"

陶溪在柔软温暖的围巾里摇了摇头说："我反正要出来练口语的，冷一点脑袋会更清醒。"

林钦禾看了眼陶溪冻得发红的手指，不认同地蹙起了眉，但没说什么。

两人一起顺着香樟路往教学楼走，这几天陶溪每晚都会准备好口语材料，早上和林钦禾一起走的路上，就与林钦禾练英语口语。

林钦禾会纠正他发音不对的地方，然后随机出考题让他临场发挥。

陶溪绞尽脑汁地回答林钦禾的问题，回答完发现林钦禾已经带着他偏离了去教学楼的路，来到了便利店门口。

"你要买早点吗？"陶溪问道。

林钦禾没说什么，直接进了便利店内。陶溪跟着进去，看到林钦禾拿了一双灰色毛绒手套，然后直接去收银台结了账。

林钦禾走到便利店外，将包装拆了，把手套递给陶溪。

陶溪愣怔地接过手套，这双手套毛茸茸的，手背的地方还有小熊，和他们之前抓的小熊挺像的。

林钦禾见陶溪看着手套发呆，以为他不喜欢，便说："先将就着。"

陶溪抬眼看向林钦禾，将一只手套递给他，弯着眼睛说："我们一人一只吧？"

林钦禾拒绝道："我不用。"

陶溪将两只手套都戴上，低头张开十指来回看了一遍。

中午下课后，陶溪与林钦禾一道去食堂吃饭。这是他以前最向往的事情之一，现在他跟着林钦禾在食堂打饭，觉得食堂阿姨都变得貌美如花，打菜也手稳得不行。

今天学校来了群参观的初三学生，食堂里的人爆满。陶溪端着餐盘和林钦禾一起找座位，一路上有不少人在悄悄打量两人，主要是女生。陶溪不知道她们在窃窃私语什么，也不在意。

“钦禾哥！”

陶溪听到这三个字心脏一沉，转头看去，看到杨多乐端着餐盘似乎也在找座位，一旁竟然是他的室友徐子淇。杨多乐在他与林钦禾之间来回看了几眼，脸色有一瞬的不好看。

杨多乐抿了下唇，走到林钦禾面前笑着问道：“你们也在找座位吗？”

林钦禾点了下头，看了眼一旁的陶溪。

陶溪神色没什么变化，甚至还与杨多乐和徐子淇打了个招呼。

徐子淇看向林钦禾，犹豫了会儿，指了下不远处的一张桌子，对林钦禾提议道：“我看那几个人快吃完了，我们可以一起坐那儿。”

陶溪几不可察地皱了下眉，心里涌上一股烦躁。

杨多乐也看了眼那边的桌子，对林钦禾说道：“不如就那儿吧，正好四个人的座位。”

林钦禾语气淡漠地说：“不用了，我们另外找座位。”他顿了顿，看向陶溪说道：“走吧。”

陶溪暗自松了口气，跟着林钦禾离开了。在转身走之前，看到杨多乐正盯着他。

徐子淇和杨多乐坐下后，瞧了眼杨多乐的脸色，说道：“那个人就只能在这儿待一年，高三就要回山沟里，以后和你们就没什么关系了。”

他知道杨多乐和自己一样不喜欢陶溪，更见不惯林钦禾与陶溪关系好。

杨多乐垂着眼睛看不清表情，只说：“他现在和我们也没关系啊。”

徐子淇见机附和道：“对，他和我们不是一个世界的人。”

随着十二月几场寒潮的来临，文华市气温一降再降，陶溪早早就换上了冬季校服，每天雷打不动地早起读书。

这期间他成功加入了青画协会，被拉进了一个上百人的微信群里。副会长关凡韵主动加了他的微信，他才想起这个女人是在画展上遇到的杨争鸣

的恋人。

中午午休的时候，林钦禾去学校临时设立的竞赛冲刺班训练去了，陶溪没忍住点开关凡韵的微信朋友圈看。

关凡韵的朋友圈大多是千篇一律的自拍，或者晒礼物等秀恩爱的内容，但没有杨争鸣的照片出现过，也有几张她自己画的画。陶溪仔细看了下，发觉非常一般，比起方穗更是不在一个水平，不知道是怎么混上副会长的，也不知道杨争鸣怎么会把她当方穗的替身。

陶溪觉得没意思，退出微信关了手机，拿出笔开始做托福阅读题。没做多久，一个男生过来跟他说："陶溪，我去门卫那儿拿快递的时候，碰到你爸了，他让你过去呢。"

陶溪捏紧手中的笔说："我知道了，谢谢你。"

"就是我回来的路上耽误了会儿，可能你爸等得久了点儿，不好意思啊。"男生抱歉道。

"没关系。"陶溪跟那个男生再次道了谢，从书包的夹层里翻出一个用橡皮筋绑着的钱卷。这是他很早前就准备好的钱，就是为了等陶坚再过来找他的一天。

陶坚或许之前确实找到了工作，但一定又赌博输光了，来找他拿钱了，他太了解这个"父亲"了。虽然知道这可能是个无底洞，但他必须去填上，即使是暂时的。他不允许任何人破坏他在这里与林钦禾的生活，绝不允许。

陶溪拿着钱很快就走到了门卫室，结果并没有看到陶坚的影子。保安因为他天天在校门口读英语早就眼熟了，对他招手道："你爸半小时前确实来了，不过又走了。"

陶溪皱起了眉，心里不知为何冒出不祥的预感。

他沉默了会儿，问保安："他说什么了吗？"

保安叹了口气，看陶溪神色凝重，欲言又止了几秒，最后说道："没说啥，你回去准备上课吧。"

陶溪心里疑窦丛生，他点了下头，走之前保安对他小声说道："以后尽量还是让你爸少来学校了。"

陶溪抿了抿唇，垂下目光说道："抱歉，给您添麻烦了。"

他想陶坚或许又和上次一样，在门卫室大闹了一通，保安觉得厌烦也情有可原。

保安摆了摆手，委婉道："没事儿，我没别的意思。就是你爸好像容易情绪激动，我这也是担心你学习状态受到影响。"

陶溪向保安道了谢，转身离开了。

保安见陶溪走远了，对进来换班的同事感叹道："这孩子一看就是个好孩子，就是他那个爹感觉不太正常。"

同事好奇地问道："又和你吵了一通？"

保安摇头道："不是和我，是和……"他顿了顿，叹气道，"唉，算了，就一个没什么文化的农村人，不说了。"

上午他在门卫室值班，看到陶坚穿着一双掉皮的皮鞋进来。因为上次的事情，他对这个父亲没什么好感，刚准备跟他说没班主任允许不能进校，就看到杨多乐进来了。

他立马笑着问道："杨多乐，又请假回家啊？"

结果杨多乐还没回答，陶坚就几大步走到他面前，神情古怪地大声问道："你叫什么名字？杨多乐？"

当时杨多乐好像有点被吓到，瞪着陶坚问："你谁啊？"

保安觉得有些不对劲，但还没来得及把杨多乐护到身后，陶坚就猛地抓住杨多乐的右手，将袖子撸上去，露出了右手腕上的红色胎记。

他难以描述陶坚当时的神色，只清晰地记得陶坚脸色涨红，像喝酒上了脸，死死盯着那块胎记，又盯着杨多乐的脸，眼中冒着精光，嘴里含糊地念着什么"我的儿子"。

杨多乐本来还在挣扎，似乎是听到了陶坚说的话，瞬间吓得面色煞白，嘴唇都在发抖，连挣扎都忘了。

保安以为这人疯了，赶紧上前要把两人分开。但陶坚很快放开了手，他上下打量了会儿杨多乐，突然伸手指了指他说："你跟我出来一趟，我有事儿跟你说。"

保安把杨多乐护在身后，对陶坚怒道："你不是来找你儿子陶溪的吗？他人没准儿已经在来的路上了，这个学生跟你又没关系！"

陶坚不耐烦地摸出一根烟，呛声道："你怎么知道老子跟他没关系？"他点燃了烟，用夹烟的手指着杨多乐语带威胁地说道："你不出来，我就在这儿跟你说了。"

说完走出了门卫室，在门外抽着烟等杨多乐出去。

保安转身看向杨多乐，准备问他到底认不认识这人。却发现杨多乐面

如死灰，额头上满是刚冒出来的冷汗，一双眼睛空洞无神，仿佛刚从噩梦中醒来。

他喃喃道："他是来找陶溪的？"

保安目光担忧地说道："对，他是陶溪的父亲。你要是不认识他，就别出去了，先回学校，等家人来接你。"

杨多乐面色更苍白了些，呆滞地摇了摇头，竟准备走出去。但在走出门口前，突然转身对他说道："叔叔，这件事能不告诉其他人吗？"

保安看到他一双眼睛黑沉无光，愣了愣，下意识地点头说了声"好"，但出于关心还是问道："真的没事儿吗？"

杨多乐张了张毫无血色的嘴唇，没说什么，转身走了出去。

保安不安地看着杨多乐和陶坚走远，杨多乐似乎一直在躲着陶坚走，但又没彻底甩开他，两个人走到一半就开始激烈地争吵。

他猜了半天也没猜出个所以然，想给杨总打个电话，但又想起自己答应了杨多乐，只好作罢。

陶溪揣着没送出的钱，沉着脸回到教室的时候，林钦禾已经回来坐在了座位上。他整理了下面部表情，回到座位上语气轻快地问林钦禾："这么快就训练完了？"

林钦禾没有回答，垂眸看了会儿陶溪的眼睛，问道："为什么不开心？"

陶溪怔了怔，将桌上的托福训练题放到林钦禾桌上，说："错了好多阅读题。"

林钦禾没再问什么，开始给陶溪讲阅读题。

除了午休，晚自习前的休息时间，陶溪也会抽出固定的时间练习英语。林钦禾只要有空，一般都会在旁边给他辅导。

"你好像有电话。"傍晚的时候，陶溪敲了下林钦禾的胳膊，他听到林钦禾的手机在振动。

林钦禾放下手中的钢笔，拿出手机一看，是罗徵音的电话。他眉头微皱，先对陶溪说了句"是我母亲"，然后才接通。

陶溪在想自己要不要回避下，但林钦禾另一只手握住了他的手，示意他不需要回避。

"好，我马上回来。"林钦禾对着电话说道。

挂了电话，他蹙着眉对陶溪说道：“家里有点儿事，我晚上要请假回去一趟。”

陶溪心脏提起来，问道：“严重吗？”

林钦禾摇了摇头，握着陶溪的手紧了紧，低声道：“托福考试的事不用急，一次考不过也没关系，可以考很多次。”

陶溪没想到，林钦禾此时还记着中午他说因为阅读题没做好不开心的事，一脸轻松地笑着说：“我已经不紧张了。”

林钦禾起身收拾了书包，说了句“明天见”，然后转身离开了教室。

陶溪看着林钦禾的背影彻底消失，将口袋里的钱卷又放回了书包里。

陶坚到底为什么已经来到了学校，中途又回去了？他不相信陶坚是因为突然良心发现。

陶溪想了好大一会儿，没想出个所以然来。

“乐乐，出来吃点儿饭好不好？”

罗徵音再次敲了敲影音室的门，里面只传来很轻的电影的声音。杨多乐依旧默不作声，而门被他反锁了，从下午到晚上，他已经在里面待了六个多小时没有出来。

罗徵音叹了口气，在门口静静站了一会儿，然后给林钦禾又发了条微信。

前几天杨多乐一直住在外公外婆家，今天下午一点多的时候突然过来了。罗徵音当时看到杨多乐脸色煞白，走路也摇摇晃晃的，以为他身体又出了问题，急得差点儿打急救电话，但杨多乐却阻止了她。

罗徵音焦急地询问了半天，杨多乐只是不说话，整张脸看起来毫无血色，过了一会儿后突然问她：“罗妈妈，当时我……我妈妈具体是在哪里生下我的？”

罗徵音没想到杨多乐会问这个问题，十六年前杨多乐的出生，对于她和方家二老都是不愿提及的记忆。而她当时因为生产完没多久，陷入了产后抑郁症，没能与方家二老和杨争鸣一起去方穗最后生活的地方。

罗徵音以为杨多乐在想妈妈，而她这些年来又何尝不想，她红着眼睛说道：“当时是你外公外婆接到电话后，去清水县把你们接回来的。我也是后来听方叔讲，才知道阿穗一直住在那里，具体哪里方叔从来没告诉我，只知道是清水县一家心善的农户收留了她。”

方祖清性格古板保守，女儿的事对于他来说既是悲痛，也是不能对人言的隐秘。这么多年也没透露过那户人家，而她也不敢去那片伤心地。

“清水县……”杨多乐眼神空洞地喃喃道。

“乐乐，你到底怎么了？”罗徵音担忧地看着杨多乐，她从来没看到过这个她最疼爱的孩子如此绝望。

杨多乐没有回答她，将自己锁进了房间，她在门外劝了好几次无果，只好给林钦禾打电话。过去杨多乐闹脾气时，也是林钦禾出面最有用。

罗徵音下了楼梯，看到林钦禾正好从门口进来，忙走过去说道：“钦禾，你快去看看乐乐吧，他今天不知道怎么了，不说话也不吃饭，怎么劝都没用。”

林钦禾皱着眉，沉默地朝楼上走去。

他站在门外直接抬手敲门，提高音量道：“乐乐。”

林钦禾以为他还得催一阵，没想到杨多乐很快就打开了门。房间里没开灯，只有电影画面微弱的亮光，杨多乐直勾勾地看着他不说话，瞳孔没一点儿光彩。

林钦禾径直朝里面走去，扫了眼投影屏幕上的电影，是一部一看就知道很压抑的片子，并不是杨多乐以前喜欢看的类型。

他看着杨多乐回到沙发上蜷缩着坐下，直接问道：“怎么回事？”

他素来不像罗徵音那样会耐心哄人。

杨多乐抱着腿，盯着电影上的画面，依旧不说话。

林钦禾又看了眼那部电影，画面里是个十七八岁的少年，躺在一张深绿色的床上睡觉。他似乎正在做噩梦，眉头紧皱抓着被子低声梦呓，和着配乐让人生出些不安感。

林钦禾将灯打开，用遥控器将电影暂停了，走到沙发旁坐下，撕开一袋杨多乐平常最爱吃的薯片放在他面前，语气柔和了点说：“如果心里有什么不舒服，可以对我说，以前你不都这样吗？”

杨多乐不适应明亮的光线，抬手挡着眼睛，过了会儿，他哑着嗓子问道：“钦禾哥，你对我好，和我妈妈没有关系吧，不是因为我是妈妈的儿子？”

林钦禾闻言拧起眉头，沉默了一会儿说道：“没有关系。”他顿了顿问，“为什么问这个问题？”

杨多乐放下挡眼睛的手，用遥控器再次点开了电影。他没回答林钦禾

的问题，像是自言自语一样低声说道："如果有一天，有个人要处心积虑地抢走你的东西，你会怎么做呢？"

电影里的少年突然大喘着气从噩梦中惊醒过来，在沉重的音效中睁开血红的眼睛。

林钦禾皱眉看着杨多乐毫无神采的眼睛，这个问题被杨多乐问出来有几分荒谬，他语气淡漠地回答道："如果该是你的东西，别人抢不走；不该是你的，迟早要还回去。"

杨多乐倏地看向林钦禾，黑沉沉的眼底浮现出几分恼怒和恨意，张嘴想说什么，最后又憋了回去。

他在沙发上向林钦禾凑过去，拽着他的胳膊，像是在寻求什么依靠，没头没脑地问道："钦禾哥，你会一直站在我这边吗？无论我做什么，无论我是谁。"

林钦禾将那袋薯片扔回桌子上，他压下心里的烦躁，只觉得这个问题幼稚得像这个永远都会任性的人，用所剩不多的耐心说道："乐乐，你已经不是小孩子了，世界上很多事情都有是非对错，让其他人站队并没有意义。"

林钦禾说完，口袋里的手机振动了下。他很快地拿出来看，是苏芸的微信消息。

他还没来得及点开微信框，一旁的杨多乐突然站起来大声道："是陶溪给你发的吗？"

杨多乐眼底发红，满是浓烈的敌意，他握紧拳头微弓着背，像一只惊弓之鸟，是防备又害怕的姿态。

林钦禾按灭手机屏幕，缓缓站起身。他眉头拧得很深，脸色沉下来，盯着眼前这个明显精神状态不太正常的人，一言不发。

杨多乐下意识对这样的林钦禾感到害怕，他往后退了一步，抬手抹了下眼泪，喉咙里发出一声哽咽，企图像小时候那样用哭泣换取林钦禾的退让："钦禾哥，我明明跟你说过，我不喜欢他，你为什么还要和他走那么近呢？我们从小一起长大，难道这么多年的感情，比不上你跟他认识的几个月？"

他早就发现林钦禾与陶溪的关系越来越密切，以前只是心里不舒服，今天他才知道：那个人处心积虑地来到文华一中，接近他和林钦禾，就是为了一步步夺走他的一切！

他不愿意去相信那个自称是他父亲的粗鄙男人，可事实好像容不得他

不信，这个从小伴随他的噩梦正在成为现实。

来自清水县，与方穗极为相似的长相，一样的画画天赋，更重要的是，在第一次见到他时，就对他表露出的强烈敌意！他一定是要来报复自己，抢走他的一切，一定是。

一直在门外的罗徽音听到杨多乐歇斯底里的声音，忍不住走了进来。她看到杨多乐满脸是泪地胸口剧烈起伏，急忙走过去轻轻拍他的背，一边轻柔地安抚了几句，一边给林钦禾递眼色。

可林钦禾无视了，他好像被触及了逆鳞般眉头紧蹙，向来淡漠的眼底压抑着怒火，忍了许久后，对杨多乐沉声道："杨多乐，不是所有人都要围着你转。你讨厌谁，跟我有什么关系？"语气几乎是冷酷的。

"钦禾！"罗徽音看向林钦禾，目光含着不满地说，"不要这样对乐乐说话，你明知道他心情不好。"

杨多乐埋到罗徽音肩上痛哭，罗徽音忙回过头去安慰他。

林钦禾看着眼前这两人，深吸一口气，直接转身朝门外走去，像是要逃离什么令他窒息的密闭空间。

罗徽音一边给杨多乐顺气，一边给他擦脸上的眼泪，轻声道："好了不哭了，这几天就住在罗妈妈这里。明天要不要出去玩？"

杨多乐只哭不说话，罗徽音听到杨多乐的手机在响，便哄道："看看是谁在给你打电话，是不是你外公外婆在问了？他们一定不希望你又在哭鼻子吧。"

"我不想接。"杨多乐哽咽道。

"好好好，不接不接，我帮你挂了。"罗徽音将手机拿过来一看，并不是方家二老的电话，而是关凡韵，那个和杨争鸣一起的女人。

她蹙起眉，直接将电话挂了后对杨多乐叮嘱道："以后那个姓关的女人再找你，直接不理就是了。"

杨争鸣这些年来女人无数，近两年就这个关凡韵比较稳定。上次就是因为她直接到学校给杨多乐送礼物，杨多乐气得请假回家饭也没吃。

罗徽音以为又是这个女人让杨多乐今天情绪反常，心里想着要找机会和杨争鸣说一说，让关凡韵不要再骚扰杨多乐。

林钦禾走回自己的房间，没开灯，在露天阳台的躺椅上坐下，沉默了一会儿后，他拿出手机看，发现陶溪在半小时前给他发了几条微信：

"刚才乔学姐和我说，我又有一幅画在画展上被卖出去了，卖了

两万！”

“周末请你吃好吃的，再贵也没事，我现在可是有钱人。”

后面是一连串的动物表情包，欢天喜地活蹦乱跳的猫狗鸡鸭鹅，看起来很嘚瑟。

林钦禾看着那些动图，扬起嘴角笑了笑。他看了眼时间，正好是第二节晚自习下课后，于是直接打了电话过去。

“等我下，我马上出教室。”电话接通后传来陶溪急促的声音，紧接着就是他的脚步声，教室的嘈杂逐渐消失。

“好了，可以说话了。你家里的事解决了吗？”

林钦禾看着阳台外的幢幢树影，如巨大迷雾锁着这栋别墅，他说：“解决了，你什么时候又参加了画展，怎么不告诉我？”

“我就是把一幅画给了老师，他帮我上的画展。我不知道居然能卖出去，还能卖这么多钱！”陶溪语气里掩不住雀跃兴奋，继续说道，“我在想以后要卖更多画，赚很多很多钱。我要买一个很大的房子，最好是带院子的那种，然后你可以经常过来玩。我还要在院子里种些花花草草，哦不对，你花粉过敏，那就养一只猫一只狗……你不会也对猫毛狗毛过敏吧？”

林钦禾带着些笑意说道：“不过敏。”

陶溪似乎松了口气，继续畅所欲言道：“那就好，然后我们可以每年一起去一个地方旅游，你摄影，我就在旁边画画。回来我就可以办画展，还可以给你办摄影展……”

林钦禾在躺椅上闲适地向后躺去，看着天上晕着边儿的月亮，听陶溪规划他们的未来。

他发现陶溪几乎从不提及他的家庭和过去，除了那个患病的妹妹。在陶溪心里，好像只有明亮的未来。

“你觉得我这个计划怎么样？”陶溪顿了顿，有些紧张地问道。

林钦禾问道：“一年就去一个地方吗？”

“如果有时间的话，当然可以去更多地方啊。不过，我觉得到时候你的工作可能会很忙。”陶溪说道。

两个人就着未来漫无目的地扯了几分钟，直到陶溪催促道：“要上课了，我要挂了。”

林钦禾赶在挂电话前说道：“今天的漫画你还没给我。”

陶溪说：“你今天走得太突然了，我明天一定补给你！”他一边说着，

一边往教室走，小声嘀咕道，“我不会要给你画一辈子的小漫画吧？”

林钦禾听到了，笑了一声，笃定道：“当然。”

挂了电话后，林钦禾再打开微信，才想起来之前苏芸给他发了消息，是苏芸补发的关于申请学校的资料。

他把资料全部转发给陶溪，然后又点开苏芸的对话框。本来想让苏芸帮自己买回陶溪刚卖出去的画，但想了想又作罢了。

未来还会有很多人和他一样，买下陶溪的画珍藏。

林钦禾从躺椅上起身，回到房间里打开灯，将书柜里被锁上的匣子打开，取出里面的一个册子。

这是陶溪目前为止给他画的所有漫画，都被他按照日期精心装订了起来。

他翻开漫画集，就像翻开了一本只属于他的《一千零一夜》。

其实他从小就对故事和漫画没有兴趣，但记得很小的时候，他也曾期待过罗徵音给他讲睡前故事，就像她每晚在杨多乐的房间里给他讲故事一样。

林钦禾低头看着漫画集的第一页，是陶溪给他画的第一张漫画。

月亮：你是星星吗？

小陨石：我现在只是一颗小陨石，但我总有一天会变成一颗发光的小恒星。

月亮：为什么要变成恒星？

小陨石：因为那样我就可以像太阳一样，在宇宙里照亮你。

第八章
星星遇风雪

陶溪很快就收到了售画得到的两万块，将其中一万给陶乐汇了回去。

周日学画画时，他向乔鹤年打听了下买画的人，才知道是一个业余炒画家，专门买入一些未成名但自己看好的画作，待到以后再高价卖出。

乔鹤年其实是通过孙女了解到陶溪的家庭情况不好，才专门托人把自己学生的画卖了出去，好给他补贴些生活和画画开支。但他又怕陶溪一心钻入钱眼儿里，语气严肃地对他耳提面命道："以后你的画会越来越成熟，会有更多画作进入市场。但你的艺术追求绝对不能太过市场化，不能彻底被金钱收买，知道了吗？"

"我知道了，爷爷。"

陶溪自然乖乖称是，乔鹤年是一个很好的老师，除了教他画画，还会教他很多做人做事的道理，他也把称呼从老师改成了爷爷。

"好了，今天就学到这儿。难得天气好，我等会儿要出去和几个老朋友钓鱼，你也出去玩玩放松下。"乔鹤年放下绘画工具说道。

陶溪心中一喜，他本来和林钦禾约的晚上见，现在又多出了几个小时，忙给林钦禾发了条微信，然后帮乔鹤年收拾画室。

"能出去玩儿这么高兴？"乔鹤年好笑地看着喜不自胜的陶溪，心想再乖巧的孩子都贪玩儿。

陶溪又嘴巴甜地哄了乔鹤年几句，帮他准备好钓鱼用的遮阳帽和水杯，一直把乔鹤年送出院子口，然后在庭院里等林钦禾过来接他。

天气确实很好，红砖绿瓦的老洋房在冬日暖阳下晒着慵懒的日光浴，高大的法桐只剩下灰白透着青绿的树干枝丫，柏油路上铺着沉静似水的梧桐叶和斑驳细碎的光。

风和阳光都很宁静，和他等待林钦禾的心情一样。

林钦禾不到半小时就到了，到的时候陶溪正坐在长椅上百无聊赖地拿着一片梧桐叶玩儿。他看到林钦禾走进院门，忙起身几步跳了过去，献宝似的将梧桐叶给林钦禾看："你看，这片叶子好漂亮，而且好大。"

陶溪用梧桐叶挡住自己的脸，笑着问："是不是比我的头都大？"

他问完觉得自己有些幼稚和无聊，但林钦禾竟很认真地比对了下，点头道："确实是。"

陶溪将梧桐叶放在庭院的石桌上，和林钦禾一起上了车。原本的计划是请林钦禾吃饭，但今天突然多了几个小时，他想改动下计划。

"我先请你去游乐园玩儿好不好？我还没去过。"陶溪问道。

"好。"林钦禾答应了，其实他也几乎没怎么去过，仅有的一两次也是陪杨多乐去的。

因为周末和好天气的原因，游乐园的人格外多，两人排了将近二十分钟的队才进去。

陶溪紧紧跟在林钦禾旁边，看什么项目都觉得新鲜想玩儿。

"我想玩儿那个。"陶溪指了指不远处的一个鬼屋说。

林钦禾看向那个鬼屋，点头答应了。

两人买了票进去，陶溪才发现这个鬼屋好像不是他想的恐怖惊悚型，也不用走，而是坐小列车进去。很多小孩子都在家长的陪同下坐进一节一节的车厢里，车厢上还画着童稚风格的卡通人物。

陶溪看着满车的小朋友，有些尴尬地对林钦禾说道："这个鬼屋好像和我想的不太一样。"

他发现除了家长，就他们两个十二岁以上，一些大人和工作人员都在笑着打量他们。

"要不我们换一家吧？"他问道。

"不用。"林钦禾说完，拉着他的胳膊坐进了最后一节狭窄的小车厢里。

随着一道铃声响起，小列车缓缓启动，在小孩子的叽叽喳喳中驶入幽暗的鬼屋里。

或许这应该叫精灵屋，空灵的音乐中，曼妙光影投下一个个旋转跳舞

的精灵与鬼魂，在似真非真的朦胧雾气里，表演着近在咫尺又无法捉摸的故事。

虽然并不惊悚，甚至有些唯美，但很多小孩子还是吓得扑到家长怀里哇哇大哭，破坏了原本的梦幻。

陶溪靠在车窗旁，睁大眼睛看着眼前如梦似幻的场景。

“害怕吗？”林钦禾突然低声问道。

小列车驶入笔直的窄道，陶溪转头看向林钦禾，得意地对林钦禾小声道：“这有什么好害怕的？在大山里，深夜时可是除了月光和星光，什么光线都没有的，我还敢一个人在山路上走呢。”

黑暗中陶溪看不清林钦禾的表情，但听到他不太认同的声音说：“那么晚在山里，终究还是危险的，以后太晚就不要出门了。”

陶溪轻轻笑了笑说：“我又不是女生，能有什么危险？”

林钦禾却说：“谁说男生就不会遇到危险了？”

这次林钦禾的语气有些严肃，陶溪知道他是出于对自己的关心，便顺着他说：“好了，我知道了，以后听你的。”

两人从鬼屋出来后又玩儿了些项目，陶溪把自己以前在电视上看到过的云霄飞车、海盗船、碰碰车……都和林钦禾一起玩儿了一遍。

陶溪发现林钦禾虽然嘴上不说，但好像也很喜欢玩儿这些项目，他能明显感觉到林钦禾没有言说的愉悦。所以，陶溪就观察林钦禾的目光在哪个项目上停顿得久一点儿，他就带着林钦禾去玩儿。

直到已经傍晚，暮霭沉沉，两人终于放弃了继续游玩，坐在一条长椅上休息。

陶溪去小店里买了两支冰激凌，一支草莓味，一支香草味，和林钦禾一人一支吃起来。虽然是冬天，但冰凉的口感并不让人觉得寒冷。

落日正好垂在远处天际的摩天轮中央，橘红色的暮光透过城市之眼望着他们，陶溪偶尔舀走一勺林钦禾的香草味冰激凌，后来林钦禾不怎么吃了，陶溪干脆霸占过来。

有两个七八岁的小男孩儿在对面的长椅上坐下来，穿红衣服的小男孩低着头玩手里的魔方，转了半天还是没转好。

“笨蛋。”旁边穿蓝衣服的小男孩儿将魔方抢了过去，但转了半天也没有转好。

两个小朋友吵起来，互相骂着笨蛋，吵着吵着开始哭。

陶溪看不下去了，走过去帮他们转魔方。但他转了会儿也没转好，便下意识看向已经跟着走过来的林钦禾。

林钦禾拿过魔方，修长的手指快速转动，不到十五秒就把魔方复原了。

“哇——”两个小朋友仰着头用满含敬仰的目光看着林钦禾。

陶溪也用敬仰的目光看向他的同桌，跟着哇了一声道：“你怎么什么都会？”

林钦禾弯腰将魔方还给小朋友，嘴角扬了扬，说：“小时候无聊常玩。”

做完好人好事，两人又回到长椅上坐下，并肩欣赏城市落日。

陶溪看着那两个小朋友手牵着手走远，突然问林钦禾：“你说，如果，我是说如果，我从小和你一起长大，你会不会也对我这么好啊？”

他转头看着林钦禾，瑰丽暮色柔和了林钦禾好看的侧脸，像一幅浓淡相宜的油画。

“会。”林钦禾毫不犹豫地回答道。

陶溪怔了怔，弯起眼睛说：“这么肯定？万一我要是被家长宠得无法无天，是一个非常任性的小孩儿，你肯定就讨厌死我了吧？”

林钦禾微微仰头看着远处的摩天轮，语气带着几分漫不经心道：“你能任性到哪里去？”

陶溪笑了笑，说：“那可不一定，没准儿我天天欺负你，跟你打架，还告你的状。”

林钦禾也笑了，问：“你确定能打过我？”

“我打架很厉害的好吧？别小瞧本清水一中著名校霸。”

两人说笑了几句，渐渐安静下来欣赏此刻的落日风景。

陶溪看向那轮已经被吞噬一半的落日，暮色由赤金转为橙紫，浓墨重彩地涂抹着天际。

他一时忍不住想，林钦禾小时候是什么样子呢？也像现在这样不爱说话吗？

如果是他陪着林钦禾长大，他一定要天天缠着林钦禾讲话，逗他笑。

他打架这么厉害，一定不会让任何人欺负林钦禾，一定会与林钦禾一起分享所有好吃的好玩的，一定会在每年林钦禾生日时送上最好的礼物。

或许他们也会像那两个小朋友一样，他将魔方转得乱七八糟，林钦禾骂他笨蛋，但总会帮他转好。

春天他会拉着林钦禾绕没有鲜花的道路上学；夏天他们会在游泳后抢

西瓜吃；秋天他们会一起爬枫林尽染的小山，捡两片红叶做成书签送给彼此；冬天他们会在大雪里互相扔雪球，玩累了就在雪地上躺出两个紧紧挨着的“大”字。

周末他会和林钦禾一起去学乐器，林钦禾学钢琴，他学小提琴，然后他们一起在学校的文艺会演上合奏表演。

悠悠长假里，他们会和家长一起坐飞机去国外旅游。他用画笔画下风景，而林钦禾用镜头拍下风景与他。

还有……还有很多很多。

他们一定会一起拥有美好的童年和青春期。

陶溪深吸一口气，甩开脑子里的幻想，突然将冰冷的手伸到林钦禾衣领里的脖子上。林钦禾果然被冻得一个激灵，迅速抓住了他作恶的手，陶溪很快认输了。

林钦禾没有为恶作剧生气，放下陶溪的手，看着他问道：“刚才在想什么？”

“在想今晚去哪里请你吃饭。”陶溪拉着林钦禾从长椅上起来。

他想，人生还有那么长，有那么多可以珍惜的时光，好像没什么好遗憾的了。

可能是还未临近期末考试的原因，主课老师没有再霸占体育课。体育老师照常带着学生们做了几个操后，就放羊似的让他们自由活动。

陶溪报了1月份的托福考试，正准备和林钦禾一起找个地方学习，突然被一只手揽住了肩膀。

“溪哥！”毕成飞抱着篮球笑嘻嘻道。他刚要和林钦禾打个招呼，不知为何揽着陶溪的手先一步自觉放了下来，对林钦禾讪讪道：“林学神！”

陶溪一看毕成飞手里的篮球，就知道这人找他做什么。他直接拒绝道：“我不想打球。”

毕成飞苦着脸哀求道：“溪哥，你再帮我一次啊。班长都答应我了，我又和二班体委约了比赛，敌方还有徐子淇，你就不想把他们打得落花流水？”

他自然不敢找林钦禾帮忙，只一个劲儿地劝说陶溪。

陶溪往后面一瞅，不远处李小源正一脸菩萨样儿地在等毕成飞找队员，对他露出一个无可奈何的笑容。

检讨书

本人郑重检讨，将认真遵守林钦禾对本人的严格要求，做到绝对相信林钦禾、绝对听林钦禾的话，努力向林钦禾学习，不断向林钦禾靠拢看齐，以高标准要求自己，做到“学会拒绝，不随便回应小恩小惠，不浪费时间做没有意义的事”，认真学习，努力奋进，力争在期中考试考进年级前五十名，不辜负林钦禾同学的信任和期盼！

检讨人：陶溪

他觉得这个场景似曾相识，心下一动，看向一旁的林钦禾，问道："你能陪我打一场篮球吗？"

毕成飞顿时双手合掌，用求神拜佛的目光看向林钦禾。

林钦禾没怎么犹豫地说："可以。"

毕成飞大喜过望，对两人千恩万谢了一番，又跑远了去找其他队员。

陶溪和林钦禾一起慢步向篮球场走去，他一边走，一边踢操场草坪上的塑料颗粒，突然对林钦禾说道："其实开学后的那场篮球赛，是我让毕成飞去找你的。"

那时的他刚知道杨多乐是与自己交换人生的人，满心不甘，想方设法地吸引林钦禾的注意，还用了一个非常愚蠢的方法。

"我知道。"林钦禾说，他看向陶溪，眼中带几分戏谑地反问道，"不然，你觉得我会答应毕成飞吗？"

陶溪一怔，心脏像被一根手指轻轻戳了下，他不自觉地停下脚步，难以置信地看着林钦禾问道："难道不是因为毕成飞答应了以后不吵你吗？"

林钦禾的表情似乎有些无语，说："我会相信他信守承诺从此闭嘴吗？"

陶溪摇了摇头，信毕成飞的嘴不如信鬼。

他抿了下唇，小声地抱怨道："可你那时好像很讨厌我。"

当时林钦禾那副比南极还冷的样子，他记得可清楚了，现在想来还心有余悸。

林钦禾微蹙了下眉尖，像是在反省自己当时的态度，认真地说道："对不起，但我从来没有讨厌过你。"

陶溪错愕地看向林钦禾，他没想到林钦禾竟然会对自己说对不起，那丁点儿抱怨顿时没了踪影，还自我反思道："没关系，我自己也有问题！"

林钦禾问道："什么问题？"

"我……"陶溪偏着头深刻反省，突然反应过来，一扭头果不其然看到林钦禾嘴角扬着一点儿笑意。人家一个对不起，就让他把错全揽了。

篮球场上，两人都笑了。

有了林钦禾的加入，毕成飞很快又找到了几个队员，最后包括替补，一班一共有九名队员，二班有十名，其实大家都是老熟人，但二班队员没想到林钦禾竟然又来了，不少人想临阵脱逃。

徐子淇看到林钦禾与陶溪一路说着话走过来，转头看了眼球场边缘的

杨多乐，果然看到他的脸色不太好看。

陶溪脱下外套，活动了下手脚，对林钦禾说：“看我们两个谁能拿到更多分。”

林钦禾将临时买的护腕递给陶溪，叮嘱道：“注意手腕，别受伤了。”

陶溪将绿松石手链取下放进口袋里，将护腕戴上，然后又给林钦禾戴上一只。

操场周围早已围满了闻讯赶来的女生，比赛还没开始就已非常热闹。陶溪发现自己在给林钦禾戴护腕的时候，有很多女生在尖叫，他搞不懂这些人在叫什么。

比赛很快开始，依旧是陶溪、林钦禾与李小源的绝佳配合。开场没多久，陶溪就先掩护林钦禾拿到了一个三分球，将全场的气氛推至第一个高潮。

进球后，陶溪与林钦禾在奔跑中击了下掌，林钦禾对他说：“下次让你拿分。”

陶溪应道：“好！”

二班体委听到了，愤懑地想这是比赛，不是让你们来互相让分！

比赛依旧毫无悬念，二班被打得没了脾气，被从头碾压到尾。二班女生都懒得给自己班上的男生加油，跟着一班女生起哄看帅哥。

最后陶溪拿到的分比林钦禾少三分，他双手撑着膝盖，喘着气对林钦禾道：“我下次一定要比你拿到更多分。”

林钦禾脸上也有一层薄汗，他将手中的球扔给毕成飞，对陶溪说：“下次带你去校队打。”

二班很多队员听到了，脸色青一阵红一阵的。

陶溪忍不住乐了，直起身说：“好，那肯定比今天有意思多了。”

果不其然，二班队员的脸色更臭了。他不以为意地取下护腕，将口袋里的手链拿出来戴在手腕上。

李小源看了眼那些拿着矿泉水却不敢上前的女生，心里直叫可惜。他对自己班上的队员道：“你们等等我，我去买几瓶水。”

结果话音刚落，就看到杨多乐抱着几瓶水跑了过来。李小源一边过去帮杨多乐拿水，一边笑道：“养乐多，快回来一班吧，你看二班队员都在瞪你。”

“等我期末就考进来！”杨多乐翘着嘴角说道，他将手中的矿泉水先递

给林钦禾一瓶，带了些讨好语气地喊道："钦禾哥。"

林钦禾接过了杨多乐给的水，说："谢谢。"

陶溪察觉到林钦禾与杨多乐之间略显生疏，他看着杨多乐继续将第二瓶水递到他面前，他抬起右手准备接过矿泉水，却发现杨多乐没放手。

杨多乐盯着陶溪手腕上的红绳，目光只停顿了一秒，很快就松了手。

陶溪神色如常地对他说："谢谢。"

篮球赛结束没多久就下了课，陶溪跟着林钦禾一起去食堂吃饭，路上陶溪问林钦禾："对了，你送给我的手链有其他人知道吗？"

林钦禾想了会儿回答道："只有乔以棠知道，怎么了？"

他当时问过对珠宝比较了解的乔以棠，其他人都不会知道。

"没什么，只是随便问问。"陶溪说。

林钦禾看了眼陶溪，没再问。

陶溪看向自己手腕上的红绳，脑中掠过刚才杨多乐看到手链时的神情，虽然只出现了一瞬，但他也捕捉到了当时杨多乐目光中的强烈恨意。还有这段时间碰到杨多乐时，对方神色也有些不自然。

别人对他表露出的情绪，他向来都十分敏感。

杨多乐对他的恨意只可能因为林钦禾，但如果只是因为自己的好朋友和别人关系好，绝不应该是那样的目光。杨多乐并不知道这条手链是林钦禾送自己的，那么他看到手链后的恨意从哪儿来的呢？

他又有什么资格恨自己？

陶溪皱了下眉，想起了杨多乐手上那串本该属于他的红色平安结。

中午午休时，林钦禾照常去了竞赛班训练。陶溪等林钦禾走后，起身往校门口的门卫室走去，有一个压在他心底的疑问一直没得到解答。

"叔叔，我爸最近来过吗？"陶溪问门卫室那个熟悉他的保安道。

保安对这个学生的爹印象深刻，甚至提起这个人就烦，于是语气不太好听地说道："我上次是不是跟你说过？让你爸爸以后少来我们学校。前几天晚上放学的时候，他蹲学校门口，我差点儿把他当贼抓了起来。"

"他蹲门口干什么？"陶溪问。

"我也奇怪，蹲了会儿就走了，不知道的还以为他踩点呢。"保安皱眉道。

陶溪沉默了会儿，说道："对不起，给你们造成困扰了，有机会我一定会和他说，让他不要来了。"

他转身离开了门卫室。

陶坚过来找他只可能是为了钱。

但来了几次都没有找他，陶坚能找谁？

接近年底，文华一中的考试轮番轰炸过来，一场英语小测让大半个一班都萎靡不振。英语课代表金晶拿着全班的卷子推门走进来，敲了敲讲台说道："醒醒别睡了，要发卷子了，毕老师说这次卷子做得太烂了，等会儿上课肯定要发大火。"

学生们纷纷哀叹毕傲雪的魔鬼改卷速度，有男生对金晶喊道："课代表，我怎么感觉你好像还挺高兴的？难道就你考了高分？"

金晶笑骂了那男生几句，毕成飞突然冒到讲台上，举着手高声道："这不是有大喜事儿吗？重磅消息！这周日晚上堂皇酒店225包间，金晶大美女的生日派对，大家都要来啊！我也会去！"

班上开始欢呼起哄，金晶用卷子一拍毕成飞的脑袋，骂道："谁说要请你了？"

陶溪知道这回事，就在之前金晶还专门给了他一张自制的请柬。他看向一旁的林钦禾，问道："你会去吗？"

林钦禾没收下那张画着爱心的请柬，说道："周日晚上我要去爷爷家。"即使不去老家参加家宴，他一般也不会去。

"你去吗？"林钦禾问陶溪。

陶溪犹豫了会儿，说道："我应该会去。"

金晶给他请柬时，还向他为很久之前江馨云那件事道了歉。但陶溪不觉得金晶有什么错，当时金晶还为他说过话。

"那我事情结束了就去接你。"林钦禾说道。

陶溪双眼一亮，点头道："好！我等你！"

周日晚上，陶溪按照金晶给的地址，坐公交转了两趟才到了那家一看就消费水平颇高的酒店。陶溪不是很喜欢这种场合，正想着等会儿找个什么理由提前走，竟在半路遇到了一个意想不到的人。

"陶溪？"关凡韵穿着一身缀满金色亮片的低胸短裙，脸上化着浓妆，手里夹着一根细长的女士香烟，笑着问道，"来参加我们的聚会吗？"

陶溪没想到，这个女人竟能凭借画展的一面之缘就认出自己。他隐约想起了前几天，关凡韵在青画协会的微信群里发过聚会邀请。

他说："不是，我有一个同学的生日聚会在这里。"

关凡韵笑了笑说道："祝你玩得开心，我们的聚会在 334 包间。"她吸了一口烟，凑近了些说道，"我有不少朋友都在海外留学过，有几个今天就在这里，或许你等会儿可以认识下他们。"

陶溪略微侧头避开了关凡韵吐出来的烟气，那股甜腻的味道让他蹙了下眉。

他觉得关凡韵突如其来的热情有些莫名其妙，语气疏离道："谢谢。不过我这边同学的生日会也快开始了，我得先过去了。"

关凡韵笑道："没事儿，如果觉得生日会没意思，也可以过来找我们玩。"

陶溪告别关凡韵后，去洗手间里洗了把脸，确定自己身上没有烟味儿后，才踩着柔软的地毯往包间走。

他想起上次在画展上见到的杨争鸣身边的关凡韵，一身白色长裙，妆容清淡，与今天判若两人。又想到方穗那幅画里，方穗也是穿着一身白裙。

他扯着嘴角笑了下，推开 225 包间的大门，毕成飞正握着立麦朝沙发中央的金晶高声唱歌。

毕成飞看到陶溪进来，停下歌喉喊了声："溪哥！"

包间空间很大，陶溪发现班上同学来了大半，就连黄晴都过来了。他看到金晶在他进门后似乎露出了有些失望的神色，但还是很快起身朝他迎过来，真诚地说道："陶溪，谢谢你能过来，今晚要玩得开心哟。"

陶溪将手里的礼物递给金晶，笑着说："生日快乐！"

他和其他同学打了招呼，在沙发角落找了个空位坐下。旁边是正在手机上刷题的黄晴，看到他坐下，问道："林钦禾没和你一起过来吗？"

陶溪愣了愣，摇头道："他晚上有事。"

黄晴似乎松了口气，继续刷题去了。

桌上摆满了饮料，软包墙壁上闪烁着五色光斑，不知道是谁点了一首洗脑神曲，班上一些平时就活跃的人，现在都跟疯了似的冲上去抢话筒唱歌，顿时耳膜都要被震破了。

陶溪在角落里点开微信，在青画协会的微信群里翻出了之前关凡韵发的聚会邀请函，发现上面的地址并不是这里。

他思索了会儿，点开丁雅楠的微信，问她关于聚会的事。

丁雅楠很快就回复了一条消息："协会的正规聚会都是会长组织的，关

副会长在协会里有几个玩得来的朋友，经常组织私人聚会，但我们一般都不会参加。”

陶溪察觉到丁雅楠话里的隐晦含义，他想了想，把自己在堂皇遇到关凡韵的事告诉了她。

丁雅楠回复道：“你最好还是别去了。怎么说呢？青画协会鱼龙混杂，你还是个高中生，没必要交那些朋友。”

陶溪回了几句感谢，若有所思地看着聊天记录。

中途他起身去了一趟卫生间，从卫生间出来的时候，看到走廊拐角处走过两个熟悉的人影，听到一个女声说：“祖宗，我可没什么钱借你了啊。”

陶溪迅速退回卫生间，再次洗了个手，用纸巾擦干手上的水后走了出去。

走廊的地毯非常厚软，走在上面没有一点声音。陶溪顺着刚才那两人走过的走廊，拐过一个角后发现，这条走廊的尽头只有一扇安全门，门外应该就是安全通道。

他放轻呼吸，轻轻走到了安全门旁。那扇门半掩着，里面隐约传出人声。

关凡韵刚才那根烟已经抽完，她又换了根一样的，狠狠吐出一口烟气，来回走了几步，对眼前的男生叹气道：“祖宗，我聚会地址为你专门改到了这里，那个小孩儿我也邀请了，所以你到底要我做什么？”

安全通道里只有一盏昏暗的白灯，杨多乐抬起头，一双眼睛在光影中晦暗不清。他说：“我不是和你说过吗？请你帮我教训教训他。”他说得很客气，表情也是求人帮忙的意思，笑了下，继续道，“毕竟你不是最擅长这样的事吗？”

关凡韵咬着烟，盯着这个杨争鸣的儿子，脸色有一瞬的不好看。

她过去的历史确实不太光彩，虽然她父亲关书文是文艺界有名的大书法家，但她只是个名不正言不顺的私生女，十六岁前根本没受到过什么艺术熏陶。

“你和那小孩儿有什么矛盾？至于让我来帮你教训他？”关凡韵吐出一口烟，心里有些烦躁，不是很想掺和进这些高中生的事。

杨多乐面色沉了下去，说：“这不关你的事。”

“你爸知道你这样吗？他可一直都说你是个乖小孩儿。”关凡韵轻笑了

一声。如果她能顺利嫁给杨争鸣，杨多乐以后或许还得喊她一声妈，这不禁让她觉得有些好笑。

杨多乐抬眼看向关凡韵，笑了笑说："你肯定不会让他知道啊。"

"行吧，好在你说那小孩儿没什么背景，不然我还真有些怕麻烦呢。"

关凡韵将手里的烟在白色墙壁上捻灭了。

陶溪回到包间时，麦霸毕成飞已经换了一首歌，五音不全的破喉咙让金晶直翻白眼。

陶溪回到自己的座位上坐下，看到黄晴还在低头刷题。

坐了没多久，包间门再次被打开。

"养乐多！你怎么来这么晚啊？"李小源正握着话筒唱歌，看到杨多乐进来，直接用话筒对杨多乐说道。

陶溪抬头看过去，看到杨多乐手里抱着一盒包装精致的礼物。

"路上堵车太久了，我刚才一下车就飞奔了上来，现在还直喘气呢。"杨多乐对李小源笑嘻嘻说道，他将礼物送给金晶后，目光看了下包间的沙发，朝最角落的空位走去。

陶溪看到杨多乐走过来，笑着对自己问道："陶溪，我能坐在你旁边吗？"神色和语气甚至有几分亲近。

陶溪往旁边让了点儿，点头道："当然可以。"

杨多乐说了声"谢谢"后坐了下来，身上有一股还没来得及散开的甜腻烟味。他看着李小源他们唱歌，笑着鼓掌，似乎很开心的样子。

陶溪在茶几下面看到一包没开封的烟，或许是上一拨客人掉在这儿没被收拾走。他将那包烟拿了出来，拆开后拿出一根，递到杨多乐面前，抬眼问他："你抽烟吗？"

杨多乐皱起眉，神色有些古怪地摇头道："我从来不抽烟。"

陶溪笑了笑，将那支烟放回烟盒里，说："我也不抽。"

他把烟盒又扔回茶几下，向后靠在柔软的沙发上，看李小源邀请杨多乐上去唱歌。

生日派对进行到后半场时，一个巨大的多层蛋糕被侍应生推了进来。吵闹了两个小时的包间终于安静许多，精致的蛋糕上点燃了十七根蜡烛，金晶在众人的《生日快乐》歌中闭着眼睛许愿。

吹灭蜡烛的那一刻，有男生起哄地问："美女，许的什么愿望啊？"

有女生跟着起哄道，很多人顿时心领神会地互相递了几个眼神笑起来。

金晶斜了那几人一眼，骂道：“你们别添乱啊！才不是这个愿望，说出来就不灵了。”

陶溪和其他人一样围着那个大蛋糕，看金晶一块块地切了蛋糕分给众人。他接过金晶递过来的蛋糕，说了声“谢谢”。

分到杨多乐面前时，金晶对他笑着说道：“养乐多，下一个就是你的生日了吧？今年会和去年一样在家里办个圣诞生日派对请我们去玩儿吗？”

李小源跟着说道：“对啊，我也想问。我记得去年是在林钦禾家里办的，罗阿姨还给我们每个人都准备了一份圣诞礼物。”

陶溪看向杨多乐，看到这个跟他同一天生日的人神色有一瞬间的不自然。杨多乐接过金晶递来的蛋糕笑道：“当然会办了。”

杨多乐说完下意识看了眼陶溪，陶溪手里托着一块蛋糕，偏头对他笑了下。杨多乐很快地收回目光，抿着唇回到沙发上坐下，拿起手机似乎在发什么消息。

陶溪拿起小叉子吃手里的蛋糕，蛋糕口感非常香甜细腻，他以前只偶尔在同学生日时吃到过生日蛋糕。但县里最好的蛋糕店卖的蛋糕，质地也很粗糙。

“再下一个就是陶溪了吧？我记得是在12月26日，跟养乐多隔得非常近。”李小源走到陶溪身边问道，身为班长，他将班上每个同学的生日都记了下来。

“是跟他隔得很近，差点儿就同一天了。”陶溪吃了一口蛋糕，看着杨多乐回答道。

杨多乐埋着头，在手机屏幕上的手指顿了下。

或许是郭萍心虚所致，陶溪在户口本上的生日是12月26日，而陶乐的生日在12月28日。这些年来，陶溪一直都是跟着陶乐在28日吃碗长寿面，就当过生日了。

直到去年，他才知道他的妈妈是在哪一天生下了他。

生日会将近散场，一群喝多了的人依旧在唱。陶溪的手机振动了下，他拿出来一看，像是算准了时间一样，关凡韵给他发了条微信消息：“我有个朋友刚才过来了，他是美国加州艺术学院毕业的，和你一样学油画。现在名气可不小，我听说你想申请美国的学校，给你介绍这位大牛认识怎么样？他人很好，你有什么问题都可以问他。”

陶溪垂眸盯着这条消息，屏幕亮光收束在黑漆漆的瞳孔里。他缓缓抬头，脸一半亮，一半在阴暗里。

杨多乐正和几个人笑着讨论自己的生日派对，没有注意到他的视线。

陶溪低下头，在屏幕上缓缓输入："好，谢谢您了。"

关凡韵很快地回复道："不用谢，你在哪个包间？我来带你过去。"

陶溪回复了包间号，将手机捏在手里，去和金晶说了几句。金晶想着陶溪还要回宿舍有宵禁，没怎么挽留，让他路上注意安全。

其间杨多乐一直用余光看着这边。

陶溪没回头看，他和其他同学告别后，径直打开包间门走了出去。

走廊里关凡韵正踩着高跟鞋走来，陶溪很远就闻到了这个女人身上的酒气和浓郁的烟味。他微垂下眼睫，掩住眼底的嫌恶。

关凡韵手里夹着烟走到陶溪面前，看着眼前这个面容白皙的男生，他身上那种一看就是乖乖好学生的气质太过明显，与这个地方有些格格不入。

她眯着眼睛笑了笑，用亲切的语气问道："和你同学告别了吗？"

陶溪看了眼那道刚被他关上的门，点了下头。

"那就走吧，我朋友到了有一会儿了。"关凡韵说道，她不想在这里久留。

陶溪却没动，他抬眼看向关凡韵，说道："关会长，我突然想起来，我有个同学应该也可以和我一起去您的聚会。"

关凡韵脸上的笑容僵了一瞬，她看着陶溪的眼睛，心里冒出一股怪异感，但很快反应过来说："应该不是我们协会的成员吧，那就不能参加了。"

陶溪遗憾地"啊"了一声，说道："但您应该认识他吧？我上次看您和杨叔叔一起看画展，杨叔叔的儿子，杨多乐，您不认识吗？"

走廊顶上昏暗的射灯光线斜斜射下来，在他细密的睫毛下投出被拉长的交错阴影，于眨眼间轻轻晃动。

关凡韵终于明白心里那股怪异的感觉来自哪里了，陶溪那双眼睛和自己有些像，或者说，与她竭力仿效的那个人更像。

她下意识避开陶溪直直看着自己的目光，脸上带着惊讶的神色问："我当然认识，乐乐今天也来这里了吗？"

陶溪点头道："对，他现在还在里面。我去把他喊出来，和您见一见吧？"

关凡韵看到陶溪要回去拉开那扇门，急忙拉住他的胳膊，挤出一个笑

容道：“不用了，其实他不是很想看到我。我们几乎不怎么见面，今天只是碰巧。”

陶溪不动声色地挣开关凡韵那只涂了墨绿色指甲油的手问：“是吗？”

他顿了顿，对关凡韵笑了下，像是自言自语地说道：“我还以为您把聚会地址改到这里，是为了正好请杨多乐去您的聚会呢。”

关凡韵心头猛地一震，惊疑不定地看向陶溪。那双眼睛正盯着她，黑沉的瞳孔里毫无情绪。

她几乎觉得陶溪已经看出了她的意图。

“关会长，我们现在可以去见您的朋友了吗？”陶溪问道。

关凡韵不敢回看陶溪的眼睛，紧紧捏着手里的烟，心里乱成一团，一时有些犹豫要不要继续原来的计划。几秒后，她终于下定了决心说：“那走吧，我朋友到了有一会儿了。”

陶溪将手机放进口袋里，嘴角勾起一个嘲讽的笑。

他正要跟着关凡韵走，却在走廊尽头的拐角处看到一个人影，脚步瞬间顿了下。

林钦禾先是看着陶溪，微蹙了下眉。在看清陶溪身旁的女人时，眉头皱得更深了。

“你怎么过来得这么快？”陶溪快步走到林钦禾面前问道。

林钦禾垂眸盯着陶溪的眼睛，想从这双眼睛里找出他刚才看到的阴沉神色。但那似乎只是错觉，陶溪看着他的目光里分明只有依赖和开心。

林钦禾没回答，右手握住陶溪的手腕，将他拉到自己身后。然后看向目光有些躲闪的关凡韵，问道：“你们在聊什么？”

关凡韵明显察觉到林钦禾对自己有敌意，她扯出一个有些僵硬的笑容说：“陶溪是我们青画协会的成员，我正打算给他介绍一个朋友认识。”

她语气自然，心里却惊惶不安。她不可能不知道这个跟杨多乐一起长大的林家少爷，更知道他背景深厚不可得罪，他和他母亲罗徽音一样对杨争鸣厌恶至极，更不用说对自己了。

林钦禾并未全信，他转头看向陶溪，问道：“是吗？”

陶溪点了下头，没说话，目光垂着看自己的脚尖。

林钦禾看着关凡韵，翘起嘴角笑了下，声音毫无感情地说：“什么朋友？我也能认识下吗？”

关凡韵在方才早已想好对策，她抬起手装作看了下手机，露出一个抱

歉的神色，对两人说道："不巧了，我那朋友突然跟我发微信说临时有事，等会儿就得走。真对不住，我下次再找个机会请你们见吧，我先回去了。"

林钦禾看着关凡韵藏不住的焦虑心虚，说道："好，请您帮我向杨叔带一声问候。"

关凡韵眼皮跳了下，扯起笑容道："没问题，争鸣也一直很想去你家拜访你母亲。"

林钦禾看着关凡韵走远，转过身看着一直没说话的陶溪，语气严肃地问："怎么回事？"

他不可能看不出来关凡韵蹊跷的态度，更不可能看不出来陶溪的反常。对于眼前这个人，他向来能敏锐地察觉到他所有的情绪。

陶溪实在有些心虚，他还不能对林钦禾说出自己今晚在这里遇到的事情以及自己刚才的打算。可林钦禾正眼含探究地盯着他，目光让他根本没办法编出一个合理的谎言。

陶溪看了眼走廊旁半掩着门的空包间，突然拉住林钦禾的手腕，用力将他拉到了包间里，然后猛地关上了门。

房内并没有开灯，只有点歌屏幕微弱闪烁的光。陶溪深吸一口气，过了大概五秒，他终于做了一个决定，对林钦禾说道："等你竞赛结束后，我想告诉你一个秘密。"

他最大的秘密。

他知道现在并不是说出来的最好时机，这件事必将引起几家人的震动。林钦禾还在紧锣密鼓地准备竞赛，一定会影响到他。

林钦禾沉默了两秒，问道："和杨多乐有关？"

陶溪的身体瞬间僵了下，他借着微弱的光线看着林钦禾的眼睛，一时猜不准他到底知不知道这件事。

其实他并没有自己想的那么自信，在听到关凡韵与杨多乐的对话后，他无法控制地感到愤怒和讽刺，杨多乐有什么资格"教训"他？

可随后而来的却是惶然不安，杨多乐何必"教训"他？杨多乐享用了十六年本该属于他的宠爱。可这些宠爱，会随着杨多乐身世的揭露而突然烟消云散吗？

不可能。他知道，养宠物养十六年都会有感情，何况是人？

他甚至都不敢对林钦禾说出今晚的实情，因为他没办法确定林钦禾会不会相信自己。天平的一端是十六年亲如兄弟的好友，一端是认识没几个月

的新同桌。

孰轻孰重？他无法自信。

陶溪看着林钦禾，没有回答他的问题，而是问了个有些莫名其妙的问题："如果，我想做的事会让你非常为难，怎么办？"

经过今晚，他已经不可能容忍自己和杨多乐在一个屋檐下，装作没有事情发生地和平相处。但林钦禾到时候会怎么看待这件事呢？他会维护杨多乐吗？

林钦禾微垂着眼，端详着陶溪的眼睛。这双眼睛里盛满了某种他尚不知道的不安，在他沉默的这几秒里，不安似乎更为浓重。

"我为什么会为难？"林钦禾反问道，他还没遇到过太为难的事。

陶溪被林钦禾看得更加忐忑，他移开目光，想了下说："比如，可能需要你做什么选择之类的。"

"在你和别人中选吗？"林钦禾问。

陶溪愕然于林钦禾的敏锐，犹豫着点了下头。

但下一秒有一只手轻轻拍了下他的肩膀，耳边响起林钦禾那副总是冷冷淡淡的嗓音："如果是这种选择的话，不用担心我为难，我会无条件地偏袒你。"

陶溪骤然睁大了眼睛，呆呆地看着林钦禾，竟不知道要做什么反应。

他知道林钦禾并不是喜欢表达的人，但每当他迷茫不定时，林钦禾似乎又总能用最简单的言语让他心安。

他飞快地眨了下眼睛，玩笑着说道："我要是犯罪呢？"

林钦禾嘴角扯起一点笑，微抬起下颌问："你能犯什么罪？"

陶溪想了想，眯着眼睛说："绑架你？"

林钦禾微挑了下眉，竟说："你可以试试。"

被林钦禾这么一打岔，陶溪觉得自己心里那些烦躁不安，此刻似乎都没影了。

这时林钦禾的手机振动起来，陶溪将手伸进林钦禾的大衣口袋里，将手机拿出来给他。

林钦禾看了眼手机屏幕，是罗徵音的电话，他接通了。

"钦禾，我在去接乐乐的路上，很快就要到了。你应该从爷爷家回来了吧？我想带你和乐乐在外面吃点儿东西，你现在方便过来吗？"

林钦禾没怎么犹豫，直言道："我和陶溪在外面，等会儿要送他回

学校。”

包间里很安静，即使没开免提，陶溪也能听到罗徵音的声音。

罗徵音似是迟疑了会儿，说道：“陶溪也在吗？那正好我请你们一起吃吧？难得你有喜欢的朋友，我也一直很想认识这个孩子。”

陶溪抬眼看向林钦禾，嘴角翘了翘。

林钦禾却皱了皱眉，他知道罗徵音的用意是什么。这段时间杨多乐情绪反常，闹得家里不安宁，在哄杨多乐这件事上他已经耗尽了耐心，两人比以前生疏了许多。罗徵音一直想找个机会，让两人缓和下关系。

林钦禾知道陶溪介意杨多乐，准备找个理由回绝罗徵音，又听罗徵音用带着些恳求的语气说道：“钦禾，你帮妈妈问问陶溪好不好？”

林钦禾看向陶溪，他以为陶溪会摇头拒绝，却见陶溪平静地说道：“你跟阿姨说，我可以的。”

林钦禾看着陶溪的眼睛两秒，确定他神色没有一丝勉强后，才答应了罗徵音，并问了罗徵音订的餐厅。

接完电话，林钦禾问陶溪：“真不介意？”

他很清楚陶溪有多不愿见到杨多乐，从两人开学第一次见面，他就已经察觉了。

陶溪将手插进自己的口袋里，语气轻松地说道：“我不介意啊。”

倒是杨多乐，见到他会是什么反应？

罗徵音将车停在酒店的停车场，给杨多乐打了电话。或许是因为同学生日派对玩得不错，杨多乐今晚似乎心情好了不少。

很快杨多乐就上了车，喊了声“罗妈妈”。虽然还是不怎么说话，但只要罗徵音问，他还是会回答几句。

罗徵音随口问了几句派对的事，然后将车开向附近她订的一家西餐厅。杨多乐很喜欢吃那里的甜点，路上她一直犹豫着，也就没说林钦禾和陶溪也要过来的事。

大人总以为小孩子间的矛盾好好说说就可以解决，罗徵音本来想让林钦禾与杨多乐缓和下关系，正好碰巧陶溪也在。她猜测自家两个孩子是因为陶溪产生了矛盾，想着可以趁这个难得的机会，让他们坐下来推心置腹地谈一谈。

西餐厅里的四人桌，杨多乐低头用叉子吃着昂贵的甜点。坐在对面的

罗徵音给林钦禾发微信问了下到哪儿了，然后对杨多乐问道："乐乐，这个周末一起去给你妈妈扫墓吧？"

在以前，罗徵音隔段时间就会带杨多乐去给方穗扫墓。杨多乐会在花店里精心挑好一捧妈妈生前最爱的白玫瑰，然后在墓前送给妈妈，和妈妈说一会儿话。但现在罗徵音却看到杨多乐停下了手中的叉子，紧紧抿着唇不说话，显然不愿意去给方穗扫墓。

她心里疑惑不解，刚要问，就看到不远处林钦禾带着一个男生走了进来。那男生她自然认识，正是陶溪。

陶溪伸手指了下餐厅中央空置着的黑色三角钢琴，偏头对林钦禾说了什么。林钦禾看了眼钢琴，对陶溪露出一个很浅的笑。

罗徵音怔了怔，心里冒出奇怪的感觉。她从座位上站起身，对正向她走来的两人笑着喊道："钦禾，陶溪。"

"阿姨好！"陶溪对罗徵音礼貌地打招呼，然后看了眼背对他坐着吃东西的杨多乐。

咣的一声，是金属落地的声音。罗徵音低头一看，发现杨多乐手中的叉子掉到了地上，一旁的服务生很快走过来，给杨多乐换了新餐具。

杨多乐脊背僵硬，一直垂着头，将新换的叉子用力攥在手里微微发抖。

罗徵音没看到杨多乐的神色，对他说道："乐乐，刚才没和你说，钦禾和陶溪也过来了。你们都是同学，正好可以坐一起聊聊天。"

林钦禾看了眼杨多乐握着叉子的手，拉开椅子让陶溪坐在了罗徵音的旁边，自己则坐在陶溪的对面。

罗徵音也坐下来，终于发现了对面杨多乐的反常。他额头冒出细密的冷汗，嘴唇也变得煞白，紧攥着叉子，死死盯着面前没吃完的浆果布丁。

她担心杨多乐是身体不舒服，急忙问道："乐乐，怎么了？"

陶溪从林钦禾手里拿过菜单，看了眼斜对面的杨多乐，低下头翻看菜单。

杨多乐瞥了眼正在看菜单的陶溪，对罗徵音摇了摇头，声如蚊蚋道："我没事。"然后有一下没一下地用叉子继续吃甜点，没有抬头看任何人。

罗徵音怀疑自己是不是自作主张做了件不对的事，杨多乐好像对陶溪非常抗拒。但他并没有提出要离开，只沉默地吃东西。

她压下心中的疑虑，转头对陶溪语气和善地说道："陶溪，你随便点，今天阿姨请你们吃。"

热烈祝贺

翰墨飘香，三年砥砺前行。

在全校师生的奋力拼搏与全体家长的充分信任下，

文华市文华一中于20xx年普通高等学校招生全国统一考试中荣获佳绩！

特此热烈祝贺文华市文华一中两位同学获得并列第一，两位同学分别为：

陶溪同学

林钦禾同学

恭喜两位同学！

感谢社会各界对我校的教育工作的信任与支持！

文华一中　清远中学（陶溪曾就读于该校）

20xx年 7月25日

特此致谢：

三華市教育局

▲文华一中并列第一：陶溪　林钦禾

文华一中　清远中学

美报

20xx年 7月

陶溪乖巧地说道："好，谢谢阿姨。"

他低下头继续看菜单，上面的价格贵得令他咋舌，纠结了一会儿不知道怎么选，便将菜单推到林钦禾面前，趁罗徵音不注意戳了下林钦禾的手背。

林钦禾心领神会地拿过菜单，对服务生点了几道甜点和饮品。

餐点很快上来，罗徵音看到林钦禾将蜜桃甜品塔切下一块，动作自然地放在了陶溪的餐盘里。陶溪对林钦禾笑了下，似乎很习惯林钦禾这样的举动。

罗徵音微讶，又看了眼自己的儿子。

西餐厅里音乐舒缓，但这一方餐桌的气氛却有些凝滞。罗徵音几次主动递出话题想让几个孩子说话，但只有陶溪认真回应她。林钦禾偶尔应几句，杨多乐从头到尾都不说话。

罗徵音作为家长能谈的无非就是孩子们的学习爱好，她听到陶溪说自己喜欢画画，有几分惊喜地看向这个男生，再次问了一遍："你也喜欢画画？"却没意识到，这个"也"字有些奇怪。

林钦禾坐在杨多乐旁边，垂眸看了眼杨多乐在桌下用力攥着桌布的左手。那只手骨节泛白，他似乎正在极度紧张什么。

陶溪点头道："对，我现在正跟着乔鹤年爷爷学油画。"

罗徵音听到"乔鹤年"三个字怔住了，她不可抑制地回想起很多年前，十六七岁的方穗也是乔鹤年的学生。她在周末学完钢琴后，会骑着自行车去乔家那栋老洋房接学完画的方穗回家。方穗偶尔会捡起一片地上的梧桐叶送给她，坐在自行车后座上笑着和她说话。

陶溪觉得罗徵音看着自己的目光有些奇怪，他在她的眼睛里感受到了难以名状的哀伤怅惘，好像透过自己在看另一个人。他迟疑地问道："您也认识乔爷爷？"

罗徵音回过神，或许因为这个孩子长得太像方穗了，她每次面对陶溪时总会想起方穗，还有冥冥之中的不安。

她笑着说："对，乔叔是看着我长大的。你跟着乔叔一定能学到很多东西，他是个很好的画家，也是很好的老师。"

陶溪点点头，说道："乔爷爷确实教会了我很多。"

罗徵音又回忆起一桩往事说："钦禾小时候经常去乔叔家里玩，这几年去得少了。"她看向林钦禾，笑了笑说，"钦禾，下次放假去拜访下乔叔吧？

他老人家之前还和我抱怨，说你长大就从不去他家了。”

陶溪看向林钦禾，在桌下用脚轻轻碰了下林钦禾的鞋尖。

林钦禾面不改色地说道：“下周日就去拜访。”俨然一副之前从没去过的样子。

罗徵音又看向她一直留心注意着的杨多乐，他还是垂着头吃东西不说话。她心里暗自叹了口气，只好继续和陶溪说道：“那你以后打算继续学画画吗？想好考哪个学校了吗？”

陶溪微微笑着说道：“我打算申请美国的艺术院校。”他不动声色地看了眼杨多乐，继续道，“所以现在在准备作品集，参加一些画展和比赛。”

罗徵音有些惊讶，想了想建议道：“如果要申请国外的学校确实要早做准备，画展的话我比较了解，可以给你介绍一些。至于比赛我知道得不多，你可以问问乔叔。”

她是真心想帮这个孩子，这些年因为时常给方穗办画展，她算是对这方面比较了解。

陶溪对罗徵音笑了笑，真诚地说道：“谢谢阿姨！”

罗徵音看到陶溪的笑容有一瞬间的恍惚，她脑中闪现出什么，有些突兀地问道：“我听乐乐和钦禾说过你来自清水县，你的家乡是在清水县哪里？我没有去过清水县，但看过一些那里的风景画，是个很美丽的地方。”

陶溪余光里看到杨多乐放下了手中的餐具，他还没回答，杨多乐紧抿着唇腾地站起来，什么也不说地向餐厅外走去。

罗徵音急忙站起身，喊了几声“乐乐”。杨多乐却没有停步，她只好追了出去，都没来得及和另外两人说一声。

陶溪自然知道杨多乐为什么落荒而逃，他垂下眼睫，掩住眼底的讥诮神色。

餐桌上只剩下两个人，陶溪发现林钦禾一直看着自己，便问道：“你不跟着你妈妈回去吗？”

他在用餐交谈时发现罗徵音对杨多乐的重视和关心程度，似乎比对自己的儿子林钦禾还要深，这让他有些无法理解。更让他感到讽刺的是，自己想要努力讨好的长辈，杨多乐却可以在她面前任性地耍脾气说走就走。

林钦禾将自己那碟完全没吃的甜点放到陶溪面前，好像并不在意罗徵音和杨多乐离开的事。他只是平静道：“等你吃完，我再送你回去。”

陶溪不客气地收下了甜点，低下头继续吃着，心里却依旧在想林钦禾

妈妈的事。

他突然想起很久前毕成飞和他说过，林钦禾妈妈对杨多乐视如己出，现在看来这句话并没有夸张。那么如果真相曝光，十几年亲似母子的感情下，林钦禾妈妈一定会维护杨多乐吧？

陶溪心不在焉地吃着甜点，突然听林钦禾问道："关凡韵今晚找你的事，和杨多乐有关吗？"

陶溪猛地心头一跳，手中的叉子顿住了，他将口中的甜点慢慢吞下去，没有回答。

他发现林钦禾有时候敏锐到令他感到可怕。

林钦禾似乎并没有期待他的回答，目光沉静地看着他，继续说道："如果我当时没有过来，你会跟着关凡韵走？"

这句话没什么语气，问句像一句肯定句。

陶溪静了一会儿，垂着目光，像被家长责问的学生。他放下叉子，双手规规矩矩地放在桌上说道："关会长说要给我介绍一个朋友，对我申请国外的学校有帮助。"

他还不能对林钦禾说出自己听到的那段对话，更无法说出自己之前打算借机报复的计划。

林钦禾微蹙起眉，并没有相信这个说辞。他知道陶溪已经不会轻易接受别人的好意，更何况是关凡韵这种陌生又身份复杂的人。

他也一直知道陶溪有什么瞒着他，或许就是陶溪即将告诉他的秘密。而关于这个秘密，他有一个荒谬至极的猜测，荒谬到他觉得自己疯了。

餐厅的钢琴师回到三角钢琴前坐下，弹奏了一首曲调慵懒的爵士乐，有不少用餐的客人在笑着鼓掌。

这一方餐桌的两人，却突然沉默下来。

陶溪从来没有被林钦禾用这样的目光看着过，仿佛目光有重量一样。

他有些莫名心慌，不知道林钦禾在想什么，以为他还在介意关凡韵的事，想了想直接问道："怎么了？关会长有问题吗？"

林钦禾移开目光，将心中那个疯狂的猜想暂时搁置了。他确实对关凡韵有过一些耳闻，但他并不喜欢背后议论别人，只说道："没什么，以后如果她单独找你，最好不要理会。"

陶溪松了口气，点点头说："好，我知道了。"

他开始说起晚上金晶生日派对的事，绘声绘色地描述了几个麦霸怎么

抢话筒唱歌，毕成飞的歌喉多么一言难尽，金晶那个生日蛋糕有多大，又有多好吃……

林钦禾一直静静地听着，偶尔回应陶溪几句。

钢琴师在爵士乐弹完后，重新换了一首曲子。只弹了一小段，陶溪就双眼一亮地对林钦禾说道："快听，是《圣诞快乐，劳伦斯先生》！"

他一只手撑着脸颊，仔细听了一会儿后，摇摇头说道："没有你弹得好。"

林钦禾向后靠在椅背上，有些好笑地问道："你能听出来？"

陶溪知道林钦禾在笑自己的音乐鉴赏能力，轻哼道："我说你弹得好，那就是你弹得好。"

林钦禾笑了笑，也开始听那首自己弹过很多遍的曲子，却没有心思去听谁弹得更好。

他看向落地窗外，此时已是十二月中旬，街边有不少商店已经提前在橱窗上张贴了圣诞节的装饰。对面商场的门口已经立起一棵巨大的圣诞树，闪烁着红与绿的霓虹。

距离圣诞节只差一场雪了。

最后是林钦禾结了账，将陶溪送回学校后，回到了别墅。他看到罗徵音一个人颓然地坐在沙发上，手里握着一串红色平安结。

罗徵音送杨多乐回来后，想和杨多乐好好谈一谈。但不仅没谈成功，杨多乐还和她吵了起来，最后还将一直戴着的平安结解了，又将自己关在了房间里。

林钦禾倒了一杯温水，走到罗徵音旁边坐下，将水递给她。

罗徵音说了声"谢谢"，接过水杯，只喝了一口，就面带歉意地说道："钦禾，你帮我和陶溪说一声抱歉。今晚本来想请你们坐一起吃东西聊天，但……"

林钦禾说："没事，我本来也打算带他去吃点东西。"

罗徵音想到今晚林钦禾与陶溪之间略有些奇怪的气氛，她没说什么，只是看着手里的那串平安结，眉眼间满是疲惫，对自己的儿子倾诉道："乐乐最近真的不太对劲，他外公让他回方家他也不去。之前请假在家几天不上学，最近好不容易上了学，但每天回家后一直在房间里不出来，问他也不告诉我到底发生了什么。今晚回来后还大发脾气，我就怕他身体出什么问题。"

林钦禾前段时间也试图和杨多乐交流，但杨多乐一直闭口不言。他想了想，对罗徽音说道："可以给他请一个心理医生看看。"

罗徽音想不通，杨多乐好端端的为什么会出心理问题。想到今晚西餐厅里杨多乐好像受了更大的刺激，她犹豫了会儿，试探着问林钦禾："乐乐是不是和陶溪那个孩子在学校有什么矛盾？我感觉乐乐好像很不喜欢他。"

林钦禾闻言神色有些不悦，沉声道："陶溪和他没什么交集。"

罗徽音听出林钦禾对陶溪的维护意味，叹了口气，说道："我只是问一问，因为上次听你们吵架好像提到了他，没有要怪罪陶溪的意思。"

她本来还想着今年给杨多乐办生日派对时，请陶溪过来玩儿。毕竟林钦禾与陶溪似乎关系很好，她也挺喜欢这个孩子的，但现在想请陶溪过来不太合适。

"这个平安结是方阿姨编的吗？"

罗徽音怔了下，垂眸看着已经很陈旧的平安结，语气有几分伤感地说："对，听方叔讲，是阿穗在清水县怀着乐乐的时候，亲手给乐乐编的，寓意着平安多乐。可惜她没能亲手给乐乐戴上。"

罗徽音说完，见林钦禾眉心蹙着，便问道："怎么了？"

林钦禾摇了摇头，继续问道："您知道方阿姨当时住在清水县哪里吗？"

罗徽音诧异地看向林钦禾，问道："你怎么也问这个问题？"

她知道林钦禾从不主动提及方穗，甚至有些避讳。

林钦禾似有所思，问道："乐乐也问过？"

罗徽音点了下头，回忆道："就是上次乐乐请假回来后，他突然问我这个问题，但我那时没去过清水县，只知道当时阿穗借住在一户农家里，具体在哪里方叔不肯告诉我。"

她说完看向林钦禾，却见林钦禾神色凝重，沉默几秒后又问她："画室里挂着的那幅山中桃花的油画，是方阿姨在清水县时画的吗？"

罗徽音愣了愣，很快反应过来林钦禾指的是哪幅画。那是她最喜欢的一幅，山坳里清溪畔桃花繁如织锦，半山腰上一间黑瓦白墙的农舍炊烟袅袅，有一种世外桃源的淡然宁静。

"对，她住在那里时画了很多风景画。后来都被方叔带了回来，我这里也有几幅。"

被林钦禾问了这么多关于方穗的事，罗徽音自然察觉出不对劲。她见

林钦禾眉头紧皱，神色变得更为沉重，眉宇间还隐隐有几分惶然。

罗徵音疑惑地问道：“你怎么突然问阿穗的事情？”

“只是想起一些事情。”林钦禾从沙发上站起身，低头看着罗徵音，问道，“我能去您的画室看看吗？”

罗徵音也站起身，点头道：“当然可以。”

“谢谢。”林钦禾对她说道，转身向楼梯口走去。

罗徵音脸上浮现出苦笑，这里明明是林钦禾的家，但林钦禾却始终这样客气。她看着林钦禾的背影，突然想到什么，说道：“钦禾，上次你和我说的事，我想了很久，还是不能同意。”

林钦禾脚步顿住，转身看着她，一言不发。

罗徵音走近几步，微微仰头看着早已比自己高了不少的儿子，用规劝和恳求的语气说道：“钦禾，你有没有想过？你这样做，乐乐会很难过。他现在心情不好，我们应该多陪陪他。”

林钦禾沉默地看着她。

罗徵音想了想，问道：“是不是你爷爷和你说了什么？”

林钦禾神色沉静地说道：“之前爷爷确实说过很多次让我搬到老宅去住，但我一直没有答应，跟他说要继续住在这里。”

罗徵音皱了下眉，林钦禾是五岁后才被林泽实从他哥家里送到她身边的。林家老爷子最初反对将孙子留在她这里，她以两个同龄孩子一起长大有个伴为由，勉强说服了老爷子。

林钦禾看着自己的母亲，牵起嘴角笑了下，声音很平静地说：“您可能不知道，我留在这个家里的原因，从来不是乐乐，而是您。”

罗徵音目光骤然颤动，她张了张嘴，想说什么，却看到林钦禾已经转身离开了。

陶溪回到周末空无一人的寝室，洗漱后坐在画架前画画。他听从乔鹤年的建议，要参加一个名叫 CAC 的美术大赛。这个比赛含金量很高，在国际上也有一定的影响力。如果能拿奖，对申请学校大有裨益。

离交稿截止日很近，陶溪已经画得差不多了。但他盯着那幅画思索了一会儿，突然把画架上的画取了下来，然后换了一张新的空白画纸上去。

画初稿将近半小时后，陶溪放下画笔，用一块白布将画架盖上。然后他去洗了手，关了灯，爬到床上钻进被子里，睁着眼睛看着天花板发呆。

他知道自己在紧张不安。

他已经做出了决定，要在林钦禾竞赛结束后说出真相。可对于之后的未知，他却不可抑制地感到胆怯。或许这叫近乡情怯，他与自己的亲人之间横亘了将近十七年的光阴。即使有血缘的牵绊，他也不敢笃信那些亲人会很快地接受自己。

即使接受了自己，他要如何在这个全然陌生的家庭里立足?

杨多乐一定不会甘心回到他原本的家庭，那些养育杨多乐十几年的人，也一定不会轻易舍弃他。最后很可能是他不得不和杨多乐，在一个屋檐下扮演兄友弟恭的戏码。

这是最有可能的结局，但他能融入这样的家庭吗?

陶溪深吸一口气，在黑暗中打开手机屏幕。他点开与林钦禾的微信框，想给林钦禾发信息时，却发现时间已经过了十二点。

陶溪最终关掉了手机屏幕，将被子盖好，把自己裹得严严实实的，在黑暗中闭上眼睛睡觉。

他对自己说，如果融入不了，那就干脆不融入好了。这十几年，他不照样过来了吗?

即使没有亲人，他一个人照样可以活得很好，何况他还有林钦禾。

陶溪说服了自己，终于安下心来睡着了，却一整夜都在做梦。

他梦到十岁那年在奶奶家，陶乐忘了关水管的龙头，水淹了奶奶放着红薯的地窖。郭萍知道后什么也没问，用一根竹藤追着打他。

他痛得不得了，哭着喊:“妈妈，不是我，不是我。”

他跑到奶奶面前哀求她为自己做证，奶奶却只抱着陶乐沉默。

又梦到那天晚上在医院里，他悄悄躲在病房门外，看到自己的外公外婆坐在病床前，握着杨多乐的手，心疼地掉眼泪，一遍遍地轻声唤着“乖外孙”。

他想跑进病房，却怎么也进不去，只能在门外，对他们大声喊道:“是我啊，你们看看我，看看我。”

但外公外婆却怎么也看不到他，也听不到他的声音。

陶溪醒来时发现被子不知道什么时候被自己踢乱了，嗓子很痛，身上好像没什么力气。他在床上挣扎了一会儿，还是在铃没响的时候爬了起来，快速地穿衣服洗漱，然后出去练英语。

经过一晚的狂欢，第二天周一班上不少人都有些萎靡不振，一下课趴

了一大片。

陶溪也很困，还有些头疼，但强撑着没睡觉。

撑了一个上午和中午后，陶溪觉得脑袋好像更疼了。他低头在笔记本上整理上节课的笔记，突然感觉额头被一只手贴上，触感有些凉。

陶溪望向一旁，林钦禾收回手，皱眉看着他说："你发烧了。"

陶溪伸出手摸自己的额头，感觉并不烧，便对林钦禾玩笑道："可能是你的手太凉了，要不我给你捂捂？"

林钦禾却依旧神色严肃，他起身走到讲台旁，对刚进来准备上课的周强说了什么，然后走到陶溪身旁，握住他的手腕，将他从座位上拉了起来。

陶溪睁大眼睛看着林钦禾，他可不想翘数学课。

"去医务室。"林钦禾的语气不容违逆。

陶溪还是被林钦禾拖到了医务室，近日寒潮猛烈，医务室里不少病号，喷嚏声、咳嗽声不绝于耳。

"是不是晚上被子没盖好？"女校医见惯不怪地问道。她给陶溪处理过伤口，和林钦禾算是熟识。

陶溪坐在凳子上，夹着体温计，没精打采地点了点头。

"都多大的小孩儿了，还踢被子？"校医和蔼地和他开了个玩笑。

陶溪脸上有些挂不住，看了眼林钦禾，却听林钦禾严肃地问他："没在寝室开空调？"

他摇了摇头，说："我不喜欢开空调，太干了。"其实他是觉得一个人开空调太费电了。

过了会儿，校医看了下体温计，对站在一旁的林钦禾说道："37.8 摄氏度，还好，烧得不高，我给他开点儿药。"

"需要请假回去休息吗？"林钦禾抬起手一摸陶溪的额头，问校医道。

"不用不用！"陶溪急忙抢答，他不想旷课。

校医觉得这两个男生关系倒是好，但林钦禾有些太紧张了，她好笑地说道："请假回家吗？那不用。只要吃了药，好好休息一下，注意保暖，应该很快就好了。"

陶溪朝林钦禾抬了抬下颌，附和道："对吧？我身体很好的，以前感冒了也没吃过药，很快就好了。"

他们那儿的小孩儿都是糙养的，一点儿头疼脑热家里并不会当回事儿，最多去村里的老中医那儿买点儿草药回去喝。但他忽略了十二岁那年他

烧了三天还没好，鼻涕里都有血。他上课时昏睡过去，被老师送到县里的医院才捡回了一条命。

校医对陶溪责怪地说道："这不对，生了病，该吃药还是要吃药。千万不要小看感冒发烧，拖久了可能就变成大病了。"

陶溪被戳中事实，心虚地嗯了一声，悄悄看向一旁的林钦禾。却见林钦禾正凝眉看着他，目光意味不明。

他怏怏地垂下头，继续听林钦禾和校医说话，再不插嘴了。

最后林钦禾从校医那儿拿了药，陶溪终于松了一口气，赶紧站起来说："回去上课吧。"

林钦禾没有说话，抬手将他的围巾裹好，只让他露出半张脸，然后带着他往外面走，一路沉默着。

陶溪觉得林钦禾有些不对劲，好像并不是生气，而是一种有些沉重的情绪。

他不知道林钦禾怎么了，缠着他讲了几句话，走了一段时间，却发现林钦禾并不是往教室的方向走，而是带他走到了宿舍楼下。

陶溪愣怔地看向林钦禾问："去寝室做什么？"

"你需要好好睡一觉。"林钦禾说。

陶溪不是很想，但有点不敢反驳林钦禾，只好带着林钦禾往楼上走，用昏昏沉沉的脑袋回忆了一会儿早上有没有把寝室收拾好。

打开寝室门后，陶溪开了灯，手忙脚乱地将画架往旁边挪了挪，又要去给林钦禾倒水。但林钦禾握住了他的胳膊，带他走到椅子旁，按着他的肩膀让他坐下来。

"坐这儿别动。"

陶溪听话地坐着不动了，只是看着林钦禾。

林钦禾扫了眼寝室，寝室里收拾得很干净。他一眼就认出了陶溪的床，因为床头摆着一只粉色小熊，是他们一起从娃娃机里抓出来的。

他突然想到，那天晚上在蟹店，他为什么要带着陶溪去抓娃娃。

林钦禾从桌上拿起空调遥控器，将空调打开调好了温度，然后拿起陶溪的水杯去外面的饮水机接了一杯热水，兑了点儿凉开水。回来后发现陶溪趴在桌上，闭着眼睛睡着了。

林钦禾温声道："喝了药再睡。"

陶溪挣扎着睁开眼睛，耷拉着眼皮，没一会儿又埋头睡了过去，最后

还是被林钦禾弄醒了。他从林钦禾手里接过水杯，一口一口地喝着，感觉干涩的喉咙好了些。

林钦禾将刚买的药打开，按照校医说的，取出几颗药丸，放到陶溪手心里。

陶溪苦着脸，他一点儿也不喜欢吃药，但林钦禾正盯着他，他还是乖乖将药喝了下去。

林钦禾盯着陶溪吃完药，把阳台的门关上，对陶溪说："去床上睡觉。"

陶溪却坐着没动，白皙的脸颊染上几分被烧出来的红润，眼睛也蒙了一层水雾，他仰着脑袋直直地看着林钦禾，像是烧傻了一样。

林钦禾想了想，低声道："我不走。"

陶溪这才慢吞吞地从椅子上站起身，脱掉外面的衣服和鞋子爬到床上，用被子把自己裹成一个茧。但他并没有立马闭上眼睛睡觉，而是扭动着身体挪到床沿，一双黑漆漆的眼睛从被子里露出来看着林钦禾。

林钦禾有些无奈，他知道陶溪在想什么，扫了眼陶溪的桌子问道："寝室里有书吗？"

陶溪嗓音闷闷地说："抽屉里有。"

林钦禾拉开抽屉，从里面随便拿出一本书，抬起手给陶溪看了看，说："我在这里看书，你安心睡觉。"

陶溪嗯了一声，像是终于放心下来，躺到床上闭上眼睛，一会儿就睡着了。

林钦禾却没有看书，而是低下头，看着抽屉里那张被他不小心带出来的名片。

他拿起那张淡金色的名片，名片显然被细心保存着，看起来还是崭新的，中央只有三个字：杨争鸣。

林钦禾把名片放回抽屉，然后把陶溪脱下来的外套搭在陶溪盖着的被子上。他个子高，站在床边也能看到陶溪。

陶溪或许是习惯侧着身子睡觉，一张微红的脸朝着他，呼吸有些重，眼睛紧闭着，只有睫毛偶尔轻颤。

林钦禾看了一会儿后，将床头那只粉色小熊摆在了陶溪脑袋旁，又摸了摸小熊的头，让它陪着陶溪在这张小床上睡觉。

陶溪从小就很害怕生病，因为妹妹的病，家里早已捉襟见肘，所以即

使他有什么不舒服，也不会和郭萍说。一般的感冒，他拖个把星期就能好。

万幸他并没有生过什么大病，唯一拖得严重的那次，郭萍好像也吓到了，专门在医院照顾了他好几天。

那之后他有时候又会想，生病也不错，因为生了病郭萍就会多照顾他一些，还会给他煲一罐非常香的鸡汤。这是他从小最向往的，尤其在冬天时。

陶溪醒来的时候，第一眼看到的就是正阴恻恻地盯着他的小熊，他吓了一大跳。

紧接着，他又发现寝室里光线昏暗，没有开灯。他猛地从床上坐起来，趴到床沿边上找林钦禾。但寝室里一个人都没有。

他看着被子上铺着的衣服，知道林钦禾可能只是临时出去了，但心里还是空落落的。因为这种一觉睡到黄昏时独自醒来的感觉并不太好，就像被世界抛弃了一样。

陶溪坐在床上发了一会儿呆，突然听到门被打开的声音。他侧过身，看到林钦禾提着一个袋子进来，微微仰头看着他，皱眉说道："把衣服穿上。"

陶溪双眼瞬间被点亮，他飞快地穿上厚重的衣服，蹭蹭蹭爬下床，像条小尾巴似的跟在林钦禾身旁。

林钦禾开了灯，将手中的餐盒袋子放在桌上，抬手摸了下紧紧跟在身旁的陶溪的额头，已经不烫了。但他还是不太放心，把从医务室买的体温计递给陶溪，说："测一下体温。"

陶溪接过来，夹在了腋窝处，他绕着桌上满当当的袋子来回走了几步，还是没忍住趴到桌上，靠近袋子仔细嗅了嗅。

他已经闻到香味了！

"你之前说以后要养小狗，还记得吗？"林钦禾将一张废弃的英语报纸垫在桌上，一边把袋子里面的餐盒一个一个地拿出来摆好，一边说道。

陶溪愣了愣说："对。"

林钦禾把最后一碗汤拿出来，漫不经心地说道："我觉得不用养了，这不就有吗？"

"……"得，拐这么大个弯儿，就想说他像小狗。

陶溪装作没听到，把体温计抽出来给林钦禾，问道："你吃了吗？"

林钦禾嗯了一声，拿着体温计对着灯光看了一会儿，眉宇舒展开来："退

烧了。”

“我就说我身体很好的。”

“吃饭吧。”

陶溪没有立即坐下，而是搬了一把椅子放在自己的椅子旁边，然后眼巴巴地看向林钦禾。

林钦禾在那把椅子上坐下，陶溪才跟着坐在他旁边。

陶溪低头看着面前的餐盒，林钦禾买的饭菜应该是从外面的餐厅订的，还有一碗色泽黄亮的鸡汤，浓郁的香味扑面而来。

林钦禾见陶溪盯着那碗鸡汤发呆，低声问道：“不喜欢？”

陶溪垂着眼睫摇了摇头，用勺子喝了一小口汤，说：“我最喜欢喝汤了。”

晚上，陶溪和林钦禾一起去上了晚自习，把下午的课补上。他的病来得快去得也快，但林钦禾在放学后还是盯着他把药喝了才走。

陶溪回到寝室后，拿起画笔开始画画稿。因为作废了初稿，而投稿截止日期又非常近，他的时间顿时紧张起来。

潘彦一早就知道陶溪要参加 CAC 大赛，他站在画架旁看了一会儿，看到徐子淇也凑过来看，讥讽道：“你看得懂吗？搁这儿挡路。”

徐子淇收回目光，走回自己的座位哼笑道：“画得这么稀奇古怪，谁能看得懂？”

潘彦来劲了：“这是抽象懂不懂？跟你这种没艺术细胞的人，真是没办法沟通。”

火药一点即燃，两人又开始你来我往地争吵起来。

陶溪看了眼徐子淇，收拾好绘画工具，将画架放到寝室的角落里，用一块白布将画架仔细盖上。

熄灯后，潘彦躺在床上玩手机，感叹道：“天气预报说下周全国大部分地区都要降温，我们这儿可能还要下雪。感谢发明空调的人，不然我要被冻死了。”

徐子淇讥嘲道：“你长这么多脂肪都是摆设吗？”

两人又吵起来，直到宿管用力敲了几下门他们才鸣金收兵。

陶溪躺在床上一直没说话，他从枕头下面摸出手机，翻了一会儿天气预报后，打开下载了一直没用过的购物软件，摸索着收藏了一堆东西。经过再三对比和看评论后，下单了一个取暖器、两床电热毯、两床厚被子、两件

羽绒服、两条围巾、两副手套、几件毛衣、几双毛绒袜子……买完时已经快一点了，剩的钱也不多了。他将订单从头到尾检查一遍，又去下单了几个发夹和一顶红色的小圆帽。

天气预报说得没错，随着又一场寒潮侵袭大半个中国，接下来的一周温度骤然降至0摄氏度边缘徘徊，但低温和寒风，并没有浇灭少男少女对圣诞节的渴盼。

今年圣诞节正好在周日，女生们早就开始计划要在周日出去逛街约会。男生们对圣诞节没这么大兴趣，但想买的玩具和游戏，一定会在圣诞节有优惠活动，因而也翘首企盼起来。

高二（1）班一些人要在周日下午去聚会，周六中午午休时，几个受到邀请的人在教室凑在一起讨论着彼此买的什么礼物。

“听说今年罗阿姨又给我们每个人准备了一份圣诞礼物，去年送的礼物就很贵，搞得我们很不好意思，今年请这么多人，估计花销更大了。”一个女生说道。

“我还记得去年那个生日蛋糕，照着养乐多定做了一个半米高的翻糖人偶，特别逼真可爱，一看就不少钱。”

一个女生往后排瞧了眼，再次确定林钦禾不在后，说道：“不过林钦禾家里那么有钱，对他们来说，这不算什么吧？”

“太羡慕了，我每年过生日，我妈能给我做顿好吃的就不错了。”一个男生语气艳羡地说。

“毕竟是从小养到大的，和亲生的孩子没有区别。”女生小声说道。

“我怎么觉得这比亲生的还要亲了。”

毕成飞一进教室，看到有人八卦就忍不住凑了过去，把自己知道的陈年老料，又分享了一遍才满足地回到座位上。又对一直低着头写卷子的陶溪问道：“溪哥，你明天下午要不和我一起去？”他想当然地以为陶溪也被邀请了，毕竟林钦禾与陶溪关系这么好。

陶溪停下笔，将手中的笔转了一圈，没什么语气地说道：“我明天下午要去学画画。”

即使不去学画画，他也不可能去，去砸场子吗？他想象了下那个画面，嗤笑了一声。

毕成飞十分惋惜地说道：“学神的家特别有艺术气息，今年的派对也肯定很好玩儿，你不去真是太可惜了。”

陶溪没说话，低下头继续做题。

林钦禾的家吗?

他突然想起很久以前做的一个梦，梦里林钦禾要带他回家，最后车却开到了桃溪湾。他邀请林钦禾去他家，但林钦禾转身走了，他在后面追了很久也没追上。

陶溪做了一会儿题，在接连算错几个式子后，突然意识到一个问题，林钦禾知道他的生日在圣诞节吗?

他只是在很久以前，在那个音乐厅里小声说过，但不知道当时林钦禾听到没，就算听到了，他还记不记得?

陶溪很不放心，决定等林钦禾回来后和他说下，再约林钦禾明天晚上出去。

结果这一等就等到下午的课结束，林钦禾才从竞赛班回来。陶溪跟着林钦禾去食堂吃饭，路上他语气自然地对林钦禾说："天气预报说，圣诞节可能要下雪。"

林钦禾嗯了一声，神色平静，好像什么也没想起来的样子。

陶溪一下子卡壳了，他生硬地转移了话题说起别的事。他在路过食堂旁边的奶茶店时，看到一个年轻女店员正在门口做活动，给经过的学生免费发心愿卡片，写了后可以挂在店里的圣诞树上。

领卡片的基本都是女生，但女店员见陶溪好奇地看着自己手里的卡片，又看他长得好看，便笑着往陶溪手里塞了一张心愿卡片。

陶溪对女店员说了声谢谢，他看着手里的卡片，还没怎么看清楚，卡片就被一只手拿走了。

陶溪想抢回林钦禾手里的卡片，说："这是给我的。"

林钦禾却直接将卡片放进口袋里，然后拿出正在振动的手机，低头看了眼屏幕，走开几步到人少些的地方接通了电话。

陶溪只好也停下脚步等林钦禾接电话，他看到林钦禾皱了下眉，过了一会儿后沉声道："我现在就过来。"

"怎么了?"陶溪问道，他觉得林钦禾刚才接电话时有一瞬间神色是严肃的。

最近林钦禾好像忙了很多，经常出去接电话，有时候还会请半天的假。陶溪问过几次，林钦禾说是家里的事，他就不好再问什么了。

林钦禾目光沉静地说："没什么，我要去处理一点儿事。"

陶溪心里有些失落，他本来还想趁吃饭的时候跟林钦禾详细说下明天晚上

的计划，看来只能在微信上说了。

他垂着目光，抿了下唇，伸出手摊开掌心说："那你把卡片还给我，我要去许个愿。"

林钦禾并没有拿出那张卡片，他低声道："今晚我陪你许生日愿望不好吗？"

陶溪猛地抬起眼睛看向林钦禾，看到他眼底有笑意。

"你，你知道？"他睁圆眼睛，蓦地又提高了声音问，"今晚？可我不是明天才生日吗？"

他都已经计划好了明天下午学完画后，和林钦禾一起出去吃饭，顺便过生日。正好能避开林钦禾妈妈给杨多乐办的生日派对，这样林钦禾就不用为难了。

林钦禾有些无奈地说："生日要过零点才有意义。十六岁的最后一分钟，十七岁的第一分钟，都很重要。"

陶溪愣怔地点了点头，好像跨年也是跨的零点，意味着新的一年开始了。那么生日也应该过零点，意味着崭新的一岁。

他又笑起来，眼睛亮如晚星地说："对，过了今晚 12 点，我就和你一样大了！"

他要和林钦禾一样十七岁了。

林钦禾却较真地说道："不，我还是比你大几个月。"

陶溪知道林钦禾生日在五月，觉得林钦禾计较这种事有点儿幼稚，但还是附和道："好好好，你比我大，你比我大。"

他说完看到林钦禾微挑了下眉，还嗯了一声。

"放学后我来接你。"林钦禾说。

陶溪用力地点点头。

他看着林钦禾离开，一个人高兴地走进食堂，拿出卡刷了几道很贵的肉菜，满足地坐下来吃饭。

此刻的他，一点都不羡慕杨多乐那个热闹非凡的生日派对了。可他又忍不住想，在他说出真相后的未来，也会有这样的生日派对吗？

他不需要那么多朋友，也不需要那么贵的礼物，只想要一个蛋糕，小小的一个就可以。有林钦禾，有妹妹，有爸爸和外公外婆，或许也可以有他的养父母，对他说一声，生日快乐！

这样就很好很好了。

第九章
大雪埋藏的十七年

咖啡厅的包间里，苏芸将文件袋里的平板拿出来，对坐在对面的少年说道：“知道当年这件事的人并不多，毕竟已经过去了十几年。宋新花了些时间才找到一个了解内情的人。是村里的一个老人，曾经当过产婆。”

宋新是一个业务能力很强的私家侦探，自从前段时间林钦禾拜托苏芸这件事后，她就雇了宋新，让宋新去了一趟清水县桃溪湾。

“老人一开始很戒备，宋新费了些工夫才让那位老人说出实情，都录在了这个视频里。”苏芸将平板上的视频点开，递到林钦禾面前说。

林钦禾沉默地看着那个视频，没有很快地接过来。

他从没发现自己竟会这样懦弱，懦弱到好像没有勇气去证实这段时间让他每每想到都痛苦的猜测，即使真相已经昭然若揭。

他最终深吸一口气，戴上耳机，打开了平板上的视频。

视频是宋新在桃溪湾录制的，一个头发花白的老人坐在堂屋里，用一口浓重的方言讲述了十七年前的冬夜，发生在桃溪湾一户农家的旧事。

“那个画画的姑娘在我们村里住了大半年，一直住在陶家媳妇那里。两个人关系很好，巧的是两个人都怀着孩子，还同一天生的。我记得那天下了很大的雪，陶家婆婆找我和村里的刘婆帮忙接生。

“陶家媳妇生下的男孩不足月，刘婆当时就说这孩子可能不好养活。我记得很清楚，这娃娃右手手腕上有一大块红斑，陶家媳妇和婆婆肯定不会搞错的。

“唉，可惜画画的姑娘生完孩子没多久就大出血。我们把她往镇上的卫生室送，还没到地方她就没气了。我也是后来才听说，那个姑娘和孩子被家人接回去了。

“但后来我发现陶家养的孩子右手上没有红斑，当时就觉得不对。怕自己记错，还专门找刘婆问了一遍，她说她也记得陶家的孩子右手上是有胎记的，我们才知道原来是陶家人悄悄把两个孩子调换了。

“刘婆前些年走之前，和我说过好几次这个事，说心里不踏实，我也不踏实呀。

“真是造孽啊，本该在城里长大的娃，在我们这个山疙瘩长大，他妈妈在天上看着该有多难过。”

…………

林钦禾关掉视频，闭了闭干涩发红的眼睛，他攥紧了颤抖的手指，指甲狠狠地掐进掌心，用力到骨节发痛。

他早已做好心理准备，设想过无数种可能，也曾以最大的恶意揣测过人性。可得知荒谬真相的此刻，他还是感到怒不可遏，强烈的恨意和愤怒如燎原大火，几乎要灼伤五脏六腑。

他对那一家人无法饶恕，对他们拙劣不堪的自私和卑鄙无法饶恕；对那两个目睹一切的老人无法饶恕，既然良心不安，为什么还是选择了虚伪地沉默；他甚至对自己身边的这些人也无法饶恕，为什么这么多年，方家两个老人，杨争鸣，还有他的母亲罗徵音，这些看起来对方穗念念不忘的人，从来没有回到方穗最后生活的地方看看，看看那个被遗落的孩子？

但紧随着盛怒的是无尽的痛苦和悔恨，记忆像铺天盖地的大雪将他席卷淹没，每一片雪花都像锋利的尖刀，在他的心脏上绞磨。

“林同学，我能不能借你的笔记本抄一下？”

“不能。”

“我，我只是想找机会和你说话，想和你成为……成为朋友。”

“不要用这种无聊的方式，更不要利用杨多乐。”

“这是杨多乐爸爸带给他的礼物，他今天没来，你给他带回去吧？”

“如果我告诉你，我现在很想哭，但没地方哭，你满意了吗？”

“我的生日也在圣诞节。”

“如果有一天我也生病了，很疼很疼，你会来看我吗？”

“林钦禾，我也会努力成为坚强乐观的大人。”

…………

那些被自己注意过又忽视了的细节，那些潜藏在笑容背后，努力压抑的痛苦和不甘。

明明都有迹可循，早已埋下伏笔，可他却不知道。

他不知道。

他对自己也无法饶恕。

“钦禾？”苏芸满含担忧地轻声唤道，她几乎有一种眼前少年要落泪的错觉。

林钦禾想开口说什么，却发现喉咙滞涩，像被火炭堵住了，仿佛每吸进一口气都会牵扯痛到发麻的心脏。他强迫自己冷静下来，用了很大的力气，才用沉哑的声音问道：“她没有说他是怎么长大的吗？”

苏芸看着这个几乎是自己看着长大的少年，怎么会不明白他对那个孩子的感情，轻叹口气说：“在那样的地方能怎么长大呢？”

命运本就是不公的，有人生来含着金汤匙，有人生来如草芥。可一颗本该闪闪发光的星星，被荒谬的命运埋进井底泥泞，或许耗尽力气也只能就此寂寂无声，一生掩埋在尘埃里。

林钦禾何尝不知道，可他还是不敢，不敢去想这些年，陶溪在那个家里过得好不好。

那些明知他不是亲生孩子的大人，有没有出于愧疚善待他？生病了有没有人照顾他？下雨了会不会有人接他放学？他那么爱吃甜的，会有人给他买糖吗？

过去每一年的圣诞节，会有人给陶溪买一个生日蛋糕吗？

人们或许可以当第二次、第三次甚至更多次父母，但永远只能当一次孩子。有些东西错过了，这辈子再也回不来了。

门外隐隐传来欢快的圣诞歌曲，每年都是那几首耳熟能详的曲子。但人们好像从来不会听腻，听了一年又一年。

林钦禾轻轻闭了闭眼睛，突然从座位上站起身，转身要走，却被苏芸叫住了。她从包里拿出一个陈旧的皮夹，语速很快地说了另一件事：“前几天陶坚辞职了，我专门去那家物业公司打听了下。听他同事说，前段时间陶坚经常出去，说是在赌博，输了不少钱，但没有找同事借钱。”

陶坚的工作是她帮忙安排的，最近林钦禾在查这件事，所以她也关注着陶坚这边的事儿。

“他同事把他掉在职工宿舍的一个皮夹给了我，我本来想着陶坚可能会回来找。但他一次都没来过，同事也不知道他去了哪里。”

林钦禾几乎可以肯定是谁给了陶坚这些钱，他沉默地从苏芸手里接过了皮夹。

皮夹显然用了很多年，粗糙低劣的皮质已经被磨损不少。里面并没有多少钱，但他一眼看到皮夹的透明夹层里有一张合照。

照片可能是在乡镇的照相馆里照的，背景是一张挂着的天安门幕布。幕布前的正中央坐着一对三十多岁的夫妻，右边女人的身旁站着一个七八岁的女孩。

林钦禾很快认出来了，女孩是陶溪画过的妹妹，这对夫妻是谁不言而喻。

为了能塞进夹层，照片似乎被随意地折起了边缘。他手指顿了顿，将照片抽出来，展开被折起来的部分。

完整的照片里，陶坚身旁站着一个十岁左右的男孩。

男孩站得笔直，冲着镜头微微抬起下巴，身上穿着旧黄的校服，脖子上整齐地围着红领巾，伸出右手做了个敬礼的姿势。

他嘴角咧得很开，一双弯弯的眼睛明亮如星，笑容比阳光还灿烂。好像他是世界上最开心的小朋友。

林钦禾看着全家福里被折起来的男孩，喉结剧烈地滚动了下。他哑着嗓子对苏芸郑重地道了谢，转身向外走去。

平安夜下起了第一场雪，雪花在满街的圣诞歌声中寂静地飘向大地。街道上五颜六色的伞高低起伏，四处都是流光溢彩的霓虹灯。

苏芸焦急地追到咖啡厅门外，将自己的伞递给林钦禾，轻声安慰道：“一切还是幸运的，幸好你走到他身边了，不是吗？”

林钦禾肩上落满了晶莹细碎的雪花，他摇了摇头说：“是他走到了我身边。”

他撑着伞疾步走进了漫天风雪之中。

“下雪了！”

文华一中的教学楼走廊上挤满了出来看雪的学生，伴着一声声欢喜的惊叹。

陶溪也挤在里面，却并不是看雪。他狠狠地哆嗦了一下，目光不自觉

地穿过飘扬的大雪，投向通往校门的柏油路。昏黄的路灯光下，只能看到如鹅毛纷飞的雪花轻旋着落向静无人烟的路面。

最后一节晚自习的上课铃响了，走廊上很快没了人影。陶溪等铃声响完才抬脚往教室走，他在走出一步的时候，又忍不住扭头向那条路望了一眼。这一望让他瞬间停住了脚步。

陶溪飞快地转身走近，身体贴在冰冷的走廊栏杆上，向外倾身用视力很好的眼睛眺望那条柏油路。路上有一个熟悉的人影，正撑着伞向教学楼的方向前行着。

隔着这么远的距离，这么大的雪，但他就是可以肯定那个人是谁。

那一瞬，陶溪几乎没有任何思考，急速转身向楼梯口跑去。因为已经上课，楼梯间安静无声，他一个人飞奔下楼，路上差点儿因为湿滑的地面摔倒。

他奔向教学楼外，刺骨寒风扑在他脸上，雪花钻进他的脖子里，化为冰冷的水迹，但他浑然不觉。

阒无人声的路上，陶溪在晃动的视野里看到不远处的林钦禾停下了脚步，撑着伞静静立在黑夜的大雪纷飞里，似乎正望着他。

他跑得更快了些，没有停顿地一口气跑到林钦禾面前，人刚站稳，就喘着气问道："你事情处理完……"

话还没说完，就突然被林钦禾抱进了怀中，似乎带着无穷尽的安慰人心的力量。

陶溪虽然看不到林钦禾的神情，但似乎在这个人身上感受到了难以名状的脆弱和难过。他担心地问道："怎么了？"

林钦禾却依旧沉默着。

陶溪轻声说道："外面太冷了，要不我们先回教室上晚自习？"

林钦禾终于开口了，嗓音有些哑地说："回去吧。"

陶溪怔了怔，下意识地问："回哪儿？"

林钦禾没有回答。

直到上了出租车，陶溪还不知道林钦禾要带他去哪里。他望向一旁的林钦禾，车内光线昏暗，但车窗外正流动着绚烂的霓虹，为林钦禾的侧脸勾勒上一层柔和的光彩。

下车后，雪下得小了些，街道上很多人已经不再打伞。林钦禾带着他穿过零星雪花和街道上熙攘的人群，走进了一个商场。

商场里正放着经年不衰的圣诞金曲，四处都是圣诞节商店促销的广告。

陶溪以为林钦禾要带他买什么东西，结果林钦禾带着他走进了一个在商场最边缘的小店。他抬头一看，竟然是一个照相馆，店面装修是 20 世纪 80 年代的复古风格。

他惊讶地问林钦禾："你要在这儿照相吗？"

在他的印象里，林钦禾似乎很不喜欢照相。之前每次班级活动照合影，林钦禾都显得有些不耐烦。

林钦禾还没回答，看起来只有二十多岁的照相馆老板就走过来笑道："哟，好久不见，怎么想起到我这儿来了？"

林钦禾语气熟稔地对老板说："想请你帮我跟他拍一张合照。"

陶溪呆呆地看向林钦禾。

老板看了眼陶溪，笑着说道："这是你朋友吧？没问题，交给我了，保证拍出你满意的照片。"说完，转身去工作间准备了。

陶溪这时才对林钦禾小声说道："用手机拍也是一样的，为什么要来照相馆拍？"

林钦禾沉默了一会儿，低声道："想和你一起拍一张正式点儿的照片。"

陶溪看向林钦禾，心脏像被温热的泉水充盈起来，他笑了笑说："好吧，我也好久没进过照相馆了，还是在小学的时候拍过一张……"

他顿了顿，才继续道："一张全家福，背景是天安门。语文老师让我们给一张照片写一篇作文，我就写的那张照片，题目是《我爱我家》。"

林钦禾侧过头看向陶溪，眼中是难以言喻的情绪，他说："我们拍好后，你也可以写一篇作文。"

陶溪玩笑道："那林老师给个题目吧。"

这时，照相馆老板走出来说道："进来吧，可以拍了。"

他和林钦禾一起走进了摄影棚，棚里的布景和这家店的风格一样，都是复古风格的。他们像每一个过来照相的人一样，没有免俗地换上了白衬衣，然后并肩坐在摆在一起的凳子上。

老板摆弄着相机照了几张后，越看照片越满意，就对两人说道："两位对视一下。"

陶溪闻言偏过头，林钦禾也转过头看向他。他与林钦禾对视着，或许是对视的时间太长了，或许是林钦禾看着他的目光太过柔和，他不知道为什么眼眶会发热，视线里林钦禾的脸都变得模糊。

他突然想起来，那张他曾经珍藏在笔记本里的全家福，后来不知道丢在哪儿了，他找了很久都没找到。再后来，也没有了找的意义。

镜头里这幅画面被定格了。

拍完照片后，老板很快地洗出了几张小尺寸的照片，大的照片过几天寄给林钦禾。

林钦禾将照片仔细地放进封袋里，给了老板一个一听就是住宅区的地址。陶溪想，那个地址或许就是林钦禾的家。

他们又坐上了一辆出租车，陶溪听到林钦禾对司机报了一个地址，竟是刚才林钦禾给照相馆老板的地址。

他骤然紧张起来，脑中“嗡嗡”作响，难不成林钦禾要带他回自己家？

路途并不遥远，车只开了二十多分钟就停下了。陶溪跟着林钦禾下车，发现所在的地方是一个很高档的住宅区入口，看着就像是林钦禾家应该在的地方。

陶溪望向高楼，手指无意识地蜷缩了下。林钦禾似乎察觉了他的疑虑，对他说：“我家里没有其他人。”

陶溪松了口气，又惊讶地问道：“你现在一个人住？”

他知道林钦禾一直是与母亲住在一起的，还有时常住在那里的杨多乐。

林钦禾没有回答他这个问题，带着他进入小区大门，穿过花园走进一栋楼的电梯。电梯很宽敞，也没有其他人。

陶溪看到林钦禾按了32楼的按键，他看着电子屏幕上的数字匀速地变大，心脏就跟着数字不断地跳动。

电梯门打开，陶溪深吸一口气，跟着林钦禾走到一扇门前，拘谨地站在旁边看林钦禾打开那道门。

“进来吧。”林钦禾开了灯，转身对他说。

他跟着走进去，但脚步瞬间顿住了。

进入视野的是明亮宽敞的客厅，装修很新，是符合林钦禾的冷色调。一整面落地窗没有拉上窗帘，窗外是绚烂如星海的城市夜景。

但吸引他注意的并不是落地窗外的风景，而是客厅里的缤纷气球与璀璨灯珠。它们围绕着一个巨大的多层翻糖蛋糕，落地窗旁铺着一块白色的羊毛地毯，角落里还有一棵挂满了糖果的圣诞树。

林钦禾看了眼陶溪，面色不太自然地说道：“抱歉，这个生日派对只有我们两个人，不太热闹。”

这些布置是他问了乔以棠后，乔以棠特地赶过来帮他弄的。他不太满意，觉得太花哨了，但乔以棠说，生日派对就是要这样才有气氛。

陶溪怔怔地看着那个蛋糕，过了好一会儿才摇了摇头说："两个人就已经很热闹了。"

毕竟他以前都是一个人过的，而且过的还是错误的生日。

他跟着林钦禾换好拖鞋，脱下外套挂在衣架上。走到客厅中央看那个生日蛋糕时，才发现蛋糕顶上有翻糖做的月球。

月球与他画给林钦禾的小漫画是一样的，但紧靠在月亮旁边的却不是他画的陨石。一颗深蓝星星，被一条银白色的光带缠绕着，仿佛正在银河里属于自己的轨道上闪闪发着光。

陶溪一动不动地仰头看着那颗星星。

林钦禾见陶溪看着蛋糕发呆，以为他想吃蛋糕，说道："等会儿吃的蛋糕没有这么大，但是会更好吃一些。"

他一直觉得翻糖蛋糕好看不好吃，装饰的作用更大，所以除了这个蛋糕之外，又另外买了一个口感更好的蛋糕。

陶溪带着些鼻音嗯了一声，转身看向林钦禾。

林钦禾发现陶溪的头发有些湿，应该是之前淋了雪的原因。他担心陶溪着凉，对他说："你先去洗澡吧，洗完了我们一起吃蛋糕。"

陶溪闷闷地说："我过来没有带衣服。"

他什么都没带，之前都做好半夜过完生日翻墙回学校的打算了。

林钦禾嗓音里有几分笑意，他说："你带人来就可以了。"

陶溪有些不好意思，小幅度地点了点头。

林钦禾这里确实什么都有，毛巾、牙刷、睡衣……

陶溪手里拿着一套浅米色的棉质睡衣，看着林钦禾给他在浴缸放水。他突然问道："你一个人住这么大的房子，不怕吗？"

他最怕一个人住了，小时候郭萍偶尔带着陶乐回娘家几天，留他一个人在家里。他晚上得检查好几遍门，打开老收音机听广播电台，用被子把自己裹得密密实实的才敢睡觉。

林钦禾放好水，站起身，用毛巾擦了擦手，语气散漫地说道："是有些怕。"

陶溪惊讶地睁大眼睛，林钦禾给他的感觉一直都是沉稳淡漠和令他安心的，好像什么事都不会让这个人紧张和难过。

他没忍住笑了笑，有些夸张地惊叹道："林钦禾居然也会害怕一个人住？"

林钦禾半倚靠在背后的洗手台边沿看着他，嗓音低沉柔和地对他说："是啊，所以有时候觉得有个室友也不错。"

陶溪呆滞地看着林钦禾，张了张嘴，没说话。

林钦禾站直身体，走近他一步，轻声说："先洗澡吧，记得把头发吹干。"

陶溪在卫生间洗完澡，穿上睡衣，发现睡衣也是合身的。

他看着自己的睡衣发了会儿呆，才心不在焉地用吹风机胡乱吹了头发，然后用手擦了擦镜子上凝结的水汽，凑近镜子看自己的脸。应该是刚洗完澡的原因，脸上被蒸出了一层红晕。

他脑袋放空地看了一会儿后，视线向一旁移去。发现柜里有两个漱口杯，一个黑色，一个白色，分别放着一支牙刷，依旧是一黑一白。

陶溪在卫生间里磨蹭了好一会儿后，才打开门向外走去。他进来时跟着林钦禾，只将外面这间大卧室匆匆扫了眼，此刻他一个人站在卧室，仔细打量了一圈。

卧室的装修风格和林钦禾一样冷淡，没有太多装潢，有一整面落地窗，窗帘半拉着，卧室中央是一张很大的床，铺着灰蓝色的床单，看起来很柔软。

他盯着那张床，发现床头有两个枕头。

陶溪突然听到脚步声，连忙转身看过去。林钦禾走过来，看了眼他身上的睡衣，说："十二点快到了。"

陶溪顿时紧张地睁圆了眼睛，什么想法都没了。

他可不想错过生日零点。

"你洗澡洗太久了，本来还想带你看看其他房间。"林钦禾漫不经心地说道，抬手将陶溪卷起来的衣领整理好。

陶溪赶紧说道："那现在就去吃蛋糕。"

林钦禾似乎是笑了一声，带着他往客厅走，路上他看了眼两间一直关着门的房间。

客厅关了顶灯，但那些围绕着翻糖蛋糕的璀璨灯珠依旧亮着，与落地窗外浩瀚如星海的霓虹夜景相映生辉。

陶溪看向落地窗旁羊毛地毯上的小茶几，上面有一个奶白色的蛋糕。他赶紧走过去，脱了拖鞋走到羊毛地毯上，蹲在蛋糕旁边，凑近嗅了嗅香甜的味道。

这个蛋糕一看就很好吃。

他在茶几旁盘腿坐下来，眼睛扫了一圈，本想找蜡烛，却看到茶几旁边有一个白色封面类似笔记本的东西。

陶溪心中一动，看向也走过来坐下的林钦禾，指了指那个笔记本问道："这是什么？"

林钦禾也看过去，面色有一瞬的不自然，顿了一会儿才说："给你的生日礼物。"

陶溪眼睛发亮，忍不住将那个笔记本拿过来，笑着问道："我现在能看吗？"

林钦禾看了眼时间，离十二点只有二十多分钟了，他犹豫了会儿说道："可以。"然后侧过身打开了一旁的落地灯，这个角落霎时明亮起来。

陶溪抱着笔记本靠在林钦禾身旁，封面是纯白色的硬质皮革，边角有些锋利。他翻开第一页，看到扉页上写着几个疏朗有力的字：

送给十七岁的陶溪。

陶溪顿时明白过来，这应该是在零点后看的。他有些不好意思地看了眼林钦禾，但还是忍不住继续往后翻了一页。

他以为会看到林钦禾对他写的什么话，结果看清上面的内容时，他愣了一下。

第二页贴着一张照片。这似乎并不是笔记本，而是一本手制的相册。

那张略显陈旧的照片上，是一个被柔软毛毯裹起来的小婴儿。婴儿睁着一双清澈的眼睛，两只小手放在胸口，嘴里还含着一个奶嘴，似乎是在笑。

照片下面用钢笔写着"1"。

陶溪茫然地看向一旁的林钦禾，林钦禾接触到他的目光，很快地侧开脸，轻咳一声说："这是我一岁时的照片。"

陶溪惊呆了，愣怔地看着林钦禾侧过去的脸，看到他的耳朵渐渐变红。陶溪没忍住笑了一声，又低下头仔细看那张婴儿照，发现果然能看出几分林钦禾的影子，比如那双小时候就特别好看的眼睛。

他隐隐知道这本相册是什么了，飞快地眨了下眼睛，低下头继续看那

张婴儿照。看了很久后，才慢慢地翻到第二页。

第二页也是一张照片，照片里的小男孩大了很多，正坐在铺着海绵垫的地板上，手里摆弄着一个汽车玩具。一旁的沙发上坐着一位英俊成熟的男人，手里拿着报纸，但眼睛看着地上的男孩，看眉眼应该是男孩的父亲。

照片下面的数字果然变成了"2"，这是林钦禾两岁时的照片。

陶溪定定地看着照片里的男孩，笑着说："你和你爸爸好像。"

林钦禾没忍住偏头看了一眼，说道："这是我大伯。"顿了顿又继续道："我五岁前住在大伯家里。"

陶溪隐约察觉到里面或许有什么隐情。

他又往后慢慢翻着，每一张照片都看很久。五岁时坐在幼儿园的凳子上双手撑着脸颊发呆的林钦禾，六岁时背着小书包不高兴地站在学校门前的林钦禾，七岁时戴着小黄帽在天文馆参观的林钦禾，八岁时端正地坐着和爷爷一起下棋的林钦禾，九岁时在书桌旁看英语故事的林钦禾……

他看着照片中的男孩越来越大，从一个小婴儿变成了会跑会跳的小男孩，再变成突然长高的俊朗少年，五官轮廓和神色越来越像现在的林钦禾。

尤其十六岁的林钦禾。或许就在去年，似乎是在一间音乐厅里，他穿着一身黑色礼服坐在钢琴前弹奏，侧脸透着淡漠的神色，终于是陶溪印象里熟悉的林钦禾。

陶溪在这本相册里，窥到了他看不到的那十六年的林钦禾。虽然只有一点点，可这一点点都让他欣喜万分，又向往不已。

陶溪低着头看向那张十六岁的林钦禾，很久后，才呼吸放轻地往后翻了一页。

新一页的照片是在熟悉的教室里，最后一排的课桌上，一个少年侧着头枕在胳膊上睡觉。窗外金色的阳光洒入，在少年的头发和校服上晕上一圈光边，眼睑下的睫毛也被晕染成淡金色。少年的右手腕从校服衬衣里露出来，手腕上有一条红绳手链，串着一颗蓝绿色的绿松石。

照片下的数字变成了17。

林钦禾十七岁那年，遇到了陶溪。

陶溪看着照片上的自己，用力眨了眨眼睛，许久后才抬起头，看向身旁的林钦禾。

他想笑的，但开口时喉咙里发出的声音却有些轻颤："你居然趁我午睡偷拍我，下次我要偷拍回来。"

林钦禾双手交握在身前，落地灯的暖黄光线渗入他深灰色的毛衣。他垂着目光静了一会儿，偏头看向相册里那张照片，又看向一直看着他的陶溪，低垂长睫半掩着眸底的柔和，说："你可以正大光明地拍我。"

陶溪笑了笑。他低下头，想继续往后翻，却发现后面的每一页都是空白，似乎等待着新的照片，而林钦禾十七岁的部分再没有其他。

他用手指轻轻抚摩着相册边缘，过了一会儿，带着些鼻音问道："你十七岁的照片呢？怎么只有我的？"

林钦禾将交握的双手松开，看着他说道："你不是每天都可以看到我吗？"

陶溪愣了下："嗯？"他没明白林钦禾的意思。

林钦禾将放在一旁的纸质封袋拿过来，从里面拿出一张今晚刚拍的照片，放在相册的下一页上。他看着陶溪，神色认真地解释送这本相册的意义："十七岁以后的每一年，你都会在我身边。但我想让你看看，我们错过的这十六年。"

十六年，他们本该从小一起长大的时光。

陶溪目光骤然颤动，他猜不准林钦禾说的"错过"是什么意思。

林钦禾目光落在他脸上，又是那样带着重量的目光，像平安夜的纷飞大雪落向大地，厚重无声。

落地灯从上方投下柔和的暖光，温柔地笼罩着这一方角落。

陶溪转头看着被暖黄光线包裹起来的林钦禾，轻轻屏住呼吸，手指无意识地摩挲着相册边缘。

那一刻他觉得林钦禾或许知道了什么，可仅仅是想到这个可能，他竟不可抑制地感到胆怯。他不知道自己在害怕什么，也不知道为什么眼睛会发热，好像有什么滚烫的东西，即将从里面滚落出来。

林钦禾侧开脸，看向落地窗外的璀璨霓虹与飞扬大雪，突然轻声问道："你相信平行宇宙的存在吗？"

陶溪抓着手里的相册，茫然地摇了摇头。

林钦禾沉默了一会儿，转过头来看着他，素来淡漠的眼底眸光微微闪动，再开口时声音有些哑地说："我以前也不相信，但我现在希望能有这样一个平行宇宙。在那个世界里，一切都遵循原来的轨迹，你一直在我身边。我们从小一起长大，每年到了圣诞节，我就会带着礼物去找你，和爱你的亲人一起，对你说，生日快乐。"

陶溪眼睫剧烈颤动，他用力抓着手中的相册，抓着那十六年的时光，

尖锐的皮质封角刺痛掌心，他却浑然不觉。

他张了张嘴，没有发出声音，像是哑了一样，努力好久只能发出细小的呜咽声。

林钦禾看着这个浑身颤抖着小声呜咽的人，心脏疼得像被钝刀剜磨。他想将那本边角锋利的相册从陶溪手里抽出来，但陶溪把相册牢牢地抱进怀里，像是用尽了全身的力气。

林钦禾嗓音哑着，道："对不起，这个世界的我，晚了这么多年才认识你，欠你这么多句生日快乐。"

陶溪的视线已经全然模糊，他想说你没有对不起我，但还是依旧没有办法说话。他剧烈地哽咽着，努力忍着眼泪，只能拼命地摇头。

窗外仍在下着大雪，无声地掩盖了世间一切芜杂，就像十七年前的大雪落满了半山坳。

但雪总会有融化的一天，太阳终会升起，那时候又将是一个崭新明亮的世界。

"陶溪，我带你回家，好不好？"

陶溪听到林钦禾这样对他说，他再也忍不住，眼中蓄满已久的泪水倏地滚落，想回答"好"，嘴唇轻颤着张开，却只能做一个口型。

他终于放开了那本相册，大哭起来。他像所有小孩子那样，没有丝毫抑制地哭着，哽咽着抽气，好像眼泪怎么也流不完。

时钟的所有指针都指向了十二点，又是一年下着雪的圣诞节，寂静的客厅里飘着蛋糕的香甜气味，缤纷气球与璀璨灯珠在他们背后如银河闪耀。

林钦禾对眼前的人轻声说道："陶溪，祝你生日快乐，圣诞快乐。"

既然他失去了那个寓意着多福多乐的名字，那么他会用一生去祝福他，祝福陶溪每一天都开心快乐。

陶溪已经很久没有这样放声大哭过了，他不知道自己哭了多久，只能感受到林钦禾轻柔地拍着他的背，耐心地陪着他哭。直到他因为哭太久，哽咽到换不上气呼吸不畅，眼睛也干涩得流不出眼泪了。林钦禾握住他的肩膀，温声道："不哭了，一起吃蛋糕许愿吧。"

陶溪用力睁开酸涩刺痛的眼睛，直直地看着林钦禾，发现林钦禾的眼睛也是红的。他胸口起伏抽噎了下，点了下头。

林钦禾看着陶溪的眼睛，那双眼睛因为哭过而湿漉漉的，睫毛被泪水黏结成几小簇，黑漆漆的瞳孔，在泪水浸润后闪着细微的光。

陶溪跟着林钦禾走到了卫生间，林钦禾将毛巾用热水打湿拧干后，细致地给他擦脸和眼睛。那一瞬他像个小孩儿一样，闭上眼睛微微仰着脸，隔着柔软湿润的毛巾感受林钦禾手指的触感，偶尔抽噎几下。

之后林钦禾带着他走到了餐厅，接了一杯温水递给他。他接过来双手捧着水杯大口大口地喝下去，喝完后不怎么抽噎了。

此时早已过了零点，落地窗外的霓虹光色已经暗淡不少，只有大雪不知停歇地飞扬着，两个少年牵着手回到落地窗旁的地毯上并肩坐下。

其实他们都有很多问题要问彼此，但此刻他们只是默契而安静地并肩坐着。

陶溪抱着腿，将下巴搁在膝盖上，看林钦禾将茶几下装着蜡烛的纸盒拿出来，一根一根地插在蛋糕上。

他看着林钦禾的侧脸，又看着林钦禾插蜡烛的手指，脑袋因为哭太久放空着，眼睛却是亮亮的，好像盛满了洗涤一新的天光。

蛋糕上插好了十七根色彩缤纷的蜡烛，林钦禾将之前准备的打火机拿出来，轻声问陶溪："想自己点蜡烛吗？"

陶溪摇了摇头，用哑得不行的声音说："我想看着你点。"

林钦禾说了声"好"，用打火机依次点燃了十七根蜡烛，暖黄的烛光一簇一簇地点亮，摇曳在两人的瞳孔里。

他侧身将落地灯关掉，这一方角落和两个人的身影，一起摇曳在橘黄的烛光里。

"闭上眼睛许愿吧。"林钦禾嗓音低沉柔和地说。他侧过脸看着陶溪，低垂长睫被光影温柔眷眄。

陶溪怔怔地看着林钦禾，好半天才迟钝地将目光慢慢地移到蛋糕和蜡烛上，然后又眼神失焦地看着蜡烛。他像是想起了什么，眼睛突然又变得湿润了。

林钦禾心里又疼又软，声音很轻地问道："怎么了？"

陶溪摇了摇头，在跳跃的烛光中闭上了眼睛。

亲爱的妈妈，您在天堂一切安好吗？您可不可以再祝福一次您的孩子？保佑他与最好的朋友林钦禾，一生平安顺遂。

陶溪睁开眼睛，看到融融烛火晃动在十七根蜡烛上，明明是那么微弱的光，却好像照亮了过去所有十七年的时光。

他转头看向林钦禾，露出一个笑容。

林钦禾神情专注地看着他，嘴角也有一丝笑意，问他："许好了？"

陶溪点了下头，说："我们一起吹蜡烛吧？"

"好。"

两个脑袋一起凑近到蛋糕前，十七簇烛光在摇曳跳动中熄灭，如冬夜里的一声叹息。

"生日快乐。"林钦禾对陶溪再次低声说道。

最后陶溪只吃了一小块蛋糕，因为林钦禾说半夜吃太多甜食对身体不好。他和林钦禾一起将晚上刚拍的合照贴在了相册上，用钢笔郑重地在照片下写上了"17"。

弄完后都一点多了，陶溪又在主卧的卫生间慢吞吞地洗了个澡。他出来的时候看到林钦禾已经穿着睡衣坐在床头，正低头看着手机，显然是在另一个卫生间也洗了澡。

陶溪趿拉着拖鞋走到床前，脱了鞋爬到林钦禾身边，问道："我睡哪里啊？"

林钦禾看到他出来的时候就放下了手机，微微仰头看着他，说："这里只有一个卧室。"

"那另外两个房间是什么？"他看到还有关着门的房间。

时间虽然已经快两点，林钦禾想了想，还是对陶溪说道："我现在带你看看吧。"

陶溪飞快地点点头，他早就很好奇了。

他跟着林钦禾往卧室外走去，第一个被林钦禾打开的房间是一个琴房。陶溪走到琴房正中心的黑色三角钢琴旁，围着钢琴转了一圈儿，想打开琴盖但忍住了，只问道："你每天都会练琴吗？"

林钦禾说："不会，偶尔练一次。"

他说着掀开琴盖，右手在琴键上随意弹奏了一小串音符，对陶溪问道："想听什么？"

陶溪想了会儿说："《生日快乐》吧。"

林钦禾便真的坐下来，弹奏了一曲《生日快乐》。他临时加了很多改编，一首耳熟能详的简单曲子，顿时变得独特又悦耳起来。

陶溪坐在林钦禾身旁，看着他骨节分明的手指在黑白琴键上奏响了一首几乎是全新的乐曲。

"这完全是一首新曲子了，得取个新名字。"陶溪在林钦禾弹完后，歪

着头思考，手指在琴键上随意按响了一个音符说。

林钦禾收回双手，看着他说：“叫《生日快乐，陶溪先生》。”

陶溪想起那首《圣诞快乐，劳伦斯先生》，对这个名字非常满意。他嘴角扬起笑容说：“好，谢谢林钦禾先生！”

两个人从琴房走出来，陶溪跟着林钦禾走到下一个房间，也是最后一个房间。他好奇地问：“这个房间是书房，还是卧室？”

林钦禾没回答他，直接打开了门。他抬眼看去，却呆站在门口，脑中什么都没有了。

这是一间宽敞的画室，依旧有一整面落地窗，保证了充足的采光。室内放置着三个不同尺寸的画架，宽大的工作台，画画用的画板、照明灯、模具、衬布……高大的立柜里已经放了不少颜料、画笔和画纸等画具，几乎所有关于画画的东西，一应俱全。

一侧的墙壁上挂着一幅水粉画，画中桃花落满清溪，曾被他小心思地命名为《林花满溪》。

陶溪目光颤动，仿佛全世界的烟火霓虹都闪烁在眼底。

他呆呆地看了好一会儿后，听到林钦禾说：“我也不清楚画画具体需要的工具，托乔以棠帮忙买的。”

陶溪难以形容自己此刻的感受，对林钦禾说“谢谢”根本没办法表达他的感激。他抬起头对林钦禾说道：“你别忘了我说过的，等我以后赚了大钱，我要买一个带院子的大房子。那时候你可以免费住我这里，多久都可以。”

林钦禾笑着说：“好，听你的。”

陶溪在画室转了几圈，才恋恋不舍地跟着林钦禾回到了主卧。

“睡觉认床吗？”林钦禾问。

陶溪忙说：“不认的。”

他睡过垫着稻草的床铺，也睡过十人间的破木板床。这么大这么柔软的床，他还是第一次睡，让他有一种想在上面滚来滚去的冲动。

陶溪这么想，也这么做了。他脱掉拖鞋爬上床，在床上滚了一圈，从这边滚到那边，又从那边滚回来，只觉得十分新鲜。

林钦禾无奈道：“早点睡吧，很晚了。”

陶溪平躺着安静了一会儿，还是没忍住把自己一直想问的问题问了出来：“你怎么知道的？”知道什么不言而喻。

林钦禾侧过身将灯关了，卧室顿时陷入黑暗，然后他又将被子盖好。

他将自己雇人去桃溪湾调查的事只说了大概，省略了那位老人说的细节和陶坚的事。

陶溪愣愣地听林钦禾讲完，想到之前林钦禾通过字迹就能把自己认出来的事，越发觉得林钦禾这人聪明敏锐到可怕了。

“为什么一直不说出来？”林钦禾语气平静地问他。

陶溪犹豫了一会儿，最后只说道：“我答应过我……我的养母，在成年前不说出真相。”但其实他并没有将郭萍那句乞求放在心里，真正的原因，只有他自己知道。

林钦禾紧紧抿着唇，卧室里是黑暗的，他们看不到彼此的神色。他沉默了一会儿，才将起伏的心绪压抑下去，沉声道：“她没有资格对你有这个要求，你也没必要信守承诺。”

陶溪嗯了一声，说：“所以我是打算告诉你的，没想到你先知道了。”

他开始犯困，眼皮在打架，同时心里又还在兴奋，想继续跟林钦禾讲话。但林钦禾轻声道：“睡吧，晚安。”

陶溪迷迷糊糊地说：“晚安。不过，我好像有点儿睡不着。”

话虽这么说，但或许是因为哭累了，或许是因为秘密终于揭开的如释重负，不到十分钟，陶溪就沉沉睡去了。反而是林钦禾没睡着，他在黑暗中睁着眼睛，听着陶溪浅浅的呼吸声，神色几乎是凝重的。

他说了要带陶溪回家，可他知道，家并不只是几个有血缘关系的人住在一个屋檐下。

他一定会让陶溪认回亲人，可陶溪能真正回到那个所谓的新家庭吗？他要如何与十七年从未一起生活过的亲人相处？何况那些亲人之间本身就有矛盾，还夹着养了十几年的杨多乐。

陶溪那样敏感的性格，在这个新家庭里，会不会受到伤害和委屈？他不得不考虑周全，可他对于方家和杨家而言毕竟是外人，没有资格去置喙。

所以他要先给陶溪一个家，让他永远有退路。

他甚至想，如果那些亲人不能很好地接纳陶溪，那么，他很乐意做陶溪唯一的家人。

电话响了，林钦禾看了眼还在床上熟睡的陶溪，轻声走到卧室外将门关上，才接通了电话。

“钦禾，陶坚的一个同事和我说，昨天下午在汉南医院看到了陶坚。”苏芸在电话里说道。

林钦禾走到客厅里，问道：“只有他一个人？”

苏芸说：“那个员工只看到了陶坚一个人，本来打算问陶坚几句，但陶坚看着神色不太好，没说什么就急着离开了。”

林钦禾对苏芸道了谢，挂了电话后，打算去喊陶溪起床。但陶溪已经从卧室出来了，头发乱翘地呆站着，用一双肿得不行的眼睛愣怔地看着他。

林钦禾没忍住笑了下，说：“快去洗漱吧，早餐已经好了。”

陶溪迟钝地点点头，走进卫生间，看到镜子里的自己脸瞬间垮了。他凑到镜子前，看到自己的双眼皮变得又肿又宽，怪不得刚才林钦禾会笑。

完了，下午怎么见人？

他飞快地洗漱完，和林钦禾在餐厅吃了丰盛的早餐，又用冰袋敷了好半天眼睛。直到林钦禾说不肿了，他才和林钦禾一起窝在沙发上消磨时光。

陶溪找到电视遥控器，打算开电视看看。林钦禾问他：“下午几点去乔爷爷那里？”

陶溪将遥控器放在一旁，对林钦禾说：“一般是两点。不过今天乔爷爷要带我见一位画家前辈，所以要一点前过去。”

乔鹤年自从知道他想申请国外的学校后，就一直在找机会带他去见一些知名的画家。

林钦禾说：“那我下午送你过去。”

陶溪答应了，犹豫了一会儿，还是问林钦禾：“你下午不用回家参加生日派对吗？”

“不去。”林钦禾眉心蹙了下，又很快松开，言简意赅地给了回答。

陶溪装作不在意地哦了一声，心里却有些高兴。他从茶几上拿起水杯喝了一口水，掩盖自己翘起的嘴角。

“下周六和我一起去你外公外婆家吧？”

陶溪心头一跳，拿着杯子的手顿住了，听林钦禾继续道：“这周方爷爷要回乡祭祖，大概要30号才会回来。31号晚上，他们会聚在一起过元旦。”

林钦禾的语气很平静，这是他再三思考过的打算。他不想将这件事拖得太久，以免节外生枝。正好他的竞赛也会在30号周五结束回来，也可以趁这一周的时间做些准备。

陶溪微微垂下目光，两只手握住杯子，手指无意识地摩挲着杯壁，没

有很快地回答，而是问林钦禾：“你能给我讲讲我的外公外婆吗？”

那两位老人，他只隔着病房门远远见过一次。在那个短暂的印象里，外公头发已经白了大半，脖子上挂着一副银边眼镜，看着似乎很严肃。外婆盘着发髻，穿着一身布料考究的旗袍，知性优雅，浑身都散发着艺术家的气质。

“好。”林钦禾开始给他细致地介绍。

陶溪的外公方祖清是文华大学生命科学院的教授，在退休前也是院长，带出了很多优秀的学生，是国内生命科学领域首屈一指的学者。他的外婆叶玉荣年轻时是小有名气的芭蕾舞蹈家，曾经拿了很多舞蹈大赛的奖，也有不少学生。两位老人都算得上桃李满园。

陶溪沉默地听着，突然觉得自己离外公外婆很近，又很远。

他一直低着头，直到林钦禾对他说：“他们一定会喜欢你的。”

陶溪抬起眼睛问道：“真的吗？”

林钦禾笃定地说：“当然，没有人会不喜欢你。”

陶溪知道林钦禾在安慰自己，他将脸上的不安敛去，笑着道：“我又不是钞票。”

他最终答应了林钦禾，下周六和他一起去外公外婆家。

这是他必须要面对的事，并且只能他一个人面对。

雪停了，中午吃完饭后，陶溪跟着林钦禾出了门，看到小区花园里银装素裹的，不少小孩在雪地上堆雪人。他手有些痒，也想去玩儿，但时间不够了，只好收回目光跟着林钦禾往外面走。

林钦禾看了眼堆雪人的小孩，对陶溪说：“元旦放假我们可以出去滑雪。”

陶溪半张脸被围巾裹住，露出一双亮晶晶的眼睛看着林钦禾，刚想说“好啊”，眼睛里的光又突然黯淡下去。

一想到 31 号要去见外公外婆，他紧张得胃部都有些痉挛。

林钦禾看出陶溪的紧张，说：“这段时间不要总想着这件事，一切都会顺其自然地过去。”

陶溪呼出一口气，嗯了一声。

两人坐车到乔家洋房的院子口，下车后，陶溪忍不住跳上花坛边缘，在蓬松的雪上踩出两个深深的脚印，问林钦禾：“你下午去哪里？”

林钦禾伸手握住陶溪的胳膊，拉着他从花坛边缘下来，说：“我要回大伯家一趟，你结束了我再过来接你。”

陶溪点点头，踩着雪走进了乔家的洋房里，在进门前，转过身对林钦禾挥了挥手。

林钦禾看着陶溪关上门，才转身去拦了一辆出租车。圣诞节这天，连出租车里都放着圣诞歌曲。司机随口问道："去哪儿？"

"汉南医院。"

"今天路上可能有点儿堵，再加上刚下了雪，我不会开得太快。"

"没事。"林钦禾说完，拿出手机打算给苏芸打一个电话，却先接到了罗徵音的电话。

电话对面隐隐传来喧腾的人声，昭示着别墅里热闹非凡。罗徵音似乎是走远了些，说道："钦禾，你下午不回来吗？生日派对已经开始了，有很多你的同学和朋友。乐乐的外公外婆也过来了，他们还问我你怎么不在。"

林钦禾看向窗外，目光沉静地说道："我下午有点儿事，您帮我向方爷爷和叶奶奶问一声好。"

电话那头传来关门声，罗徵音似乎是将一道门关上了，喧闹的人声顿时隔绝在外。她迟疑了会儿，声音很轻地说道："钦禾，虽然我知道这么说你会不高兴，但今天毕竟是乐乐的生日。从过了零点到现在，你没有跟他打过一个电话，连一句生日快乐的祝福也没有，他问我你去哪里了，我也不知道怎么和他说。"

林钦禾握着手机沉默了，心里突如其来地笼上了一层深重的悲哀。

他的母亲只是因为自己没有对杨多乐说一句生日快乐，便觉得无法接受，那么如果她知道方穗真正的孩子在过去这么多年，在偏僻的山村里万分辛苦地生活着，从来没有人在今天对他说过生日快乐，又会怎么想呢？

那一瞬他甚至有些想质问罗徵音，但他知道，这个可怜的女人其实自始至终都没有真正走出过抑郁。她一直都活在执念里，只是将执念从一个死去的人身上，转移到了另一个错误的人身上。

林钦禾最终只是说道："给乐乐的礼物在我房间的书桌上，您帮我送给他吧。"

"到了。"司机将车停在汉南医院附近后，把事先打印出来的二维码递给林钦禾说。

林钦禾说了声"不用"，然后拿出钱夹，从里面抽出钱递给了司机。

司机惊讶地接过钱，玩笑道："现在的年轻人都是手机支付的，像你这样给现金的几乎没有了。"

林钦禾没接话，只说了声“谢谢”。他低头看了眼钱夹透明夹层里的照片，将钱夹合上，打开车门走了出去。

陶溪跟着乔鹤年坐上他的老爷车，乔鹤年提着鹦鹉笼子，逗了一会儿鹦鹉。他发现鹦鹉嘴里没什么好话后，便将笼子扔给陶溪，问道：“大赛的画稿交了吧？”

陶溪手忙脚乱地接过笼子，被鹦鹉骂了句“小兔崽子”，连忙说道：“很早就交了，好像马上就要在网上公开展示第一轮选出的作品了。”

乔鹤年打开收音机放了一首老曲，跟着哼了几声后不在意地说道：“第一轮你肯定没问题，上次老钟都这么说了，他可是上一届的评委。”

陶溪终于安抚好了破口大骂的鹦鹉，玩笑道：“谢谢爷爷带我见钟前辈！如果我拿了奖，就用奖金给爷爷买一只会夸人的鹦鹉。”

钟秋生是乔鹤年的多年老友，书画协会很有资历的老人。之前一个周日来到乔家做客，乔鹤年带着陶溪和他见了面。

乔鹤年笑骂道：“这泼皮还不是学的我。但凡棠丫头那个兔崽子听话点，我的鹦鹉也能拿到社区文明奖。”

车开到了城郊的一座私人庭院里，乔鹤年带着陶溪和自己的老友钟秋生见了面。钟秋生上次见过陶溪，对这个小孩印象很好，笑着拍了拍陶溪的肩膀说：“我那个不成器的孙子今天也来了，叫钟杉，和你年纪差不多大，你去和他玩玩吧。”

陶溪透过落地玻璃看了眼庭院外，一个穿着厚羽绒服的男生正在堆雪人。他应了声“好”，知道两位老人要在茶室里喝茶聊天，便自觉地穿上鞋出去了。

乔鹤年和钟秋生在茶室里坐下，钟秋生算半个茶道大师，这间茶室布置清雅，一切用具都价值不菲。他慢条斯理地煮好茶，倒了一杯递给乔鹤年，说道：“这个学生和你之前那个姓方的女学生确实很像，我上次见到他都有些吃惊。”

乔鹤年看不惯煮茶品茗这一套，一口将茶水闷下去，在钟秋生的怒视中叹了口气，说道：“可惜我那个女学生走得早，她那个儿子我也见过。方教授曾经想方设法把他送到我这儿来学画画，我让那小孩随便画了几下，就看出来那孩子没遗传到半点儿母亲的天赋，死活没收。”

他向来铁面无私，不少朋友家孩子想学艺术的，将孩子往他这儿塞。

但只要他觉得不行的，怎么也不会收，免得毁了自己的名声。

“那是挺可惜的，母亲的才华遗传不到。”钟秋生不再给乔鹤年倒茶，自己慢悠悠地品着茶说，“不过遗传这事儿也说不准，我那孙子不也半点儿没遗传到我？”

乔鹤年说起孙子就来气，和老友骂了一通自己的孙女后，突然想起自己过来的正事儿，忙带着几分讨好地说道：“上次我和你说的你没忘吧？就那个推荐信的事儿。”

钟秋生哼笑一声说：“你也真是给学生操太多心了，有你的推荐肯定就够了，还非得拉上我。”他嘴上这么说，还是将早就准备好的一封信放在了桌面上。

乔鹤年拿过信，从头到尾看了一遍，满意地点头道了谢。

陶溪将地上的一个大雪球抱起来，放在已经堆好的雪人身体上。一旁的钟杉赶紧将早就准备好的胡萝卜插在雪人脑袋上，然后把两颗葡萄递给陶溪，笑着说：“眼睛你来安吧？”

陶溪摇了摇头，面色冷淡地说：“你自己弄吧，我进屋了。”

他碍于钟秋生的面子，和这个叫钟杉的人友好地打了招呼，结果一下午就被缠在这儿陪他堆了三个雪人，连钟家的画廊都没来得及去看。

陶溪一边踩着雪往别墅走，一边在手机上问林钦禾到哪儿了。林钦禾很快地回复“快到了”。

他低头看着手机，脸上根本忍不住笑容，结果突然被一只手拽住了胳膊。钟杉凑上来，满脸堆笑地说道：“朋友，加个微信吧。”

陶溪没什么表情地说：“我没有微信。”

“……”钟杉看了眼陶溪手机上的微信界面，心想婉拒能不能用点儿心。

这时有踩着雪的脚步声渐近而来，陶溪转头看去，看到来人竟然是林钦禾。

时间已经将近黄昏，天色有些暗沉，满院的松林雪色间，陶溪觉得整个世界都亮了起来。他挣开钟杉的手，踩着雪快步跑到了林钦禾面前。

“你这不是快到了，是已经到了。”他笑着对林钦禾说。

林钦禾看了眼跟着走过来的钟杉，又看了眼不远处三个不成形的雪人，问陶溪：“可以回去了吗？”

陶溪点头道：“我去和乔爷爷、钟爷爷说一声就可以了。”

“林钦禾？你怎么过来了？”钟杉难以置信地看着林钦禾，又看了眼陶溪问，“你们认识啊？”

钟杉初中时跟林钦禾一个学校，不可能不知道这位出了名的天才。并且两人家里长辈也有来往，但他和林钦禾并不熟。

林钦禾将自己的围巾解下来递给陶溪，语气平淡道：“我来接他回家。”

钟杉惊得嘴巴大张，好半天都没反应过来。等反应过来时，那两个人已经并肩走远了。

陶溪向两位老人告别后，才跟着林钦禾坐车回到了他们的家。路上林钦禾一直没怎么说话，自己若是问几句，林钦禾倒也会回答，兴致不太高。

回到小区时，天色已经全暗了。走过花园的路上，陶溪突然对林钦禾说：“我们堆一个雪人吧？”

林钦禾脚步顿了顿，又继续往前走，神色淡漠地说：“雪不多了。”

白天没怎么下雪，花园里剩下的雪确实不多了，有的地方被人频繁踩踏，雪甚至有些脏。

陶溪没理林钦禾的话，直接拉着他找到了一个僻静些的角落，那里的雪还是干净的。

他蹲下身，双手捧起一堆雪，用掌心压实成一个小球，对蹲下来的林钦禾说道：“这是脑袋，我已经做好了。”

林钦禾也捧起一堆雪，做了一个更大的雪球，双手捧着放在雪地上，然后看向陶溪。

陶溪将自己做的小雪球放在大雪球上，又捡了几根小树枝和几颗小石子，给雪人插上眼睛和双手，他将小雪人从地上捧起来，对林钦禾说：“你给它取个名字吧？”

林钦禾看着这个嘴歪眼斜的雪人，皱了皱眉说：“太丑了，算了。”

虽然被嫌丑，但雪人还是被林钦禾带了回去，小心地放在了冰箱的冷冻室里。陶溪看到，林钦禾每天都悄悄打开冰箱观察雪人化了没有。

“陶溪！你的画入围 CAC 初赛了！”

陶溪接到乔以棠电话的时候，正在与林钦禾一起收拾他第二天去北京参加竞赛的行李。陶溪蹲在地上拿着手机，还没来得及张口说什么，耳朵就被乔以棠激动的声音继续塞满了：“我跟你说，今年我们学校就你一个入围了，估计你要成为美术班头号公敌了，哈哈！

“不过最气的肯定是女魔头姜蕾，她带的学生没一个入围的。

“你要是拿了奖，可得好好请我吃一顿，毕竟我也算你半个贵人是吧？”

…………

陶溪从地上站起来，等乔以棠兴奋完后对她认真道了谢。乔以棠听他语气平静，啧了一声道：“你怎么跟林钦禾越来越像了？大好的消息还这么淡定，不会是装的吧？”

陶溪想到林钦禾总是毫无波澜的样子，没忍住乐了，跟乔以棠说了几句后挂了电话。

林钦禾放下正在收拾的行李，走过来问道：“入围初赛了？”

陶溪点点头，脸上并没有什么喜悦神色地说：“离拿奖还远呢，毕竟初赛入围作品挺多的。”

CAC 大赛分为两轮，由于投稿者众多，第一轮会先选出 100 幅画作在比赛官网上公开展示，让大众进行投票。但其实投票只是为了增加比赛的互动性，投票结果的影响微乎其微。最终评奖还是由最专业的评审来，这些评审大多是久负盛名的美术家。

陶溪在电脑上登陆 CAC 官网，看到自己的作品是展示区的 82 号，晚上零点过后会正式开启投票通道。

他关了电脑，走到刚被林钦禾收拾好的黑色行李箱旁，抱着拉杆坐在上面，双腿一蹬滑到林钦禾面前，抬起头眼巴巴地看着林钦禾说：“我不想上学了，明天你把我也打包带走吧。”

林钦禾想了想，神情认真地说道：“我给你请个假，现在买机票还来得及。”说完真的拿出了手机，作势要买票。

陶溪惊了，赶紧拉住林钦禾的手，瞪大眼睛说：“我开玩笑的，我不想旷课。”

可林钦禾当真了，他挑眉看了眼陶溪，突然推了推行李箱，陶溪吓得赶紧抱紧拉杆。但林钦禾只是推着他在客厅里转了一圈，像推婴儿车一样。

陶溪觉得很有意思，缠着林钦禾多推了自己几圈。

第二天，陶溪一个人打车去的学校，因为林钦禾要赶上午的飞机，两个人只来得及一起吃了一顿早餐。

临近期末，整个学校的氛围都紧张起来，大大小小的考试将学生砸得晕头转向。除了美术班的学生为没能入围 CAC 而痛苦扼腕，像一班这样的

非艺术班几乎都没听说过CAC。倒是班主任周强从美术班老师那儿知道后，专门在中午找了一趟陶溪，对他恭喜勉励了一番。

陶溪饥肠辘辘地被周强拉着讲了二十分钟的话，满耳朵都是“你很棒，好孩子，有前途”，直到肚子都饿得叫出了声，周强才猛地察觉到陶溪还没吃饭，赶紧放了人。

陶溪飞快地奔去食堂，进食堂的时候撞上了正出来的杨多乐和徐子淇。杨多乐看了他一眼，没什么表情。徐子淇眼神有些躲闪，两个人很快就错过身走远了。

陶溪回头看了眼那两个人的背影，拿着卡去打了饭。快速地吃完后回到教室，他像往常那样向最后一排的座位走去，但敏锐地察觉到班上气氛有些不对劲——

好几个同学正在悄悄打量他，触碰到他的目光后又很快低下头。几个熟识的同学，比如李小源和毕成飞看到他，满面焦急之色地围了过来。

“溪哥，你那个什么 CAC 比赛是怎么回事？”毕成飞一过来就揽着陶溪走到教室外的走廊上，没了平日里的嬉皮笑脸，两条眉毛都快拧在一起了。

“什么怎么回事？”陶溪被毕成飞带得一个踉跄，皱了下眉。

李小源向四周张望几下确认没什么人后，把自己的手机递给陶溪，小声说道：“你看看这条微博，现在转发已经有很多了。”

陶溪将手机拿过来看。

这是一条长文微博，发布时间就在几十分钟前。发布者是一个黄 V 号，ID 是“文华美院那些事儿”，显然是一个微博投稿平台。

微博标题非常醒目：“CAC初赛82号作品抄袭金彩杯比赛一等奖作品”。

陶溪眯了下眼睛，继续往下看。正文里先是放出了他的作品和那张金彩杯一等奖作品的对比，两张画几乎一样，除了色彩稍微有些差别，线条构图和创意几近相同。如果不是两张画下面标的比赛来源不同，估计很多不懂画的人都以为两张画就是用软件调了个色。

这位匿名投稿者没有直接点名两幅画的作者是谁，只是用了缩写字母 TX 和 FYD，并将两幅画的公开时间和平台做了对比。显然金彩杯在上个星期就公布了得奖结果，而 CAC 在昨天才公布了初赛结果，从作品公布时间看，两幅画具有明显的前后时间差。

紧接着投稿者以金彩杯作者 FYD 大学校友的身份，极具煽动性地描述

了 FYD 如何出身贫寒，又如何品学兼优，这次拿到金彩杯的一等奖有多么不容易云云。后面的通篇废话陶溪没看，直接翻到了微博评论区，竟已有了上千条评论。有好事者已经扒出信息，把两个作者的大名直接写了上去，FYD 大名为冯亚东。

“是我眼睛看错了吗？这不是抄袭，这简直是复制粘贴吧？”

“CAC 这么大的比赛，怎么通过了这种作品还让入围初赛？评审会脑子被狗吃了吗？我去发邮件投诉举报了。”

“这幅画真的挺好的，虽然我看不太懂。但作者怎么投给了金彩杯这么个不入流的小比赛，应该投给 CAC。”

“我查了下，这个抄袭的人是个高中生，还是文华一中的。这么出名的高中，怎么出了这种人？”

“能在文华一中读书的家里都不简单，谁知道是不是父母托人找的枪手？结果枪手不负责任直接抄了别人的画。”

…………

这些评论尚算平和，还有更多不堪入目的辱骂，所有尖锐指责和攻击全部指向陶溪一个人。甚至已经有谣言说陶溪背景深厚，说得有鼻子有眼的。

一个贫困大学生被出自权贵家庭的名校高中生抄袭了画作，还借此入围了更高含金量的比赛。联系到不久前高知父母帮孩子伪造研究论文的新闻，轻易就能点燃大众的怒火。

即使一切只是捕风捉影的猜测，但没什么人在意它的真假。网络上的恶意疯狂而廉价，他们只需要一个靶子，并享受将靶子打倒的快感，真相并不重要。

陶溪面无表情地点开转发看了眼，看到已经有三四个大 V 转发了这条微博，言辞激烈，火药味十足，还未盖棺定论的事就着急上升到各种层面，生怕不能搅动舆论风云。

“溪哥，我们肯定是相信你的，绝对是有人在整你！”毕成飞神色愤慨地说道。在他的认知里，陶溪绝不会做这种事情。

李小源怕陶溪看到太多不好的言论，赶紧将手机从陶溪手里拿了回来。他其实不太懂事情到底是怎么回事，只能没什么意义地安慰道：“对，我们一班所有人都会站在你这边的。”

两个人围着陶溪你一言我一语地劝慰安抚，生怕陶溪受不了刺激。他

们却发现当事人自始至终都神色平静，只是在看微博的时候皱了下眉。

陶溪的手机振动，他拿出来看到是林钦禾的电话。对两人道了谢后，他走远了些接通电话。

“陶溪，我已经给你请假了。你现在直接打车回家，回去后不要看手机，在家里等我，我下午很快就到。这件事我大概知道是怎么回事，你不要怕，会很快解决好的。”林钦禾语速有些快，但嗓音依然像平常一样沉稳。

陶溪走到走廊的角落里，看着阳台外的枯枝，对林钦禾说道：“你别回来了，明天安心考试，这件事我自己可以处理好。”

林钦禾顿了顿，不容置疑地说道：“我已经买了机票。”

陶溪深吸一口气，静了片刻后，依旧固执地说道：“我之前想在竞赛后告诉你，就是不想影响你的竞赛。你要是现在回来，我之前的忍耐都白费了。”

他说完，肩膀突然被一只手轻轻拍了下。他转头一看是神情凝重的乔以棠，她小声说道：“爷爷让我带你回去。”

陶溪点了下头，继续对那边沉默的林钦禾说道：“真的，你相信我，我会处理好的。你安安心心地考试，我还要看你拿国家一等奖呢。”

他对林钦禾叮嘱了好几遍，磨了几分钟后，林钦禾还是没有明确地答应。他看到林钦禾从微信上推过来一个人的名片，名字是苏芸。

陶溪发现有很多新消息，都是班上的同学给他发来的。有说相信他的，有安慰他的，有愤愤不平的。他有些意外，因为自己在这个班级还不到半年，他没奢望过在这件事上能够得到同学的信任。

坐上出租车后，陶溪添加了苏芸的微信。苏芸先给他发了一堆资料，是冯亚东的个人资料和过往画作。他从头到尾认真看了一遍，此人确实出身贫寒，是文华美院大二的学生，参加过不少美术比赛，履历乍一看还不错。

乔以棠坐在一旁看那条微博的评论，此时评论数又翻了一番。最新评论骂得极为难听，她气得眼睛发红，恨不得在评论里大吵一场，想了想还是忍住了，低声痛骂了几句脏话。

陶溪偏头看向乔以棠，宽慰道：“别看了，就让他们骂吧。”

乔以棠愣了愣，见这个最该愤懑不平的人面色沉静，没半点儿惊慌失措，嘴角冒火地问道：“你怎么都不着急呢？我刚才看你跟林钦禾打电话那么冷静，还以为你是不想让他担心强装的，结果你还真跟个没事人一样。”

她一个旁人都快急死了，艺术创作的抄袭最容易说不清楚。一旦被扣

上这个帽子，会影响创作者一生的名誉。而陶溪马上就要申请国外的学校，要是在CAC大赛上留下不光彩的一笔，绝对没有学校愿意收他。

“毕竟我又没有做这件事。”陶溪对乔以棠笑了笑，向后靠着椅背，抬起眼皮，在手机上将那张金彩杯一等奖的画作放大看。仔细看了一会儿后，他在微信通讯录里翻到了一个人的微信号，他点进她的朋友圈，在一堆自拍中找出几张画打开看。

这一路乔以棠都忧心忡忡地担忧着，眼看着那条微博被推上了热门，越来越多的人涌进评论区，不分青红皂白地辱骂陶溪，连带着文华一中和CAC主办方都被骂得很惨。

她看了眼一旁的陶溪，这人居然靠在椅背上闭目养神，顿时没好气地关了手机。想着这小子没准儿真的被林钦禾附体了，这么大的事都能云淡风轻的。

出租车终于开到了乔家洋房，乔以棠和陶溪下了车。她拉着陶溪冲进房门，急着跟爷爷诉苦寻求办法，结果乔鹤年一看到陶溪就揪住他的耳朵大骂道：“你个小兔崽子，跟你说了多少遍不要在有别人的地方画比赛稿，把画好好锁起来不要随便放，你全当耳旁风了吧？这下好了，给人抄了还被倒打一耙！”

陶溪脸上的从容没了，忙求饶道：“我错了，我错了爷爷。”

在客厅逗鹦鹉的钟秋生走过来，心平气和地对陶溪说道：“我已经跟今年的评委会主席说好了，等会儿你跟他们开个视频会议，把证据给他们。再好好说说你的创作思路，他们一看就明白了。”

乔鹤年放开陶溪的耳朵，在他背上重重拍了一巴掌说：“还不快去把之前办的版权证书拿来！”

陶溪忙不迭地跑上楼了。

完全搞不清楚状况的乔以棠看了看自己的爷爷，又看了看不知为何出现在这里的钟秋生，奇怪地问道：“什么版权证书？”

直到陶溪拿着证书过来，跟钟秋生去书房里与CAC主办方的评委会进行视频会议，乔以棠才从爷爷口中明白过来到底是怎么回事。

半个月前，陶溪画完比赛稿后来到乔家，和乔鹤年一起去办了画作的著作权登记。按理来说，艺术作品从完成起就自动拥有版权。但如果没公开发表，很难证明作品是作者的原创和首创，钻这个空子盗窃别人成果的例子不胜枚举。

陶溪要参加比赛，自然不可能提前公开发表作品，但他去登记了版权，那就不一样了。版权证书上的创作完成日期，远早于冯亚东在金彩杯的发表时间，冯亚东绝不可能有比他更早的发表证据。

不仅如此，那天陶溪还带着画稿与乔鹤年一道去拜访了钟秋生。这位画坛泰斗担任过多届CAC评委会的主席和顾问，这次CAC收到了不少举报信，若非有钟秋生为陶溪担保背书，很有可能迫于舆论压力先将陶溪的画稿撤掉。

会议进行了半个小时，全程只有陶溪一个人对着摄像头与CAC评委会对话，钟秋生只是远远地坐在一侧看着。

今年的评委会主席谭山说起来还是钟秋生的学生，但他并没有徇私情对陶溪有所包庇。他面容严肃地问了陶溪许多问题，整个过程陶溪都神情镇定，不慌不忙地对评委会展示了自己的创作思路和细节，还有他证明自己原创的证据。

其中一个证据让评委会的人面色都舒缓下来，谭山甚至对陶溪开了个玩笑说："你小小年纪，居然准备得百无一漏。这下污蔑你的人，可就没什么话能说了。"

会议结束后，乔以棠快步走进书房问陶溪道："评委会怎么说？应该相信你了吧？"

陶溪点了下头，平静地说："我的作品会继续保留。"

乔以棠大松一口气，高兴得差点儿跳起来说："太好了！还能继续参加复赛！"

陶溪对钟秋生恭敬地道了谢，这一次多亏有钟秋生的帮助。钟秋生和蔼地拍了拍陶溪的肩膀，笑着说："网上那些事儿，我这个老头子就帮不了你了。相信你自己能处理好，我去和你老师下棋去了。"

陶溪送钟秋生到楼下客厅，然后和乔以棠一起在书房里探讨要怎么发微博反击。

"有这个证书应该就够了吧？冯亚东肯定拿不出来时间更早的发表证据。"乔以棠坐在电脑前起草微博长文，把证书照片摆在了第一条。

"但他可以继续胡搅蛮缠，说自己由于疏忽没有留下首创的证据，再倒打一耙。"陶溪坐在一旁支着下巴，冷静地分析道。

乔以棠皱眉思索了会儿，确实如陶溪所说，虽然从法律层面而言，陶溪有绝对的著作权，可以直接起诉对方侵权和诽谤。但对方显然买了不少水

军，以弱势群体的身份在网上搅浑水。若要污蔑陶溪登记版权是早有预谋，也不是没有可能，毕竟这种事也曾经发生过。

她正在苦苦思考，突然看到陶溪拿过鼠标，将那幅他创作的画作打开，宽大的电脑屏幕上画作细节一览无余。

“你仔细看看这幅画，能不能发现什么？”陶溪看向她，弯起嘴角笑了笑。

乔以棠愣怔地盯着那幅画，这是一幅名为《自我》的抽象油画，她已经看过很多次了，油画风格带点至上主义流派的意味，充斥着看似毫无规律的线条和几何形体，在表面的杂乱无形中呈现动感和碰撞，于有限集中的颜色中表达对自我和宇宙的探索。

她专心致志地观摩了一会儿，突然发现画作右下角的部分线条有些不同。这一部分占的比重很小，与整幅画融为一体，不认真看看不出来。

“这是？”乔以棠伸手指了下画作的右下角问。

陶溪向后靠在椅背上，不徐不疾地说道：“这是我的签名，用的摩尔斯码。”

乔以棠顿时恍然大悟，她懂摩尔斯码，右下角那部分里，每一根线条的粗细和长短并非杂乱无章，而是共同组成了摩尔斯码对应的五个英文字母——TAOXI。

油画家的签名形式花样繁多，很多画家会直接签在画作的边角，也有不少画家会把签名融入画中的道具和花纹之中。比如凡·高的那幅《向日葵》油画中的签名就在陶瓷花瓶上。陶溪没有直接签上名字，而是在画作中融入了自己的名字。

乔以棠赶紧又在电脑上打开冯亚东的那幅画，把右下角放大后发现，这个人完全照搬了陶溪的画，连别人的签名也画得一样不差。

“这个名字才是CAC评委会相信我的主要原因。”陶溪看着那幅“仿品”的签名，带着几分戏谑地说道。

画可以偷梁换柱，发表时间可以牵扯不清，但创作者的署名却无法颠倒黑白。尽管讽刺的是，这个名字原本并非属于他。

乔以棠忍不住向后倒在椅子上大笑出声，说道：“这个冯亚东抄画就算了，居然完全依样画葫芦，也不改一点。”

陶溪喝了一口水，语气肯定地说道：“这幅画应该不是他画的。我看了他之前的画，能看出来。”

就像美术老师姜蕾说的，画画跟写字一样，同一个人的字迹，再怎么伪装都认得出来。有的字写惯了这辈子都改不了，画画也是一样。

“不是他那是谁？”乔以棠愣了愣，歪着头想了会儿，“不过也是，他一个大学生，又不认识你，从哪儿得到的你的画？”

陶溪双手交握在胸前，顺着问道：“对啊，从哪儿得到的呢？”

乔以棠猛地转头看向陶溪，这个自始至终都淡定得可怕的人。她眯着眼睛问道：“你是不是已经知道是谁搞的鬼了？”

她甚至有一个更荒谬的想法，画完比赛稿立即申请登记了版权，带着画去见了 CAC 往年的评委主席钟秋生，画中还特意留下了自己名字的摩尔斯码，留得这样不着痕迹……或许可以解释为这个人谨慎到了极点，但这么谨慎的人，怎么会把自己的画不小心泄露出去？简直像未卜先知一样。

陶溪摇了摇头，神色无辜地说：“我也不知道。”

乔以棠将信将疑，只说道：“之后再查，咱先把这个冯亚东的脸打了。”

两人开始撰写微博长文，陶溪自己写澄清文字，乔以棠帮陶溪用电脑整理时间线和证据。除了版权证书，还有陶溪从画初稿的第一天开始拍的每日进度照片，每一张都标上了日期，可以清晰地展现画作的完整创作过程。

晚上八点，一个新注册的微博账号发布了一条长文，标题仅七个字：致抄袭者冯亚东。

长文中条理清晰地展示了各项证据，版权证书、创作进度照片、画作的隐藏签名、创作灵感和思路……除此之外，还有针对陶溪本人家庭背景的澄清。但陶溪没有采纳乔以棠的建议在文中渲染自己的家庭如何贫困，只是简单客观地陈述了自己受益于远程直播课堂项目才有机会来到文华一中读书。

长文的最后一句是：本人将依法对冯亚东和诽谤者追究法律责任。

他没给冯亚东留下任何回旋的余地。

新微博根本没有关注度，好在苏芸帮他们联系了一个网络公关公司，让不少相关领域影响力较大的大 V 博主转发了这条微博，还请了一些网络媒体报道此事。

在大规模的网络宣发下，这条微博的转发数和评论数激增，很快登上了微博热门，热度远高于那条诽谤微博。

这条微博的文字理性克制，没有一丝一毫的情感渲染或夸大其词。证据清清楚楚，事情一目了然，那条诽谤微博被彻底推翻，指认抄袭的人本身

才是抄袭者，谣言中出身权贵走捷径的高中生，才是那个凭借自身努力品学兼优的寒门子弟。

戏剧化的全盘反转向来最能引发网民的关注和讨论，尤其是画中的莫尔斯码签名将所有污蔑和质疑一下击溃。毕竟不会有人蠢到在自己的画中签上别人的名字。

“我都以为实锤了，结果居然反转了，还反转得这么彻底。我中午还当正义网民帮冯亚东举报骂人，现在就跟吃了苍蝇一样恶心！”

“我为我中午发的评论道歉，这篇反击文章里的证据比那条微博实锤多了，尤其是那个签名。冯亚东这个蠢货偷别人的画就算了，连名字也偷，他爹妈如果知道儿子更名改姓会不会气死？”

“冯亚东真是恶人先告状，自己一个大学生没本事原创，抄别人高中生的画，还反泼脏水，怎么会有这种小人？”

“这个高中生太聪明了，要不是他留了一手，就要被冯亚东害死了。”

“我听说这个高中生还是因为考了偏远县的第一名，才有机会去文华一中读书。如果今天这事儿冯亚东得逞了，他很有可能就要被赶回去，人生也被毁了。我强烈支持他告冯亚东，狠狠地告！这种人不配继续浪费国家的教育资源。”

“我现在严重怀疑冯亚东之前拿的奖也是假的，有没有人帮忙查查看？”

“文华美院怎么会出冯亚东这种渣滓？这不开除，要留着继续祸害别人吗？”

…………

被戏耍愚弄的网民怒不可遏，那条诽谤微博的评论区充斥着激烈的声讨与辱骂。冯亚东的微博小号被人扒出来发在评论区，每一条微博都被网民找过来骂，最新的一条自拍微博被骂得尤为惨烈。

文华美院的官微也被殃及池鱼，连惯常的晚安博评论区都满是声讨。不少网民要求学校处分甚至开除冯亚东，吓得学校官微运营者连夜开了评论精选。

很快，CAC 大赛的官方微博发布了公告，表示驳回之前收到的举报，将继续保留陶溪的参赛作品。那个不入流的金彩杯大赛官微也连夜发布微博，声明已经撤销了冯亚东的得奖作品。

但仅仅撤销显然已不能平息网友的怒火，有人很快查出来，冯亚东这两年参加的很多比赛中，竟真有好几幅画都是抄袭临摹自国内外创作者的作

品。看起来光鲜亮丽的履历，居然大半都是假象。还有人专门联系了这些被抄袭的创作者，其中有一个画家表示要起诉冯亚东。

忙完一切后已经将近九点，乔以棠一直刷着两条微博的评论，时不时笑出声。陶溪向乔鹤年与钟秋生说了下网上的情况，两位老人终于放下心来，钟秋生起身告别。

陶溪送钟秋生到院子口，看着老人坐车离开后，才长舒一口气，这大半天紧绷的神经暂时放松下来。

他一个人静静地站在庭院里，伸了个懒腰，抬起头看向夜空。

刚下过一场冬雪，天色还未全然见晴，月亮半隐在缓缓流动的薄云之中，柔润而朦胧。

他突然有些想念林钦禾了，今天忙了一天，他与林钦禾只来得及在微信上沟通了几句话。

手机振动起来，陶溪飞快地拿出手机看，心有灵犀似的，是林钦禾的电话。

“我说吧，我自己能解决的！”陶溪跳到石桌上坐下，微微抬着下巴说道，声音里是藏不住的得意。

林钦禾嗓音沉沉的，还是有些严肃地说：“这件事还没彻底解决，我已经联系了一名律师，会帮你起诉冯亚东，还有匿名投稿诽谤的人。”他顿了顿，声音更沉了些说，“背后的始作俑者，你想怎么处理？”

陶溪垂下目光，沉默了会儿说道：“如果我也想追究责任，你会觉得为难吗？”

他没说始作俑者是谁，因为这是心照不宣的事。

冯亚东只是一个被推出来的幌子。是谁偷了他的画？谁临摹的？谁雇的冯亚东？这些问题陶溪心里早就一清二楚了。

林钦禾没怎么犹豫地说道：“我说过，无论你想做什么就去做，不用担心我为难。”

陶溪想起林钦禾还说过会无条件偏袒他，他仰起头看着天上的月亮，晃了晃两条腿，又笑着说：“好，那你好好参加竞赛，我等你回来。”

两个人又讲了会儿别的，陶溪好像有讲不完的话似的。讲到最后蹦不出话了，就干脆跟林钦禾一起安静着，听着彼此的呼吸声。

乔以棠在微博上看到一条解气又好笑的评论，急于向陶溪分享。她跑到庭院里看到陶溪正坐在石桌上打电话，一只手在身后撑着桌面，像小孩儿

一样晃悠着腿，脸上是恬淡纯净的笑容。那种充盈在眼角眉梢的依赖，与她今天看到的镇定沉稳全然不同。

她突然有些恍惚，曾经她总把陶溪当作被林钦禾资助和保护的角色，甚至在今天出事后，她的第一反应也是想着和林钦禾一样去保护他。但现在她猛地意识到，陶溪从来都不是脆弱的、惯于依赖的被保护者，他能走到这里，是因为自己本就足够聪明，足够勇敢。

事情经过一晚的发酵，真相已经尘埃落定。“文华美院那些事儿”在半夜将那条匿名投稿的微博删除了，还专门发布了公告声明平台只是接受投稿，投稿内容并不代表平台的观点，显然是急着撇清责任。

在多个大V博主和网络媒体的转发报道下，越来越多的网民关注到此事。CAC大赛的投票网站有不少愤怒的网民蜂拥而至，争相给陶溪的82号作品投票，连网站服务器都不堪重负地崩了几个小时。

对此陶溪并不知情，也不在意。第二天早上，他像所有学生那样照常回到学校上学。一进教室，班上同学一下子围上来，七嘴八舌地庆祝他“沉冤昭雪”，那喜悦劲儿比当事人热烈多了。

“我就说溪哥肯定没问题！”毕成飞揽着陶溪的肩膀，扯着嗓子喊道，“昨晚那个反转看得我太爽了，我还专门用我的大号去把冯亚东骂了一通！”

金晶也关注了一晚这件事，还熬了夜，此刻她挂着两个黑眼圈对陶溪笑道：“你这个事真的太惊险了，我昨天中午看到气得不行，担心你没办法澄清。还好你准备充分，狠狠打了他的脸，没让小人得逞！”

李小源考虑得最为周到，在欢喜之外，关心地问陶溪：“我看他们把那条微博删除了，会不会后面抵赖不认账啊？”

陶溪笑着说道：“没事，律师已经取证了，就算删除也没用。”

众人都放下心来，又开始叽叽喳喳地讨论着给陶溪投票的事。

班长李小源早已在班级群里号召全班同学给陶溪投票，人缘广的毕成飞还专门成立了一个“CAC打投小组”，在全校学生中四处散播投票链接。从来沉默寡言的黄晴，还在家里奶茶店的玻璃门上张贴了投票二维码。

陶溪心知投票影响甚微，但还是对班上的同学真诚地表示了感谢，在班群里一连发了好几个大红包，全部一秒抢光，发完他微信上也没钱了。

其实，自从被污蔑偷耳机以来，他对班上很多人都存有戒备之心。这次班上同学一开始就站在他这边，在他意料之外，也让他非常感动。

上午课间的时候，周强来了教室一趟，把陶溪带到一个没人的僻静角落讲话。

“你放心，学校高度重视这件事。乔校长上午开会还专门说了，会支持你维权。如果你需要什么帮助，就跟我说，我跟学校反映。”周强对陶溪说道。

乔校长当然会重视这件事，先不说陶溪是他父亲的学生这种私人层面，这件事影响太广了。由于闹得太大，如果不是陶溪的证据足够确凿，将事情反转，那么文华一中的名誉都会受到影响。陶溪的身份还牵连到政府刚嘉许过的远程直播课堂项目，学校领导谁也不想让这个项目沾上污点。

除此之外，这件事也疑点甚多。文华一中学生的画作，为何会被文华美院的学生抄袭？是谁窃走了陶溪的画？这些问题只要深思便会察觉出不对。

“陶溪，你仔细回忆看看，你画画的时候接触过哪些人？有没有在学校以外的地方画过？”周强问出了自己和学校领导都有的疑问。

陶溪抬眼看着周强，说：“我只在寝室里画过，画也一直放在寝室里。”

“只在寝室？”周强心中有了猜想，当初是他带着陶溪办的寝室入住。由于担心陶溪融入不进去，他还特意留心过，记得陶溪还有两个室友，一个二班的学生，一个是美术班的学生。乍看起来，美术班学生的可能性大一点儿。

似乎是看出了他的猜疑，陶溪对他说道：“不会是潘彦，他虽然也学画画，但与我关系很好。”

周强顿时明白过来，陶溪其实已经有了怀疑对象。他面色凝重地点了下头，说：“你放心，如果真的是我们学校的学生在寝室偷了你的画，学校绝对不会姑息他。我回去和校长说一下，马上开始调查这件事。”

陶溪对周强道了谢，很快上课铃响了，他顺着人流朝教室走。在路过二班教室时，往门里看了一眼。

徐子淇坐在第一排，看到他的目光，面色陡然变得煞白，眼神甚至是惊恐的。

陶溪扬起嘴角，对徐子淇笑了笑，然后移开目光，继续向一班的教室走去。

网络上的纷争还未停止，上午九点，文华美院官微也发布声明称校方

紧急召开了会议，正在研究如何处理冯亚东一事。而林钦禾帮陶溪委托的律师，也在微博上发布了律师函，表示将会帮委托人起诉冯亚东。

事态朝着最初众人始料未及和扩大化的方向发展，或许是迫于学校和诉讼的压力，上午十点多时，被网友唾沫星子淹没的冯亚东微博小号，终于发了一条微博回应。

他在微博中承认了那幅画不是自己原创的，但把画给他、让他投稿比赛的另有其人。他还说自己只是受人蒙骗，匿名投稿污蔑抄袭的人也不是他。他企图将自己择干净，最后还“艾特”了一个微博号，暗示此人才是幕后之人。

网友点进这个微博号，发现还是一个认证号，简介是文华市青画协会副会长。

“溪哥，你认识这个叫关凡韵的人吗？”

毕成飞忍了一上午，在午休时终于有时间好好八卦下，看到已经有网友扒出这个微博里尽是自拍的女人，名叫关凡韵。

陶溪也刷着手机，却没有闲心八卦，而是焦急地等着林钦禾的回信。上午是全国数学竞赛考试，此时应该刚结束不久，他看着微信对话框，心不在焉地说道：“认识，我也在这个协会里。”

毕成飞在脑中勾勒出一个副会长嫉妒天资卓越的成员，因而污蔑陷害的故事。他继续刷着微博，一会儿后猛地张大嘴说：“我看到有人扒出来，这个关凡韵是鸣威科技董事长的女朋友啊！”

关凡韵的微博里充斥着自拍和秀恩爱的内容，网民顺藤摸瓜地扒出了男朋友……

“鸣威科技？”陶溪没反应过来。

“你不知道吧？鸣威科技是一家挺大的医疗公司，董事长是……”毕成飞掩着嘴，朝陶溪凑近了小声道，“隔壁二班杨多乐的爸爸。”

陶溪哦了一声，没什么反应地继续看着林钦禾的微信框。界面突然跳成来电提醒，他一个激灵，拿着手机腾地从座位上站起来飞奔到教室外的走廊上。

“你考完了吧？”

林钦禾那边似乎有些吵，他嗯了一声，没说考得如何，而是对他说道：“我下午回文华市，晚上去接你放学。”

陶溪愣怔了下，问道：“你下午在北京不是还有面试吗？”

林钦禾这次去北京的行程排得很满，除了上午的竞赛，下午还有两场和美国教授的面试，计划是明天回来。

“我把面试时间推后了。”

陶溪觉得有些不对劲，林钦禾不是这样随便打乱计划的人。他想了想说道：“你急着回来是有什么事吗？如果是我的事，你真的不用担心的，我已经处理得差不多了。”

林钦禾好像走到了一个安静些的地方，声音更为清晰低沉地说：“陶溪，我想明天上午就带你去见你的外公外婆。”

陶溪深吸一口气，手指不自觉地握紧了手机，轻声问道：“为什么？不是说好了周六再去吗？”

一想到那个场面，他还是不可抑制地感到忐忑不安。

林钦禾沉默了一会儿，只说道：“我不希望再发生什么事了。”

陶溪在林钦禾的嗓音里听出了几分自责，他咬了下嘴唇，犹豫了会儿后应道：“好，我听你的。”

挂了电话后，他打开微博，找到关凡韵的微博号，发现微博内容已经被清空了，ID 也变成了一串乱码。

冯亚东爆出关凡韵在他意料之内，他更好奇关凡韵会怎么做。

关凡韵定然是出于讨好杨多乐的目的，才会替他做下污蔑陶溪抄袭的事。如今事态发展至此，再无回转余地，她会包庇杨争鸣的“儿子”，替他挡下这一切吗？

还有一直看不惯他，又苦心巴结着杨多乐的徐子淇，他面对学校领导的质问，会替杨多乐瞒下来吗？

陶溪将手机放回口袋，回了一趟教室后，又走到走廊上，拉住一个刚要进二班教室的男生，递了一张折起来的字条给他，说道：“能不能帮我给你们班的徐子淇？”

男生答应了，很快地进了教室。

陶溪倚在走廊栏杆上，低着头刷了会儿微博。没过多久，徐子淇走了出来，目光僵直地看了他一眼，又朝四周张望着，见没什么人经过，才面色铁青地问道：“你什么意思？”

陶溪视线落在徐子淇紧紧攥在一起的手指上，他没说什么，转身走进了走廊尽头一个空置的教室。徐子淇在背后踟蹰了会儿，慢吞吞地跟了过来。

空教室里没什么桌椅，墙壁边缘有一把断了腿的破椅子。陶溪看了眼那把椅子，等徐子淇神情紧张地把门关上后，没什么语气地说道：“徐子淇，我记得我很久前就和你说过，不要随便碰我的东西。”

徐子淇看到那把椅子显然是想起了什么，下意识往后退了两步，瞪着他愤懑道：“谁动你的东西了？你不要随便污蔑人！”

陶溪逼近一步，盯着徐子淇目光躲闪的眼睛，说道：“你可能不知道，我这人有个毛病，只要是我放的东西，怎么摆的，位置在哪儿，我都记得清清楚楚。”

徐子淇僵立在原地，紧抿着唇，沉默了一会儿后，侧开脸说：“我不知道你在说什么。”

“那我帮你回忆看看。”陶溪将手放进口袋里握着手机，歪着头像是在思考，继续道，“12 月 17 号那天，潘彦请了一天假，我回寝室很晚。当时只有你一个人在寝室里，对不对？”

徐子淇脸色僵了一瞬，那张字条上写的就是这个日期。他心中慌乱如擂鼓，面上竭力维持着镇定问：“这又能说明什么？潘彦还不是经常一个人在寝室？”

陶溪轻声笑了笑，气定神闲地说道：“你没发现吗？我每次画完之后，都会用一块白布将画架盖起来。不过那天我回去后，发现那块布被人动过了，而潘彦不在，你说是谁动的？”

徐子淇蓦地垂下目光，眼睛里情绪激烈翻涌，好一会儿后又再次平静下来，嗤笑道：“这能算证据吗？”

陶溪没再接话了，而是突然问道：“你一直没联系上杨多乐吧？”

徐子淇面色阴沉地一言不发。自从昨晚事情反转后，他惊慌失措地给杨多乐发微信，打电话，但都没有回应。今天杨多乐更是直接没来上学，而他等会儿还要去政教处，接受冯主任的询问。

陶溪走近了些，语气放缓道：“徐子淇，我知道这件事是杨多乐让你做的。除了你，还有他父亲的女朋友。现在她已经被冯亚东供出来了，你觉得她会不会为了杨多乐，只供出你呢？”

徐子淇放在腿侧的拳头骤然攥紧，神情凝滞地沉默着。

“这件事已经闹大了，学校也在查，你觉得还能瞒得住吗？”陶溪目光落在徐子淇面色苍白的脸上，声音冰冷地说，“最后查出来是你给他们提供了我的画，你觉得学校会怎么处理你？是处分，还是退学？”

徐子淇目光剧烈颤动，喉结动了动，急促地反驳道："我不知道他们会拿你的画做那种事！"

陶溪放在口袋里的手握紧了手机，不太信任地问道："你真不知情？"

徐子淇涨红了脸，语速很快地辩驳道："我只是跟杨多乐提过你要参加CAC，他说他想看看你画得怎么样，让我拍张照片给他看看。我答应了，我真的不知道他会做那件事。"

陶溪心中冷笑，知道徐子淇在撇清自己，他不再说什么，转身要走。徐子淇追上来抓着他的胳膊，用哀求的语气说道："陶溪，我真的不能离开文华一中，我爸妈知道了要疯的！"

陶溪停住脚步，挣开徐子淇的手，目光冰冷地看着他说："你们打算污蔑我的时候，怎么不想想，我也不能离开文华一中呢？"

徐子淇张了张煞白的嘴唇，没有说出什么。

下午陶溪照常跟着其他人一起上课，直到五点多的时候，刚上完一节英语课，周强从后门走进来，让他出去一趟。

陶溪跟着周强走到了教室外，周强一边带着他往办公楼的方向走，一边说道："政教处的冯主任中午找了徐子淇，他的说辞跟你给我的录音没什么差别，然后冯主任去找了杨多乐。但杨多乐不在学校，昨晚他就请假了。"

陶溪心中哂笑，这种时候了，杨多乐还是只会懦弱地躲起来吗？

周强根本没想到，这事儿还会牵扯到二班的杨多乐，头疼地继续说道："冯主任只好联系了杨多乐的家长，现在他们过来了，正在会议室……"

他话还没说完，发现陶溪突然停住了脚步，紧紧皱着眉，眼底透出紧张不安的神色。

周强以为陶溪害怕面对家长，忙安抚道："别紧张，这件事是杨多乐做错了，他家长肯定也是来和你好好谈谈，给你道歉的，不会为难你。"

陶溪深吸一口气，迟缓地点了点头。

杨争鸣下午赶到文华一中时，罗徽音与方家二老还没到。他被冯主任接待到一个会议室里，没忍住点了一根烟，心烦意乱地抽了几口，向来斯文和煦的面容结了一层凝重的寒霜。

今天中午关凡韵给他打电话，见自己已经被供出来了，才将这件事对他和盘托出——杨多乐不知道与那个叫陶溪的同学有什么深仇大恨，把陶溪投给CAC的画作照片给了她，还让她照着那幅画临摹一幅，找个没什么背

景的大学生，重金让他以自己的名义将那幅临摹的画投稿给金彩杯大赛。

这么做的目的显而易见，他的儿子不知道犯了什么病，要通过污蔑抄袭毁了一个同学的比赛。更深了些说，是要毁了这个同学在艺术创作上的前途。

“争鸣，我跟那个陶溪无冤无仇的，也是因为你儿子才做这件事的，你不能不管啊！现在别人要起诉了，我不可能给你儿子把这件事完全兜下来，你能不能想点儿办法啊？”

当时杨争鸣听得额头青筋直跳，冷静下来打断了关凡韵的哭诉，让她先把社交平台的内容都清空，不要在上面发表任何回应。

他对杨多乐的行为感到难以置信，又震怒不已，恨不得立即把这小子拖回来痛打一顿。他更没想到，关凡韵居然会荒唐地由着杨多乐胡来！

杨争鸣最后还是勉强镇定下来，去网络上迅速了解了事件的情况。这件事已经彻底闹大，来不及通过压制冯亚东来解决。

无论如何，他打算先去学校找杨多乐问清楚，但很快他又接到了杨多乐班主任的电话，语气委婉地对他说了杨多乐的事，让他带杨多乐去一趟学校。他才知道杨多乐根本没上学，只好给几乎不联系的罗徽音打了电话，结果罗徽音说杨多乐心情不好，去了一个朋友家。

杨争鸣哪里忍得住怒火，他一直不满方家二老和罗徽音对杨多乐太过娇惯，由着他任性到今天酿下大错。于是他忍不住把杨多乐做的“好事”说给了罗徽音，谁料到罗徽音正好在方家看望两位老人，这事儿也被二老知道了，三人又惊又急，都不信这是杨多乐做的。

会议室的门被推开，杨争鸣看到罗徽音扶着方祖清和叶玉荣两位老人进来，却没看到杨多乐的人，不禁沉声问道：“杨多乐呢？你们怎么不把他带过来？”

罗徽音神情疲惫地说道：“我专门开车去乐乐朋友家接他，也问了他这件事。乐乐不承认，也不愿跟我来学校，我就没带他过来。”

当时她怕伤到杨多乐，问得小心委婉。但杨多乐反应激烈，哭着否认了，她心疼得不敢再问。她又劝杨多乐去学校好好解释下，杨多乐始终不肯答应，也不肯离开朋友家。她只好放弃，接了坚持要去学校的两位老人一起过来。

杨争鸣闻言只觉得这两个人都荒唐，刚想说什么，听见方祖清重重拄了下拐棍，本就严肃的面孔此刻铁青着，厉声质问他：“是不是你的那个女

人干的好事？我跟你说过多少遍了，少让她去招惹乐乐！”

一旁的老伴叶玉荣也着急上火，但又担心老头子的身体，语气柔和地劝道：“先坐下来，向学校老师了解下情况，是不是有什么误会？我相信乐乐是个好孩子，万万不会做这样的事。”

罗徵音忙扶着方祖清坐在沙发上，给老人顺了顺气，附和道：“乐乐也说不是他做的，可能真的有什么误会。”

她自从接了杨争鸣的电话后就一直心神不宁，想到杨多乐这段时间的不对劲，和他对陶溪的敌意，心里其实有些怀疑。但杨多乐的否认，又让她打消了疑虑，她不相信自己养大的孩子会做出这种事来。

一直沉默的杨争鸣将烟掐灭了，伸手捏了捏紧蹙的眉心。他知道这三人根本就不信，但他心里再清楚不过，关凡韵虽蠢，也不至于在这种事上糊弄欺骗他。

“算了，等冯主任过来再说吧。”

冯主任很快就进了会议室，客气地向四个家长打了招呼，又分别倒了水。

方祖清按捺不住地向他询问事情的来龙去脉，冯主任便语气平和地将陶溪 CAC 画作被污蔑抄袭，到最后反转的事情细致地介绍了一遍。

“可这和我的孙子有什么关系？”方祖清板着脸问道。他根本就不认识这个叫陶溪的学生，人老了也不太懂网络上的事。

冯主任处理过许多学生的纷争，知道家长都会袒护自己的孩子，闻言也没生气，又将徐子淇承认是杨多乐让他偷拍陶溪的画作，以及冯亚东爆出受关凡韵指使的事说了出来。

方祖清闻言沉默下来，枯瘦的右手紧紧握着手中的拐杖，叶玉荣轻叹了口气不说话。

罗徵音听到关凡韵这个名字就皱紧了眉，神色不豫地看了一眼杨争鸣，冷声问道：“会不会是关凡韵让乐乐做的？”

杨争鸣没想到罗徵音还在心存侥幸，语气不耐道：“凡韵和陶溪没什么交集，没事儿害他做什么？她把跟乐乐的聊天记录都给我看了，确实是乐乐让她做的。”

他忍了忍，才没把同学生日会那件事儿说出来，他怕老人家听了受不了。

或许是从这句话中听到了杨争鸣对关凡韵的袒护，方祖清冲杨争鸣怒

道：“看看你找的什么女人？要不是有她在一旁出主意，乐乐能懂这些手段吗？”

杨争鸣烦躁地支着额头，这些年来，他与方祖清之间很难心平气和地说上几句话。老人对他的怨恨并非一日两日，他沉默着没接话，由着老人迁怒。

罗徵音犹在难以置信，惊疑了好一会儿，似乎受了很大的打击，喃喃道：“乐乐怎么会……”

叶玉荣神色凝重，心里也翻江倒海着，她知道罗徵音受不了，便握住她的手轻轻叹气说：“小孩子一时犯了糊涂，做了错事，我们做大人的也有错，没把他教好。冯主任，您看这事儿要怎么处理比较好？”

冯主任一直都有些尴尬，见终于有个人注意到他，忙说道：“这事现在闹得有点儿严重，后续处理还是得学校领导拿主意。我个人的建议是，让杨多乐对陶溪好好道个歉，然后你们看看能不能与陶溪商量下，看他怎么说。”

杨争鸣明白冯主任话里的意思，思索了一会儿问道：“不用将陶溪的家长也请过来吗？或许我们家长一起谈，更妥当一些。”

方祖清难得附和了杨争鸣一句：“对，小孩子有时候拿不准主意。”

冯主任为难道：“陶溪是我们学校与清水县的远程直播课堂项目送过来的学生，家长都不在这儿，也没有他们的联系方式。”

罗徵音回过神，脸上罩着愁云，点头道：“我认识陶溪，他确实是从清水县来的。”

另外三人都沉默下来，因为清水县是他们共同不愿意回忆的地方。他们没想到，杨多乐这件事牵扯到的孩子居然来自清水县。

最后还是杨争鸣对冯主任说道：“谢谢您了，我们先商量下，再和您说。”

“好，如果你们要见陶溪的话，我可以带他过来。”

冯主任走出去，关上了会议室的门，听到里面隐隐传来的争吵声，在门外摇了摇头。

陶溪被周强带着走到会议室门前，垂落在腿侧的双手紧攥在一起，攥到骨节泛白。

他已经从周强口中知道，这次来的家长有他的父亲、外公外婆，还有林钦禾的母亲。

本来他已经准备好，明天与林钦禾一起去拜访外公外婆。但怎么也没

想到，会先在这样的场合见到他的亲人。

陶溪将自己的身姿站得更挺拔一些，清了清自己的嗓子。周强敲了敲会议室的门，每一声都重重地叩在他的心上。

很快有脚步声从里面传来，紧接着门被打开了。

陶溪看到杨争鸣神色疲惫地对他露出一个和善的笑，说："陶溪，进来吧。"

第十章
少年的天空

陶溪跟着杨争鸣走进会议室。

冯主任正与方祖清聊天，忙站起身对陶溪招手道："陶溪，过来坐。"

陶溪第一眼看到的是坐在沙发上的两位老人，他手足无措地站在门边，先微微弯下腰对两位老人礼貌地喊了声"爷爷、奶奶好"，然后又分别喊了罗徵音与冯主任。

方祖清在罗徵音的搀扶下站起身，将眼镜戴上，在看清陶溪的脸时怔了一瞬。他与老伴叶玉荣对视了一眼，都在彼此的眼睛里看到了几分惊讶。

罗徵音已经见过陶溪几次，她收敛起脸上的愁绪，对陶溪露出一点儿笑意。

陶溪神色拘谨地走到冯主任旁边的空位坐下，冯主任拍了拍他的肩膀，对他介绍道："陶溪，这几位是杨多乐的家长，今天过来是想和你聊聊关于你比赛的事。"

冯主任处理过不少学生之间的纷争，经常接待家长，这一番话说得极其含蓄，照顾了在场几位家长的面子。

陶溪听到这句话抿了下唇，双手规规矩矩地放在腿上，悄悄抬起眼睛看向坐在对面的两位老人，睫毛因为紧张轻颤着。

这还是他第一次正面看到他的外公外婆，两位老人脸上透出些疲倦。方祖清神情严肃一言不发，叶玉荣眼角有些红，似乎在为什么伤神难过。

杨争鸣进门后就去饮水机倒了一杯水，此时他拿着水杯走了过来。叶

玉荣主动从杨争鸣手里接过水杯，将水杯递给陶溪。

陶溪忙站起身，看到那双布满褐色斑点的手带着点老年人的颤抖。他伸出双手恭敬地从叶玉荣手里接过水杯，听到他的外婆对他和蔼地说道："孩子，先喝点儿水。"

他不知道为什么，听到这一声"孩子"，仓皇地垂下目光，小声说了句"谢谢"。他双手捧着水杯坐回椅子上，低着头慢慢喝水。

几位家长都有些不好意思开口说杨多乐的事，叶玉荣看出了眼前孩子的紧张，对陶溪温声问道："听说你是从清水县的学校转过来的？"

陶溪抬头看向叶玉荣，点点头说："我是从清水县一中过来的。"

一旁的冯主任笑着道："陶溪是清水县的第一名，所以被奖励来这儿借读一年，在这里成绩也非常不错。"

叶玉荣笑容慈祥地赞许道："是个聪明又努力的好孩子。"

陶溪闻言蓦地睁大了眼睛。

在冯主任的带动下，会议室里的气氛缓和了不少。杨争鸣斟酌了会儿，对陶溪面色诚恳地说道："陶溪，我们这次过来主要是向你道歉的。我没想到杨多乐会做出这样的事，要不是他今天没来，我肯定现在就让他给你好好道歉。"

叶玉荣脸上浮现哀色，对陶溪说道："我们家孩子确实做错了，是我们家长没教育好，也得向你道一声歉。"

陶溪脊背慢慢缩下来，目光垂落在手中的水杯里，没有说话。

冯主任见陶溪一直沉默着，只好干笑着打圆场道："等杨多乐明天来学校了，让他给陶溪好好道个歉。小孩子之间能有多深的仇，解开心结就好了。"

他刚说完，却见陶溪猛地抬起头，说道："我不会接受杨多乐的道歉。"

他语气决绝，眼底一股倔意，没有丝毫退让的余地。

会议室里的气氛瞬间凝滞下来，几位家长面面相觑，冯主任有些尴尬地挠了下头。他跟方教授有些私人交情，此次也是想帮几个家长尽量私下解决这件纷争，现在却觉得有些棘手。

一直没说话的方祖清，眉心的川字紧皱着，对陶溪沉声道："不只有道歉，我们也会替乐乐尽力弥补你的损失，给你赔偿，只要你能不再追究这件事。"

他们在之前商讨了很久，知道事情解决的关键还是在于陶溪。只要这

个孩子不再追究，那么杨多乐做的事不至于闹到尽人皆知，学校也可以看在陶溪谅解的分上，对杨多乐采取更轻的处罚。虽然他们对自己的孩子感到气愤，但还是不能坐视杨多乐被卷进旋涡里。

叶玉荣觉得方祖清的语气太严肃了，怕吓到陶溪，便对陶溪柔声说道："孩子，你从清水县过来也不容易。作为赔偿，我们可以资助你在文华一中继续读完高中，你考上大学后的费用，我们也给你出，直到你大学毕业。你觉得这样可以吗？"

陶溪再次从外婆口中听到这声"孩子"，只觉得呼吸滞涩，胸口发痛。

他张了张嘴，想说什么，喉咙里却好像被什么东西堵住了，根本发不出声音。

几个家长见陶溪低着头不说话，还以为他在犹豫思考。

冯主任其实觉得这个补偿非常不错，毕竟陶溪家庭贫困，将来读大学也是个问题，没必要为了一时意气放过这么好的机会。他对陶溪小声说道："陶溪，要不你考虑下？"

陶溪摇了摇头，再开口时嗓音涩哑地说："我不想接受。"

叶玉荣没想到这个孩子这么倔，她轻轻叹了口气，看向一直支着额头不发言的杨争鸣，见他没反应只好又看向罗徽音。她想着罗徽音认识陶溪，没准儿说的话更管用。

罗徽音向陶溪坐近了些，放柔语气劝道："陶溪，你不是喜欢画画，想申请国外的艺术学校吗？我们也可以供你出国留学。你与钦禾关系这么好，正好可以一起去美国，不好吗？"

陶溪在模糊的视线中听到"钦禾"两个字，沉默着，还是执拗地摇头。

方祖清一辈子性格固执，生的女儿也固执。他看着眼前这个似乎比他还固执的孩子，敛去脸上的严肃，对陶溪放缓语气说道："孩子，我能理解你的愤怒。说老实话，我到现在还是感到愤怒，不愿相信我的孙儿，会做出这样荒唐不堪的事。"

他说到一半开始重重地咳嗽，陶溪忍不住抬起视线看过去。

叶玉荣赶紧将水递给老伴，方祖清喝了几口水才平复下咳嗽。他看着陶溪，已经浑浊不清的眼睛里浮现出几分沉痛，苦涩道："他妈妈走得早，又从小体弱多病，所以我们都娇惯着他，舍不得让他吃一点苦头，就把他养成了骄纵任性的性格。如今他犯了糊涂做了错事，我们这些家长也有错，想向你道歉，也是真心想好好赔偿你。"

陶溪垂下头，用力咽了咽干涩的喉咙，手指掐进掌心里，听方祖清继续说着。

“每个人都会犯错，小孩子会，大人也会，都要为自己的错误付出代价。我曾经为一个错误付出过不可挽回的代价，现在我老了，剩下的日子也不多了，实在不忍心再看着自己唯一的孩子，再付出太大的代价。”

似是忆起什么往事，方祖清浑黄的眼睛里凝着哀恸泪意。一旁的叶玉荣忍不住别开脸，拿出手帕抹了抹湿润的眼角。

方祖清从沙发上颤巍巍地站起身，这位几乎从未哀求过人的老教授，他佝偻着腰，伸出颤抖的手，将一张纸递给陶溪，恳求道：“孩子，是我们家的孩子对不起你，我们来替他偿还。你有什么要求，都可以提出来。只要我这个老头子能办到，一定会尽力完成。”

陶溪的视线已经全然模糊，他根本看不清那张纸上是什么内容，只能看到那双不断颤抖的苍老的手。

曾经他无数次渴望过，渴望自己能像妹妹陶乐那样，在犯了错后，受到委屈后，有永远可以偏袒他、护着他的爷爷奶奶。他们会用那双苍老但有力的手将他护在怀里，为他遮挡一切责难打骂，告诉他，孩子别怕，来爷爷奶奶这里。

现在他伸出双手从自己的外公手里接过那张纸，低下头用力眨了下眼睛，模糊的视线终于清晰。

那张纸的首排正中央印着三个字：谅解书。

上面条理清晰地列着他们承诺的赔偿事宜，每一条都足以让一个出身贫困的人心动，他甚至可以在下面继续写上自己的要求。

多么丰厚的赔偿，只要他签下字。

会议室里再次陷入沉寂，几个大人终于发现了这个孩子的不对劲。他头垂得很低，将自己努力缩成一团，肩膀小幅度地颤抖着，手指紧紧攥着那张谅解书，只能听到被压抑得极低的哽咽，像被遗弃的幼兽哀鸣。

他们没想到陶溪会有这样的反应，也无法理解。从成年人的视角来看，接受这些丰厚的赔偿是最为理智的选择。

叶玉荣蹙起眉，关切地问道：“孩子，你怎么了？”

罗徵音给陶溪递了一张纸巾，但陶溪没有接。她不知道陶溪在难过什么，只能试探着提议道：“要不和你的家人商量下，给你的爸爸妈妈打个电话问问？”

我的爸爸妈妈。

“我……”陶溪终于张开了嘴唇，似乎想说什么，却不知为何怎么也说不出口。

这时，会议室的门突然被打开，众人一起抬头看过去，看到一个高挑的少年满面寒霜地疾步走了进来。他目光直直落在被围在中央的那个孩子身上，很快走到了他的身边。

“钦禾？”罗徵音惊讶地站起身问，“你不是还在北京吗？”

林钦禾没有回答，他看到了陶溪手上的那张纸，纸上有还未干涸的泪滴，将“谅解书”三个字晕染成扭曲的墨迹。

那一瞬，室内的众人都明显地从这个少年身上感受到了怒意。他眼神陡然阴沉下来，什么也没有说，只是将那张谅解书从陶溪手中抽走，顷刻将纸张撕裂。

方祖清脸色难看，瞪着这个自己看着长大的孩子，声音里含着怒意问：“钦禾，你在做什么？”

林钦禾冷峻的面容像结着深厚的寒冰，他几乎从未忤逆过这些长辈。此刻他目光沉沉地看着他们，从他们惊讶不解的脸上一一扫过，语气冰冷到极点地问：“你们知不知道自己在做什么？”

罗徵音从未见过林钦禾发这么大的火，愣怔得哑口无言。

杨争鸣站起身，这毕竟是他儿子的事，他对林钦禾解释道：“我们想和陶溪谈一谈乐乐做的错事，看能不能协商解决。”

只是他们也没想到，陶溪会反应这么激烈。

协商解决？林钦禾睨了眼地上被撕碎的谅解书，神色讥讽地质问道：“如果是你们自己的孩子被人陷害污蔑，差点儿一辈子背负抄袭的罪名而前途尽毁，你们会选择谅解那个人吗？”

几个大人闻言都沉默下来，杨争鸣皱着眉，这也是他一直对陶溪难以启齿的原因。他很清楚，杨多乐做的事几乎能毁了一个人的一生，何况还是一个没有什么背景的孩子。

陶溪随手抹了一把脸站起身，看向林钦禾摇了摇头。

林钦禾握住陶溪的胳膊，将他拉到身后，对还在沉默不语的众人冷声说道：“陶溪不需要你们的赔偿，也不需要你们这样的亲人。”

这一句话犹如巨石入浪，几个大人茫然地看向林钦禾，脸上神情呆滞。他们仿佛并没有听清这句话，看到林钦禾带着陶溪出去了，也没反应

过来。

林钦禾握着陶溪的手，带着他走出这间密不透风的会议室，门被重重地关在身后。

站在门外等待的苏芸看到他们出来，对林钦禾问道："是要现在就告诉他们吗？"

林钦禾点了下头。

陶溪蓦地抬起头，湿润的眼睛看着林钦禾，听到林钦禾对他说："别怕，我们现在回家。"

陶溪点点头，跟着林钦禾远远离开了这间会议室。

苏芸看着他们走远后，才再次打开了会议室的门。罗徵音从惊慌中回过神，看到苏芸后奇怪地问道："苏秘书，你怎么来了？"

苏芸对罗徵音笑着说道："罗夫人，钦禾拜托我告诉你们一件事。"

一直尴尬得不知如何是好的冯主任知道，他们定是有什么要事，忙站起身向众人告别离开。

杨争鸣心里隐隐有不好的预感，林钦禾那句话始终在他脑内回响。他按捺不住地向苏芸走近几步，疾声问道："刚才钦禾说的到底是什么意思？"他慌张得都没意识到，苏芸并没有听到林钦禾那句话。

苏芸将室内神色各异的几人看了一遍，有些担心他们能不能接受，尤其还有两位年事已高的老人在。

"您很快就会知道了。"她在众人不解的目光中，从公文包里拿出笔记本电脑，接通会议室里的屏幕后，点开了一条视频。

清晰画面里，一个穿着病服的中年女人坐在病床上。这个女人面容苍黄，整张脸都有些不太正常的浮肿，布满皱纹的眼角含着层层叠叠的愁苦。

对于杨争鸣与方家二老而言，这是一个故人。

但此刻的他们没能认出来，毕竟事情已经过去了十七年。当年只有一面之缘的女人，也几乎变了模样。

直到视频开始后，这个女人用熟悉又陌生的浓重口音，满脸忏悔地一遍遍说着"对不起"，杨争鸣的目光猛地震颤。他惊惶地看向坐在一旁的方祖清与叶玉荣，看到他们的神色也陡然凝重，似是想起了什么。

唯有罗徵音面色焦急而茫然，忍不住问道："这位是？"

可是没有人回答她，他们都神情沉重、惊疑不定地看着屏幕。她只能继续看向视频，终于，她在这个女人口中听到了一个烙进她生命的名字：

方穗。

接着一个残忍的事实，从这个女人口中磕磕巴巴、毫无逻辑地讲述出来。那是十七年前下着雪的冬夜，两个孩子如何在同一天降世，又如何在她一念之差中被交换了命运。

罗徽音耳蜗轰鸣，脑中一片空白，她看着那个女人说到一半低下头捂着脸痛哭，却依旧难以相信自己刚才听到的话。

她目光僵直地看向两位老人，茫然无助地去抓身旁叶玉荣的手。她张了张嘴，想要急切地寻求什么回答，却发现叶玉荣的手冰冷得可怕，和她一样正在不可抑制地颤抖。方祖清皮肉衰老的面孔呈现出异样的青紫，瞳孔紧缩地盯着屏幕上的女人。他们神情震恸，可又没有一个人说话。

“她……她说的是真的吗？”罗徽音惊恐地喃喃道。屏幕里的女人还在痛哭，一声声都让她的心脏慌跳不已，她癔症似的自言自语地问：“乐乐……乐乐不是阿穗的孩子吗？那……那阿穗的孩子在哪里？在哪里啊？”

可还是没人回答她，杨争鸣垂着头将脸埋在手掌里，好似从胸腔中压出一声叹息。

这时，女人的痛哭声终于渐渐止住。她双眼无神地看着镜头，用嘶哑的声音说道：“我给那个被我留下来的孩子，取名陶溪。”

这句话如一道惊雷，在会议室轰然炸开。

“祖清！”叶玉荣疾呼一声，只抓住了一片衣角，眼睁睁地看着自己的老伴，如同台风天被雷摧折的老树，重重地倒在地上。

杨争鸣与苏芸奔过来将老人一把搀起，扶抱着向门外赶去。罗徽音怔怔地回过神，手脚瘫软，撑着沙发扶手站起身，后知后觉地跟上。

陶溪被林钦禾带着出了校门，并没有回他们住的地方，而是去了一个老城区的馄饨摊。

因为文华大学在附近，老街巷里来往着不少大学生。夜市的摊主们张罗着在路边摆起了摊子，空气里四处弥漫着烧烤摊的孜然香气。

挂着“老孙馄饨”招牌的红色塑料雨棚下，一个头发花白的老人在滚动着白色水汽的大锅前下着馄饨。见林钦禾带着一个男生进来，他停下手里的动作笑着问道：“又翘课了？”

“没翘课，晚上放假了。”林钦禾说着，让陶溪坐在角落避风的餐桌旁，自己用开水烫洗一次性碗筷。

“很干净了，还洗什么？就你小子讲究！”老人看林钦禾洗得仔细，忍不住骂道。

陶溪坐在塑料凳上，好奇地听着他们讲话。他没想到林钦禾也会来这种市井的角落，还和这位被叫老孙的老人挺熟稔的样子。

老孙注意到陶溪的视线，对他露出一个和蔼的笑，还仔细看了他一会儿，不知道对林钦禾说了什么，林钦禾很浅地笑了，回了一句话。

没过多久，林钦禾将一碗满满当当的馄饨端到他面前说：“这里的馄饨挺好吃的，你试试。”

陶溪捧着碗闻了下，鲜香瞬间充盈鼻腔。他用林钦禾递给他的勺子埋头吃了好几口，确实很好吃，汤汁鲜美，整个胃都暖和起来。

他问坐在一旁的林钦禾：“你经常来这里吗？”

林钦禾也在吃一碗馄饨，正要回答，就听煮馄饨的老孙笑呵呵说道：“他六七岁离家出走，就来我这儿哩！”

陶溪顿时愕然地看向林钦禾问：“离家出走？”在还是那么小的年纪。

林钦禾的神色有些不自然，微微侧开脸说：“只是从家里走到这里，吃了一碗馄饨就回去了，不算离家出走。”

老孙闻言笑道：“那碗馄饨还是我请他吃的，他还对我说，以后一定会报答我的。”

陶溪没忍住笑了，在垂吊着的白炽灯下，他问林钦禾：“你当时为什么要离家出走啊？”

林钦禾淡然道：“不太记得了，可能是和家里人吵架了。”

老孙听林钦禾这么说，只笑着摇了摇头。

雨棚里很快又进来了几个大学生，老孙忙着去招呼生意了。塑料薄膜外冷风呼啸，棚内倒是在热汽间暖意融融的。

“那你后来是自己回去的，还是家里人找到你的？”陶溪好奇地问道。

林钦禾想了想，说：“家里人带我回去的。”

“那挺好的。”陶溪用一只手撑着下巴，回忆道，“其实我也离家出走过，忘了什么事了，还走到了隔壁那座山，但天一黑我就自己跑回去了。”

林钦禾问：“回去的路上害怕吗？”

陶溪点点头，说：“山里晚上很黑，也很安静，我又胆子小怕黑，听到狗叫都要吓一跳。那时我就想，要是胆子能一夜变大就好了，我就不害怕离开那里了。”

他感觉到自己的手被林钦禾握进了掌心里，林钦禾看着他，微微挑了下眉，说道：“你在我面前好像从来没有胆小的样子。”

陶溪怔了怔，回顾了下自己刚到文华一中时，上蹿下跳着往冰山似的林钦禾面前凑，哪儿有半点儿畏缩？

“那不一样。”他笑了笑说。

奔向林钦禾是他做过最勇敢的事，但回一个陌生的家还是会害怕的，就像幼时离家出走又自己回去的路上，他怕家里人为了这事儿打骂自己，也怕他们不打骂自己，矛盾而忐忑。

陶溪盯着汤碗出了会儿神，林钦禾便陪着他沉默。过了一会儿他再次开口说话，声音低低的，像是说给林钦禾，也像是说给自己：“你之前问我为什么不早点儿告诉你，我说是因为答应了郭萍，其实并不是。因为我有点害怕，我怕我想象得太美好了，但最后事情并不像我想的那样好。我怕他们对我失望，不愿意接纳我；也怕他们因为对我愧疚，千方百计地对我好；还怕他们为我和杨多乐感到左右为难……”

这些矛盾复杂的想法，他从来没对林钦禾说过，这是他不想展现的自己懦弱畏怯的一面。

林钦禾的目光一直落在他身上，对他温声道：“我明白。”

陶溪点了下头，他从学校出来后没怎么说话，似乎在这一刻打开了话匣子，像是想把塞在心里的东西都倒出来，继续道：“今天我见到……他们，其实我知道他们是为了什么事来找我的。那张谅解书虽然有点儿意外，但其实也能理解他们的做法。如果换作是我，我想他们也会为了我这样做的。”

林钦禾一直专注地看着他，这道目光似乎给了他继续剖析自己的勇气。

“但可惜我还是没能控制好自己的情绪，也不知道怎么回事。那一刻我就突然……突然有点儿委屈，明明想大声告诉他们真相的，但就是说不出口。”

陶溪感觉自己说到“委屈”时，身旁的人轻轻拍了拍他的肩膀。他觉得有些不好意思，微仰起头眨了下眼睛，再转头看向林钦禾时，双眼里又是亮晶晶的笑意。

他说：“不过，我现在好像不怕了。”

所有的忐忑不安都源于有所期待。当他在会议室里看到林钦禾时，他突然意识到，他有更期待的、属于自己的未来与生活。

“真不怕了？”林钦禾看着他问道。

陶溪点点头，语气轻松道：“大不了我就一直跟你住，又不是非要在那个家里待着。以后留学工作什么的，迟早也要出去的。”

林钦禾闻言扬了下眉，说：“大不了跟我住？你回了家，也得继续和我一起住。”

陶溪有些好笑地问道：“那万一他们坚持要我住家里呢？”

“我这里不也是你的家吗？”林钦禾反问道。

陶溪看着林钦禾好久才回过神，他眼睫微垂，嘴角却向上翘着说：“我知道了，你是第一个给我家的人。”

他歪头小声道：“那你也别生气了，好不好？”

今天的林钦禾对那些长辈显然是有些失态的，在带着他离开后，林钦禾就收敛了所有情绪。但他知道，林钦禾心里或许还在难受。

林钦禾沉默了一会儿后，开口道：“我没有生气。”

他只是对自己在这件事上的无能为力感到失望，陶溪怎么可能不需要亲人？他比陶溪更希望陶溪能拥有圆满的亲情。

老孙招呼完一桌客人，走过来问要不要再添一些馄饨。陶溪点头道了谢，又吃了小半碗，吃到最后撑得有些站不起来了。

两人吃完馄饨本来要走，但陶溪突然闻到外面烧烤摊飘来的味道，便撺掇着林钦禾出去给他买。

“你还吃得下吗？”林钦禾问了一句，但还是出去给陶溪买烧烤了。烧烤摊的生意很好，他排队等了些时候才烤完，回来时看到陶溪正听老孙讲着什么，见他进来两人停了下来。

陶溪看到林钦禾神情有些严肃，刚要问怎么了，林钦禾对他低声说了方祖清晕倒的事。

林钦禾在等烧烤时接到了苏芸的电话，得知方祖清在会议室晕倒后被送到了汉南医院。万幸老人家并没有大碍，只是一时心神震动导致的晕厥，医生说很快就能醒过来。

陶溪在听到消息的那一刻慌了下，紧接着涌上了一股后怕。他无法想象，万一方祖清真出了什么事要怎么办。

林钦禾安抚道：“方爷爷不会有事的。”

这时，林钦禾的手机又来了一个电话，他拿出来一看，竟是杨争鸣。

杨争鸣极少联系林钦禾，他与罗徽音关系恶劣，但也会因为杨多乐的

事儿偶尔联系林钦禾。这次给林钦禾打电话，却是为了真正的儿子，林钦禾不由得觉得有些讽刺。

电话里杨争鸣声音沙哑，兜兜转转寒暄几句后，还是委婉地问林钦禾，能不能与陶溪说说话。

林钦禾看向一旁的陶溪，陶溪对林钦禾轻声说道："你跟他说，我明天去汉南医院。"

方祖清病倒，他理应去看望。这件事迟早都要摊开说清楚，没什么好回避的。

林钦禾对杨争鸣说了后，他似是有些不可置信，语无伦次地连说了几个"好"字后，才详细告诉了林钦禾病房号。又问需不需要他明天来接陶溪，林钦禾拒绝了。

挂了电话后，林钦禾对陶溪说："明天我送你去。"

陶溪点头答应了。

那天晚上他们回去后，在陶溪洗澡时，林钦禾给父亲林泽实打了电话。之前杨争鸣在挂电话前对他说，他母亲罗徵音状态不太好，已经被林泽实接了回去。

他知道，真相大白后最受冲击的除了方家二老，还有他的母亲。付出十几年心血养大的孩子，并不是方穗亲生的。这件事对于罗徵音而言，要比杨争鸣更难以接受，也更痛苦。

林泽实显然早已通过苏芸知道了陶溪的事，他告诉林钦禾，罗徵音确实是抑郁症复发了。现在他陪着她在疗养院里，让林钦禾不要担心。

陶溪洗完澡出来，用干毛巾擦着头发走到卧室。林钦禾正坐在落地窗前看着窗外的霓虹景色，神情沉静，似乎在想什么事情。

察觉到陶溪的脚步声，林钦禾回过神，拿起早已放在一旁的吹风机给他吹头发。

陶溪打了个呵欠，没什么力气地垂着头，感受着暖融融的热风。

吹完头发，陶溪抬手摸了下脑袋，不意外地摸到一头乱糟糟的头发。他默默叹了口气，过了一会儿问道："你是不是要告诉我什么事？"

林钦禾还在试图用手补救他的头发，闻言停下手里的动作，斟酌了会儿说道："你……养母住院了。"

之前，陶坚的前同事看到陶坚出现在汉南医院后，对苏芸报告了这件事。苏芸很快查到陶坚是在汉南医院陪郭萍住院，林钦禾知道后犹豫了很

久，一直没有告诉陶溪。

在他原本的计划里，从来没想让陶溪自己去向方家人说出真相，他不忍心。

知道郭萍来到文华市后，他便打算让这个所有事情的始作俑者去揭开一切。郭萍也答应了，甚至主动提出要向方家人道歉赔罪。因为郭萍在病床上行动不便，最后只录了一个视频。

只是没想到，后来又出了杨多乐这件事，打乱了他的计划。

陶溪在听到郭萍住院后，身体僵硬了片刻，过了很久才平静地问道："她生了什么病？"

林钦禾说："尿毒症，晚期。"

陶溪紧紧闭着眼睛，那一刻他不知道心里是什么感受，沉闷混杂，错乱难言。

他努力回忆着过去郭萍身上的征兆，但过去两年他极少回家，郭萍那张总是夹杂着愁苦的脸，竟有些模糊了。

他恨郭萍吗？当然是恨的，可是……

陶溪低声道："睡觉吧。"

这一觉陶溪并没有睡好，他做了很长的梦。有时是郭萍，有时是陶坚，最后是陶乐。小姑娘抱着他哭，嘴里说着什么，他没有听清就被林钦禾喊醒了。

上午，陶溪与林钦禾去了汉南医院，他在医院附近买了些水果，像所有探望长辈的晚辈一样。只是他没想到会在住院部门口碰到陶坚。

陶坚趿拉着一双拖鞋，脸上的胡子似乎有几天没刮了，看起来十分邋遢，陶溪险些没认出来。

他手里提着一个塑料袋，里面似乎是早点。他迎头看到陶溪也愣了下，目光落在陶溪手里的水果篮两秒，又看了眼一旁目光冷淡的林钦禾。

陶坚冷笑道："终于知道来看你妈了？"

陶溪闻言皱了下眉。陶坚反应挺快，看陶溪这表情便知道自己说错了。他很快挤出一声讥笑，阴阳怪气道："哟，看来这是已经认了亲爹，赶着来尽孝了？"

林钦禾看陶坚的眼神阴沉下来。

陶溪对陶坚这句话没什么反应，只平静道："我现在没时间与你吵。"

说完，他与林钦禾转身向电梯继续走去。但走了没几步，陶溪听到后

面传来拖鞋的趿拉声，他脚步顿了下。

陶坚伸出手想抓住陶溪的胳膊，但陶溪被林钦禾拉住向后退了一步，让他的手落了空。

他没再动手，只竖着眉毛问陶溪："你知不知道杨多乐那小子现在在哪儿？"杨多乐三个字被他咬得极重，几乎有些咬牙切齿。

陶溪反问道："你不是一直找他要钱吗？怎么会不知道？"

陶坚脸色乍然变得铁青，嗓子眼儿都在冒火道："我是他老子，他妈生病了，出钱给他妈治病不应该？"

陶溪皱了皱眉，说："我不知道，你自己去找他。"

陶坚沉默下来，那一刻陶溪似乎在这个他喊了很多年爸爸的男人身上，看到了浓重的疲惫与颓丧。

陶坚最终摆了下手自己转身走了，但没走几步又蓦地转过身来，对陶溪不耐烦地甩下了一句"你有时间就去看下她，她想见你"，然后没等陶溪答应就彻底走远了。

陶溪站在原地一时没有动作。

林钦禾在涌出的人流中带着他进了电梯，对他说了郭萍的病情。

郭萍已经是尿毒症晚期，这段时间一直在医院里做透析。但医生说最好还是要肾移植，陶乐太小，本身还患有红斑狼疮，陶坚急着找杨多乐，应该是为了这件事。

陶溪却觉得，这或许并不是郭萍的意思。

郭萍愿意为了这个儿子将他亲手递给别人，苦守秘密十几年，会忍心让他为自己换肾吗？但这也与他无关了。

电梯门打开后，陶溪看到杨争鸣正站在出口不远处看着他，显然是在等他的到来。

杨争鸣依旧穿着昨天那身衣服，挺括昂贵的布料已经有了些许褶皱。往日里春风和煦的英俊面孔透出浓重的疲惫，身上还有未散的香烟味道。显然这一夜他并没怎么休息，但当他看到陶溪时，还是很快露出了一个笑容。

只是在喊陶溪的名字时，杨争鸣有一瞬的不自然。这种不自然，在他想替陶溪接过手里的水果，陶溪却说"不用了，杨叔叔"时，更明显了些。

杨争鸣收回有些僵硬的手，笑意滞在嘴角，转而为两人带路。他向来善于交谈，此刻却不知道与自己亲生却陌生的孩子说什么，只好说了些方祖清已经醒了，让他不要担心的话。

陶溪自然地接着杨争鸣的话头，没表现出抗拒，但也没什么想要亲近的意思。

说实话，他对杨争鸣的印象不怎么样。只一个与他母亲肖似却愚蠢的关凡韵，就足以让他对这个父亲的印象差到极点。

从电梯到病房的路并不远，陶溪很快就跟着杨争鸣走到了病房门口。林钦禾停下脚步，对陶溪侧头低声道："我等会儿来接你。"

这毕竟是方家与杨家的家事，林钦禾自知不太适合参与进去。

陶溪点了下头。

杨争鸣将病房门推开，陶溪看着那扇被打开的门，突然想起那次在医院的夜晚。他躲在病房门外，看着外公外婆为病床上的杨多乐心疼抹泪，明明只有一扇门的距离，却仿佛隔了一个世界。

此刻，同一家医院，同样的病房门外，他深吸一口气，迈出了脚步，向里面的两位老人走去。

陶溪走进病房，病床上的方祖清与坐在一旁的叶玉荣都望向了他。

两位老人的目光在触及他的那一刻，他仿佛感受到一种轻微的震颤。那种饱含着沉重情绪的目光，让他突然有些不自在。

他一时哑口，站在原地不知道要喊什么。好在一旁的杨争鸣将他手里的水果接过放在了床头，对方祖清说道："这是陶溪买给您的。"

叶玉荣赶紧从椅子上站了起来，似是在看到陶溪的第一眼就瞬间红了眼睛。她朝陶溪走了两步，却不敢走到陶溪面前，朝他招了招手，语气柔和地唤道："孩子，来这边坐吧。"

方祖清穿着病号服，手背上还插着吊针，苍老的脸上透着病气，整个人仿佛在一夜间老了许多。他看到陶溪进来后，插着吊针的那只手就一直在颤抖着。

陶溪向病床旁的椅子走去，在三个人的目光中坐下。

杨争鸣又拿了一把椅子过来，要搀扶叶玉荣坐。叶玉荣并没有坐下，而是背过身用手背抹了下眼泪，然后倒了一杯温水，一边递给陶溪，一边关心地问他有没有吃早饭，饿不饿。

像昨天在会议室一样，陶溪双手接过那杯水，轻声说了"谢谢"。

他能感受到老人这份小心翼翼的殷勤，也能感受到这份殷勤背后沉重深切的愧意。他一一应承下来，因为仿佛他稍微表露出一点儿抗拒和抵触，叶玉荣就要黯然垂泪。

他拿起叶玉荣倒给他的温水，低头喝了一口。

叶玉荣终于在他身旁坐下来，两位老人的目光直直落在他身上。陶溪觉得那目光仿佛有重量，他蜷缩了下手指，想说什么，却不知道说什么。

明明是血缘上最亲近的人，却也是最陌生的人。

这种尴尬的气氛维持了十几秒，方祖清开口说话了，他说话似乎有些吃力，但还是努力清了清喉咙，像所有家长一样，对陶溪问道："和学校老师请假了没有？"

陶溪点头道："请假了。"

两位老人一直端详着眼前这个十七岁的男孩，这双眼睛实在太像他们的女儿了。他们昨天在会议室里初见便有些心惊，此刻再细看，却是满心难言的苦楚。

叶玉荣别开目光，拿出手帕擦了下眼角，然后伸出双手，轻轻握住陶溪的手。陶溪没有抗拒，只是垂下了目光。

叶玉荣低头看着陶溪的手，又红了眼睛。这双细长的手，和她女儿一样，天生是适合拿画笔的，不该受一丁点儿苦。她都不敢去想过去的十七年，她的外孙过的是什么生活。

长久的沉寂后，陶溪听到他的外婆颤声道："孩子，这些年，这些年委屈你了。"

话还没说完，她昏黄的双眼垂下了几滴泪水，落在陶溪的手背上。

陶溪像是被烫到了一样，瑟缩了下，眼睛有些发胀。

他最终只是沉默着摇了摇头。

"那家人，他们对你好吗？"叶玉荣忍不住问出了自己最想问的问题。她有些急切地看着陶溪，语气里是侥幸的期待。

坐在病床上的方祖清沉沉的目光也落在陶溪脸上，无声地问着同一个问题。

陶溪不知道怎么回答这个问题，这十七年的生活在脑中似乎只短暂地闪过，太多的情绪堆叠积压在一起，压着他的喉咙与舌根，他最后只说道："我一直过得很好。"

但这个回答，似乎并没有给两位老人半分安慰。他们都沉默下来，站在一旁的杨争鸣也没有说话。

他们昨晚已经听苏芸讲了许多陶溪的事，都没来得及去惊讶，为何林家秘书会知晓如此之多。

他们知道那个家庭有多么贫困，养父常年在外打工，还有一个患病的妹妹；知道陶溪成绩优异，考了县里的第一名，借着林家的资助项目才得以来到文华一中读书；也知道他遗传了母亲的绘画天赋，即使耽误了很多年，依旧能入围全国顶尖的专业赛事。

一个孩子想要拥有好的人生，根本无法离开父辈的用力托举。他们的孩子走着世间最崎岖的路，也成为了优秀的人。

可这条路本该是一条康庄坦途。

这条路他一个人走了十七年，翻山越岭，历尽艰险才走到家。他们却目睹自己养大的孩子，差点斩断毁掉了他的前途。

他们甚至用成年人的权衡算计，想要逼迫他签下谅解书。那些他们自认为充满诚意的补偿条款，还充满讽刺地鲜明在目。那本来就是他自出生起就该拥有的，却被他们作为逼迫他妥协的条件，真是太荒谬、太可恨了。

他们恨极了郭萍，也恨极了自己。

如今他们的孩子还愿意主动来看望他们，对他们说，自己过得很好。

叶玉荣转开脸不忍再问，方祖清布满沟壑的苍老面庞泛着青色，浑浊的双眼里凝着化不开的哀痛悔意。他用那只插着针的手，颤巍巍地伸向陶溪。

陶溪犹豫片刻，回握了方祖清的手。他听到面前这位头发花白的老人，用嘶哑的声音对他说道："孩子，外公对不起你，你可以怨我恨我。我对不起我的女儿，对不起我的外孙，我答应过她要好好养大她的孩子，让孩子健康快乐地长大。可我让一个孩子在外面受了这么多年的苦，好不容易回到家门口了，还要受我这个老头子的委屈……"

他说到一半开始落泪，这位从来不苟言笑的老教授，除了在女儿去世时，还从未如此痛哭流涕过。他紧紧抓住陶溪的手，佝偻着腰仿佛在赔罪。

陶溪感受着那只苍老的手不可抑制的颤抖，兜头而来的愧意太过沉重，密不透风地包裹着他，让他觉得心口沉闷，连呼吸都有些滞涩。

他深吸一口气，努力平静地对老人说："您没有对不起我，我不会怨您恨您。真的，这些年我真的过得很好。"

但两位老人的情绪还是很激动，叶玉荣再也忍不住，她试探着伸出双手，将眼前的少年搂进了怀里。

陶溪没有抗拒，身体僵硬地靠在叶玉荣的怀里。他以前从来没有被奶奶抱过，此时无措到像个第一次被大人拥抱的小孩儿，手脚都局促不安。

叶玉荣轻柔地拍着他僵直的背脊，像奶奶以前抱着妹妹陶乐那样。他听到他的外婆哭着对他说："对不起，是外婆不好，没有早点儿将我的孙孙接回家。我的孙孙想回家了，我都不知道，让他一个人在外面这么久……"

陶溪蓦地喉结滚动，他用力闭上眼睛，眼眶里积蓄已久的泪水，无声地浸湿了外婆的衣衫。

杨争鸣看着眼前的两位老人和孩子，早已红了的眼睛，终是落下了眼泪。

人生有多少个十七年，老人余下的岁月能不能再有一个十七年？命运开了这样一个残酷的玩笑，而那些岁月终究是再也回不来了。

陶溪不知道外婆抱着他哭了多久，最后他和杨争鸣一起安抚两位老人。叶玉荣抹去眼泪，又握住他的手问了很多问题，问他小时候的事，有没有生病，吃得好不好，在学校有没有被欺负……

这些过往其实没有什么回溯的意义，陶溪挑了些寻常的事，简单地回答了他们。

他们没有提郭萍，也没有提及杨多乐。前者让他们恨到骨子里；而后者这个自己养大的孩子，他们显然还心绪如麻，不知该如何是好。

陶溪察觉到他们的回避，没有说什么。他与两位老人说了一会儿话后，见方祖清神色疲惫，便打算告别。刚站起身，却突然听到了门被打开的声音。

他转过身，看到杨多乐正站在门口，目光与他相撞。

杨多乐盯着陶溪看了两秒，目光又在病房里另外三人身上一扫而过。他脸上没什么表情，下一秒转身抬脚就走。

"杨多乐！"病床上的方祖清厉声喊道，喊完后猛地咳嗽起来。

杨多乐脊背僵直地停下了脚步，但没有回头。

叶玉荣本来要上前拉住杨多乐，见方祖清咳嗽，只好赶紧弯下腰给方祖清顺气。而杨争鸣已经大步走上前一把抓住了杨多乐的胳膊，冷声道："你还想躲到什么时候？"

他的本意是杨多乐还要逃避认错到什么时候，但杨多乐理解的显然不是这个意思。他激烈地挣脱杨争鸣的手，看着杨争鸣讥笑道："你亲儿子不是在这儿吗？还是你要办一个认亲仪式，专门把我喊过来把你儿子的身份交接给他啊？"

杨争鸣的脸色变得极其难看，他昨天好不容易联系到杨多乐，只说了

方祖清病倒的事，让他来医院，但杨多乐拒绝了。他没想到杨多乐今天会来，还在这里碰上陶溪。

他将怒气强忍下去，对杨多乐沉声道："先不谈这件事，只说你自己做的好事。污蔑陶溪抄袭，差点儿毁了别人的比赛，你难道不应该向他道歉吗？"

方祖清终于止住咳嗽，老人在大悲后又大怒，面色泛着不正常的青紫，他伸出颤抖的手指着杨多乐吼道："还不快过来认错道歉！"

老人是真动了怒，他发现杨多乐似乎早就知道陶溪的真实出身。他曾想不通杨多乐为何要陷害一个与自己并无太大干系的同学，现在一切明了，更让他怒不可遏。

面对从小疼爱自己的外公，杨多乐没再反唇相讥。他紧紧咬着嘴唇，黑沉沉的双眼盯着地板，但依旧不为所动。

叶玉荣终是不忍心，哀声劝道："乐乐，做错事就要认错悔过。你犯下这样的大错，该向陶溪好好道歉。"

陶溪站在病房里，冷眼看着这场闹剧，他将手插在口袋里摸了下手机，后悔没早点儿走。

杨争鸣沉着脸不再说话，叶玉荣还在劝。过了大概三分钟，杨多乐终于抬头看向陶溪，他迈出脚步，缓缓走向陶溪，站在离他一步远的地方。

陶溪目光沉静地看着眼前这个面色苍白的人，曾经他几乎不敢去看这个人，仿佛多注视一秒，都会掩藏不住自己眼中的不甘和嫉恨。此刻他看到这双像极了郭萍的眼睛里，像过去的他一样，压满了浓烈的愤恨和不甘。

"你是故意的，是不是？"杨多乐没有血色的嘴唇翕动着，声音不大，但足以让所有人听到。

陶溪皱了下眉，一言不发地看着杨多乐，目光很冷。

"杨多乐！"方祖清几乎是痛心疾首。他没想到杨多乐还在执迷不悟，叶玉荣也急得直叹气。

这毕竟是他们从小养大的孩子，再失望再愤怒，十七年的感情不可能一夜间烟消云散。他们不愿再伤害陶溪，也不愿杨多乐在错的道路上越走越远，与陶溪有不可调和的矛盾。

毕竟他们再没有立场去维护杨多乐了。

杨多乐却对两位老人焦急的提醒充耳不闻，他似在回忆着什么，盯着陶溪语气笃定地说道："你早就知道了，从来到文华一中，见到我的第一天

就知道了。”

他顿了顿，嘴角扯起一丝笑，说道：“你故意讨好林钦禾，故意接近杨争鸣，故意当着我的面，对罗妈妈提起你要参加美术比赛，是乔鹤年的学生，因为你知道这些最能刺激我。你故意在寝室当着徐子淇的面画比赛的投稿作品，因为那天晚上你听到了我对关凡韵说的话，是不是？”

杨多乐的语速越来越快，说到最后他的胸口开始重重地起伏，目光如有实质地刺在陶溪身上，似要剜下皮肉。

“你在胡言乱语什么？”杨争鸣额头青筋直跳，忍不住上前抓住杨多乐的胳膊往后扯了下，但再次被杨多乐用力挣开了。

杨多乐始终盯着陶溪，眼睛里涌上血色，癔症似的继续说道：“来了这么久，这么多次机会摆在你面前，你始终不说出来，因为你不甘心！你害怕他们即使认回你，也不会赶我走，所以你要设计报复我，是不是？”

方祖清听了这一派胡言气得又猛烈地咳嗽起来，叶玉荣又气又急，从来没对杨多乐说过一句重话的她，此时也忍不住万分失望地说道：“乐乐！你从小我们不是这样教导你的。你为什么自己做了错事还要怪罪别人？没有人逼着你犯错！”

但杨多乐根本听不进去，他认定了是陶溪在故意报复他，寸步不让地逼视着陶溪，似乎非要他承认不可。

可陶溪从头到尾都神色平静，他没理会杨多乐的连番质问，只说道：“杨多乐，你应该去看看你的亲生母亲。”

杨多乐瞳孔猛地缩了下，似是听到了什么令他极其厌恶恐惧的事，他咬牙道：“是陶坚让你来劝我的？你告诉他，就是她死了，我都不会去看她！”

陶溪看着杨多乐的神色，想到那个还在病床上等着见一眼亲生儿子的女人，心中竟生出一丝荒谬的悲哀。他说：“我只是替你母亲感到不值，她为你偷走了我的名字，让你占用了我十七年的人生，可你却只能活成这副可笑的样子。”

“我可笑？”杨多乐似乎被这句话刺激到，他歇斯底里地叫道，“你以为我想要这个名字，想要这样的人生？”

他的目光在另外三个大人脸上扫过，蓦地笑了一声，说：“永远在被找一个死人的影子，这样的人生，我早就受够了！”

三个大人闻言都变了脸色。

“杨多乐，你知不知道自己在说什么？”杨争鸣狠狠一皱眉，冷声打断道。

“难道不是吗？”杨多乐猛地看向杨争鸣，目光尖锐地说，“你们不是早就失望我不像她吗？”

他像是压抑许久终于找到了爆发的机会，自顾自地惨笑道：“是，我长得和她不像，不会画画，乔鹤年死都不肯收我当学生，可我能怎么办？我能怎么办？我也努力学了很久很久，可我就是学不会。你们嘴上对我说没关系不要紧，可你们脸上对我的失望根本藏不住！”

杨多乐胸口剧烈起伏着，双眼通红，苍白的脸上满是泪水。

“乐乐，我们没有……”叶玉荣难以置信地看着这个自己宠着养大的孩子，她从不知道他竟对他们有这么多的怨恨。

杨多乐显然没有宣泄完自己的委屈，他哭得面容都有些扭曲地说：“那些亲戚背后笑话我不是亲生的，是你们抱错的。你们都对我说这是玩笑话不要放在心上，可你们有谁知道我多害怕？每次在医院抽血我都害怕，怕你们悄悄去做亲子鉴定。每次做噩梦，都梦到我是假的，你们找回了真的，立马就丢了我！”

杨多乐抬手指向陶溪，露出一个难看的笑说：“现在真正的杨多乐回来了，你们如愿了，再也不用对我失望了，不是很好吗？”

两位老人看着眼睛通红一直流泪的杨多乐，神情震恸，张了张嘴却不知道说什么，杨争鸣皱着眉一言不发。

叶玉荣终究还是心疼，拿着纸巾走上前要给杨多乐擦眼泪，却突然听见一直没说话的陶溪说道：“你将所有过错都推给别人，把自己择得一干二净，好像全天下的人都对不起你，是想让他们对你心生愧疚吗？”

杨多乐的哽咽声止住了。

陶溪冷眼看着杨多乐，像看着一个只会哭着要赖的孩童，没什么语气地问道：“这十几年他们究竟对你如何，你自己心里清楚。你敢对你喊了这么多年的外公外婆说，他们有对不起你的地方吗？”

杨多乐死死咬着嘴唇没说话。

方祖清叹了口气，叶玉荣别开脸抹眼泪，杨多乐这些话，确实伤害到他们了。

“你与他们这么多年的感情，即使他们知道你不是亲生的，也不会丢下你不管。这一点你不是不知道，你只是不满足，不甘心被我分走一丁点，

不是吗？”

陶溪直直地看着杨多乐，但杨多乐依旧沉默着没有说话。

他向杨多乐逼近一步，将他脸上的愤恨和不甘尽收眼底，冷声说道：“杨多乐，他们失望的不是你不像我的母亲，而是他们用心教养你，给了你这么多爱，你却只学会了自私与怨恨。你说我不甘，可这样的你，有什么值得我不甘的？”

杨多乐猛地抬起眼睛看向他。

陶溪对杨多乐眼中的怨恨视而不见，也对这场闹剧厌倦至极。他简单向两位老人告别，向病房外走去。

走出病房没多久，杨争鸣追了上来，握住他的胳膊，又很快放开了。

陶溪停下脚步，看着杨争鸣，客气地问道：“您还有什么事吗？”

杨争鸣看着这双目光冷淡的眼睛，只觉五味杂陈。他用带着几分讨好的语气对陶溪说道：“搬回来住吧？外公外婆和我都希望你能回来，家里的房间已经在布置了。”

病房里隐隐传来哭声，陶溪沉默着没有回答。

杨争鸣见陶溪不说话，又补充道：“要是住不惯，我还有一套房子，你有什么想法就跟我说，怎么舒服就怎么布置，只要你愿意回来住。”

这是他们原本的打算，他们的孩子没有住在外面的道理，先让陶溪回到方家来住。如果陶溪没办法适应，杨争鸣准备将之前刚买的一套房子给陶溪住，房产以后自然也是陶溪的。

杨争鸣期待陶溪能答应，却看到陶溪的视线转向走廊的尽头，眼睛在那刻如晚星倏地明亮。那一瞬杨争鸣有些恍惚，曾经方穗也用这样一双明亮的眼睛看着他。

“谢谢，但不用麻烦了。”

杨争鸣在愣怔中听到陶溪这样说道，紧接着陶溪向他告别，快步向走廊那头走去。

陶溪走到林钦禾面前，林钦禾手里拿着一袋糖炒栗子，递给了他。

栗子还是热乎的，香味扑鼻而来。陶溪拿出一颗剥开吃，香甜绵密的口感，让他眯了眯眼睛，那股烦躁似乎也淡了。

他问林钦禾：“你怎么知道我想吃糖炒栗子了，在哪儿买的？”

林钦禾望了眼依旧站在原地的杨争鸣，一边带着陶溪往电梯口走，一边说道：“在水果店旁边有一家卖糖炒栗子的店。”

之前买水果的时候，林钦禾见陶溪看了好几眼隔壁的糖炒栗子，知道他想吃，便趁他们谈话时去买回来。

“是吗？我怎么没印象？”陶溪又剥开一个栗子，递给林钦禾说。

林钦禾见陶溪神色如常，稍稍放下心来，没有问病房里的事，只问道：“下午回学校吗？”

陶溪继续吃着栗子，点点头说：“昨天下午加今天上午，旷了这么多课，我得把课和作业赶上来。”

跟着林钦禾走出医院后，陶溪突然回头望了眼住院部的高楼。林钦禾似乎知道他在想什么，问他：“要去看看吗？”

陶溪垂着眼睫沉默了一会儿，最终摇摇头。

他们又回到了学校，生活似乎和以往没有区别。高中学习紧张，陶溪也没什么心神去思考别的事，一心准备托福与期末考试。

元旦前一天，方祖清亲自给他打了电话。老人家言辞恳切，希望晚上他能回家吃一顿饭。

陶溪答应了。

杨争鸣开车去文华一中接陶溪，大门处的门卫看到他，客气地问道：“杨总来接儿子了？”

杨争鸣只笑着点了点头。

放学后，陶溪跟林钦禾走到校门口，一眼就看到了杨争鸣。这两天杨争鸣来得很勤，送礼物送吃的，陶溪已经快对这人见惯不怪了。

杨争鸣赶紧走上前，在门卫诧异的目光中将陶溪的书包提过来，笑着说道：“我来接你回外公家。”

陶溪觉得杨争鸣脸上这笑容有些莫名眼熟，他想了想没有拒绝。毕竟以后这么多年，无论杨争鸣此人如何，他们的父子关系无法改变。

林钦禾对杨争鸣从来没什么好脸色，现下更不太好看，只低声问陶溪：“你今晚回来吗？”

陶溪犹豫了下，想到外公在电话里有留他过夜的意思，不太确定地说道：“应该会回来。”

林钦禾没再说什么，只说了声“好”。

陶溪与林钦禾告别后上了杨争鸣的车，正好目睹这一幕的毕成飞眼珠子都快瞪出来。他走上前将手搭在林钦禾肩上，震惊地问道：“学神，溪哥怎么上了杨多乐老爸的车？”

他猛地想到CAC比赛的事，杨争鸣也被牵扯了进去，恍然大悟道："难道是请溪哥去赔礼道歉的？还是要威逼利诱？"

林钦禾将毕成飞的手扒开，一言不发地转身走了。

毕成飞站在原地为陶溪的安危担忧，又突然想到刚才林钦禾的神色，那表情，仿佛看到陶溪被拐卖了。

陶溪坐在副驾驶座，看着杨争鸣一边手忙脚乱地调音乐，一边问他喜欢什么歌，他说随便。

杨争鸣放了些自以为高中男生会喜欢听的歌，斟酌着寻找话题与陶溪搭话。无非是些关于学习、画画类的事，但两人本就不熟，根本没什么话可说。陶溪答得很敷衍，杨争鸣也没半点恼。

在车上，陶溪终于想起来杨争鸣那副笑容哪里眼熟了，他之前在蟹府碰到杨争鸣陪杨多乐抓娃娃，当时杨争鸣脸上就挂着这副带着讨好与纵容的笑，只是现下这份讨好更浓了些，还有几分尴尬。

他突然觉得有些好笑，杨争鸣一个假儿子没讨好，现在又来讨好一个真儿子。角色转变得这么快，好像对杨多乐已没半点儿感情了。或许也只有这么无情的人，才会在深爱之人去世后，心无顾忌地找女人吧。

见陶溪实在没什么跟他说话的兴趣，杨争鸣就消停了。

碰上晚高峰堵车，车窗外传来此起彼伏的鸣笛声，混合着车内难听的音乐，陶溪闭着眼睛假寐，就在快要真睡过去时，他突然听到杨争鸣说道："陶溪，这段时间我一直没能跟你说一声对不起。杨多乐和关凡韵的事我有责任，我已经与关凡韵分手了。"

陶溪闭着眼睛没有回应。

杨争鸣知道陶溪在听，他的手指摩挲着方向盘，犹豫了许久，终于提起一口气说道："其实这些年我一直没尽到做父亲的责任，现在说想好好做一个父亲好像有些可笑。但我是真心这么想的，希望你……不是说要尽快接受我，只是希望你不要抗拒我，给我一点儿弥补你的机会。"

杨争鸣从来能言善道，这几句话却说得期期艾艾，忐忑十足，但这些话显然他准备已久。

陶溪半睁开眼睛，杨争鸣突然搞这么认真，他一时不知道该说什么，最终只是沉默着。

方家从文华大学教授楼搬走后，就一直住在市郊的一片别墅区里。独门独院，被两位老人打理得很好。

夜空中一轮明月，车缓缓驶入院子，院里亮着一盏灯。陶溪在车上看到暖黄的灯光里有两位老人，彼此搀扶着站在家门口。他们看到车进来朝前走了两步，朝陶溪笑着招手。不知为何，这个画面陶溪后来记了很久。

他下车后被两位老人迎进了屋里，迎面而来的是饭菜香与融融暖意。

叶玉荣帮他把书包与脱下来的大衣挂好，又带着他去洗手，然后与方祖清一道拥着他到早已备好晚饭的餐厅。餐桌上菜品丰富，叶玉荣让他坐下来，给他笑着介绍这些自己做的菜。

"不知道你喜欢吃什么，所以各种菜式都做了些。你要是喜欢哪些菜啊，就告诉外婆，外婆以后再给你做。"

陶溪不知为何涌上了一些不自在，这种不自在并非不适，而是他未曾经历过这种殷勤，所以有些不知所措。他蜷缩着手指，轻声说了句"谢谢"。

"自己家里有什么好谢的？"叶玉荣笑道，她听到厨房里传来叮的一声，便要转身去取烤箱里最后一道菜。杨争鸣忙让叶玉荣坐下，自己去取了菜回来。

这是一道蒜香烤翅，烤得将将好，滋滋冒着热腾腾的香气。

杨争鸣将那道菜放在了餐桌上空着的地方，已经坐下的方祖清却扶着桌子缓慢地站起来。

老人刚出院不久，手脚还有些不便。他一只手撑着桌面，身体微微向陶溪这边倾，另一只手将那盘烤翅往陶溪面前慢慢挪过去，和蔼道："小孩子都喜欢吃这些，我们老了啃不动了。"

陶溪看着那只无法控制颤抖的手，听到那声"小孩子"，突然视线变得模糊。他飞快地眨了下眼睛，站起身搀扶着方祖清在椅子上坐下。

杨争鸣将早已准备好的各种饮料拿出来，问陶溪想喝什么。陶溪却说只喝米酒，那米酒是叶玉荣做的。她见陶溪喜欢喝，笑得十分开心地说道："你妈妈呀，从小就喜欢喝我做的米酒，但超过一碗就会醉。有次她偷偷喝多醉了过去，我还以为她生病了，把她送到了医院，结果闹了个笑话。"

陶溪对自己的母亲是向往而好奇的，两位老人便对他讲了许多方穗过去的事。

在他们的讲述里，陶溪知道母亲大概就像所有富足家庭的女儿一样，单纯天真，在充满爱的环境里长大。但他们都没有讲，为何方穗最后会独自

一人去桃溪湾。

这顿饭的气氛一如寻常人家的年夜饭，或许是屋内暖气太足，容易让人放松下来。陶溪突然产生了一种错觉，觉得这十七年他好像一直都在这里，每天放学回来把书包扔在沙发上，外婆会做好一桌菜喊他吃饭，外公会问他今天在学校学了什么。

十七年的缺席与空白，再深的血缘牵绊，也不可能使生疏一夜间荡然无存。这些岁月沟壑或许要一两年，甚至更久的时光来填补。

或许有一天裂缝会被年华抚平，他们也终将会相得无间。

晚餐中途，方祖清犹豫许久，还是对陶溪提起了杨多乐，这是他们必须要做出的抉择。

“他做出这样的错事，主要还是我们的错，是我们太过娇惯他，让他没学好走上了歪道。”

提到这个孩子，方祖清眼中流露出叹惋之色道：“我们养大了他，这份养育之恩不求他回报了，他成年后我们也不会再继续抚养他。他自己犯的错，也该由他自己付出代价，学校那边的处理结果是退学，我们不会再替他挡下来了。只是……”

只是毕竟是他亲手养大的孩子，他能狠下心来断绝了这份养育之恩，却还是没办法眼睁睁地看着他与自己的亲孙子陷入诉讼撕扯。

方祖清长叹了口气，这几天的骤变让这位老人苍老了许多。他对陶溪恳求道：“孩子，我知道你不会原谅他，也不求你能谅解他。只是你能不能看在外公的面子上，不再追究他的法律责任，以后你与他没有任何关系，我们也绝对不会将他继续留在这里，这里永远只是你的家。”

若杨多乐没做出这样的事，这么多年的感情在，他们或许还会继续将杨多乐留在家中。可如今他们知道，自己的亲孙子断无与他和谐共处的可能，留下他，陶溪怕是根本就不愿回来。

餐厅里安静下来，叶玉荣也恳切地看着陶溪，杨争鸣沉默着没有说话。

陶溪安静了一会儿，最终说道：“好。”

他不是多么大度的人，只是他不愿再看到外公外婆夹在中间伤神为难。

即使他知道，两位老人可能不会如他们说的那般绝情，真对杨多乐说不管就不管，但他也不再在意。因为，杨多乐已不在他眼中了。

餐桌上的氛围又渐渐热闹起来，陶溪喝完了一碗米酒，忍不住又添了一碗。喝完后他的一双眼睛还是清亮的，叶玉荣便笑着感叹，他比他妈妈的

酒量好多了。

吃完晚饭，一家人在客厅里坐着聊了会儿，方祖清想让陶溪留下来住，还带他看了精心收拾好的新房间。房间很大，有一个宽阔的阳台，还有几副大小不一的画架。

但陶溪婉拒了，只说第二天上学很早，而这里离学校车程有些远。见两位老人露出失望的神色，他又保证以后放假了一定会过来住。老人家以为他住宿舍，让杨争鸣送他回去。

杨争鸣按照陶溪给的地址，将他送到了林钦禾那套房子的小区门口。

陶溪回到家里时，林钦禾正在浴室里洗澡。

林钦禾洗完澡穿着浴袍一打开门，就看到陶溪正在卧室里站着，脸上挂着有点儿傻气的笑容。

“我以为你会留在外公家。”林钦禾说道。

陶溪脸上笑容更大了点，说：“我要回来陪你跨年啊。”

林钦禾被这个笑容感染，也笑了笑，问道：“在外公家里吃得怎么样？”

陶溪听到这个问题，眼睛变得亮晶晶的，笑着说：“很好吃，外婆给我做了很多菜。”

“最喜欢吃哪道菜？”

陶溪歪着头纠结了一会儿，最后说：“蒜香烤翅吧。”想了想又补充道，“还有外婆做的米酒，很好喝！”

难怪这么亢奋。

林钦禾带着陶溪走到落地窗前，这是今年的最后一天，透过落地窗能俯瞰霓虹闪烁的江边广场。那里人潮涌动，热闹非凡，正在声势浩大地等待新年的到来。

林钦禾问着陶溪第一次回外公家的经历。

“我有房间了，有一个很大的阳台，能看到花园。外公说我可以在那里画画。”

“喜欢那个房间吗？”

“喜欢！下次我带你去玩儿吧？”

林钦禾笑了下，说：“好。”

“外婆说要给我织围巾，让我选毛线。”陶溪半掩着嘴对林钦禾小声说道，像是在分享什么快乐的秘密。

林钦禾顺着问道：“你选了什么颜色呢？”

陶溪弯着嘴角，说："我说灰色和黑色都很好看，外婆说都给我织，到时候我分你一条吧！"

"好。"林钦禾眼中笑意更深了些。

两人就这样坐在落地窗前的羊毛地毯上闲聊着，到最后陶溪困得差点儿在地毯上睡过去。

钟敲响的那一刻，远处的摩天轮闪烁起绚烂的光辉，璀璨烟花闪耀在城市的夜空，江边广场上如潮水聚涌的人们对着天空大声喊着"新年快乐"，每一个人脸上都洋溢着对新年的期待。

林钦禾转过头看着陶溪，低声道："新年快乐。"

"新年快乐。"陶溪从睡意中打起精神，对林钦禾笑着说道。

新的一年到来，广场上的人们在盛大狂欢后，各自笑着回家去。

新年第一天的清晨，杨争鸣开车接上陶溪，去了市郊的一处公墓。昨天晚上陶溪跟他说了想给方穗扫墓。

公墓在一片山水之中，天光尚早，白茫雾气笼着寂静无人的墓地。陶溪跟着杨争鸣走了很久，才走到方穗的墓前。

这是陶溪第一次看到他的母亲，隔着一座坟墓。

杨争鸣看过方穗后，走到了不远处，留下陶溪一个人与方穗讲话。

陶溪将一束白玫瑰放在墓碑前，雪白的花瓣上还沾着露珠。他蹲下身看着墓碑，伸手摩挲着冰冷石碑上的刻字。

墓碑上方穗的照片被更换过不久，一双漂亮的眼睛温柔地注视着每一个来到这里看她的人。来看的人一年年地老去，但照片里的人，永远停在了那个花样年华。

陶溪静静地看了很久，像是在与照片里的妈妈对视着，他轻声说道："妈妈，我来看您了，您能看到我吗？"

墓地间只能隐隐听到风声与鸟鸣，又过了很久，他才对着墓碑继续说道："妈妈，我回家了。

"外公外婆对我很好，昨晚我和他们一起吃饭，外婆给我做了很多菜。

"外婆说我和您一样喜欢喝她做的米酒，所以我多喝了一碗，要是您也能喝到就好了。

"我现在过得很好，有一个很好的朋友，我为了他来到一中，他带我回了家。

“我在和乔爷爷学画画，他总是说他有一个很厉害的女学生，我知道那是您。以后我也会让他为您骄傲一样，为我骄傲的。

“妈妈，谢谢您一直在天上祝福我。

“我很想您，祝您在天上开心快乐。”

雾气渐散，浅金色的阳光穿过浅薄的白雾。陶溪从墓碑前站起身，最后对着墓碑缓缓弯下腰。

回去的路上，父子二人都有些沉默。杨争鸣开着车，这次没有点开音乐。陶溪一直看着窗外，在长久无言后，突然问杨争鸣：“为什么是桃溪湾？”

在来的路上，他已经通过杨争鸣大致知道了，当初方穗为何要离家人而去的原因。

一段尘封已久的往事，寥寥几语无法诉尽。他只知道多年前，杨争鸣还是方祖清的得意门生，因为父母早亡多受老师照顾，他与老师的女儿暗自产生了情愫。这本可以成为一个皆大欢喜的故事，最后却走向了这样的结局。

没有恨，也没有背叛，一切不过是以爱为名的撕扯，将旋涡中心的方穗逼向了绝境。她怀了爱人的孩子，一心赋予他生命却不被父母允许。就连最好的朋友，也将求助的她拒之门外，最后爱人也选择了退缩和逃避。

从来乖顺的人，一旦固执起来，可能再也没有回头路。万念俱灰的方穗去了桃溪湾，再也没能回来。

可为什么是桃溪湾？

陶溪问杨争鸣这个问题，车却渐渐停在了路边。他看到杨争鸣垂下了头，手指紧紧攥着方向盘，手背上筋脉狰狞，似在忍受巨大的痛苦和悔恨。

许久后，他才开口，声音变得嘶哑地说：“我以前喜欢摄影，拍了很多地方的风景，她……她最喜欢桃溪湾的桃花，我答应过她，以后会陪她去那里写生。”

那些摄影作品，也曾让桃溪湾短暂地受过关注，是他最得意的作品。

后来他们焦急地四处寻找方穗时，找了所有方穗可能去的地方。可他始终没想起这个地方，他忘了当时方穗向往的眼神，也忘了当时自己敷衍的承诺。

陶溪听完沉默着。他想他妈妈当年在桃溪湾，一定也期待着杨争鸣能去那里找她。但直到人生的最后一刻，她也没能等到那个带她回家的人。

“对不起。”杨争鸣突然说道，他眼睛通红地看向陶溪，“我没去桃溪湾找她，后来也没去桃溪湾找你。”

陶溪没有回应杨争鸣，他将车窗按下来看向窗外。山间的冷风涌进来，但胸口好像被什么堵住了，依旧闷得让他难受。

他已经听了太多声对不起，可再多对不起，也换不回来他妈妈了，也换不来他错失的十七年时光。陶溪这个被郭萍随意取下的名字，似是一语成谶，也似是命运开玩笑一般给他烙下的人生烙印。

之后回去的路上，父子二人再没有说一句话。

陶溪一个人回到家里，进门看到林钦禾站在客厅的沙发旁望着他。

林钦禾穿着一件灰蓝色的毛衣，手里拿着一本书，显然之前一直在这里看书等着他回来。

陶溪换了拖鞋慢慢走到林钦禾面前，他没说什么，林钦禾也没问什么。

“下午要不要出去骑车？”林钦禾最后问道。

陶溪点点头，他确实不想闷在家里了。

这天天气很好，是冬日里难得的大太阳。他们骑着自行车去了文华市很多地方，林钦禾带他去了他上过的小学、初中，连幼儿园都去了。

到幼儿园的时候，正好赶上小朋友们放学。陶溪跟林钦禾突兀地站在门口，一旁站着不少来接小朋友的家长，频频看向这两个长得惹眼的少年。

陶溪身旁站着一个奶奶，问他：“来接弟弟还是妹妹啊？”

他随口胡诌道：“来接弟弟，幼儿园大班的。”

奶奶来了兴致，说自己孙女也是大班的，叫什么名字云云；又说陶溪长得这么好看，肯定弟弟也好看，便问陶溪的弟弟叫什么名字，没准儿和她小孙女还认识呢。

陶溪想了想，笑了一下说：“叫林钦禾，您孙女回家提起过吗？”

一旁跨坐在自行车上的林钦禾，顿时扭头看了陶溪一眼。

“哎呀，名字也好听呢，就是没听我孙女儿讲过有这么个小朋友啊。”奶奶非常可惜地感慨着，又问陶溪身旁的林钦禾，“这位小帅哥，你也是来接弟弟妹妹的吗？”

林钦禾没什么表情地点了下头，说：“接弟弟。”说完没等奶奶接着盘问，一本正经地继续道，“在幼儿园大班，叫陶溪。”

陶溪乐得不行，对那位奶奶笑着说：“我俩弟弟一个班的。”

“真好啊，哥哥们关系这么好，弟弟们也可以从小一起长大，互相有个伴儿。”奶奶羡慕地感慨完，突然听到孙女叫自己，便赶紧去接孙女了。

两人赶紧借机骑着车走了，路上陶溪忍不住笑了，笑得林钦禾看了他好几眼。他思维不知道一下跳哪儿了，突然问林钦禾：“哎，你这么聪明，怎么不跳级啊？”

他想以林钦禾的智商，就是跳四五个年级也不成问题。

林钦禾没跟上陶溪跳跃的思维，怔了下说：“小学时老师提议过，但我母亲没同意。”

“还好你没跳级。”陶溪啧了一声，看向林钦禾的眼睛里带着笑意，“不然，我还怎么跟你一起上幼儿园大班。”

林钦禾闻言笑了笑，心里想着还好陶溪没继续问。

结果下一秒，陶溪突然神色认真地对林钦禾说道：“过段时间等你妈妈好点儿了，我去看望她吧？”

他知道罗徵音在疗养院里治疗静养，也大概知道她是因为得知自己的身世，致使她的抑郁症复发的。

林钦禾握着自行车把手的手指屈起了下，他没想到陶溪会主动提出要见罗徵音。在沉默几秒后，最后他说：“好，她也很想见你。”

直到薄暮时分，两个人才沿着江边绿道缓缓骑车往家去。陶溪已经快骑不动了，两只脚踩得十分艰难，但看到前面的林钦禾依旧骑得四平八稳，轻松非常。

他有些不服气，用力踩了几脚踏板赶上去，微微喘着气对林钦禾说道：“以后带你去桃溪湾爬山，你肯定就没我厉害了。”

林钦禾看着陶溪因为出汗有些发红的脸，唇角微翘，说：“体力又不会因为地方不同而改变。”

陶溪停下车，正想着怎么反驳林钦禾，却看到已经骑出一段距离的林钦禾停下了，转过车头看过来，背对着暮色中的一江潋滟等他。

陶溪看着那幅画面几秒后，用力踩了几下，骑到了林钦禾身边。

元旦假期的结束，意味着期末考试前再也不会有别的小长假了。而期末考试后，又将迎来一次排名分班。

即使是文华一中高二（1）班的学生，也难免对期末考试紧张，陶溪也全身心地投入到备考中。

毕成飞跟陶溪分享独家八卦，说二班的徐子淇与杨多乐退学了。听他小姑毕傲雪讲，档案上还被记了一笔，估计以后一生都要背着，问他是不是跟CAC比赛有关系。

陶溪只说不知道，毕成飞心里好奇得要命。他明明看到好几次杨多乐的老爸过来给陶溪送东西，难道最后还是没谈妥？

没过多久，CAC大赛的最终评选结果出来了，陶溪不负众望拿了全国一等奖，算是经历风波后最好的结果。他用奖金在周末请班上同学吃饭，感谢当初同学们给他的支持。

一帮快被期末复习折磨疯的高中生，胡吃海喝一顿后又在酒店里闹腾了一晚上。

陶溪置身这场喧腾的热闹中一时有些恍惚，去年此时的他在做什么？他裹着早已没多少棉絮的旧棉衣，在十人间宿舍外的走廊上打着手电筒，一边冻得发抖，一边努力地赶文华一中的直播课功课。那时支撑他的念头很简单，就是直播屏幕上千里外的月亮。

此时他看着眼前群魔乱舞的文华一中的同学，又看向身边眉眼清俊的少年，他正戴着一副无线耳机，低头看着手中的平板。他修长的手指在平板上写着什么，仿佛置身的不是喧闹的地方，而是图书馆。

陶溪忍不住将脑袋凑过去，结果看到上面是自己昨晚被林钦禾逼着写下的托福英文作文。而旁边是密密麻麻的红色批改笔记，字数快赶得上正文了。

"林老师，您这还不如重新给我写一篇呢。"陶溪说。

林钦禾被陶溪的脑袋挡住视线，他伸手将陶溪的头轻轻往旁边推开了些，继续批注着最后一句，语气有些严肃地说："范文已经写好了，你可以参考下。"

"……"陶溪刚要说什么，突然被毕成飞和班长一把从沙发上架到了吧台上，手里也被塞了一个刚被毕成飞喷过口水的麦克风。其他人纷纷大声起哄让他唱歌："唱一个！唱一个！"

陶溪心情好，大大方方点了一首歌，是一首英文老歌，"Fly Me to the Moon"（让我飞到月亮），以前听过很喜欢，就专门记了下来。

他唱功一般，也就仗着音色不错曲调简单，没人搞怪喝倒彩，就让他很满足了。

林钦禾终于没再看那篇被自己改到面目全非的作文，素来冷峻的面

容半隐在昏暗光线里，目光穿过光怪陆离的彩色光晕落在他身上，专注而柔和。

唱完后，陶溪又坐回林钦禾身旁，刚准备嘚瑟地问下自己唱得怎么样，就看到林钦禾手上居然还在那平板上写着。

“林老师，你再在我的聚会上改作业，我就没收你的平板了。”

陶溪佯怒地说着，再次凑过去看，却看到平板上并不是他那篇破作文，而是一张新的画布，上面是一句漂亮的手写英文：

“You are all I long for. All I worship and adore.”

（你是我想要的一切，我崇拜和热爱的一切。）

是他刚唱的歌词，下一句是……

林钦禾将平板递到他面前，用眼角觑着他，语气漫不经心道：“送你。”

陶溪接过平板看着上面的英文歌词，吐了吐舌头。

闹腾一整晚后，把一群疯得没个正形的同学分别送上车，陶溪才与林钦禾一道回了家。他尚在兴奋中，一路哼着自己唱的那首歌，洗澡后爬上床了也不消停，拿出手机算自己那点儿奖金。

一等奖的奖金很丰厚，还剩了不少。陶溪事无巨细地说着给林钦禾买什么东西，给外公外婆买些什么，给老师乔鹤年买什么……

林钦禾翻着书，偶尔应几声。

算着算着，陶溪突然安静了，似是在想什么事情。

林钦禾见陶溪不吱声了，便低头看了眼陶溪的手机屏幕，发现他正盯着文华市的天气发呆，上面写着未来几天寒潮来袭，要降温下雪。

林钦禾问道：“在想什么？”

陶溪回过神说：“我在想我妹妹，上次给她买的东西，不知道她有没有真的收到。”

上次也是寒潮来袭，他买了一堆冬季保暖用的东西给郭萍寄了过去，有陶乐的，也有郭萍的。那时，他还不知道郭萍生病了。

林钦禾知道陶溪想的不只是他妹妹陶乐，试探着问道：“是不是想去汉南医院看看？”

上次在医院碰到陶坚，陶坚要陶溪有时间去看看郭萍。陶溪一直没去，但林钦禾知道陶溪心里一直装着这件事。

陶溪闷了一会儿说道：“我不想去看她，只是觉得有些事情，可能需要一个了断。”

林钦禾替他说道：“去看吧。”

以后的路再远，也不用回头了。

第二天，陶溪没让林钦禾陪他，一个人顶着寒风去了汉南医院。他像上次一样买了一些水果，径直去了郭萍的病房。陶坚不在，病房里只有郭萍。

陶溪几乎没认出来那个身上插满管子的女人，她脸部浮肿得看不出以往的样子。听到门的声响，她十分迟缓地向门口望过来，像是用了很大的力气，才认清来的人是谁。

郭萍泛黄肿胀的脸看不出表情，她努力张了张嘴，喊了一声“陶溪”。

陶溪抬脚向病床走去，什么称呼也没有喊。

他们其实没有什么话讲，或者说自从他知道事情的真相后，就没怎么和郭萍说过话了。而郭萍也自那时起，对他变得越来越沉默，只是用一双凝满愁苦的眼睛偶尔看着他，而他对这个眼神厌恶至极。

现在，他在郭萍那双更为浑浊的眼睛里看到了一点儿笑意，她说：“你来看我了。”

“我来是为了陶乐。”陶溪没什么语气地说道，将手里的水果放在床头柜子上。

郭萍听到这句话轻轻点了下头，说：“陶乐在她奶奶家里，她想跟我来文华市看你，我没让她来，让她在学校好好读书。”

“我会让她转到这里来读书。”陶溪说道。杨争鸣答应了帮他这个忙，会找一个不错的初中，下学期让陶乐转过来。

郭萍闻言久久没有说话，再开口时声音低了很多：“她有你这样一个哥哥，是她的福气。”

她说完抬了抬那只扎着针的手，有些艰难地指向床头柜的抽屉，说：“第一个抽屉里有一个木盒子，你拿出来看看。”

陶溪从抽屉里拿出那个手掌长的狭窄木盒，木盒应该是用边角料随便打的，粗糙而陈旧。

他打开了木盒，里面是一串用红绳编织的平安结。编织它的那双手显然有些笨拙，平安结并不太平整好看。

陶溪盯着那串平安结几秒，猛地抬头看向郭萍。

“你妈妈啊，一双手细长细长的，画画那么厉害，也不知道为什么学编绳那么慢。我教了她很久很久，她才编好了这串平安结。”

郭萍看着陶溪手里的平安结，似乎陷入回忆中："我第一次看到她，就想怎么会有这么好看的人？一双眼睛总是含着水，说话也温温柔柔的。

"她上门来问我，能不能借住在我家里。我看她怀了孩子，想着自己也怀了孩子，两个人可以做个伴儿，就答应她了。她也一点儿都不担心，刚住进来就给了我一大笔钱，也不想想，万一我骗她钱呢？

"那时村里其他家的媳妇都羡慕我，说我福气好认识了一个大城市来的贵人。我也这么想，我这辈子都在桃溪湾里，没见过什么世面，你妈妈是我认识的人里最厉害的了。朋友这个词我都不敢想，但她却是真拿我当朋友……"

陶溪听到"朋友"这个词呼吸有些滞涩，他听不下去了，冷声问出了自己最想问的问题："她拿你当朋友，你为什么还要那么做？"她那么信任你，你却将她付出生命换来的孩子留下，把自己的孩子递给她的亲人。

郭萍沉默下来，目光从那串平安结上慢慢移开，眼睛失焦地望向床头吊着的药水，她声音低下来，有气无力地继续道："我没怎么读过书，你妈妈有很多我看不懂的地方。她有时候说的话、画的画，我都不太懂。我唯一能懂她的地方，就是她对你的爱了。"

"她给你起了一个好名字，给你画了画，写了信，还说以后要带你去很多地方，教你画画。那时我突然想啊，我能给自己的孩子什么呢？我以前哪里想过这种问题，我们那儿的小孩都是在村里土生土长的，也不读什么书，跟我一样长大了就结婚，生小孩。就这么一代一代地传下去……

"你妈妈让我知道，原来为人父母的，还要给孩子考虑这么多……我想我是不是也要给自己的孩子留下些什么。那天她们说我的孩子身子弱，根本活不了多久，我不甘心啊，我怎么甘心？我都还没有想好以后要给他什么……

"可能就是这点儿不甘心，那天你爸爸他们来桃溪湾接你们母子回去，我把自己的孩子给了他们。那时我想，这是我唯一能给他的东西了，还有那串我自己编的红绳……"

"那是你的东西吗？"陶溪打断她质问道，觉得实在没有听下去的必要了，并没有什么他设想过的隐情，一切只是一场私心自用的所谓母爱，把别人的命运当作礼物馈赠给自己的孩子。

他从椅子上站起来，想要转身离开。他看到郭萍挣扎着向他伸了伸手，声音已经彻底虚弱下来："陶溪，对不起，是我偷了你妈妈给你的东

西。我知道你恨我，不会原谅我，我是马上要下地狱的人，死了也见不到你妈妈。如果以后你去看她，能不能帮我跟她说一声对不起……”

陶溪漠然地看着那只伸向他的扎着针的手，曾经他无数次渴望过，那只手能像牵着陶乐那样，牵住他的手接他放学回家。

他没有动作，神色冷漠地反问道：“你都知道我不会原谅你，为什么又奢望我母亲的原谅？”

郭萍的手渐渐垂了下来，半阖着眼睛，动了动嘴唇似乎说了什么，但除了她自己，没人能听清。

陶溪垂眸看着病床上的女人，这个他曾经期盼被她爱，后来又憎恨厌恶的“母亲”。他最终没再说出什么尖锐的话语，只留下一句：“你好好养病，陶乐还在家里等你。”然后攥着那串平安结，转身走出了病房。

他本来还想问郭萍，这些年为什么不出于愧疚对他稍微好一点儿，但已经没有了问的意义。

他来见郭萍这一面，只是对这十几年的“母子缘分”做一个了断。从此以后，生前死后，他们再没有半点儿关系了。

陶溪走出住院部高楼的时候，是上午十点多。这一天是寒潮来临前的最后一个晴日，阳光从东南方向照过来，他抬手遮了下眼睛，医院外的街道上亮起了绿灯，他跟着人流走向了街对面。

文华市的这场寒潮来势汹汹，天气预报说明日大雪，但其实在半夜就簌簌飘起了雪花。一夜之间，整座城市被大雪覆盖了，只等待着人们醒来发出惊喜赞叹。

第二天，陶溪在醒来后通过林饮禾知道了郭萍跳楼的事。

郭萍是在凌晨时从住院部的高楼上跃下的，她应该花了很大的力气，将身上的管子与针头拔掉。陶坚在一旁的行军床上睡得很死，并没有察觉。

虽然地上已经覆了一层雪，但从那样的高度跳下来，不会有幸存的可能。

医院每年都无法避免地有跳楼死亡的病人，毕竟不是每个人都能忍受病痛的折磨，于是有人选择一了百了。

陶溪知道郭萍选择死亡，不是因为病痛的折磨。她来文华市并不是为了治病，只是想在死前见一面自己的孩子，但杨多乐自始至终都没有去见郭萍一面。

郭萍给了杨多乐生命，给他换了别人的命运。而现在她给了杨多乐自己唯一的东西，她的死亡。

林钦禾低下头看陶溪脸上的神色，但其实陶溪除了在最初得知消息的一刹那惊诧，后来表情一直很平静。像是并不意外，也没有悲伤。

他没说什么，一个人走到窗边的羊毛地毯上坐下，静静地看着落地窗外的纷扬大雪。

十七年前，两个雪夜里出生的孩子被人置换，从此人生倒错，命运逆转。十七年后，一切渐回正轨，偷换两个孩子命运的人，在同样的大雪里结束了自己的生命。

他人看来，多会叹一句因果报应。可这十七年宿命颠覆间的错爱、遗憾、痛苦、悔恨、不甘……并不是一句因果报应能道尽的。

活着的人，还要在这场命运闹剧收场后，各自补缀裂痕。

陶溪好像想了很多，又好像什么也没有想。这十七年的记忆大多有郭萍的存在，她毕竟是他喊了十五年妈妈的人，可临到头回忆起来好像也没有多少温暖。那些曾经的渴望，后来的厌憎，都似乎在眼前纷飞的大雪中烟消云散了。

脑海中最后的画面，不是郭萍，也不是自己。

林钦禾走到陶溪身旁坐下，碰了下他的手，发现那只手是冰凉的。

过了很久，陶溪才转头看向他，轻声说："我妹妹也没有妈妈了。"

林钦禾对他温声道："她还有我们两个哥哥。"

郭萍的后事陶溪没有参与，陶坚将郭萍的骨灰带走了。

后来，陶溪听说陶坚不知道在哪里找到了杨多乐。父子二人发生了不小的冲突，杨多乐大概是被陶坚打狠了，竟也跟着陶坚回了趟桃溪湾。

方祖清与叶玉荣知道郭萍的事后，只叹了句造孽。两位老人起初恨不过要起诉郭萍，但在得知郭萍的病后便暂时作罢了。如今人死灯灭，再多的恨也没了追究的地方。

陶溪托了清水县初中老师帮忙，给陶乐打了一个电话。小姑娘在电话那头哭得上气不接下气，一夜之间要接受母亲自杀、自己的哥哥不是亲生的，对于这个年纪的女孩来说太过残酷了。

"哥，你以后都不回来了吗？"陶乐哭着无助地问道，她顿了顿又说，"我看到那个人了，他很讨厌我，我也很讨厌他，我不想认他当哥哥。"

陶溪无法想象杨多乐会怎么跟陶乐相处，他跟陶乐说："不回来了，但

我还是你哥，你还是我的妹妹。”

陶乐一听又哭了半天。

陶溪安抚了陶乐好一会儿，跟她说清楚了下学期给她转学过来的事，又叮嘱了几遍吃药的事，才挂了电话。

处理完这些事后，陶溪与林钦禾一起去了一次方穗的墓。他将那串十七年前方穗为他亲手编织的平安结系在手腕上，与林钦禾送他的那串绿松石一起。

这是他人生中最重要的两个人，给他的祝福。

两人扫完墓走在下山的路上，陶溪将脑袋凑到林钦禾面前，盯着林钦禾的眼睛问：“你刚才是不是悄悄和我妈妈说了什么话？”

之前他清扫墓碑旁残雪的时候，看到林钦禾神情肃穆地看了好久方穗的墓碑。

林钦禾抬手将陶溪白色羽绒服上的帽子兜上来，说：“你跟她说了那么多，我当然也要表示下。”

陶溪整个头都被兜在了帽子里，他一把抓住林钦禾的胳膊，逼问道：“你说了什么？没说我坏话吧？”

林钦禾看着陶溪被一圈白色绒毛围起来的脸，挑了下眉道：“我能说你什么坏话？”

陶溪觉得这白绒毛弄得他脸痒，随手将帽子掀后面去了，点头认同道：“也是，我也不知道自己有什么缺点。”

他说完看到林钦禾嘴角露出笑意，意识到林钦禾在转移话题，于是赶紧扯回来问道：“所以你到底说了什么？”

林钦禾一边将那帽子又兜上来，一边说道：“没说什么，就是感谢你妈妈生下了你。”

“哦，那是要谢谢。”陶溪跟着林钦禾继续往山下走去，风一吹那一圈白毛就呼到脸上，他才意识到那帽子还在头上。

“你就这么喜欢这帽子？”

“看着很可爱。”

“哦。”陶溪又有些不好意思，往前跳了几步，但没有掀下帽子了。

林钦禾回头望了一眼，青山残雪中阶梯式墓地寂静无声。方穗的那座墓已经看不清在哪里了，但似乎依旧在温柔地注视着他们。

这学期的尾巴来得飞快，再次坐在文华一中的考场里，陶溪觉得自己比上次期中考试还要稳，心稳手也稳。

考完那天，杨争鸣将他接回了外公家。外婆专门做了一桌子菜，一家人聚在一起庆祝他考完试，迎来寒假。

考完第三天成绩就出来了，陶溪从期中考试的第 42 名进步到第 21 名。除了雷打不动的第一名林钦禾外，这个成绩让一班学生纷纷大受刺激。毕竟一个才从清水县转过来半年的学生，唰地一下差点儿冲进了前二十。如果再给点儿时间，岂不是要跟林钦禾肩并肩？

陶溪对这个成绩还算满意，只是还没来得及与林钦禾庆祝一番，又被杨争鸣接回了外公家。外婆做了更大一桌子菜，庆祝他期末考试大进步。席间，三个大人还分别送上了期末考试奖励的礼物。陶溪没怎么客套，都收了下来，还在外公外婆家里住了一夜。

他明白，他的亲人正在努力为他营造一个家。或许亲情就是在这样一饭一蔬、一菜一肴中，积沙成塔般累积起来的。

陶溪第二天抱着一堆礼物回到林钦禾家，林钦禾也刚从疗养院回来。

“罗阿姨好点儿了吗？”陶溪盘着腿坐在地毯上，抱着一个礼物盒，问坐在沙发上的林钦禾。

林钦禾将茶几上的剪刀递给陶溪，说道：“好点儿了，明天可以出院。”

陶溪闻言松了口气，拿着剪刀剪礼物盒上的缎带。

林钦禾说道：“我母亲明天想见你。”

“好啊，我也打算去看望你妈妈的。”陶溪放下剪刀看向林钦禾。林钦禾神色沉静，但他还是看到了林钦禾眼中的犹豫。

陶溪向林钦禾凑近了些，仰头问道：“你是不是在担心什么？”

林钦禾垂眸看着陶溪的眼睛，低声道：“没什么。”

陶溪其实知道林钦禾在担心什么，他想去见罗徵音，也是想对罗徵音说一些话。

第二天，陶溪买了一些探望的礼物，跟着林钦禾走进了罗徵音住的别墅。这里曾经也是林钦禾与杨多乐住过的地方。

别墅内部的装潢充满艺术气息，却也看着很冷清。陶溪首先看到的，就是客厅一侧墙壁上挂着的一幅油画。油画里是一个穿着白色连衣裙的少女，她坐在一片紫色花田里，一双笑着的眼睛天真而深情。

陶溪认出来了，这是她母亲方穗的自画像。

照顾罗徵音的护理走下来，对陶溪说道："夫人刚才醒了，请您上去。"

林钦禾对陶溪说道："我在客厅等你。"他知道罗徵音想与陶溪单独说话。

陶溪点点头，刚要转身上去，林钦禾又对他嘱咐道："如果她状态不好，可以喊我上来。"

陶溪答应了，跟着护理上了二楼。路上他发现，不只是客厅的那幅画，整个别墅里还有很多方穗的痕迹，或是照片，或是油画，或是别的什么遗物。

房门打开，陶溪还未走进去，就闻到了一股淡淡的药味。

厚重的遮光窗帘未开，房内只在角落里亮着一盏落地灯。昏暗的光线中，陶溪看到靠在床头的罗徵音，险些没认出来这是那位优雅的女钢琴家。

罗徵音看上去很虚弱，苍白的脸色显露病态，一双黯淡的眼睛，在看到他进来后稍稍亮了一些，有些艰难地露出一点笑意说："陶溪，过来坐吧。"

陶溪礼貌地喊了声罗阿姨好，在罗徵音床旁的椅子上坐下。

罗徵音没再开口说话了，她只是静静地凝视着眼前这个少年，眼睛里似乎是空洞的，又似乎填满了什么。

陶溪被罗徵音看得有些不自在，他想说点儿什么打破沉寂，却看到罗徵音突然开始流眼泪，无声而痛苦。

他慌乱地给罗徵音递纸巾，但罗徵音没接。她用手捂着脸安静地流泪，好像眼泪怎么也流不完。过了很久，她才对他说道："对不起，我的病还没有完全好，有时候会控制不住情绪。"

陶溪说没关系，他知道罗徵音的抑郁症很严重，但不知道怎么劝解她。

哭完后，罗徵音的情绪似乎平静了些。她又抬起头看向陶溪，注视良久后，微笑着说："你真的很像阿穗。"

陶溪便小心翼翼地顺着她的话问道："我妈妈是怎样的人呢？"

罗徵音目光依旧落在他脸上，似乎透过他落在了很久前的一个人身上。她断断续续地说了很多，大多是方穗与她从小一起长大的那些事。那些时光应该很快乐，因为罗徵音说的时候，脸上始终带着浅淡的笑意。

只是罗徵音在讲到方穗怀了孩子时，情绪突然又崩溃了。她再次捂着脸哭，眼泪从指缝里流下，像在忏悔。

陶溪无措地安慰着，罗徵音却突然抓住了他的手，像是溺水的人死死抓着木板，一遍遍地说着“对不起”。

“罗阿姨，您没有对不起我。”陶溪皱了皱眉，他的手被抓得有些痛。

罗徵音却摇了摇头，依旧用力抓着陶溪的手，语无伦次地哭着说道：“不，是我对不起阿穗，是我对不起阿穗的孩子。如果当时我没有一味地反对她和杨争鸣在一起，反对她生下孩子，如果我没有把她拒之门外，她就不会离开了……”

她和方穗一起长大，从来把方穗视作自己的亲妹妹，也和方穗父母一样保护着她的天真和单纯。因此她和方穗父母一样，没办法接受杨争鸣——这个哪里都配不上方穗的男人。

她以为只要自己和方穗父母都不同意，方穗就会放下这段感情。但万万没想到，向来乖顺的方穗，会以如此决绝的方式，坚持自己的选择。

而她因为这一念之差，竟葬送了自己最好的朋友。

陶溪看着沉浸在痛苦情绪里的罗徵音，心里很不好受。好不容易等她情绪平静了一点儿，他打算说点别的话题转移罗徵音的注意时，罗徵音又蓦地抬头看向他，满是泪水的眼睛里乍然浮现光芒，像是终于找到了救赎自己的方法，她有些激动地说道：“陶溪，我会好好弥补你的，我会把这十几年亏欠你的都补回来。你可以把我当作妈妈，好不好？好不好？”

她近乎哀求地看着陶溪，似乎陶溪不答应他，她会就此崩溃。

陶溪心里只剩下深重的叹息，对于罗徵音而言，能将自己从绝望愧疚中救赎出来的只有方穗的孩子，曾经是杨多乐，现在是他。

他摇了摇头，没有答应罗徵音，而是尽量用柔和的语气对罗徵音说道：“罗阿姨，我知道您是因为我妈妈，觉得对我有所亏欠。”他顿了顿，继续道，“但您亏欠的不是我，我也不是您的孩子。”

罗徵音似乎并没有明白他的意思，急切地说道：“没关系，我会把你当作自己的孩子，阿穗的孩子就是我的孩子。”

她不知道又突然想到什么，将陶溪的手抓得更紧了些，苦苦哀求道：“陶溪，你搬过来住吧，你和钦禾一起住在这里。你可以把他当作你的哥哥，我们都是你的亲人，他会和我一起照顾你，好不好？”

陶溪看着眼前这个苍白病态的女人，蓦地涌上一股悲哀。他没有回答罗徵音的问题，只轻声问道：“罗阿姨，对您而言钦禾是什么呢？”

罗徵音怔怔地看着他，似是没有听懂他的话。

陶溪深吸一口气，犹豫片刻，还是将自己想对罗徵音说的话说了出来：“钦禾是您的孩子，就像我是我妈妈的孩子一样。他不是您对我妈妈感情的延续，也不是您用来弥补我的陪衬。这十几年，您需要弥补的从来不是我，而是钦禾。您知道吗？”

他注视着罗徵音，但罗徵音却在他的目光中沉默下来，抓着他的手突然颤抖了下，像是触碰到什么尖锐的东西一样缩了回去。

陶溪知道罗徵音在逃避这个问题，他反握住罗徵音冰凉的手，将自己手心的温度传递给她。他看着罗徵音的眼睛，放缓语气说道：“您是我妈妈最好的朋友，妈妈在天上一定不愿看到您一辈子活在对她的愧疚里。她会希望您能拥有幸福的家庭，为自己活得开心快乐，就像您以前和她在一起时一样。”

听到这句话，罗徵音喉咙剧烈地哽了下，垂着头，眼泪一颗一颗地掉在被子上。

她哽咽着说：“可我没有办法……”没有办法从愧疚忏悔里挣脱出来，只能日复一日地活在悔恨中。

陶溪轻轻叹了口气。

“罗妈妈。”

罗徵音蓦地抬起头，双眼一片模糊。她用力眨了下眼睛，看到眼前的少年对她微微笑了笑，说：“谢谢您愿意做我的妈妈，只是我希望，我能与钦禾一起拥有一个健康的快乐的妈妈，可以吗？”

落地灯投下暖黄的光线，将床头这一角落浅浅照亮。在罗徵音泣不成声许久后，陶溪终于听到了她的回答：“好。”

他一直握着罗徵音的手，直到她再次入睡，才从房间里走了出来。

陶溪一个人站在走廊里，靠在墙壁上，看着墙上那张方穗的照片。

林钦禾从小生活在这样一个处处怀念方穗的环境里，面对这样一个满心满眼都是别人孩子的母亲，他会不会也厌恶过方穗与她的孩子呢？

他说不清楚心里是什么感受，只是想起了那天馄饨摊老人对他说的话。

那天晚上在馄饨摊雨棚里，陶溪趁林钦禾出去买烧烤时，问了老孙林钦禾六岁那年离家出走的事。老孙似乎很信任他，事无巨细地对他说了。

十多年前的一个傍晚，一个长相漂亮的小孩在老孙摊子旁晃悠。他瞧着可怜，便招呼小孩在简陋的木凳上坐下，煮了碗馄饨给他吃。

小孩显然很饿，但他吃得很慢，一边吃，一边张望着对面的路口，像是在等着什么人。

老孙没什么生意，闲得无事便跷着腿问小孩怎么一个人跑了出来，是不是和父母吵架了？

小孩摇了摇头，埋着头一口一口地喝着汤不说话。

老孙见多了和父母闹别扭扬言离家出走的小屁孩，大多还没走出二里地，就自己哭着回去了，便劝慰道："爸爸妈妈偶尔骂你打你，都是为了你好，但他们肯定都是最喜欢你的。"

小孩沉默了一会儿，用一种很平静的语气说道："我妈妈不喜欢我。"

他说话时神情认真又难过，老孙不由得愣了愣说："哪有当妈的不喜欢自己的小孩儿的？小朋友你不要这么想，你妈妈现在找不到你，不知道多着急呢。"

小孩没再说话了，老孙便寻思着要不要报警。正要打电话时，看到他侄女满脸焦急地跑过来，一看到在木桌旁吃馄饨的小孩就大松口气，当即就抱着小孩抹眼泪。

原来老孙的侄女在大学职工楼里给人家当保姆，这小孩便是那户人家的儿子。老孙忍不住问侄女到底发生了什么事。

或许是早就心有怨言终于逮着机会诉说，侄女絮絮叨叨地讲了将近二十分钟。

听她说，这小孩母亲是个钢琴家，放着好端端的别墅不住，带着孩子搬到了她小时候住的大学教授楼里，雇了住在附近的侄女当保姆。

教授楼早已老旧，那天下午侄女出去采办东西的时候，楼下有一户的电路着了火。火势直往楼上卷去，万幸是在白天，楼栋里本就不多的居民，很快就被疏散了。

侄女回来时，消防车和救护车都刚到不久。她焦急地寻找雇主母子俩，听街坊邻居说那位夫人已经抱着儿子下来了，但因为神经紧张又晕了过去。

她很快在救护车里发现了昏迷过去的年轻夫人，她手里紧紧抓着一幅画，一旁坐着个正在被护士安慰的号啕大哭的小男孩。

侄女刚舒一口气，却猛地发现，那男孩并不是女主人自己的孩子，而是经常过来玩的叫乐乐的孩子。她一颗心瞬间提到嗓子眼儿，也来不及去问，赶紧去向消防员说四楼那户可能还有个男孩没下来。

消防员很快就抱着一个满脸黑灰的小男孩下来了，她看到那孩子还哭着对消防员喊，我妈妈和弟弟还在上面，快救我妈妈。她别过脸，没忍住的眼泪瞬间就落了下来。

“他一个人在房间里睡午觉，被烟呛醒了去找他妈妈，以为他妈妈和弟弟都被锁在房间里了，便拼命地拍着门喊妈妈。哪知道他那个母亲已经抱着别人的孩子下去了呢，还带着幅没什么用的画，就是忘了自己的儿子！”

侄女不敢让小孩再听到，便红着眼睛对老孙小声埋怨道：“我也不懂她是怎么想的，平日里就待孩子不亲，把别人的儿子当宝贝。我听说她是有什么抑郁症，可就算心理有病，就算她儿子才跟着她没多久，她也不应该这样糟践自己的孩子！”

老孙脸色复杂地听完，只叹了口气，不好置喙别人家的事。他看了眼角落里正双手抱着碗喝汤的小孩，走过去问道：“还吃不吃？爷爷给你再下一碗馄饨吧。”

小孩摇了摇头，礼貌地说：“谢谢爷爷！不用了。”

老孙半蹲下来，摸了摸小孩的脑袋，想了一会儿后，对他和蔼地说道：“人生病就会忘记一些事情，你妈妈生病了，可能会偶尔忘记你，但不是不喜欢你。”

小孩垂着长睫毛没说话。

老孙也知道自己找的理由太过牵强，毕竟人家妈妈没忘了别人家的小孩。他看着小孩这样心里难受，想了想继续道：“再说，除了你妈妈，还会有很多其他人喜欢你的。”

小孩这才抬眼看向他，认真地问道：“会像妈妈喜欢弟弟那样，最喜欢我吗？”

他将“最”字咬得有些重，显然是很向往这个字的，像所有小孩一样，总是想要最好的、最大的、最多的。

老孙愣了下，反应过来这个弟弟大概就是被他妈妈抱下来的小孩了。他没忍住问道：“你妈妈偏心弟弟，那你会讨厌弟弟吗？”

侄女在一旁拼命使眼色，觉得老孙这问题太残忍了，哪个小孩子愿意自己妈妈偏心弟弟呢？

小孩沉默了一会儿，慢慢摇了摇头说：“弟弟能让妈妈开心，所以妈妈更喜欢弟弟。”

老孙心中五味杂陈，他轻叹口气，将小孩从凳子上抱起来，举过头

顶，笑着用夸张的语气逗小孩道：“没关系的，小朋友，以后也会有全世界最最最偏心你的人！”

小孩琥珀一样的眼睛亮了亮，轻声问道：“那什么时候会出现呢？”

“等你长大了就有啦。”老孙笑呵呵道，最后他看着侄女牵着小孩的手走了。

自那之后，小孩家就搬离了大学教授楼，侄女也没再给那个女主人做保姆了，只是过来时，也会偶尔念叨那个漂亮的小孩子，担心他在家里受委屈。

老孙没想到的是，小孩从那之后竟然会循着路过来吃一碗馄饨。他不再问那些童稚的问题，从来独来独往，偶尔会带两碗馄饨回去。

当时陶溪听老孙讲完，眼睛一下就红了。

他一直隐隐察觉罗徵音对杨多乐过分看重，对林钦禾客气冷淡，却不承想林钦禾从小跟在罗徵音身边，是被这样对待的。

他知道罗徵音之所以这样是因为生病，可还是无法理解，也不敢设想，如果他自幼就生活在林钦禾身边，会不会也完全夺走属于林钦禾的母爱？

面对那些亲人的百般溺爱，他真的不会变得和杨多乐一样吗？

陶溪根本不敢去想这些问题，他用手拍了拍脸，收拾好表情，心绪复杂地向楼下走去。林钦禾正一个人在客厅里等他，听到他的脚步声，便抬起头看向他，露出一个很温柔的笑。

那一刻，陶溪好像看见很多年前，那个在馄饨摊等妈妈来找自己的小孩。他突然鼻子有些发酸，疾步走到了林钦禾面前。

林钦禾察觉到陶溪的情绪，微低下头，看着他的眼睛轻声问道：“怎么了？我母亲对你说什么了吗？”

陶溪没说什么，只是问了一个莫名其妙的问题：“你知道我是谁吗？”

林钦禾怔了一瞬，下意识回答了一个毫无新意的答案：“你是陶溪。”

陶溪摇摇头。

林钦禾想了想，说：“我最好的朋友？”

陶溪没忍住乐了，他向林钦禾靠近了些，郑重其事地小声说道：“林钦禾小朋友，我是全世界最最最偏心你的人。”

陶溪说完却见林钦禾没反应，只目光直勾勾地看着他，像是完全呆住了，琥珀色的瞳孔映着眼前的人影，如一汪深潭映着月亮。

他伸手在林钦禾眼前晃了下，问道："怎么，你不荣幸吗？"

"我很荣幸。"林钦禾看着他认真地说道。

一年半后。

六月中旬正是全国各地高考出成绩的时候，甫一放榜，文华一中的师生全体沸腾了。因为今年这届高三，竟史无前例地出了两个省理科状元。

一个是本省的林钦禾，另一个是西南省份的陶溪。

不过严格说来，陶溪应该是清水县一中的学生。因着远程直播课堂项目来文华一中"留学"了两年，最后高考自然回了原本的生源地。

"那不还是我文华一中教出来的？"面对争议，文华一中校长拍板定论。

于是，文华一中校门口赫然拉起了两条状元横幅，校门两边各自摆着印有两人照片的大红展架，当头正中央硕大的"喜报"两个红字黑体加粗。不知谁说了句，这也太像新婚大喜的气球门了，搞得那段时间陶溪都不好意思去学校了。

各路媒体记者与名校招生办工作人员蜂拥而至，翻遍了学校，却找不着人。从红光满面的一班班主任周强那儿才得知，两个状元早已申请好了世界顶尖大学，一个学艺术，一个学金融，都在大洋对面的西海岸。

与此同时，方家给陶溪办了一场热闹非凡的升学宴，多年来走动和没走动的亲戚朋友全邀请过来了。陶溪的身世早在去年的私家宴会上宣告过，一时被纷纷扬扬地议论唏嘘良久，如今众人早已接受，只感叹方家不容易，万幸迎回家的亲外孙，倒也不辱书香门楣。

当时陶溪并未将那些亲戚的闲言碎语放在心上，不过他的身世倒是让乔鹤年感慨万千。方穗曾是他最骄傲的女学生，她的亲生儿子也阴差阳错成了他的学生，不得不感叹命运的奇妙。而乔以棠得知后，不知道犯了什么神经，说要把这故事写下来，被陶溪严词拒绝了。

从一整天的流水宴回来时，陶溪早已筋疲力尽，脸都笑僵了。

"羡慕你，只有一个简简单单的家宴，不像我跟个展览品似的被这么多人围观。"陶溪闭着眼睛瘫倒在沙发上说。

其实他明白方祖清要请这么多人的意思，无非是生怕还有人不知道他亲外孙回来了，担心他觉得自己不被接受认可。

林钦禾倒了一杯水给他，问道："晚上吃好了吗？"

“没有。”陶溪摇了摇头，接过水杯喝了一口说，“净被亲戚问话了，问我怎么读书这么厉害啊？能不能借下笔记啊？搞得我觉得自己可以开一个辅导班了，再拉你进来，就取名状元辅导班，肯定能赚不少。”

林钦禾笑了一声，陶溪现在并不缺钱，但可能是以前缺怕了，每次说起赚钱的事都头头是道的。

“我真觉得可以弄一个。”陶溪设想得来劲了。

“我不给别人做老师。”林钦禾语气矜贵地说。

“哦，林老师只给我当老师。”陶溪弯着眼睛笑道。

休息一会儿后，两人起身去收拾行李。

明天他们要去清水县，陶溪的省状元除了让文华一中喜出望外，清水一中更是欣喜若狂。校长老早就在校门口放了一天鞭炮，那阵仗可能比文华一中还热闹。

这次恰逢庆祝远程直播课堂项目两周年，陶溪这届是清水一中采用远程直播课堂以来的第一届高三毕业生。听闻这届有不少学生考上了一本，还不乏几个重点大学的，为清水县政府领导脸上增了不少光，要作为教育扶贫典型在全省推广了。

除了这件事，他这次回去还要处理转户口的事。由于之前忙着学习，一直没将户口转回来。对于陶溪户口要转回方家的事，杨争鸣没说什么，只说转回来就好。

两人收拾完行李也才十点，陶溪便去拆外公外婆与杨争鸣送他的升学礼物。外公外婆送了一幅他想要很久的画，是国外一个知名风光画家的作品，能弄来还真不是一件容易的事。

而杨争鸣送了他一辆跑车。陶溪看着那串车钥匙有些无语，他都没驾照，马上要出去留学，让这车放着吃灰吗？

陶溪突然想到什么，问林钦禾：“罗妈妈什么时候回国？”

林钦禾说：“下周二的航班。”

罗徵音渐渐走出了她给自己设下的桎梏，与林泽实离了婚，又成了那个天赋卓绝的女钢琴家。她近半年一直在世界各地参加钢琴演出，每到一座城市，她都会给陶溪与林钦禾寄两张明信片，告诉他们这里的风景，让他们以后有机会去看看。

“那正好我们也回来了，可以一起吃顿饭。”陶溪说。

林钦禾嗯了一声。

“可惜我妹要中考，不能跟我一起出去玩儿了。”陶溪惋惜地说道。

“等她中考完，可以带她一起出去旅游。”林钦禾一边说着，一边帮陶溪将礼物收起来。

陶溪笑了笑摇头道：“她现在对新学校新鲜得很，打算和同学一起去夏令营，连我这个哥哥都不搭理了。”

陶乐初二转学过来，读的寄宿制学校。小姑娘来大城市长了见识，性格也开朗了许多。

第二天一大早，两人去赶飞机。到了目的地后，又坐了很久的车七弯八拐到清水县，到达时已经将近傍晚。

他们到了清水一中，但没惊扰老师。校门上大红色的省状元横幅还迎风招展着，陶溪熟门熟路地带着林钦禾混进了校园里。此时还没放暑假，每个教室里都有学生，隐隐传来读书声。

两人悄悄地站在教学楼外的暮色里，陶溪指着二楼的一间教室，对林钦禾说道：“我高一就在这间教室，正好西晒，又没有空调，每天都热死了。”

林钦禾抬头看向那间教室，只能看到窗户玻璃上如油画般浓墨重彩的火烧云。两年前，陶溪便是在这间教室里度过严寒酷暑，写下了一封封寄给他的信。

“今年暑假所有教室都会装好空调。”林钦禾说。清水一中拿到了政府拨的资金，也有林家产业的资助。

“真好，我怎么就没赶上？”陶溪羡慕地感叹道。

两人在县城旅店里住了一夜，第二天陶溪又带着林钦禾去了一趟他过去的家乡——桃溪湾。

正是农忙时节，山坳水田间的村民们忙着种晚稻。有一个正插秧的大婶，认出了田埂上的陶溪。陶家孩子被错换的事在村里早传遍了，但她看着陶溪长大，依旧像所有长辈一样关心询问起来，赞叹陶溪有出息，给桃溪湾长了脸。

陶溪与那大婶讲了几句后，带着林钦禾往山上走，他指着山间溪涧、林中鸣虫、屋顶上的炊烟……细细碎碎地讲着自己童年的趣事。林钦禾认真听着，一路走过陶溪生活过的地方。

再次回到桃溪湾，陶溪的心境已经彻底改变。这里曾经是他自以为的

故乡，漫山遍野都是他不谙世事的欢声与足迹。后来这里是他的囚笼囹圄，连绵群山都化为难以跨越的荆棘。现在这里只是他漫漫人生的小小句读，是千帆已过的沉舟侧畔，跨过去就永远跨过去了。

就像他不愿去改的名字一样，这是他人生抹不去的宿命烙印，是摧折过他也滋养过他的一盏苦茗。熬过最初那点儿苦，只余回甘悠长。

两人在山间漫无目的地闲逛，归程中路过半山腰上一间黑瓦白墙的农舍。这座房子似乎已经久久无人居住，破旧的木门紧闭着，道场上生出了不少杂草，屋檐下牵扯着残破的蛛丝。

陶溪停下脚步望了过去，林钦禾便知道，这应该是陶溪以前住的地方。

“以前这时候我一般在这个道场上晒茶，傍晚就把茶收回去，第二天接着晒。”陶溪指了指长草的道场，对林钦禾说道。

林钦禾不太懂这些，只问道：“喝过自己晒的茶吗？”

陶溪笑了一声，说：“这你就不知道了吧？茶晒后不能直接泡了喝，还要去茶厂炒茶的。”

林钦禾扬了扬眉，没说什么。

第三天，两人不能再到处游玩，因为清水一中定在这天上午进行远程直播课堂项目两周年庆典暨表彰大会。

这次庆典排场不小，与会嘉宾有市里的领导、文华一中校领导，还有当初创办这个项目的林氏集团派来的代表。当然，还有陶溪这个清水县乃至全市有史以来第一个省状元。

大清早，陶溪就带着状元的家属代表林钦禾到清水一中报到，被热情无比的母校师生夹道鼓掌欢迎。那阵仗，陶溪觉得自己就差胸前戴着一朵大红花骑着马了。

他见到了阔别许久的老师，当初坐了一夜火车提着大包小包送他去文华一中的班主任冯远看到他分明很高兴，却红了眼睛。他用力拍了拍陶溪的肩膀，夸他变得自信开朗了，让他以后继续好好读书，不要再回山里来。

师生相见，陶溪也难免有些鼻子发酸，跟老师叙了一会儿旧后，才跟着去了报告厅参加大会。

因为他之后要发言，被安排坐在报告厅主席台一侧，而林钦禾坐在台下的观众席里。不过由于长相太突出，陶溪看到台下的女生们纷纷伸长了脖子往林钦禾那里看。

陶溪身边坐着个熟人——林家的秘书苏芸。远程直播课堂项目一直是苏芸在负责跟进，她这次是代表林氏集团来参与大会的。两人寒暄了没多久，大会就在清水一中校长的致辞中开始了。

领导与代表轮番上台发言，各个慷慨陈词。陶溪觉得有些无聊，便用手机悄悄与林钦禾聊着些有的没的事儿。

不过，很快就轮到他来发表演讲了。当主持人说到“现在有请我们省今年的理科状元，清水一中第一届直播火箭班学生——陶溪来发言”时，整个报告厅顿时爆发出山呼海啸般的掌声，甚至有不少学生还站起来大声欢呼。

陶溪感到受宠若惊，没想到自己人气竟然这么高。他站起身在如雷的掌声中走到主席台中央，摆正话筒，望向台下渐渐安静下来的学生们，他们正用一双双盛满期待与崇拜的眼睛看着自己。

那一刻，他突然想起了两年前的自己。他坐在清水一中破旧的教室里，也是用这么炽热明亮、饱含希望的目光，仰望着屏幕上远隔千里的林钦禾。

而此刻，林钦禾正坐在台下的观众席里，目光柔和地注视着自己。

他忽而有些眼眶发热，深吸一口气，对着话筒开始了他早已备好腹稿的演讲。他没用华丽辞藻，也没有引经据典，只是将自己的经历娓娓道来。他告诉这些和过去的他一样青涩的学生，他也曾经浑噩迷惘过，但只要心中有坚定的东西，就能看清前路，乘风前行。

在发言的最后，他送出了对清水一中学生们的祝福：“愿你们在低头学习时，也别忘记抬头看看天上的月亮，愿你们能像我一样，也找到自己的月亮。在向它奔跑的路上，发现原来自己也可以闪闪发光。”

陶溪在更为热烈的掌声中回到了自己的座位，坐下来后还有些心潮难平。一旁的苏芸笑着赞许道：“你讲得太好了，我一个工作这么多年的人，都好像回到了当年高三，也想拼一把劲儿好好读书了。”

陶溪只是笑了笑。

大会接下来是表彰环节，从今年开始，清水县期末联考的前三名学生都会被奖励到文华一中读书。此时三个被奖励的学生，正在依次上台发表感言，每个都看着十分激动。

陶溪看着台上的学生，忍不住对一旁的苏芸小声感慨道：“他们都挺幸运的，和我一样，能碰上这么好的项目，有这么难得的机会。”

你只有往深井里丢下一根绳子，井底的人才会往上爬。这几个大山里

的学生，就要和过去的他一样，抓着这根绳子去文华一中读书，或许就能彻底改变自己的命运。

“他们的幸运，可要感谢你。”苏芸笑着说。

陶溪愣了两秒，没明白苏芸的意思，问道：“这是他们自己努力考上的名次，为什么要感谢我？”

苏芸愕然地看向陶溪，问：“你还不知道吗？”

“知道什么？”陶溪眼睛发蒙地问。

苏芸似是觉得自己说错了话，她不禁向台下看了眼。即使观众席乌泱泱一片，但她还是能一眼找到林钦禾，旁边的男老师正在同他说话。

她不打算说了，但陶溪锲而不舍地追问道：“你到底知道什么？”

苏芸又想说了应该也没事，便对陶溪小声说道：“当时要不是你，我们集团根本不会有奖励清水县第一名去文华一中借读这个制度。你是第一个，有你才有现在的后续。”

像是有预感般，那一瞬陶溪倏地觉得自己的心脏狂跳了下。他神情依旧困惑：“什么叫要不是我？”

这难道不是林家一开始就设计好的公益教育计划吗？

早在前年，陶溪已经通过外公知道了当初那个让他来文华一中读书的远程直播课堂项目，是林钦禾父亲林泽实创办的。外公对林家感激得不知道怎么回报才好，恨不得让陶溪认了林泽实做干爹。

当时陶溪知道后也震惊、感慨了好久，原来想象中那个资助自己的白头发老爷爷竟然是林钦禾的父亲。他还欠欠地跟林钦禾说，你看，上天待我不薄，你爸爸怎么就正好资助我了呢？当时林钦禾嗯了一声，说是你运气好。他说那当然，运气不好怎么能来这儿。

而此刻，他在报告厅的音响回荡声中，听到苏芸对他说道：“这个送第一名去文华一中的奖励是钦禾托我办的，那时我还不知道他什么意思。后来他总让我把你在清水县的月考成绩调给他看，我才明白，这个奖励是专门为你设计的。

“不过，也是你自己够聪明努力，真的考了第一名，没让他失望。

“还有你的补助金，你应该还记得吧？在期中考试前后，学校给你发了一笔补助金。那是钦禾用自己的钱，走的项目的账给你的……”

台上的学生还在斗志昂扬地发表感言，感谢老师，感谢文华一中，感谢资助企业，郑重地发誓，今后一定努力学习，出人头地，与两年前的陶溪

别无二致。

而此刻的陶溪已经全然听不进去了，他处在一种巨大的茫然之中，仿佛在睡梦中一脚踩进了漫天无际的云朵里，身体失重的那刻却看到云端之上一望千里的明月清辉，令他目眩神迷。

随着最后一道鼓掌，冗长的会议终于结束。报告厅里的学生如潮水般往门口涌去，陶溪飞快地从台上下来，想穿过茫茫人流去找到观众席的林钦禾。

但刚跳下台去，他就被一群学弟学妹围住了，一张张青春质朴的脸笑着看向他，七嘴八舌地问他问题。

其中一个高挑的男生第一个冲到他面前，对他兴奋地说道："陶溪学长，虽然我刚才已经在演讲里感谢了你，但我还是想亲自跟你说声谢谢。"

陶溪愣怔地看过去，依稀认出来这个男生是之前在台上发表感言的学生，但他刚才根本没认真听。

那男生涨红了脸，似乎极为不好意思，期期艾艾地说道："学长，你还记得我吗？我和你一个初中的，以前被人欺负时，你还救过我呢。"

陶溪的神情更为迷茫，他初中那些"光辉事迹"早就被他刻意遗忘了，对眼前这人一点儿印象都没有。

"不记得也没关系的！"男生赶紧说道，"我一直记得学长。以前我成绩很不好，觉得读书没什么用，但上高中后在教室的直播屏幕上看到了你，看到你在文华一中也那样优秀，我才决定好好读书，和你一样去文华一中。现在我的目标实现了，所以我想着一定要来亲自谢谢你！"

由于男生说得太磕磕巴巴了，围着的学生们发出了善意的哄笑，让他更羞赧起来。

陶溪也笑了笑，他拿出学长范儿拍了拍男生的肩膀，勉励道："在文华一中好好珍惜机会，以后再回报母校。"

男生非常用力地点了点头，握拳道："我会的！"

人群渐渐散开离去，陶溪终于得出空来。他在报告厅里转过身，看到清澈日光透过斜侧长窗穿射而来，将陈旧的观众席切割出明亮的几何图形。在那处明亮里，林钦禾正抱着胳膊半倚靠着座椅，目光落在他身上，眼中是浅淡的笑意。

陶溪深吸一口气，抬起脚步向林钦禾慢慢走去。

林钦禾微垂着眸，看到陶溪的眼珠蒙着层水光，似是在不久前眼眶湿

润过，于是他扬眉问道："被学弟感谢了，这么开心？"

显然方才那男生激动感谢的场面，都被林钦禾尽收眼底。

陶溪将经久不息的心潮按捺下去，嘴角弯了弯说："能有人为了我努力读书，我当然高兴了。"他顿了顿，嘴角笑意更深了些说，"这不就像当初我为了你努力读书一样吗？"

"不一样。"林钦禾否定得斩钉截铁。

"哪里不一样？"

林钦禾挑了下眉，微抬起下颌说："他可遇不到我这么好的朋友。"

陶溪乐了，笑着说："你就越来越自恋吧。"

当然不一样。没人能像他这么幸运，幸运到有人愿意为他默默地创造幸运。

两人并肩往报告厅外走去，一路都有零零星星的学生悄悄看他们。大胆些的女生喊了一声学长好，就飞快地跑开了。

中午他们与当地领导吃了一顿冗长无趣的午饭，被拉着各种合影留念。出来时下午将近过半，陶溪带着林钦禾赶去做这次来清水县的最后一件事——办理户口迁移。

因为涉及两个完全不同地方的户籍，户口迁移比陶溪想的更麻烦一些，准备好这些资料就花了他不少时间。

林钦禾让陶溪坐在窗口前的椅子上，自己则站在一旁。工作人员将所有资料放在电脑旁，细致地翻看核对信息。

陶溪看着自己的档案资料在别人手中，如命运装订的书被匆匆翻过，突然意识到，这个地方真的要与他没有瓜葛了。这十几年的记忆在眼前也如浮光掠影般闪现，似清晨海洋的茫茫大雾模糊不清，但他想起了这场大雾里最鲜明的那几幅画面。

陶溪想起他长大的桃溪湾，清溪河畔桃花灼灼，白鹭鸶飞过参差错落的青白水田。他躲在柴房画画，无意间得知自己被调包的命运，从此在大山里浑噩度日；想起高一开学破旧不堪的教室，盛夏暑气似野火燎原连绵无尽。他在屏幕上第一次看到林钦禾，从此心中荒野升起一轮皎皎明月；想起空旷巨大的音乐厅，垂垂落日在地平线上剧烈滚动，一望无际的赤金暮色透过长窗洒入，在黑色钢琴与他们身上炽烈燃烧；想起十七岁生日的平安夜，他们在落地窗前并肩看着璀璨霓虹与飘扬大雪，林钦禾对他说："陶溪，我带你回家，好不好？"

拿到户口迁移证时已近傍晚，他与林钦禾一起向派出所外走去。推开凝着水汽的玻璃门，厚重暮色与暑气顿时向他们扑面而来。

他们买了两瓶冰镇汽水，漫无目的地并肩走在小县城寂静的街巷里。落日如一粒珊瑚盘扣系着天边山野的衣襟，青石路面铺满了晚秋枫叶，脚下两道斜长的影子摇曳着紧紧相依。

陶溪望着巷子尽头那轮落日，对身旁人说道："我以前觉得自己很不幸，后来又觉得自己很幸运。有三件我觉得运气最好的事，你知道是哪些吗？"

"哪些？"林钦禾顺着问道。

"第一是看到了你，第二是被资助到文华一中读书，第三是成为乔爷爷的学生。"

他短暂地停顿了一会儿，转头望向林钦禾。或许因为他正迎着落日余晖，暮色晕开在眼角，他说："现在我才知道，原来我所有的好运气，都源于第一个。"

看到你，遇到你，去文华一中读书，成为乔鹤年的学生，回到错失十七年的家庭，所有的幸运都是因为你。

林钦禾低垂下目光，轻声问道："那你知道我最幸运的事是什么吗？"

"是什么？"

"打开了你写给我的信。"林钦禾顿了顿，唇角微微翘起说，"毕竟那么花哨的信，我没直接丢掉，真的需要很大的运气。"

陶溪没忍住笑了。

夏风的袍袖里，夕阳的衣襟里，两个人一起在暮色中向远方走去。

曾经他在深井里仰望月亮，顺着一根偶然垂下的绳子才得以爬出井口，向着月亮孑然而行，不辞万里。

原来，那根绳子并非偶然的好运。

原来，当我在奔向月亮时，月亮也在奔我而来。

——正文完——

番外
山野之襟

“溪溪，你去喊下钦禾起床，都快一点钟了，这孩子怎么还没醒呢。”

“好！我这就去。”

陶溪听到外婆在厨房喊自己，放下手中的薯片和冰可乐就从沙发上蹦下去，结果左小腿磕到茶几边缘，顿时痛得惨叫。

坐一旁戴着老花镜看报纸的外公赶紧放下报纸，一边揉了揉陶溪被磕到的地方，一边心疼地责怪道：“小心点，都大学毕业了，还跟个小孩子似的。”

“没事儿，我这腿不知道撞过几次了。”陶溪疼得吸了好一会儿气，弯腰看了下自己的小腿，暂时还没有青紫。

昨天，陶溪与林钦禾刚从美国西海岸坐十几个小时的飞机回来，方家人和林家人一起去机场接了两个孩子，顺道一起吃了午饭。

因着两人约好第二天一起去参加同学聚会，便一道回方家早早睡下了。陶溪一觉睡到十一点，活生生饿醒的，外婆专门做了些小吃给他垫肚子，打算等林钦禾醒了就吃午饭，结果从不赖床的林钦禾竟还在蒙头大睡。

陶溪难得碰到林钦禾赖床，兴冲冲地打开房门闯了进去，看到林钦禾依旧紧闭着眼睛躺在床上睡觉。

他脱了拖鞋上床，打算捏住林钦禾的鼻子让他醒来，但在昏暗的光线下，却看到林钦禾正蹙着眉头，似乎梦到了什么不好的事。

陶溪收回恶作剧的手，准备去把窗帘拉开，让林钦禾在阳光下“自

然醒”。

刚准备下床的时候，小腿被一只手十分用力地抓住，好巧不巧抓到了陶溪刚被磕到的地方。

“嘶……”陶溪这下真疼得眼泪都快出来了。

林钦禾很快醒过来，还没弄清怎么回事，就被陶溪居高临下地狠狠瞪了一眼。

“林钦禾，就为了把你叫醒，我可是‘光荣负伤’两次了！”

林钦禾从床上坐起来，伸手握住陶溪的小腿仔细瞧了瞧，那块磕伤已经彻底变青。

陶溪皮肤太白，稍微磕一下，就要青紫几天，看来没一个星期这道痕迹不会消失了。

“你又在哪里毛毛躁躁磕伤了？”林钦禾皱着眉质问，像是对此已经习以为常。

陶溪收回腿，蹦到床下把窗帘一把拉开，不答反问道：“你刚梦到什么了？看你表情挺难受的。”

盛夏的午后阳光从窗外倾泻而进，院子里的梧桐铺了满床斑驳树影，林钦禾抬手遮了下眼睛，没有说话。

陶溪又回到床上，坐在林钦禾旁边，歪头看着他，玩笑地问道：“到底什么梦啊，不会是梦到我没了你在吃席吧？”

林钦禾转瞬看向陶溪，阳光下瞳孔的浅褐色泽迅速变深沉，严肃道：“一大早乱说什么？”

陶溪缩了下脖子，又理直气壮道：“大哥，都晌午了，我们都等着你起床吃饭呢。”

林钦禾一听，一边赶紧穿衣服，像是怕错过了什么要紧的事情，一边道：“怎么不早点儿喊我？”

陶溪走到门口倚着门框笑道：“不急不急，反正毕成飞肯定是最后一个。”

这顿午饭终于赶在一点开始，杨争鸣不知道在忙什么，最后一个才到，差点儿吃了闭门羹，还被儿子白了好几眼，只好全程拼命给儿子夹菜，陶溪看到堆成小山的碗，没忍住又白了他爹一眼。

高中毕业后，陶溪与林钦禾都选择了出国读书，两人并非同一所大学，但都在美国西海岸，相隔并不远。

陶溪学油画专业，林钦禾读的金融，他们租了一套海湾的小别墅，节

假日能在一起聚聚，林钦禾的母亲罗徵音在美国巡演时也会过去看看他们。

这次陶溪回国十分仓促，本来打算毕业旅行后再回来，但家里人却打了好几通电话让他尽早回国，陶溪还以为家里有什么事儿，就连林钦禾也什么都不问地跟着他赶了回来。

回家后，陶溪缠着外公外婆问了一圈也没问出个所以然来，老人们只说是想他了。

此刻他悄悄观察了一番饭桌上的几个人，外公、外婆、父亲、林钦禾……每个人看起来都挺自然的，不像有什么事儿的样子。

一顿饭热热闹闹吃完，在毕成飞催命般的电话下，陶溪心急火燎地收拾东西准备出门。

“下午跟同学出去玩注意安全啊！晚上不要太晚回来。”外公拄着拐棍站在门口叮嘱道。

“我知道啦。”

“放心大胆请客，不要心疼钱，用爸爸的卡。”杨争鸣趁机捎上一句。

“不用，我自己有钱。”陶溪头也不回地扬扬手，在林钦禾将车倒出来后钻进车里。

结果车还没开出去多远又停下，林钦禾下了车疾步往回走，还没开口就见方家外婆拿着一部手机急匆匆从房里赶出来。

“溪溪把手机给忘了，刚准备给你打电话来着。”

林钦禾接过手机说道：“谢谢您，他今天不知道为什么总有些毛躁。”

话音刚落，就听到不远处的车窗里传来一声：“林钦禾，你是不是又在说我坏话！”

林钦禾看向几个长辈，露出一个有些无奈的笑容，再次告别后转身离开。

杨争鸣看着车开远，忍不住感叹道：“以前小溪刚回来时，我觉得他是个再谨慎细致不过的孩子，说话做事总是很小心，现在发现他跟我一样，也会粗心大意，哈哈。”说到最后，杨争鸣自己都有些没底气地干笑了几声。

一旁的外公恶狠狠地瞪了杨争鸣一眼，没好气道：“他才不像你呢！他像的是我女儿，阿穗小时候也总是忘东忘西的，一学期不知道要丢多少把伞，掉多少块橡皮。再说马虎怎么了，不照样这么小就成了知名青年画家吗？”

外婆看了眼没正经的两人，笑道：“你俩争什么，哪个小孩儿不是在自

己家里这样随便的？谨慎小心那是因为刚开始拘束嘛，要是溪溪从小生活在我们身边，一定比阿穗小时候淘气多了。”

提到一家人的心结，三个人一时都有些伤感，随后杨争鸣打破沉默道：“没事儿，现在不也在我们身边吗？除了我们，还有钦禾惯着他，这不忘了手机，怕太阳晒，都让人家钦禾顶着大太阳下来拿嘛。”

两个老人闻言又笑起来，笑完杨争鸣正色道：“赶紧的，我们也要出门了。”

“毕成飞今天邪门了，往常都是他最后一个到，今天倒比谁都积极。”陶溪再次摁断毕成飞的电话，恨不得把这人拉黑了。

他们本来约的是今晚聚餐，地方定在母校文华一中附近，基本都是曾经一班的同学，毕成飞、黄晴、李小源、金晶……他们也差不多都是这时候大学毕业。结果这还没到晚上，就被毕成飞催着出门。

林钦禾不以为意地说道：“可能是想急着展示下自己的恋情吧。”

陶溪猛地坐直身体，震惊道：“你从哪儿知道的八卦，他跟谁？胡桐？”

林钦禾点了下头，说道：“你还没看微信朋友圈吗？昨晚发的。”

陶溪赶紧拿出手机打开微信，没刷多久就看到了毕成飞昨晚发的微信朋友圈，文案是“官宣：雪山飞胡 SZD”，配上一张两人牵手图。

“雪山飞胡什么鬼啊，胡桐看到不会打死他吗？”陶溪没忍住笑出声，感叹道，“高中我就觉得他俩不太对劲儿，果不其然。”

林钦禾看了他一眼，疑惑地问道：“哪里不对劲儿？我一直以为胡桐很讨厌毕成飞。”

陶溪嘲笑道：“难怪你单身，那时候两个人明明不对付，还老是坐同桌，这难道不是有猫腻？”

林钦禾闻言轻哼一声，说道：“说得好像你不是一样。”

陶溪当作没听到，侧身看向窗外的风景，越看越不对，纳闷道：“不对，这不是去一中的路，你该不会这么快就忘了怎么去一中吧？”

林钦禾很快解释道：“他们换地方聚餐了，在北湖湾。”

“哦，是吗？”陶溪半信半疑，“但这也不是去北湖湾最近的路吧？”

车开向文华市的北湖南岸，那里是文华市风光最好的地方，也是久负

盛名的文化胜地，许多博物馆、艺术馆都坐落在此。

陶溪下车后还未来得及感受清凉湖风，远远就看到熟悉的文华市美术馆，纯白色高大建筑的整面墙体上，悬挂着一张巨幅宣传海报，在明朗晴空下垂落在湖光山色的正中央。

而那张海报上，清晰醒目地印着自己的名字：山野之襟——青年画家陶溪个人画展。

陶溪怔怔地站在原地，与那张海报遥遥对望，一时差点儿忘了呼吸。

这些年在海外，他参与过不少或大或小的画展，其中也包括别人梦寐以求的顶级画展，也办过小型的个人画展，反响都很不错。但自始至终，他最想办画展的地方，就是脚下的这片土地，因为……

这时有人拍了拍他的肩膀，陶溪回神望向一旁，林钦禾的眼睛里漾着湖光似的笑意，对他说道："发什么呆，去吧，属于你的画展。"

陶溪深吸一口气，露出笑容道："好啊你们，串通好来瞒着我，难怪你们之前一个劲儿催我那么早把画都寄回来。"

他与林钦禾一起走向那幢高大的纯白建筑，远处澄澈的阳光闪烁在蔚蓝的湖水之上，波光摇晃着他的心神。

因为这里是他去的第一个美术馆，是他的画作第一次登上画展的地方，是他远大理想的开始。

曾经，林钦禾在这里对十七岁的他笃定地说道："陶溪，你以后会有自己的画展，会有很多人来看你的画。"

那时的他对林钦禾的话将信将疑，却也满怀期许。

陶溪突然抓住林钦禾的胳膊，笑着逼问道："快说，你是不是偷偷翻了我的策划，不然这个画展名字怎么会和我想的一样？"

他曾悄悄为这个梦中的画展做过策划，策划里的名字就叫"山野之襟"，不过策划只做了一小半。

"没有，是我们心有灵犀。"林钦禾一脸认真地否认。

陶溪还想再"严刑拷问"一番，就听到不远处传来一道聒噪的声音："溪哥！林学神！你俩能不能走快点儿啊，我们可是等了半天了！"

毕成飞正站在美术馆门口扯着嗓子大喊，路人和保安都朝那边看去，一旁的胡桐一副恨不得掐死他的样子。

陶溪也有一年没看到毕成飞了，毕成飞高考后并没有报考导演系，而是子承父业报了文华大学医学系，总算没有给电影事业添乱。

“溪哥，说好了啊，你必须送我一幅画，以后我和胡桐可是要把它当毕家传家宝传下去的。”毕成飞长臂一伸把陶溪揽了过来。

胡桐脸皮薄，用胳膊肘狠狠戳了下毕成飞的肋骨，嗔骂道：“你自己传下去吧！”

“我一个人怎么能啊！”毕成飞痛得放下手刚捂住肋骨，又被胡桐狠踩了一脚。

陶溪笑得不行，跟林钦禾对视一眼摇了摇头，两人先一步走进了美术馆。他刚走进展厅还没来得及细看，就看到了外公外婆和杨争鸣，三个人都穿得很正式，外婆甚至穿上了她最爱的一件旗袍，他们看到陶溪进来立马迎了上来。

杨争鸣抢先邀功道：“小溪，我今天中午迟到是在做这个画展的最后准备工作，可不是忘了吃饭的事儿。”说完又看向一旁的方老，“爸，您说是吧？”

外公难得没有抬杠地说道：“我们两个老家伙折腾不动，争鸣这次确实出了大力。”

外婆随后笑道：“还有钦禾，多亏他找到你藏起来的策划，还把你没做完的做完了，不然我们可不知道做什么主题哩。”

林钦禾转过头轻咳一声道：“只是碰巧看到了。”

那一刻的陶溪很难形容自己的心情，他只是突然想起，在很多年前，在孤寂的少年时光里，他似乎也做过这样的梦。有梦想在怀，有家人在旁，有知己在身侧。

他鼻尖忍不住有些发酸，默默走上前轻轻抱了抱外公和外婆，像小孩子一样，弯着腰将下巴埋在他们不再硬朗的肩膀上，再次说了谢谢。

在杨争鸣格外期待的目光中，陶溪想了想还是厚着脸皮跟杨争鸣抱了下，低声说了句：“谢谢爸爸。”

结果杨争鸣太过激动，用力拍了好几下陶溪的后背，差点儿将他拍出内伤。

陶溪又看向林钦禾，正在犹豫怎么道谢，林钦禾就已经笑着张开了胳膊。陶溪也笑了，快步走过去，自然地抱了下林钦禾。

这一日的画展只接待亲友，其他人也陆陆续续到了。刚上大学不久的陶乐专门请假从北京赶了回来，罗徵音和林泽实也送了花束过来，当然还有

陶溪最重要的老师乔鹤年老先生与他的孙女乔以棠，还有一班的老同学……

在热闹许久后，陶溪终于得空与林钦禾一起漫步在展厅中，细细观赏画展。

“山野之襟”画展在美术馆一层最大的展厅，整个展厅显然经过了精心布置，每一处细节都与画作主题相映衬。

陶溪停驻在一幅画前，那是一幅油画，画中一条清溪蜿蜒在山坳里，溪畔桃花如霞似锦，溪上桃花逐流水而去，半山腰上一间黑瓦白墙的农舍升起袅袅炊烟。

画名为《林花满溪》，整幅画恬静安宁，但在艺术上实在过于稚嫩。

陶溪乍然看到自己的“黑历史”，有点儿不好意思：“你怎么把这幅画放在这么显眼的位置啊，人一进来看这幅画水平这么差，会不会转身就走？”

林钦禾专注地看着这幅画，缓声道：“这是你送我的第一幅画，也是你还没有被打磨过的画作，我觉得很有意义。”

陶溪闻言不禁有些动容，他突然想起这个画展主题“山野之襟”的缘由。

那片曾经埋没过他的遥远山野，曾经被他视作一切苦痛的源头，不愿回望片刻，后来，那片山野只是他艺术生涯的一处兰汀芷岸，埋没过他，也滋养了他。

很多人要用一生的时间去弥补他们不幸福的童年，但陶溪自认是幸运的，他所有的不幸都已经在十七岁那年戛然而止。

陶溪正看着画出神，突然听林钦禾说道：“你不是想知道我今天究竟做了什么梦吗？其实这个梦确实和你有关。”说到这里，林钦禾垂下目光停顿了一会儿，声音更低了些，“梦里我去了桃溪湾，你还只是一个小孩子，我看到你一个人在溪边画画，用的旧作业本和一支快要用完的铅笔，梦里的你看起来很开心，我却有些难过，正想带你走时，梦就醒了。”

“我醒来时觉得很遗憾，也有些后怕，因为我知道，你能回到这里，实在是一件概率极低的事情，充满了偶然性和不确定性，稍微差一点儿运气，可能就永远没办法回到我们身边。”

陶溪微微怔住，他很少看到林钦禾露出这样明显的黯然神情，正想说点儿什么，这时林钦禾转头看着他，笑了笑说道：“不过我现在没有这么后怕了。”

“为什么？”陶溪玩笑道，“因为你相信老天会始终眷顾我吗？”

林钦禾摇了摇头。

陶溪正要继续追问，听到不远处乔鹤年老人家正在招呼他过去，他只好留下一句“等会儿一定要告诉我因为什么”，然后快步走了过去。

林钦禾站在原地，看着陶溪自信从容地走在属于自己的画展里，走在周遭只属于他的赞许之中。

因为他知道，无论在怎样的黑夜里，陶溪都会明亮如月，都会让他们看到。

图书在版编目（C I P）数据

月亮奔我而来 / 泊岸边著. -- 北京 : 北京联合出版公司, 2023.5

ISBN 978-7-5596-6784-7

Ⅰ. ①月… Ⅱ. ①泊… Ⅲ. ①长篇小说－中国－当代 Ⅳ. ①I247.5

中国国家版本馆CIP数据核字(2023)第048387号

月亮奔我而来

作　　者：泊岸边
出 品 人：赵红仕
监　　制：一　航
选题策划：航一文化
出版统筹：康天毅
责任编辑：徐　樟
特约编辑：储　紫
封面设计：Laberay
赠品设计：光学单位

北京联合出版公司出版
（北京市西城区德外大街 83 号楼 9 层　100088）
北京联合天畅文化传播公司发行
三河市嘉科万达彩色印刷有限公司　　新华书店经销
字数：376千字　　880mm × 1230mm　1/32　　11.5印张
2023年5月第1版　　2023年5月第1次印刷
ISBN 978-7-5596-6784-7
定价：49.80元

林钦禾，
我也会努力成为坚强乐观的大人。

目录

-Contents-

『我想 继续和你做同桌』

Happy Birthday
《生日快乐，陶溪先生》
Mr.Tao

月亮奔我而来

The Moon

泊岸边
—
著

北京联合出版公司
Beijing United Publishing Co.,Ltd.